EL PLACER DE MATAR A UNA MADRE

El placer de matar a una madre

Marta López Luaces

Papel certificado por el Forest Stewardship Council®

Primera edición: junio de 2019

© 2019, Marta López Luaces
Autora representada por Editabundo, Agencia Literaria, S. L.
www.editabundo.com
© 2019, Penguin Random House Grupo Editorial, S. A. U.
Travessera de Gràcia, 47-49. 08021 Barcelona

Printed in Spain – Impreso en España

ISBN: 978-84-666-6620-6
Depósito legal: B-10.597-2019

Compuesto en Lozano Faisano, S. L.

Impreso en RODESA
Villatuerta (Navarra)

BS 66206

Penguin
Random House
Grupo Editorial

Sí, es ella, me dije. Iba a la cabeza de una manifestación en el paseo de la Castellana: rodeada de un enorme gentío. Ahora, la veía en esas imágenes confusas de la televisión. Estoy seguro. Primero pensé que me equivocaba. Pero no. Era ella. Sí, era ella. Sí, era Isabel, en las noticias. Volví a mirarla. Marchaban durante la jornada de huelga general convocada por todos los sindicatos del país. Me acerqué al televisor para observarla mejor. Me sonreí. Claro que era ella. Después de más de treinta años la tenía frente a mí. No era difícil reconocerla: su rostro ahora maduro seguía con los mismos rasgos joviales de entonces. Su larga y espesa melena negra, ahora canosa, aún le caía sobre los hombros con cierto descuido bien planeado. Ahora rondaría, pensé, los cincuenta y cinco, o algo así. Era algo más joven que yo. Sentí la urgencia de hablar con ella, de saber qué pasó con ella después de salir del manicomio.

Si me daba prisa podría alcanzarla, pensé. Cogí la chaqueta y salí. Paré un taxi y le pedí que se dirigiera al paseo de la Castellana. Le pedí al taxista que se diera prisa. Quería llegar lo antes posible. La tercera vez que se lo solicité me miró malhumorado.

—Sí, y a mí ¿quién me paga la multa?

Me recosté en el asiento. Me disculpé. Por fin llegamos. La manifestación ya se estaba dispersando, aunque aún había mucha gente. Me moví entre la multitud, buscándola, dejándome llevar por la masa de gente. No sé cómo llegamos a la Plaza Mayor. Había mucha gente joven. Se habían formado varios grupos, desperdigados por toda la plaza. ¿Cómo creí que podría encontrarla entre toda esa gente? No lo pensé. No me importaba. Aunque la plaza me pareció enorme. No sabía por dónde empezar a buscarla. Me acerqué a unas chicas que estaban empezando a prepararse para la sentada. Les pregunté si conocían a Isabel, con la absurda esperanza de que me pudiesen dar alguna información que me llevara hasta ella. Se la describí. Me escucharon con paciencia y simpatía. Debieron creer que era mi esposa. Creo que les pareció tierno que un viejo como yo buscara a su mujer. No sirvió de nada. No la habían visto. No la conocían. Luego hice lo mismo con otro grupo de chicos. Obtuve el mismo resultado. Algo decepcionado decidí regresar a casa. Volví caminando. Entré, en el bar de abajo a tomar una cerveza. Me acordé de que en aquella época, además de tomar notas, también grababa muchas de las sesiones. Luego, y ya solo en mi oficina, las escuchaba para decidir el mejor método de tratamiento para ese paciente. Hoy, tras tantos años de experiencia ya no me hace falta. Me alegré, sin embargo, de haberlas guardado. Así podría volver a escuchar su voz; recordar aquellos años que tanto me marcaron, me dirigí a la consulta.

Mi despacho se encuentra en el bajo del edificio donde vivo. Allí, en uno de los archivos, todavía conservaba los apuntes y las cintas de aquella década de mediados de los setenta. Abrí los sobres de las sesiones terapéuticas con Isabel. Lo había conservado todo, inclusive varios periódicos de la época.

El exilio, el destierro, la inmigración son todos destinos despreciables. El desarraigo emocional es el mayor de esos males como aprendería en 1972.

Me metieron en el asiento de atrás de un coche de policía. Los dos agentes se sentaron delante. En silencio, nos pusimos en camino. Les veía espiándome por el espejo retrovisor. Sus rostros eran como máscaras. Dejamos atrás la ciudad. Conocía bien el recorrido porque de niña, con mi hermano y sus amigos, lo había hecho a pie muchas veces. Situado no muy lejos de la periferia de la ciudad, los niños que residíamos en la zona nos acercábamos para gritar e insultar a las locas. Mi hermano David y su pandilla, cuando estaban aburridos, subían la colina hasta el hospital. Yo, a veces, los acompañaba. Nos acercábamos temerosos hasta la puerta de hierro labrada con símbolos y escudos desconocidos, irreconocibles para nosotros. Descubrimos que solo cerraban aquella entrada al oscurecer, pero daba igual, tampoco nos hubiéramos atrevido a ir de noche. La oscuridad hubiese hecho el lugar más amenazador e inaccesible para nosotros. Recuerdo que cruzábamos lo que en otro tiempo debió de ser un jardín, pero ya para esa época, estaba muy descuidado: solo quedaba el recuerdo de algunas plantas que, por ser más fuertes, habían podido resistir al descuido: geranios, hortensias, claveles..., el resto estaba cubierto de maleza. Sin embargo, aún había algunos árboles frutales, y unos pocos robles que nos aterrorizaban con su imponente presencia. Nos acercábamos a alguna ventana para poder asomarnos, con la ansiedad que produce lo extraño y lo prohibido. Ya allí, nos reíamos, algunos gritaban insultos a las enfermas, aunque no pasara nadie por allí, y luego echábamos a correr con el miedo metido en el cuerpo. Solo una vez vimos a una mujer caminando por el pasillo. Semidesnuda. Sucia. Más que caminar parecía arrastrarse. Nos vio. Se detuvo. Nos miró fijamente, con un brillo extraño en los ojos. Salimos corriendo.

Ahora, 14 años más tarde, sentía otro tipo de miedo. Mi ansiedad aumentaba a medida que nos acercábamos. Al aproximarnos más pude observar que gran parte de la mansión estaba cubierta de hiedra. Me resultó extraño no recordar ese detalle.

El coche se detuvo. La vieja mansión ahora destartalada se impuso ante mi mirada. Un policía me acompañó. Nos acercamos hasta la vieja fachada. Conocía su historia por pequeños comentarios que había oído en alguna conversación de la familia o de los vecinos. Todo el mundo la conocía: el manicomio de la colina, como le llama la gente de mi provincia, se había fundado en un viejo caserón construido en el pico más alto de la región. Se encontraba semiescondido entre grandes árboles —viejos castaños, arces y sauces llorones—, y rodeado de unos muros de piedra que primero se construyeron para proteger el viejo caserón y que ahora servían para impedir la salida de sus residentes. Tenía un aspecto amenazador. Se había construido en el siglo XVII y había sido donado por la condesa de la villa en el siglo XVIII para fundar un convento. Luego, ya a principios del siglo XX, lo transformarían primero en una cárcel de mujeres y más tarde, en la década de los cincuenta, en un manicomio.

Primero pasamos una puerta de hierro macizo y ya frente al zaguán, cruzamos lo que en algún momento de su historia debió de ser un claustro, después ya pudimos visualizar el portón de madera maciza del viejo caserón. Una monja y una enfermera se pararon en el dintel. Las vi allí, a la entrada, como dos estatuas. Pude ver los cristales resquebrajados de las ventanas de rejas negras: los habían tapado con papel periódico, cartones o plásticos de diferentes colores. La sordidez se palpaba en el ambiente.

—¡Síguenos! —le oí decir, de modo autoritario, a la monja. Continuamos por un largo pasillo de mármol blanco grisáceo, oscurecido por los años y la suciedad. Llegamos a unas escaleras de caracol, también de mármol y muy anchas. Sentí que la arquitectura del caserón se imponía con una frialdad intimidante. Su diseño, de altos techos, anchos pasillos de mármol, las ventanas de rejas negras, cubiertas por pesadas cortinas oscuras, había sido diseñado para provocar la reverencia y el respeto de aquellos que lo visitaban; hoy solo producen una sensación de angustia y desazón. Mientras subimos siento que el frío se me mete en el cuerpo. Me abracé a mí misma en un intento inútil de resguardarme del frío.

—Vete acostumbrándote, la calefacción no funciona muy bien —me dijo la enfermera, malhumorada.

Mientras caminábamos pude ver que en los cuartos había ocho o nueve pacientes. Las habitaciones no muestran ninguna decoración o detalle personal. Frías. Sin personalidad, parecían deshabitadas, de no ser por las mujeres que de repente aparecían, como si no perteneciesen a ese escenario, como si estuviesen allí solo por error. Todas las habitaciones están pintadas de blanco, aunque ahora ya la pintura saltada muestra el gris del cemento que se había empleado para tapar los parches de las paredes. Hay agujeros aquí y allá aumentando el aspecto de decadencia. Las puertas estaban abiertas. No dejaban lugar a ninguna intimidad o privacidad. No vi ningún armario. La separación entre cama y cama era mínima. Todas las mujeres vestían igual, con lo que parece un uniforme: unos viejos andrajos que alguna vez debieron ser blancos. Continuamos por otro largo pasillo, sin ventanas, que me recordó a un túnel. Oí unos gritos. Me parecieron los aullidos de un lobo.

—No tengas miedo. Es Marisa. Siempre saluda así a las nuevas internas. Le gusta asustarlas —me dijo la enfermera para calmarme.

Seguimos por unos pasadizos con cuartos a ambos lados; llegamos a uno donde las mujeres hacinadas parecían zombis sacadas de una de esas malas películas de terror. Mujeres con rostros deformados por los efectos de los antipsicóticos, como luego averiguaría. Según avanzamos por los pisos, mientras más nos alejamos de la entrada de la casa, de ese afuera al que creía nunca regresaría, la humanidad de las pacientes parecía ir reduciéndose. Si el aspecto ruinoso del primer piso asustaba, en el tercer piso, el silencio y el aspecto de las mujeres horrorizaba. Parecía un almacén para desechos humanos. Avanzamos por pasillos que me parecían interminables hasta llegar al último piso. Según entramos en un pabellón con una hilera de camas a cada lado, me asaltó un olor nauseabundo a orines y heces. En ese pabellón, me informó sor Teresa, encerraban a las enfermas crónicas y peligrosas. Miré a mi alrededor: algunas mujeres sentadas miraban las paredes, mientras otras caminaban sin rumbo o voluntad, se detenían solo por un momento. Miraban a la nada y luego proseguían, sin dirección ni propósito. Echada en una de las camas, una muchacha babeaba susurrando algo indescifrable. Miedo. El pánico se apoderó de todo mi cuerpo. Me mareo. Siento que estoy fuera del tiempo y de la realidad. Oí a la enfermera llamar a la monja sor Teresa. Luego me tomó del brazo obligándome a continuar. Llegamos al fondo de aquel pabellón de pesadilla. Una cama, con el somier colgando, el colchón hundido y las sábanas grises, será mi residencia. Sor Teresa me ordenó que me sentara mientras se dirige a un desvencijado aparador, que solo conserva tres cajones. Saca algo de allí. La enfermera, mientras tanto, me explicaba los diferentes horarios y obligaciones de las pacientes que allí residen. Sor Teresa regresó con un vaso de agua en una mano y una pastilla en la otra. Me la mostró. Me mandó tomarla. Me negué. Me repitió la orden, esta vez con una voz amenazadora y autoritaria. Me rehúyo. Me ordenó abrir la boca. Me negué. Lo intentó varias veces, antes de llamar al celador. Se acercó. Es bajito y rechoncho, ceñudo, con un rostro rudo y cuadrado, como el resto de su cuerpo y la piel curtida por el sol. Debe tener unos cuarenta y pico de años. Oigo que sor Teresa lo llama Manolo. Sin pronunciar una palabra me empuja y me tira en la cama. Luego me coge de un brazo. Me metió primero la mano derecha en una de las correas, abrochándola fuertemente alrededor de la muñeca. Luego hizo lo mismo con la otra. Me abrió la boca a la fuerza mientras la enfermera me introducía los medicamentos. Después me obligó a cerrarla. No querían que escupiera las pastillas. De todos modos las escupí, ante lo cual los tres se enfurecieron. Me sujetaron más fuerte. Me volvieron a abrir la boca esta vez con mayor brusquedad que la vez anterior y repitieron la misma maniobra. Sor Teresa me obligó a cerrar la boca con las dos manos hasta que se aseguró de que me había tomado todas las píldoras. Me fue imposible seguir oponiendo ninguna resistencia. Me sujetaron los brazos y las piernas. Traté de moverlos. Los oí reírse de mis esfuerzos inútiles. Quise protestar. Sor Teresa me obligó a tragar más agua. Me mojó toda la barbilla y parte del cuello. Creí que me ahogaba. Sentí convulsiones. Me era difícil respirar. Me dieron la vuelta. Respiré mejor. Volvieron a ponerme boca arriba.

—Cálmate y te irá mucho mejor. Todo será más fácil así —oí decir a la enfermera.

Por la agilidad de sus movimientos supe que esto era una simple rutina para ellos. Yo era solo una más de una larga lista. Se marcharon al rato. Atada, traté inútilmente de liberarme. Después, sombras... oscuridad... pequeños momentos de lucidez en los que los gritos, los sollozos y los murmullos de mis compañeras me torturan. ¿Locura o desesperación? ¿Incapacidad de hablar? Más gritos. ¿Es mi voz? ¿Grito? ¿Yo? ¿Otra loca? Más sollozos. Palabras aisladas. Alguien habla. Silencio. Alguien grita. Silencio. Alguien susurra. Silencio. Alguien solloza. Silencio. ¿Soy yo?

EL PRESIDENTE DEL GOBIERNO, SALVAJEMENTE ASESINADO

Ayer por la mañana, poco antes de las diez, en la calle de Claudio Coello, esquina Maldonado, el presidente del Gobierno, don Luis Carrero Blanco, murió víctima de un criminal atentado. Desde la casa número 104 de Claudio Coello se había perforado una galería subterránea hasta el centro de la calzada, punto en el que se depositó una potente carga que se hizo explotar desde el exterior. El inspector de Policía don Juan Antonio Bueno Fernández y el conductor del coche presidencial don José Luis Pérez Mogona fallecieron también en el salvaje atentado.

—Hola, Isabel. Soy Ignacio Suárez Lambre, el psicólogo del hospital. Si no le importa, quisiera hacerle algunas preguntas y charlar un rato con usted. —*Se oye pasar la cinta.*

—Su nombre es Isabel Ramírez Padrón, nacida en esta misma ciudad en el año 1950 ¿sí? —*Otra vez silencio y el susurro de la cinta al pasar.*

—Muy bien. Si puede, por favor responda, con palabras, y no con un gesto. Veo que cumplirá veinte años dentro de unos meses. ¿Sabe en dónde se encuentra? —*Silencio. Se oye pasar la cinta.*

—¿Puede oírme? —*Silencio*—. Está bien. Sé que está aún muy sedada. ¿Sabe quién soy? Trate de responder. —*Silencio*—. Tome un poco de agua. Intente mantener los ojos abiertos. Muy bien. ¿Sabe dónde está?

—En un manicomio. —*Balbuceo casi inaudible.*

—¿Sabe por qué está aquí?

—Maté. —*No estoy muy seguro, creo que eso es lo que dice. Es un susurro.*

—Intente mantener los ojos abiertos. Sé que es difícil. Es la consecuencia de los medicamentos. Voy a pedirle al psiquiatra del hospital, el doctor Agüeros, que le reduzca la medicación poco a poco. Se sentirá mejor cuando los efectos vayan desapareciendo. Hoy no podremos hacer más, pero espero que en las siguientes sesiones podamos conversar un poco. ¿Vale? —*Silencio. Se oye el ruido de la cinta grabadora al pasar. Aprieto el botón para adelantar la cinta. Vuelvo a oír mi voz. Me sorprende cuánto ha cambiado con el tiempo. ¡Qué raro es oírme después de tantos años! El tono es otro. Esa autoridad que creía me daba mi título universitario se filtraba en ese tono de voz.*

—Estaré pendiente de su progreso durante las próximas semanas. —*Silencio. Se oye el ruido de la cinta al pasar.*

—Iré a visitarla estos días a su cuarto. Me aseguraré de que la estén tratando bien y de que vaya progresando con el tratamiento.

NOTA:

La paciente ha respondido coherentemente, aunque más que hablar balbucea. El informe del personal hospitalario indica que la paciente Isabel Ramírez Padrón no tiene apetito. Se niega a comer. Son los efectos secundarios de los analgésicos. Su mirada vacía muestra que aún es incapaz de concentrarse. No creo que pueda recordar mi visita de hoy.

Según el informe de la comisaría la paciente no había cometido ningún crimen anterior al asesinato de su madre. Confesó voluntariamente el 24 de julio a las 17 horas. Aunque contó lo ocurrido voluntariamente, luego no quiso o no pudo dar ninguna razón para justificar el crimen. Rehuyó las preguntas de los investigadores y los jueces.

La policía entrevistó a los familiares y a los vecinos. Su comportamiento, según ellos, nunca había sido agresivo. Quizás por eso mismo, el juez puso en duda sus capacidades mentales; a pesar de que nuestro psiquiatra, el doctor Agüeros, no encontró ningún indicio de enfermedad mental.

Enciendo el ordenador. Busco la página web de ECOO, las siglas de la organización con la que Isabel marchaba hace un rato por el paseo de la Castellana. Aunque la huelga había sido convocada por los sindicatos, se habían unido muchas otras organizaciones. Isabel podía ser o no parte de ese grupo. De todos modos, entro en la página de la institución. Veo, para mi sorpresa, que Isabel Ramírez Padrón aparece como uno de los miembros de la comisión directiva. Tomo nota del teléfono que encuentro en la página web. Llamo al número. Me contesta una máquina. Cuelgo. No sé qué decir. No me esperaba un contestador. Vuelvo a marcar. Oigo una voz fría, de robot, que amablemente me invita a dejar un mensaje. Doy mi nombre, profesión, mi número de teléfono y explico los motivos de mi llamada. Cuelgo. Algo decepcionado. No sé qué hacer.

* * *

Entré en mi despacho. Las enfermeras habían sentado a Isabel en un pequeño sofá delante de mi escritorio. Me acerqué. Le estreché la mano. Siempre he pensado que es un gesto importante para crear un ambiente de cordialidad entre el médico y el paciente. Recuerdo que me sorprendió. Estaba muy sedada, sin casi ninguna expresión en el rostro, y, sin embargo, su belleza parecía desafiar los efectos de los medicamentos. Allí, frente a mí, recuerdo a Isabel como una figura perturbadora. Aun bajo los efectos de las pastillas, su mirada me turbó. Tiene que estar enferma, pensé. ¿Qué le pasó a esta mujer? Tuvo que ser algo terrible para que hiciera lo que hizo.

Soy consciente que la primera idea que me formé sobre ella se basaba en los estereotipos de la época. Tras varias sesiones y después de conocerla mejor, entendí que Isabel era el tipo de persona que desafía solo con su existencia. ¿Cuál era el modelo de mujer joven de provincias de aquellos tiempos? Creo que aún no pensábamos en esos términos. No obstante, su personalidad, y aun su físico, no coincidían con el tipo de mujer que nuestra sociedad aceptaba. Por eso mismo era fácil juzgarla. Isabel era una pieza de un rompecabezas que aún no sabíamos cómo recomponer. Pero eso lo pensé mucho después, después de todos los cambios que sufrió el país a partir de 1975.

La terapia de Isabel comenzó al día siguiente del atentado que mató a Carrero Blanco. Mientras la observaba podía ver el titular del *ABC* sobre el escritorio de mi despacho. *Salvajemente asesinado*, me pregunté si algún asesinato no es salvaje; entretanto Isabel, casi inconsciente, hacía un esfuerzo por abrir los ojos. El asesinato de Carrero Blanco sacudió la opinión pública española como ningún otro acontecimiento lo había hecho desde hacía varias décadas. Isabel, pensé, era ajena a todo. Durante toda esa semana en que España estaba pendiente de las noticias y de los cambios que se sentían ya en el ambiente, Isabel, sedada, con la mirada perdida, había estado aislada en un cuarto del psiquiátrico. Ahora, allí, frente a mí, trataba de recuperar la conciencia. Isabel, como el resto de mis pacientes, no era parte del proceso en que se encontraba el país. Volvió a cerrar los ojos. En los manicomios de la época, a las pacientes crónicas o a las que se consideraban peligrosas se las mantenía en un estado casi vegetal. Así no molestaban. Desde mi primer día en la institución, había intentado cambiar esa práctica. Me costó convencer al doctor Carrasco, psiquiatra y también director de la institución, de que era nuestra responsabilidad proporcionarles tratamiento e intentar darles una vida digna. Siempre insistí en que los demás psiquiatras redujesen o interrumpieran la pastilloterapia. Se opusieron argumentando que muchas pacientes podían ser peligrosas para los otros enfermos, para ellas mismas o para el personal; aunque en el recinto nunca se había dado un caso de violencia. Era solo un pretexto para continuar la misma práctica. Así los pacientes parecían muertos en vida. No molestaban. Los cambios siempre son difíciles, me repetía el doctor Carrasco. Ten paciencia Ignacio. El director era muy consciente de que se avecinaban cambios. Eso le inquietaba. No quería que su puesto peligrase. Era un hombre práctico y por eso mismo, ecléctico; creía en unir las dos tendencias extremas de la psiquiatría española: la mecanicista y la dinamista. Me escuchó. Le expliqué que era un momento de transformación para la psiquiatría española. El doctor Carrasco sabía que yo había estudiado en Londres y que viajaba a menudo a Estados Unidos para asistir a conferencias sobre nuestra especialidad. Traía nuevos métodos, actitudes e ideas. Eso lo preocupaba; también sabía que era el futuro y pensaba que podría ayudarlo a ascender de puesto. En caso de que se llevaran a cabo transformaciones radicales, mi presencia en el hospital podría ser valorada muy positivamente. No por eso dejaba de aconsejarme que controlase mi fervor por la profesión; si no, mi manera de afrontarla podría hacerme caer en errores de juicio. Según el doctor Carrasco, había que mantener una sana distancia con los pacientes. No apasionarse demasiado. No se oponía a las transformaciones, siempre que se hiciesen con moderación, solía decirme.

—Nuestro modo de vida, Ignacio, es muy diferente al de los ingleses. Por supuesto, somos un pueblo moderado. No nos gustan los cambios bruscos. A diferencia de lo que se piensa por ahí, somos un pueblo más bien pasivo. Preferimos que las cosas pasen poco a poco. Conocemos la importancia del sentido común.

Siempre mencionaba el sentido común como si se tratara de alguna ciencia exacta que debíamos seguir. Después de esos pequeños sermones comenzaba a quejarse de la pobreza de nuestra Diputación y de los pocos medios con que contábamos para tratar a nuestros pacientes. Por entonces el hospital albergaba a unos quinientos internos, si se contaba el anexo donde residían los hombres. Solo había tres psiquiatras y un psicólogo. Las enfermeras y las monjas eran las que mantenían el lugar. El doctor Carrasco me recordaba, siempre que podía, que las monjas que trabajan en el hospital, aunque se resistían a los nuevos métodos, eran muy necesarias. Tendría que tener mucha paciencia con ellas. Sin las monjas de la Orden hospitalaria no se podría mantener unas condiciones mínimas de higiene y orden. Lamentablemente, era cierto.

Volví a mirar a Isabel. Allí, sentada frente a mí, con los ojos cerrados. Me sorprendió su belleza. Me avergoncé. Había tenido pacientes que me habían confesado su irritación, aún más, su odio, hacia la belleza en general y en especial hacia la de las mujeres. Los entendí en ese momento. Traté de distraerme. Abrí los informes que habían mandado desde el juzgado sobre el caso de Isabel. Intenté encontrar en ellos alguna respuesta, el motivo del asesinato. Inútil. Se hacía hincapié en que Isabel no había mostrado ningún arrepentimiento o emoción a la hora de confesar su asesinato. Tampoco durante el juicio. El parte del agente de policía que escribió el primer informe describía, detalladamente, la frialdad y el desapego con que Isabel relató los hechos. *Sin mostrar ningún sentimiento, sin rastro de culpa o dolor, la acusada narró cómo asfixió a su madre mientras esta dormía. Le tapó la boca y la nariz con una almohada. Apretó. Cuando estuvo segura de que la víctima no se movía, esperó un momento más. Retiró la almohada y confirmó que su madre ya no respiraba.* Mientras lo leía y aún con un inevitable sentimiento de rechazo, recordé las crónicas que había leído en los periódicos sobre el caso. Mientras tanto había algo que me molestaba, no sabía qué, había algo que no encajaba en aquel relato. Si no sentía ningún remordimiento, como los periodistas y los informes apuntaban, entonces por qué confesó, por qué no negó estar involucrada. Pudo decir que no sabía nada. Si era una mujer tan fría como decía el informe de la policía, por qué no acusó a otra persona: un familiar, un amigo o algún vecino, o si no por qué no intentó escapar. También podría haber dicho que su madre había muerto de causas naturales. La mujer ya había tenido problemas de salud. Que hubiera muerto por algún trastorno respiratorio podría haber sido creíble. O se podría haber inventado una historia: un intento de robo. Un ladrón se había metido en la casa y había matado a su madre. Todas esas posibilidades, en esa época, 1973, se habrían aceptado. La mentira era preferible a una realidad tan insólita. El engaño, las medias verdades o el silencio eran más fáciles de aceptar que la verdad simple y llana. Nadie quería aceptar que una hija de una familia honrada, respetuosa, más o menos católica, podía haber matado a su madre. La investigación de la policía, por lo que podía apreciar en los informes, no había sido muy detallada. ¿Por qué lo admitió? Me volví a preguntar. Las autoridades hubiesen aceptado cualquier explicación más o menos válida, me seguí repitiendo mientras la observaba allí ahora, semiinconsciente. Sí, la hubiesen creído, me dije. Las preocupaciones del país eran otras. Tampoco la policía española estaba tan avanzada como ahora. Por eso me volví a hacer la misma pregunta, ¿por qué confesó si no se sentía culpable? ¿Psicópata? No. Los psicópatas no confiesan. Por el examen psicológico realizado para los peritos judiciales, aunque no muy fehaciente ni exhaustivo, se sabía que no mostraba ninguna de las características de ese perfil: egocentrismo, grandilocuencia, autosuficiencia, impulsividad, falta de inhibiciones o necesidad de poder y control. Por lo que pude leer en los informes, nada de eso parecía describir a mi paciente. Isabel no entraba en ninguna clasificación fácil. No mostraba ninguna de las características de una persona maníaco-depresiva, como se le llamaba al trastorno bipolar, tampoco las de una esquizofrénica. No tenía alucinaciones. No hablaba sola. No oía voces. Quizás por eso y ya desde entonces empecé a sospechar que Isabel ocultaba algo. ¿Qué? No podía imaginármelo.

El informe de la policía aportaba los datos básicos de Isabel Ramírez Padrón: había nacido en 1951, su padre era Pedro Ramírez Lautro, nacido en 1905, en el pueblo de Barranteros. No lo conocía, pero sabía que era una aldea que quedaba a unas dos horas de la ciudad. El padre se había jubilado en 1970. Desde los catorce años había pertenecido a La Falange. Durante la Guerra Civil se alistó en el lado nacionalista. Luego, trabajó, primero, en la cárcel de mujeres de Saturrén; después lo trasladaron a la de las Ventas de Madrid. No se especificaban sus responsabilidades. Ya muchos sabíamos, o por lo menos habíamos oído rumores, de lo que había ocurrido con las mujeres republicanas en esas cárceles: las torturas y las violaciones brutales a las que habían sido sometidas. El robo y venta de sus hijos. Por entonces queríamos dudar. Nos preguntábamos si no serían exageraciones. Propaganda antifranquista. No queríamos creer la historia de nuestro país. Seguí leyendo el informe. Después, y ya en el año de 1945, Pedro Ramírez consiguió un puesto en el hogar de Auxilio Social de la ciudad. Allí conocería a la que sería más tarde su esposa, hija de republicanos.

La madre y víctima, del mismo nombre que la acusada, Isabel Padrón de Ramírez, nacida en 1925, era huérfana, y había entrado en el hogar de Auxilio Social al terminar la guerra. Se había criado allí. Era mayor para que la adoptaran. La gente solo quería bebés. Allí conoció a su futuro marido. Se casaron cuando ella acababa de cumplir diecisiete años. Sabía que muchos de los hijos de los republicanos habían terminado en los hogares de Auxilio Social. Desde la ley de 1940, la patria potestad de todos los niños que se encontraban en el Auxilio Social pasó automáticamente al Estado. Este podía hacer con ellos lo que creyese mejor, incluyendo darlos en adopción sin necesidad del consentimiento de los padres. Si ya eran demasiado mayores para ser adoptados, podían obligarlos a recluirse en un seminario o en un convento. Parece que la madre de Isabel había escapado a ese destino casándose con Ricardo, su padre. La madre había sido ama de casa o como decía el informe «dedicada a sus labores». La asesina y paciente, Isabel, tenía dos hermanos, David y Julia. Isabel, hija, y Julia habían asistido a la escuela pública. David a la escuela católica. Todos estaban bautizados. Habían hecho la confirmación. Ninguno estaba casado.

Por lo que leí, no se había entrevistado a fondo a ninguno de los familiares. Tampoco a los amigos o a los vecinos. El cuerpo de la madre de Isabel se encontró en la cama de la alcoba matrimonial. La hallaron unas dos horas después de su muerte. Isabel declaró, primero en la comisaría y luego ante el juez, que la asfixió mientras dormía. No había mucha más información. Después se consignaban los datos de rutina: la dirección, los nombres de los familiares y de los amigos más relevantes. Me pregunté cuánto tiempo habría tardado en morir la madre de Isabel. La paciente nunca ofreció esos detalles. El informe policial tampoco presentaba más información que lo que ella misma había declarado en la comisaría. Sin embargo, habría sido útil para deducir el estado en que se hallaba mi paciente en el momento del asesinato. Saber si la madre había sufrido, estaba dormida o inconsciente cuando murió me podría haber dado alguna información sobre el estado emocional de Isabel. Habría sido importante saber si el homicidio se había planeado o si fue el arrebato de un momento de furia o locura momentánea. Tampoco aparecía ningún informe de la autopsia. ¿Había Isabel drogado a su madre antes de matarla? No lo podíamos saber. Tampoco se había investigado si alguien, algún familiar, amigo o quizás algún novio, la había incitado a perpetrar el asesinato. Al parecer, las autoridades habían aceptado su palabra: ella sola la había matado sin ninguna influencia de otra persona. Entonces ¿por qué no escapó? ¿Por qué confesó? Las respuestas a esas preguntas no parecían haberles importado a las autoridades. No parece que nadie la hubiera obligado a ir a la comisaría. Había confesado. Eso era lo único importante. Era culpable. Los motivos no eran relevantes. Pensé entonces que debería llamar a Juanjo, un amigo de la infancia, hoy policía. Comíamos juntos antes de volver al trabajo. A veces, si teníamos tiempo, echábamos una partida de parchís. Era un hombre tranquilo; sin embargo, las barreras que había encontrado al intentar que el cuerpo de policía trabajase con criterios más profesionales solían frustrarlo. Entonces le ayudaba desahogarse conmigo.

Al final del informe encontré unas fotos. La paliza había sido brutal. Las imágenes me impactaron. ¡Qué le hicieron a esta pobre mujer! El párpado derecho hinchado.

Las mejillas eran dos moretones. La nariz partida. La cara deformada. Estaba irreconocible. Y esas heridas de los labios, aunque en la imagen no se podían apreciar bien, parecían mordiscos. Lo que no enseñaban las fotos me lo podía imaginar. La volví a mirar allí, sentada, frente a mí, con los ojos cerrados, semiinconscientes y algo pálida. Mientras la observaba me pregunté si la paliza se habría concentrado en su rostro para borrar su belleza. ¿El que la agredió sentiría placer sacándose la rabia con una mujer como Isabel? ¡Qué fácil es satisfacer las ansiedades y deseos más primitivos con el que se encuentra en una posición tan débil!, pensé. Algunos regímenes propician ese tipo de abusos al hacer que algunos sectores de la población se sientan superiores a otros. Ya había visto otros casos. También sabía que aquellos que tienen problemas de inseguridad o que sufren de autodesprecio suelen ensañarse contra algo hermoso. En los regímenes dictatoriales la belleza siempre se encuentra en una posición de debilidad. Podía imaginar que el agresor de Isabel se justificaría diciéndose que una mujer que comete tal atrocidad no tiene derecho a ser guapa. Luego me pregunté quién habría metido estas fotos en el informe. Demasiadas preguntas sin respuestas para un caso cerrado.

Los periodistas siempre habían descrito el comportamiento de Isabel como indiferente. No le importaba lo que ocurría a su alrededor; no prestaba atención a los fotógrafos, tampoco al tumulto amenazante de vecinos, que la habían conocido desde la infancia, y que ahora pedían a gritos su ejecución mientras la sacaban de la cárcel para ir a juicio. Nunca pudimos ver la expresión de su rostro. Siempre lo llevaba cubierto por alguna prenda. Aseguraban los periodistas que Isabel no parecía muy preocupada por los cargos que se le imputaban. No se defendió. Tampoco dio explicaciones. Según los testigos su actitud durante todo el juicio fue neutral y fría, casi ausente. Se opuso a una defensa basada en el trastorno mental. Su opinión no importó, el juez determinó que estaba incapacitada para enfrentarse a los cargos. La enviaron al hospital psiquiátrico provincial. Ahora, viendo aquellas fotos, entendí el motivo de que ocultaran su cara. No era para esconder su vergüenza, sino la de otros.

La noticia del asesinato tomó un cariz que iba más allá de la necesidad de informar al público. Todo nos sentimos un poco vulnerables. Ya comenzaba en España un fenómeno que en otras partes de Europa y en Estados Unidos tenía una larga trayectoria: la noticia como espectáculo mediático. Así, algunos artículos insinuaban del nuevo peligro que representaba Isabel. Si eso le había ocurrido a una madre como la de Isabel que, según los periódicos y la televisión, era una mujer como cualquiera —de clase humilde, casada, ama de casa, buena madre, responsable...— entonces le podía ocurrir a todo el mundo. Todas las familias podían estar en peligro. Eso, por supuesto, aumentaba el morbo y vendía más periódicos. El mal, como el mismo régimen franquista nos había enseñado desde el fin de la guerra, podía estar entre nosotros; en el seno mismo de nuestra familia. El asesinato de Isabel solo venía a probarlo. Así esta mujer que ahora yacía semiinconsciente en mi despacho se había transformado en el blanco fácil de las multitudes callejeras, que se congregaban fuera de la cárcel y le gritaban insultos y amenazas. Isabel era la imagen de un nuevo peligro. A nadie le importó el motivo de su crimen.

El director del hospital, el doctor Carrasco mandó aislar a Isabel por ser una enferma peligrosa. Tuve varias discusiones con él. Teníamos que tratar a los pacientes, no encerrarlos y olvidarnos de ellos. Eso no lo convenció. Entonces le hablé de todo lo que podríamos aprender de Isabel. Era un caso único. Podríamos ser un ejemplo para otras instituciones. Tras largas conversaciones permitió que detuviéramos los antipsicóticos y la trasladáramos al segundo piso, con el resto de las internas. Siempre y cuando no mostrase un comportamiento agresivo seguiría allí; de lo contrario, regresaría al tercer piso, con las enfermas crónicas y volveríamos a sedarla. Hubo mucha resistencia a esta decisión tanto por parte de las enfermas como de los empleados. Tuvimos que alojarla en un cuarto semiabandonado. Sola. Nadie quería compartir la habitación con ella. Las empleadas la temían; a las otras pacientes les daba rabia que alguien que había cometido un homicidio, peor aún, el asesinato de una madre, fuese clasificada como ellas, de loca. Las indignaba. Repetían que ellas eran locas, no asesinas.

Mientras la miraba allí, sentada frente a mí y esperaba a que una de las enfermeras viniese a recogerla y llevarla a su cuarto, pensé que este caso podría ser un hito en mi carrera. El psicoanálisis debía transformarse en España en una pieza clave para la rehabilitación y recuperación social del enfermo mental como ya había ocurrido en Europa. Sin embargo, en la mayoría de los hospitales psiquiátricos del país aún no había un solo psicólogo —ni hablar de psicoanalistas— solo psiquiatras. La pastilloterapia aún era la norma en la mayoría de los hospitales. Las píldoras habían venido a reemplazar las viejas argollas, los electroshocks y la camisa de fuerza. De este modo el tratamiento parecía más benévolo: era mucho menos extraño para los familiares y el público; ya no se ataba o se encerraba a los enfermos. Sus familiares los veían tranquilos, sonrientes, en lugar de atados a la cama o encerrados en oscuras celdas. Poco importaba que, mientras tanto, el enfermo se muriera en vida.

* * *

Después de mis estudios en Londres, regresé a trabajar en España. Me llamó la atención el atraso de nuestras instituciones psiquiátricas. Aunque sabía que nuestra especialidad desde principios del siglo XX estaba ligada a la Iglesia católica, luego y ya en la posguerra a la ideología del régimen, no me imaginaba el atraso en que se encontraba nuestra disciplina. La vinculación entre la Iglesia y la psicología había comenzado antes de la guerra, a principios del siglo XX. Primero los jesuitas establecieron el Colegio Máximo y luego las órdenes de san Agustín, con sacerdotes como Juan Zaragüeta y Marcelino Arnáiz o el capuchino Francisco de Barbens, tratarían de aprovechar la psicología para la acción pastoral. Después psiquiatras como Vallejo-Nágera, con una ideología neonazi, la emplearían para tratar de purificar la raza española. La institucionalización y profesionalización de la psicología no comenzaría hasta la década de los setenta. Yo quería ser parte de los movimientos que pedían esa transformación institucional. Sin embargo, y aunque conocía la historia de la psicología y de la psiquiatría en España, no podía imaginar hasta qué punto los postulados de la psiquiatría nazi y de la psicología pastoral habían calado en la sociedad y en el sistema de salud español. Vallejo-Nágera era todavía una referencia importante en las aulas universitarias españolas en la década de los sesenta, aunque su preocupación no era ayudar a los pacientes a retomar sus vidas, sino separarlos del resto de la sociedad. El decreto vigente desde el año 1931 permitía internar a cualquier persona que pudiese categorizarse como enferma mental, sin necesidad del permiso de la persona o de la familia. Cualquiera que molestase socialmente podía terminar en un manicomio. De este modo, algunos médicos se dejaron transformar en vigilantes del orden social.

Sabría más tarde que estuve una semana en el último piso, con los casos crónicos. Los primeros días estuve inmovilizada. Luego, no sé, ya no hacía falta. Me desataron. Habrían pasado dos o tres días. Estaba aún drogada. Los antipsicóticos eran demasiado fuertes para poder resistir, para poder pensar, para poder articular alguna idea o deseo. Abría la boca. La comida y el agua pasaban por mi garganta sin que yo lo sintiera, sin saborearlo, sin el hambre o sed previas para desearlo. Luego la pastilla. Después me sentaban en la cama, a veces en alguna silla que quedaba libre, y así pasaban las horas y los días. Allí, sentada, inmóvil, los celadores y las monjas de la Orden Hospitalaria mandaban y yo obedecía, como el resto de las pacientes del tercer piso, sin poder procesar nada de lo que me estaba pasando. Luego me lo contarían. Quiero pensar que lo recuerdo. A veces creo que es cierto. Otras, creo que es más una reconstrucción de lo que me dijeron que pasó allí durante esa semana. Nada. Absolutamente nada. No pasó nada. No sé si es cierto. No sé si son esos mis recuerdos.

Ruido. Más. Voces. Me toman de los brazos. Me levantan. Camino con una mujer a cada lado. Me sostienen. Hablan como si yo no estuviera allí.

—Se cree muy inteligente. Muy moderno. Nos pone a todas en peligro. ¡Una asesina en el segundo piso! ¿Qué vamos a hacer con ella? No podemos vigilarla las veinticuatro horas del día.

No siento las piernas. Parece que me deslizo. No doy pasos. Me arrastran. Quiero decir algo. No puedo. Trato. El cuerpo no obedece. No puedo mover la boca. No puedo mover los labios. No sé hablar.

—Espero que sor Teresa pueda hacer entrar en razón al director. Desde que llegó ese de Inglaterra... con sus nuevas ideas cree que puede cambiarlo todo. Pero somos nosotras las que tenemos que aguantar a todas estas locas.

Me desplomo. Me estrello contra el suelo. No recuerdo el dolor. Me levantan. Vuelvo a caer. No puedo con mi cuerpo. Es muy pesado. Las piernas no me sostienen. Las monjas llaman a Manolo, el celador. Me cogen entre los tres bruscamente. Me arrastran ahora más rápido, con mayor violencia. Llegamos al segundo piso. Me echan en la cama. Creo que lo sentí. Creo que lo recuerdo. Dormí casi dos días seguidos.

ABC
Madrid, jueves, 27 de diciembre de 1973

EL RITMO DE LA CALLE

La calle produce hoy esta noticia de portada: paz y tranquilidad en toda España, en unas fechas entrañables y alegres dedicadas al sentimiento religioso, a la compra de regalos y a la intimidad familiar en el hogar.

—Hola, Isabel. ¿Se acuerda de mí? Soy su médico, el doctor Suárez. Soy el psicólogo del hospital. Hablamos hace una semana.

—Sí, me acuerdo un poco. —*Se percibe la inseguridad en su voz. Le cuesta articular bien. Balbucea.*

—¿Sabe dónde está?

—En un manicomio.

—Prefiero que lo llame hospital psiquiátrico. ¿Sabe por qué está aquí?

—Sí.

—¿Por qué?

—Porque maté a mi madre.

—¿Me podría hablar un poco de ese momento? ¿Qué sentía? ¿Por qué lo hizo?

—¿Había peleado con ella? —*Silencio. Pasa la cinta*—. ¿Isabel?, ¿está cansada? ¿Puede abrir los ojos?

—Me cuesta mucho. Se cierran solos.

—Vale. ¿Me oye?

—Sí.

—Como le dije antes, estoy aquí para ayudarle. También quiero que sepa que nuestras sesiones son totalmente confidenciales. Puede contarme lo que quiera. De aquí no sale nada. —*Silencio*.

—¿Y esa grabadora? —*Es casi un susurro*.

—Es para mí. Le iba a pedir permiso para usarla en nuestras sesiones. Quisiera pedirle que me permitiera poder grabar algunas de nuestras conversaciones. Me ayuda mucho escucharlas luego, a solas y en silencio, en mi despacho. Así puedo repasar las conversaciones mientras pienso cuál sería el mejor tratamiento. —*Se oye la voz de Isabel. Dice algo que no puedo descifrar. Aún balbucea mucho*—. Eso iría en contra de mi profesión. —*Ahora es mi voz. Parece que le contesto a alguna pregunta o comentario*—. Lo que me diga tiene que quedar entre nosotros. Nadie, sin su permiso, puede saber lo que me dice. —*Otra vez la voz de Isabel como un susurro. No la entiendo*—. No se preocupe por eso. Ya ha sido juzgada y condenada. La justicia ya ha hecho su trabajo. Ha cerrado su caso. Si se siente más segura puedo llevarme las cintas a la casa y escucharlas allí. Vivo solo. Nadie tendrá acceso a esa información. La policía no se atreverá a saquear la casa de un médico.

—Vale. —*Parece decir*.

—Muy bien. Vamos a ver ¿Se encuentra bien? ¿Necesita algo?

—No. —*Esta vez la voz de Isabel es más clara*—. Esas pastillas me dan sueño.

—Ya sé, no se preocupe si no puede mantener los ojos

abiertos. Tiene razón. Son los efectos de la medicación. Mejor que hoy descanse. Trataré de que tengamos una sesión la próxima semana, aunque en el futuro solo podremos tener una sesión al mes. Desgraciadamente, tenemos muchas pacientes. Pero si me necesita puede hacer que me llamen e intentaré atenderle lo antes posible. Nos veremos por los pasillos del hospital. Trataré de pasar por su cuarto para asegurarme de que todo esté bien. ¿De acuerdo? —*Se oye un balbuceo.*

NOTA:

Está aún muy sedada. Le cuesta responder a mis preguntas. Ha movido la cabeza para contestar a muchas de ellas. Luego cerró los ojos. De todos modos, la encuentro algo mejor que la primera vez que la vi, aunque se queja de cansancio. Su mirada es ahora un poco más clara y más atenta que la primera sesión. La inexpresividad de su rostro muestra que los efectos de los medicamentos aún persisten. Habrá que esperar. Hasta dentro de un par de semanas no podrá comenzar la terapia. Intentaré que me vea por los pasillos, que me reconozca, y llegue a transformarme en una figura confiable para ella.

En 1974 a los enfermos crónicos o a los que se les consideraba peligrosos se les administraban sedantes para mantenerlos inconscientes todo el día. Se creía que así no se hacían daño. «Es por su propio bien», se oía repetir. La primera vez, que entré en aquel hospital las pacientes me parecieron muertas en vida. Mi obligación como médico, estaba seguro, era hacerlas volver en sí. No sería tarea fácil. Algunas de aquellas internas llevaban tantos años sedadas que creían que ese estado de inconsciencia era lo normal. Traté de despertarlas. Para muchas la realidad les parecía tan dura que preferían seguir inconscientes.

* * *

Me había alegrado al saber que la paciente Isabel Ramírez Padrón residiría en nuestra institución y que estaría bajo mis cuidados médicos. Este caso me daría una gran oportunidad para hacerme un nombre en mi profesión. Su crimen había tenido una gran repercusión mediática. La noticia del asesinato había salido en la primera plana de todos los diarios y en todos los noticieros. Solo, primero con la larga agonía de Franco y los problemas políticos los medios se irían olvidando de su caso. De todos modos, ya me veía impartiendo conferencias sobre el extraño caso de la matricida española en las mejores universidades del mundo. Mi padre siempre había querido que uno de sus hijos fuese médico. Según sus cálculos, mi hermano mayor se encargaría de los negocios y a mí me tocaría ser el médico. Por supuesto, para él, los psicólogos no eran más que farsantes. Solo después de muchas discusiones, y tras la intervención de mi madre, me permitió estudiar psicología. De todos modos, sé que he sido una gran decepción para él. Mi padre soñaba con un cirujano o un cardiólogo, no un charlatán, como él llamaba a los de mi profesión. Quizás este caso, pensaba, me daría la importancia y el relieve necesario para ganarme la admiración y el respeto no solo de mis colegas, sino también el suyo.

Ahora que había conocido a Isabel, ya no era un caso clínico más, entendí mi egoísmo. No era como me la había imaginado. Grosera. Huraña. Agresiva. Déspota. No. Isabel no tenía nada que ver con esa imagen. Estaba muy equivocado. Por lo poco que habíamos podido hablar esos primeros días ya había podido apreciar que era una mujer educada. Aún más, parecía amable y cordial. La contradicción entre el asesinato y su personalidad me haría dudar al principio de su estabilidad mental. ¿Psicópata? Los psiquiatras lo habían descartado. ¿Esquizofrénica? Imposible. ¿Maníaca-depresiva? Todas esas posibilidades se habían considerado y dejado de lado. No, no había ningún indicio de esos trastornos. ¿Personalidad múltiple? En Estados Unidos se había hablado mucho de esa posible enfermedad, aunque los psiquiatras y psicólogos más serios habían puesto en duda la mera existencia de ese cuadro. Entonces me preguntaba cómo una mujer sin problemas de alcoholismo ni ninguna otra adicción, podía haber cometido un homicidio de esa magnitud. Necesitaba tratarla, encontrar los motivos que la llevaron a ese asesinato.

Los periódicos habían planteado algunas de las preguntas que yo me hacía entonces para luego descartarlas rápidamente. También insistieron mucho en su belleza para luego insinuar que había algo extraño. Nadie en el barrio le había conocido ningún amigo o novio, aun cuando no le habían faltado pretendientes. Una mujer tan hermosa, sola por elección. ¿Por qué una mujer así elegía estar sola? Se preguntaban. Eso no era normal. Aunque las teorías de Freud estaban muy mal vistas, en ese momento salieron a relucir en sus modos más burdos. Entre risas echaban mano de las explicaciones más absurdas e intentaban emplear teorías pseudocientíficas y semifreudianas para resolver el misterio de Isabel. Así entre chiste y burlas expresaban sus propios temores.

—¿El asesinato no habría sido producto de una represión demasiado fuerte por parte de la familia?

Por supuesto, en una mujer tan guapa como ella, la represión sexual tendría que haber sido un factor. Otros acusaban a la madre:

—¡Sabe Dios cuántas porquerías le metió en la cabeza!

Esos comentarios les daban la seguridad de su mundo incólume. Una mujer como Isabel era una anomalía.

Ya en enero de 1974, el doctor Carrasco me hizo llegar un segundo informe firmado por un psiquiatra para mí desconocido en el que declaraba a Isabel Ramírez Padrón incompetente para encarar los cargos de los que se la acusaba. El informe no especificaba ningún trastorno emocional o mental específico, era evidente que intentaba identificar y evaluar aquellas aptitudes y habilidades que pudiesen haber influido en la determinación de responsabilidades legales de la paciente. Aunque el especialista no parecía manejar conceptos psicológicos ni tampoco los términos legales, diagnosticó a Isabel Ramírez Padrón, «desequilibrada mental con trastorno de la personalidad». No explicaba los motivos de ese diagnóstico. En 1973 la psiquiatría criminal era casi inexistente en España. Pero había algo extraño en todo ese papeleo. Se silenció el escándalo clasificándola de desequilibrada. Mandarla al psiquiátrico era un modo de borrar su existencia.

* * *

Pasarían varios meses antes de que Isabel confiara en mí y se sintiera lo suficientemente cómoda para empezar a hablar de sus sentimientos. Por sus experiencias, primero en la comisaría y, más tarde, en el tercer piso del hospital, se sentía inhibida y se negaba a hablar. También supe que el recibimiento que le habían dado algunas de sus compañeras había sido muy duro. Al principio eso hizo mi trabajo mucho más difícil. Isabel se encerraba en sí misma. Tuve que hablar con una de las internas de mi confianza, Josefa, una mujer que llevaba allí casi diez años. Conocía a todas las pacientes del hospital. La apreciaban mucho. Había ayudado a muchas; en sus primeros días de hospitalización en que se sentían muy indefensas. Esos primeros momentos siempre eran los más duros. Sabía que solo ella podría conseguir que las mujeres del hospital dejaran de agredir a Isabel. En muchas ocasiones la violencia es solo una manifestación del miedo y de la frustración de los más débiles que dirige a aquellos que perciben en una posición más frágil que la suya. Por eso siempre he pensado que los regímenes dictatoriales se dejan arrastrar más por el miedo a perder una forma de vida, que por el deseo de poder político y económico. El temor a que ciertos agentes pierdan la posición central y privilegiada es lo que los lleva a la violencia. Necesitan el control para detener cambios culturales que pudieran desmontar las estructuras de la sociedad tal como la conocen.

* * *

Vuelvo a tomar el teléfono y marco el número de ECOO. Cuelgo. No debo. ¿Quién soy yo para obligarla a recordar aquellos tiempos? ¿Tengo el derecho a hacerle recordar una de las peores épocas de su vida? ¿Estará casada? ¿Tendrá hijos? Necesito saber qué pasó, qué hizo con su vida. Tomo otra vez el teléfono. Vuelvo a marcar el número. Me responde una voz de mujer. Asumo que es la secretaria. Le repito mi nombre y mi profesión.

—Estoy buscando a Isabel Ramírez Padrón. Creo que trabaja en su organización. Me gustaría contactar con ella. ¿Me podría dar su número de teléfono o su dirección?

Hubo un largo silencio. Luego se disculpó, y me aseguró que por razones de seguridad no daban información personal de sus miembros.

—Soy un antiguo amigo de Isabel. —No era totalmente mentira.

Le expliqué que después de treinta años la volví a ver en la manifestación de hoy bajo la pancarta de su institución. Me escuchó con paciencia. Me repitió amablemente que no podía darme ninguna información. Entonces se me ocurrió darle a ella la mía para que Isabel se pusiera en contacto conmigo. Aceptó. Colgué, tras dejarle mis señas. Sentí una enorme alegría. No duró mucho. Entonces llegó lo peor: después de la esperanza, la duda. ¿Me llamaría? ¿Querría volver a verme? Experimenté la ansiedad de la espera. Debía pensar en otra cosa. Distraerme. No podía. Volví a los archivos. Ahora encuentro todos esos viejos periódicos que guardé de esa época. Sabía que vivíamos un momento extraordinario, transformador. O quizás solo fuera que la casualidad quiso que la primera sesión de Isabel fuese al día siguiente del atentado contra Carrero Blanco. Tal vez tampoco fuera eso, sino que tengo la maldita manía de guardar todo. Me alegro. Ahora me reencuentro con la España de hace treinta y siete años. Reviví las esperanzas que por esa época ya empezábamos a abrigar; estábamos tan seguros de que éramos los llamados a transformar nuestro futuro, de que podíamos construir una nación más humana y más libre. Todo nos parecía posible. Ahora extraño la intensidad con que viví ese momento. Leo. Me parece otro país. Sin embargo, también veo rastros de ese mundo que se infiltra en el nuestro, ciertos aspectos de esa época que aún no se borraron del todo, al igual que encuentro que aún puedo reconocerme en aquel Ignacio de entonces.

Cuando desperté me dolía todo el cuerpo. Me costaba moverme. Parecía que la cabeza me iba a explotar. Me levanté con dificultad. Llevaba mucho tiempo inmóvil. Mis piernas, mis brazos y mis caderas parecían resentirse con cada movimiento. Me dolía la espalda. Miré a mi alrededor sin saber muy bien dónde me encontraba. Traté de recordar. Volví a sentir el miedo del primer día. Esos lóbregos pasillos, esos pabellones interminables y sombríos, esos rostros distorsionados, los sedantes... todo parecía una pesadilla. Sin embargo, era mi vida. Eso, me dije, era lo que había aceptado. Había tomado una decisión. Tenía que afrontar mi responsabilidad. El cuarto, pequeño con las paredes descascarilladas, solo tenía una cama. Todo era suciedad. La luz que se colaba por un ventanuco apenas me alcanzaba. El cristal estaba tan sucio que dudé que se pudiese ver nada a través de él. Busqué, algo, un trapo o una servilleta para limpiarlo. No encontré nada. Por fin un trozo de tela. Necesitaba luz. Necesitaba ver más allá de esas paredes. Poder mirar afuera. Me acerqué. Escupí sobre el paño. Un rayo de sol me dio de lleno en los ojos, cegándome. Fue una alegría. Necesitaba ver el exterior. Deseé sentir el aire fresco. Un poco de brisa. Traté de abrir la ventana. Tras varios intentos, por fin cedió. Se abrió un poco. Las rejas estaban también algo oxidadas. Pude observar un extenso baldío, lleno de maleza, mucha basura, árboles, las altas rejas de hierro negro que cercaban el hospital. Era uno de los patios que había visto al llegar desde el coche de policía. Supe luego que el caserón tenía tres; todos tan descuidados como ese. Me puse de puntillas. Hacia la izquierda quizás se podría ver el otro patio. Sentí que me mareaba. Aún estaba muy sedada. Me costaba mantenerme de pie. Tuve que volver a la cama. Entonces algo me extrañó. Estaba sola. No compartía el cuarto con nadie. Raro. El primer día en mi largo camino al tercer piso no había visto ningún cuarto individual. En todos había como mínimo tres mujeres, aunque en la mayoría había muchas más. Más tarde descubriría que mi habitación había sido un trastero. Lo transformaron en un cuarto solo unos días antes de asignármelo. Nadie quería compartir dormitorio con la asesina. ¡Peor! Con una matricida. Las pacientes, con el apoyo de sor Teresa, protestaron. No me querían en el segundo piso. Exigían que me encerraran en el tercero, con las enfermas crónicas. Debía estar con las peligrosas o con las que ya no tenían ninguna esperanza de recuperarse. Insistieron tanto que a la directiva no le quedó más remedio que arreglar aquel cuarto. Sacaron todas las herramientas, tres o cuatro pequeños muebles y viejos aparatos y se puso una cama. Hoy, para mí, esas primeras semanas siguen sumidas en una neblina. Me movía despacio. Sentía todo el cuerpo como una carga que arrastraba al caminar. Mi cerebro les mandaba órdenes a las piernas, pero a estas les costaba obedecer. Mis pensamientos estaban inmersos en una bruma; me costaba acceder a ellos. Las ideas se me dispersaban ni bien las concebía. Todo era vago. Por las noches oía las voces de las otras mujeres, en los cuartos de al lado. Me insultaban. Me amenazaban con todo tipo de torturas. A veces venían a mi dormitorio para insultarme. Me sacudían para despertarme.

—¡Asesina! ¡Aquí te enseñaremos lo que le hacemos a gentuza como tú! ¡Matar a una madre no se perdona! ¡Si crees que haciéndote la loca te podrás librar del castigo, te equivocas! Óyeme bien: de aquí no saldrás viva. Nosotras somos locas, pero no asesinas. ¡Que te quede claro!

Veo a la enfermera y al celador. Se lo celebran. Somos su espectáculo privado, pienso. Sonríen. Hablan entre ellos. No intervienen. No las detienen. El asesinato de una madre es imperdonable. ¿Qué tipo de mujer mata a su madre? Algunas de las mujeres que me amenazaban les preguntaban a los celadores qué hacía yo en el segundo piso. Debía estar en el tercero. Era un peligro para todas. Y procedían a sacarme de la cama, a golpearme mientras seguían insultándome.

No puedo defenderme. Son varias. No tengo las fuerzas para poder protegerme. Estoy en el suelo. Antes de irse me patean las costillas. Me duele. Siento el frío ardiente de las baldosas. No puedo llorar. Estoy aún demasiado drogada. No puedo moverme. Todo me duele. Creo sentir las lágrimas correr por las mejillas. Las dejo correr. No importa. Es más fácil claudicar. No ver, no oler, no sentir ese lugar.

Igual que se repetía en la radio, en la televisión y en la calle: las mujeres lo gritaban en la plaza, los viejos en los parques, los curas en sus sermones. ¡El asesinato de una madre es imperdonable! Ahora, allí, en los pocos momentos en los que no estaba sedada, volvía a escucharlo, pero la amenaza de violencia era inminente. En esos momentos de lucidez, tomaba conciencia del odio que producía. El sensacionalismo y el morbo con que los periódicos trataron mi caso exacerbaban el interés, el miedo y la rabia de la población. Primero oí los insultos y las amenazas de la gente a la salida de la cárcel y desde el coche de camino al juicio. Me había convertido en un gran espectáculo mediático en el cual la población podía dar rienda suelta a su odio. Ahora entiendo que los gritos del gentío, mientras me trasladaban en el coche de policía, concentraban toda la rabia, la angustia y el miedo de una población que se sentía impotente ante su propia situación social. Algunos tiraban piedras a la camioneta que me llevaba de la cárcel al tribunal; otros me amenazaban de muerte.

En los programas de radio podía escuchar las exclamaciones de preocupación mientras la gente se preguntaba: «¿Qué pasa con la juventud de hoy?» Los periodistas se hacían esa misma pregunta con cara de preocupación, aunque con el semblante aliviado de que el peligro ya fuera neutralizado a través de la justicia. El mismo gesto de repulsión que había visto entre la gente y los periodistas entonces, lo veía ahora en mis compañeras. La asesina estaba entre ellas. Peor aún, era una más de las locas. Eso las irritaba. Las ofendía. No comprendían que las autoridades no diferenciasen entre ellas y yo. Comprendí entonces la importancia de las clasificaciones: hasta en los espacios más marginales se busca encasillar al otro para salvarse a uno mismo. No querían que las identificaran con una persona como yo, una criminal de las más bajas. Ellas eran locas, no asesinas; repetían con algo de orgullo y desprecio. Estoy segura de que por primera vez se sentían orgullosas de ser locas. Por comparación, todos podemos ser algo mejor que otro que se encuentra en una situación más vulnerable. Así podemos satisfacer nuestra necesidad de sentirnos superiores. En este caso me habían encontrado a mí. La matricida. Se sentían con derecho a juzgarme. Mis compañeras me hicieron el blanco de su odio y sus frustraciones. Muchas aprovecharían cualquier ocasión para agredirme. ¿Fue en la segunda o tercera semana cuando pude ir sin ayuda al comedor? No estoy segura. Me cuesta recordar muchos detalles de esas primeras semanas. Los días, a veces, parecían pasar muy rápido, otras veces parecía que el tiempo se había detenido. De todos modos, creo que fue al final de la segunda semana cuando pude caminar sin ayuda e independizarme. Ya no necesitaba a las enfermeras o a los celadores para ir a comer o al cuarto de baño.

Me dirigí al comedor. Era la hora del almuerzo. Entré. El lugar estaba lleno de gente. Algunas de las internas ayudaban a poner las mesas y servir los platos. El ruido de voces era atroz. Parecía que las trescientas pacientes se habían concentrado todas allí. Las altas bóvedas del techo y las mesas de mármol con banquetas de taberna me produjeron la sensación de haber regresado al pasado; me recordó alguna escena de una película sobre la Edad Media. El año 1974 transcurría en el exterior; nosotras, en aquel caserón destartalado, continuábamos viviendo en un pasado lejano, aisladas totalmente del mundo. Un sentimiento de irrealidad se apoderó de mí. Luego allí dentro, a menudo, me asaltaría ese mismo sentimiento. Caminé entre el gentío y las mesas. Algunas de las mujeres me empujaban cuando pasaba cerca de ellas. Una me escupió. Me limpié la cara con la manga de la camisa. Me sentí como una niña en una pelea escolar. Solo luego entendería que al marginalizar a ciertos grupos se les infantiliza. Luego, un segundo después, me dio rabia mi propio comportamiento. ¿Podía perder tan rápido el sentido de quién era, de ser una mujer adulta? ¿O en el momento en que entré en aquel lugar dejé de ser Isabel para volverme solo una loca más? Mientras me hacía esas preguntas continué hacia uno de los pocos sitios libres. Me senté en la única silla vacía de una de las últimas mesas. Las dos mujeres sentadas a cada lado de mí se apartaron como si tuviera alguna enfermedad contagiosa mientras se reían entre ellas dos, como si alguien hubiese dicho algún chiste que yo no había llegado a oír. Frente a mí un plato de sopa. Una cuchara. Mi mano la coge torpemente. A mis dedos entumecidos aún les costaba coger los objetos pequeños. Siento las miradas de mis compañeras sobre mí. Intento evitar la ira, el odio. No las miro. Trato de no oír los insultos que me dirigen entre susurros. Meto la cuchara en el plato. La saco. Una cucaracha del tamaño del cubierto. Náuseas. Me levanto. Trato de contener el vómito. No puedo. Es más fuerte que yo. Arcadas. No sale nada. Agua. Oigo carcajadas, insultos y gritos. Luego un golpe. Dos. Después más. Más. Otros más. Más golpes. No puedo resistir. Caigo. Me retuerzo en ese piso frío, helado. Más gritos. ¿Son míos? Quizás. Mis alaridos se confunden con los de las locas. Una patada. Otra. Me retuerzo de dolor. Me protejo el rostro con los brazos. Soy un ovillo. Dolor.

—¡Ya! ¡Basta! La vais a matar. ¡Dejarla! ¡Parar! ¡Ahora mismo! ¡Basta!

Dolor. Me duele todo el cuerpo.

—¡Se lo merece! ¡ASESINA! ¡ES UNA ASESINA! ¡DE LAS PEORES! ¡SE LO MERECE! —todas gritan—, ¡ASESINA! ¡ASESINA!

Siento las lágrimas correr por mi cara mientras trato de protegerme con las manos, con los brazos, con las piernas. Me enrosco como un feto en el útero materno.

—¡YA! ¡BASTA! ¡PARAR! ¡LA VAIS A MATAR!

Paran los golpes. Pasa un segundo. Quizás dos. Muevo el brazo dolorido. Ahora puedo verla. Es una mujer de unos cincuenta y tantos años, de tez muy blanca, de pelo canoso, con los ojos muy claros la que les ordena que se detengan. Su cuerpo se interpone entre el tumulto y yo.

—¡YA! ¡BASTA! —Vuelvo a oír.

Se acerca a mí en un intento de protegerme mientras

siento unas manos que me ayudan a levantarme. Me cogen por los brazos y por la cintura para ayudarme a caminar. Me cuesta andar.

—¡Dejadla en paz! ¡Volveros a vuestros sitios!

Es la voz de la misma mujer que vino a protegerme. Poco a poco, mientras salgo del comedor las mujeres vuelven a sus mesas. Me lanzan miradas rencorosas cuando paso por su lado. ¿Quién es esa mujer? me pregunto mientras me dirijo a mi cuarto con la ayuda de otras dos mujeres. Veo que las tres están vestidas con harapos similares al resto de las internas. La mayor parece tener autoridad entre ellas. Todas la respetan. Vi que algunas locas nos seguían por el pasillo. La misma mujer canosa se para delante de ellas y con una mirada firme las detiene. Se dan la vuelta y regresan a sus mesas. Estoy agotada. Casi me vuelvo a caer. La más joven de las dos que me ayudaron a levantarme, me vuelve a tomar del brazo. Ahora las tres me tienen que arrastrar a mi cuarto. Dormir. Solo quiero dormir. Quizás no despertar. ¡Las pastillas! ¿Por qué ahora me han quitado los medicamentos? Entiendo. Ahora sabía por qué nos suministraban todos esos sedantes y antipsicóticos. Nadie puede soportar ese infierno. Necesito algo. Algo que me ayude a aguantar, a resistir día tras día, mes tras mes, año tras año esta pesadilla. Me echo en la cama. La mujer canosa me dice algo. Vuelve a repetirlo.

—No te preocupes. La situación mejorará. Ahora duerme. Luego pasaremos a verte. Duerme.

Sí. Eso es lo único que quiero. Dormir. Me duele todo el cuerpo. Tengo miedo. Solo quiero desaparecer. No sentir. No pensar. No existir. Dormir. El único modo de escapar de la realidad.

ABC
Madrid, miércoles, 2 de enero de 1974

POR UN AÑO EN PAZ

El vuelo de las palomas sobre los parques de España viene hoy a nuestra portada como símbolo del común anhelo de paz que embarga a los hombres todos de buena voluntad al iniciarse el nuevo año.

—Buenos días, Isabel. ¿Cómo se siente? ¿Está algo mejor? —*Silencio*—. En lugar de contestarme con un gesto de cabeza puede tratar de responder con palabras. Me han comentado lo que pasó en el comedor. No volverá a ocurrir. He mandado que un celador esté siempre cerca de usted a la hora de las comidas.

—Gracias.

—Así es mejor. ¿Tiene fuerzas para empezar el tratamiento hoy?

—Estoy algo mareada. Me duele la cabeza a menudo. Me siento débil.

—Son los síntomas de haber dejado los medicamentos. Por eso hemos tenido que retirárselos poco a poco. En un par de semanas se sentirá totalmente recuperada.

—Gracias.

—Las enfermeras, los celadores y sor Teresa, ¿la están tratando bien?

—Sí. Gracias.

—Sé que al principio cuando se entra en un lugar como este, uno puede tener miedo. Todo puede ser muy confuso y muy duro. Hay que seguir una rutina señalada por otros, está rodeada de gente desconocida y que no siempre actúa dentro de lo que consideramos como un comportamiento normal. Quiero que sepa que ahora está a salvo, que siempre puede hablar conmigo. Puede confiar en mí, trataré de ayudarla y protegerla. Intentaré comprender sus preocupaciones y problemas. ¿Entiende? Puede estar segura. No volverá a ocurrir nada parecido a lo que pasó ayer.

—No me siento bien. Me duele el estómago. ¿Podría regresar a mi cuarto?

—Preferiría que tratara de quedarse. Tenemos que comenzar la terapia, cuanto más tardemos más difícil será la recuperación. Tenemos que comenzar a concentrarnos en su rehabilitación. Necesitaría, por lo menos, hacerle algunas preguntas de rutina para conocer su historial médico. Necesito saber si hay algún problema físico que tratar.

—No me siento bien. Me mareo. Me cuesta mucho concentrarme. ¿Podríamos dejarlo para otro día?

—De acuerdo. Espero que en la próxima sesión podamos conversar. Es importante que empecemos a tratarla lo antes posible.

—Muy bien, lo intentaré.

—Estupendo. Hasta pronto.

NOTA:

Se niega a hablar. Mueve la cabeza para responder a mis preguntas. Actúa como si aún estuviera bajo los efectos de los medicamentos. Sin embargo, su resistencia a la terapia, aunque sutil, es efectiva. A diferencia de otros pacientes que me confrontan y se niegan abiertamente a hablarme. Isabel pone pretextos de salud. Desconfía de mí. Puede tratarse de una personalidad pasiva-agresiva. De todos modos, después de lo que ocurrió en la comisaría probablemente no confíe en nadie. Pasaré por su cuarto durante la semana para ver cómo se encuentra y si se va acostumbrando a su nueva situación y rutina.

Al final de la sesión me acerqué a la paciente, estiré el brazo para darle la mano y despedirnos. Ella tardó un momento en estrechármela. La mantuve un momento. Bajó la cabeza. No sé si con temor o avergonzada.

Si algo me ha enseñado mi profesión, es que el silencio tiene malas consecuencias. Siempre se piensa en ese mal como un asunto individual, personal, derivado de problemas familiares o de relaciones personales conflictivas. Solo después de la experiencia profesional con Isabel me plantearía el silencio como un problema con raíces sociales. Hasta entonces no había percibido el enmudecimiento en el que vivíamos. Isabel insistía en que no sufría ninguna enfermedad mental; se hacía responsable de su crimen y, sin embargo, no podía explicar los motivos que la llevaron a cometerlo. Entendía la incapacidad de sincerarse solo como uno de los síntomas de una persona con dificultades para integrarse socialmente. Ahora sé que bajo las dictaduras, el silencio es el modo más efectivo de ocultar y marginalizar a aquellos seres incómodos para el régimen. Su verdad debe ocultarse. Isabel, pienso ahora, era uno de los resultados de ese silencio. Una de las tantas manifestaciones de la represión personal producida por toda una ideología. Se piensa en la represión política; sin embargo, hay otra más efectiva. El inconsciente cultural, como el personal, arrastra su pasado, ya sea como herida que debilita o como experiencia que fortalece.

Por seguridad, las puertas de las habitaciones no se podían cerrar por dentro, solo por fuera. Las llaves se guardaban en una de las oficinas reservadas para sor Teresa y los celadores. Durante el día, los cuartos estaban siempre abiertos, así cualquiera podía observar lo que ocurría en ellos. De ese modo se intentaba prevenir abusos y maltratos entre las mujeres. Aunque ninguna paciente había escapado de la institución, se cerraban los cuartos de noche para impedir que trataran de hacerlo. Todas las noches antes del cierre, se hacía una revisión de las habitaciones. Las enfermeras se aseguraban que cada enferma estuviera en su cuarto, que se encontrara bien y que no necesitara atención médica de ningún tipo. Luego se cerraban los cuartos y se apagaban las luces. Aunque eso no servía de mucho. Las enfermas sabían cómo hacer ceder las cerraduras sin hacer ruido para poder salir por las noches.

* * *

Isabel me volvería a repetir en varias ocasiones que no necesitaba ningún médico: no estaba enferma. Era cierto. Su ficha médica no señalaba ninguna anomalía. Durante las primeras semanas su comportamiento encajaba con los síntomas de depresión: dormía mucho y no hablaba con nadie. Tendríamos que tratarla con terapia y darle medicamentos. Eso no explicaba los motivos del homicidio. Un gran porcentaje de la población sufría de depresión, aunque no lo supiera o no quisiera reconocerlo. España había sufrido dos *shocks* culturales profundos: primero la guerra, y luego, ya en la década de los cincuenta, el desplazamiento masivo de la población rural hacia las ciudades. Sin ningún plan nacional para hacer la transición más fácil, muchos sufrirían de ansiedad y depresión. Sin tratamiento, en ocasiones, esta transformación social daría lugar a trastornos emocionales y mentales que se manifestaba en arranques de cólera o malhumor irracional, en desgana patológica, otras en el distanciamiento o aun la ruptura de los lazos familiares. En el peor de los casos la depresión nos lleva a la destrucción del universo interior que nos sostiene. Sin embargo, las relaciones de Isabel con sus compañeras fueron mejorando. Era una enferma modelo. No hablaba mucho. No se peleaba con nadie. Era correcta, hasta amable. Me intrigaba. Pensé que necesitaba saber más sobre cómo había sido su vida hasta que cometió el crimen. Decidí acercarme hasta su barrio para averiguar más. Dejé orden de que esa tarde no podría atender a las pacientes. Tomé el coche. Su casa quedaba en la periferia de la ciudad no muy lejos del hospital.

Los vecinos, la comunidad con la que una persona ha convivido durante su infancia y adolescencia, son una de las claves para el desarrollo de la personalidad. También es un factor importante para la rehabilitación. Por lo general, es el lugar al que se regresa luego de estar hospitalizado o encarcelado. La capacidad del entorno para poder aceptar a esa persona y poder crear una red de apoyo es determinante para reintegrarse socialmente. O eso me decía mientras me dirigía hacia su barrio. Quizás aún no aceptaba que quería conocerla mejor. Me intrigaba. Isabel no era como ninguna de las pacientes que había tenido hasta entonces. También secretamente quería encontrarla inocente. Quizás no había cometido el asesinato que había confesado.

Llegué a eso de las tres. Su barrio era como tantos otros de la ciudad. A esas horas reinaba el silencio. No había más de una o dos personas en la calle. Las tiendas ya habían cerrado. Entré, sin pensarlo mucho, casi como un impulso, en el café de la esquina de su casa. Me senté a la barra. Pedí una caña. Me sirvió un hombre de unos sesenta y tantos años, calvo y con bigotes, que supuse que sería el dueño del establecimiento. Lo saludé. Se acercó. El bar estaba vacío. Era miércoles. Probablemente no tendrá mucha clientela.

Era un bar de barrio. Pensé que el dueño conocería a todos los vecinos y sabría todos sus secretos, así que le comenté algo del tiempo tratando de establecer conversación. Parecía que tenía ganas de hablar... Conversamos sobre algunas noticias irrelevantes, creo que de algún accidente de carretera. Solo después me atreví a preguntarle si sabía algo de aquel asesinato tan sonado, el de la mujer que mató a su madre.

—¿No fue por aquí aquello? —le pregunté tratando de sonar un poco indiferente.

Vi que se acercaba más a mí. Tenía muchas ganas de hablar. Estaba muy aburrido. Ahora veía su oportunidad de pasar un buen rato y satisfacer un poco su morbo con un desconocido. Alguien que no volvería a ver. Yo era la persona perfecta para ventilar toda la maldad del cotilleo provinciano. Se puso frente a mí, apoyó los brazos en la barra y comenzó describiendo cómo todo el barrio estaba sobrecogido con lo sucedido. Nadie se lo explicaba, para luego continuar diciéndome que él siempre se había imaginado que algo raro había en esa familia. Así empezó a darme toda la información que necesitaba. Me señaló con la mano, como si pudiéramos verlo, la dirección del edificio donde solían vivir los Ramírez. Ahora solo quedaba el padre, me dijo. El hermano y la hermana, parecía indignado, ni aparecieron para el funeral de la madre. Viven fuera. El hermano es ingeniero. La madre estaba muy orgullosa de ese hijo. La hermana no se sabía muy bien qué hacía. Se rumoreaba que se había ido con un hombre casado. Siempre le había oído decir a la madre que la otra hija, Julia, era la difícil. La madre solía reunirse con las amigas a tomar café y jugar a las cartas en el bar. Empezó contándome que Isabel, por lo general, dejaba a su madre allí todos los miércoles. Mientras la madre se quedaba con sus amigas charlando y jugando a las cartas, ella iba a hacer las compras o a dar un paseo.

Luego regresaba a buscarla y se la llevaba a casa. Alguna que otra vez se había quedado en el bar. Entonces escogía, por lo general, alguna mesa apartada y se quedaba allí tomando un café y leyendo hasta que su madre terminaba de charlar con las amigas. Una o dos veces había tratado de entablar conversación con ella, pero era una mujer de muy pocas palabras. Nadie en el barrio se podría haber imaginado que iba a hacer semejante cosa.

—Parecía una familia como cualquier otra —me aseguró, una y otra vez—. La madre y la hija se llevaban muy bien, o por lo menos eso es lo que siempre me había parecido. A la madre la conocía todo el barrio. Llevaban aquí toda la vida. Todos la respetaban mucho. Nadie se lo explica —volvió a repetir.

Le pregunté entonces por el padre, cómo era, qué hacía. Me dijo que lo conocía menos. Había sido funcionario, pero no sabía muy bien en qué posición. Siempre le había parecido un hombre huraño y de mal carácter. Otros vecinos le habían comentado que era muy malhumorado, pero bueno. Pensé en cuántas veces había oído decir eso mismo, tiene mucho genio, pero es muy bueno, o se enfada mucho, pero es muy buena persona. Me pregunté ¿qué quería decir la gente con eso de buena persona?

—¿No le parece raro que solo criticara a una de las hijas y no a Isabel? —le pregunté.

—No. A las mujeres, ya sabe, les encanta criticar a sus hijas: cómo van vestidas, o maquilladas o si tienen un carácter insoportable; y si no encuentran algo malo en ellas, entonces critican al novio o a las amigas. Pero la madre de Isabel, aunque se quejaba de Julia, la mujer no quería criticar a la única hija que le quedaba en la casa. Me imagino que no quería perderla. La necesitaba. No sé. Quizás esa muchacha pudo engañar hasta a su madre. De todos modos, ya sabe cómo son las mujeres, toman a una entre ceja y ceja... bueno para qué le cuento. Aquí las oigo todo el día. Se sientan ahí a tomar un café o una caña y no paran de hablar mal de sus hijas. A veces me dan pena esas pobres chiquillas. Pero bueno, me imagino que Isabel sería la preferida, porque su madre nunca hablaba mal de ella, sino de la otra. Y mire cómo le salió. De todos modos yo siempre sospeché que esa muchacha no era trigo limpio ¿sabe? Un día apareció por aquí un tipo, se llamaba Juan, creo que me dijo. Sí, casi seguro que se llamaba Juan. Se notaba que venía de mal humor Tenía cara de pocos amigos. Me preguntó si había visto a Isabel por aquí. Sabía que venía mucho con su madre, me dijo, con aires de importancia. A mí no me gustó nada. Me pareció un prepotente, así que le dije que no, que no la había visto desde hacía un tiempo, aunque sabía que vendría con su madre un poco más tarde. Me lo callé. No me gustaron nada esos aires que se daba.

Intenté averiguar más sobre aquel individuo. El informe de la policía no mencionaba a ningún Juan. Los periódicos aseguraron que no tenía ningún amigo o novio. Quizás, pensé, esa era una de las claves para saber los motivos de lo que ocurrió aquel día. Tal vez Isabel estaba encubriendo a ese hombre. Traté de saber más. Le pregunté si había otro motivo para que no le gustara aquel tipo. Después de un discurso sobre la actitud y la moralidad de los muchachos de hoy en día, me dio algo más de información.

—El problema es que se creen mejor que uno; ahora que cualquiera puede estudiar... Ese me pareció uno de esos niños bien que se creen más listos que nadie. Leen unos cuantos libros y ya se dan aires de ser más que los demás. No sé. Se daba aires de superioridad. Me cayó mal. Pero yo creo que andaban liados. Claro, eso me lo imagino por la actitud de los dos, aunque ella no me dijo nada. Su madre la creía una santa, pero después de lo que ocurrió, estoy seguro de que tenía otra vida y la familia no sabía nada. ¡Pobre familia! Nunca se sabe... Bueno, luego ese mismo tipo volvió por aquí. Sería una o dos semanas más tarde, no me acuerdo bien, pero obviamente sabía que Isabel se encontraba en el bar. Entró. Y sin mirar mucho se dirigió directamente hacia ella. Estaba sentada a aquella mesa de allí. Sí, esa misma, la de la cristalera. Siempre le gustaba sentarse allí. Creo que además de leer, le gustaba mirar a la calle mientras esperaba a su madre. Él se sentó frente a ella. No sé lo que se dijeron. No pude oír, pero parecían discutir. Después él alzó algo la voz y le oí decir. «Tú ya no eres la misma. No sé qué te pasa. Pero no entiendo lo que quieres. Te vas a arrepentir de lo que estás haciendo y yo no pienso esperarte.» Después se levantó de golpe, se lo notaba furioso y se fue sin despedirse. Isabel no parecía perturbada por lo que había ocurrido. Estaba muy tranquila. Luego siguió leyendo.

—¿Volvió por aquí ese Juan? —le pregunté un poco ansioso. Ese hombre podía ser una pieza importante en la historia de Isabel.

—No, nunca más lo volví a ver. Pero estoy seguro de que hubo algo entre esos dos. Una mujer tan guapa y sin nadie. No me lo creo. Esa sabe Dios qué vida llevaba. Estoy seguro de que andaba con uno y con otro y la madre no tenía ni idea.

—¿Y ese Juan entonces no es del barrio?

—No, claro que no, si fuera de por aquí lo hubiera conocido enseguida.

—¿Y no tiene ni idea en dónde vive?

—No, la verdad que no, pero de por aquí no era. No sé, pero creo que por la manera de hablar y los aires que se daba, tal vez fuese del centro. Seguro. Venía de gente de dinero. De eso no me queda la menor duda. ¿Pero por qué pregunta? ¿No será un periodista?

—No, no se preocupe. Soy médico. Curiosidad. Nada más.

Salí del bar algo tarde. Ahora estaba seguro de que Isabel ocultaba algo. ¿Quién era ese Juan? Ningún artículo de periódico o ningún informe lo mencionaban. ¿Por qué habrían peleado? ¿Esa discusión tendría algo que ver con el asesinato que sucedería poco después? ¿Por qué Isabel nunca lo mencionó? ¿Lo protegía? ¿Estaba enamorada de él? ¿Le tenía miedo? Si era verdad la intuición de aquel hombre de que eran novios ¿por qué nadie lo sabía? ¿Por qué lo habían ocultado?

Oí un ruido. Pasos. Sí, eran pasos. ¿En el pasillo? Sí. Se acercaban. Hacía una media hora que habían cerrado los cuartos y apagado las luces. Los pasos se oían más cerca. Me preparé. Me enrosqué como un ovillo para proteger el rostro y la cabeza. Oí otro ruido. ¿Mi puerta? Sí. Era el ruido que hace el picaporte al moverse. Cerré los ojos. Quizás no me golpeen mucho, pensé. Mi cuerpo aún estaba dolorido por la última paliza. Estaba cubierto de moratones. Un haz de luz. Una linterna.

—Sabemos que estás despierta. No tengas miedo. No venimos a hacerte daño. Queremos saber cómo te encuentras.

Las reconocí enseguida. Eran las mismas mujeres que me habían ayudado en el comedor. La que hablaba era la mayor. Me ofreció una sonrisa agradable mientras me tranquilizaba. Las tres se sentaron a los pies de la cama.

—Soy Josefa. Y ellas dos son Ana y Juana —me dijo señalando a las otras.

Juana debía de tener mi edad, aunque por su físico parecía mucho mayor. Su rostro estaba marcado por la viruela y cuando sonrió vi que le faltaban dientes. Los medicamentos habían hecho mella en su cuerpo: tenía el rostro hinchado y los párpados medio caídos, y una melena larga y espesa de un negro muy oscuro y brillante. La llevaba limpia y arreglada, a diferencia de la mayoría de las pacientes. La otra, Ana, era mucho más joven, parecía una adolescente, tendría entre catorce y quince años. Era una niña, pensé. Me horrorizó pensar que ya tan joven conociera un lugar como ese. No parecía llevar mucho tiempo encerrada. A diferencia de la gran mayoría de las internas su actitud seguía siendo agradable. Me sonrió. No había perdido aún el brillo de los ojos ni esa sonrisa espontánea y tan fuera de lugar en ese hospital. A diferencia de muchas, Ana continuaba cuidándose.

—No te preocupes, el resto de las mujeres te dejarán en paz —dijo Juana.

Josefa debió ver reflejada la incredulidad en mi cara y volvió a asegurarme que nadie me volvería hacer daño. No sabía si creerla. Tenían razón. En los próximos días las enfermas dejaron de insultarme por los pasillos. No me empujaban, o pegaban cuando estábamos en la fila del comedor o nos mandaban a las sesiones de grupo. Empecé a calmarme, a poder mirar a aquellas caras hinchadas llenas de arrugas, con los ojos flácidos o saltones, según los medicamentos que hubiesen tomado, desde otras perspectivas: esos rostros, de mujeres prematuramente envejecidas por las pastillas y las inclemencias de sus vidas, ya no eran ahora mis enemigas, sino pares en nuestro aislamiento social.

De repente, y como si me hubiesen conocido de toda la vida, comenzaron a hablar, las tres al mismo tiempo. Eso me sorprendió y lo agradecí enormemente. Pero por supuesto que me conocían, me aseguraron, habían seguido mi caso de cerca. Juana tenía una radio que le había regalado su novio, me explicaron. Estaban prohibidas. La directiva no quería problemas con el ruido o que molestaran a sus compañeras. Como era costumbre, en ese hospital se resolvía cualquier posible problema de antemano, prohibiéndolo. Solo se podía escuchar la radio o ver la tele con supervisión, a ciertas horas señaladas, en la sala común. Me explicaron que durante varios meses se reunieron por las noches en esta misma habitación, para escuchar las noticias. Siguieron todo el caso, sin que los celadores lo supieran.

Parece ser que me volví toda una celebridad, aunque la fama, como ya había comprobado, no siempre es algo favorable. Por eso todas sabían quién era cuando llegué al hospital. Luego me dieron todo tipo de detalles sobre el manicomio; Josefa se mantenía callada. Me fijé que su rostro estaba algo deteriorado, pero no tanto como los de las otras. Aún mantenía las facciones agradables. Debió de ser muy guapa, pensé, y ahora seguía siendo una mujer atractiva con canas y con algunas arrugas, que le daban un aura de respetabilidad. Los medicamentos no le habían afectado como a las otras, o quizás no los había tomado, no tenía la expresión agresiva o extraña de muchas de las internas. ¿Por qué ella no había tomado los antipsicóticos que les dan a todas?, me pregunté. Sus ojos castaños contrastaban con el plateado de su pelo, dándole cierto aire de tranquilidad natural. Quizás, pensé entonces, la calma producida por las pastillas en el resto de las mujeres se revelaba en sus rostros como agresividad. Pero no en el de Josefa. No, pensé, no debió de tomar esos malditos medicamentos. Entendí entonces por qué las otras internas la respetaban.

Esa noche me pusieron al tanto de todos los cambios que se estaban llevando a cabo en el manicomio.

—El doctor Suárez Lambre insiste en que lo llamemos hospital psiquiátrico, pero es muy largo —dijo Ana.

No entendíamos entonces que así como se etiquetan a las personas y como se clasifican sus lugares, así también se les respeta o no. Aún no éramos conscientes del poder del lenguaje. Su capacidad de derrotarnos desde nuestro propio mundo interior. Pero eso solo lo sabríamos luego.

—El doctor Suárez quiere que empleemos un lenguaje más amable con nosotras mismas. Dice que solo así aprenderemos a respetarnos. No quiere que nos llamemos locas, sino enfermas mentales o que sufrimos de depresión o que tenemos trastornos de comportamiento. —Juana se reía mientras me lo explicaba. Le parecía absurdo.

—Como si las palabras pudieran curar enfermedades —ahora era Ana la que lo decía.

—El doctor solo quiere ayudarnos. Sabe muy bien que muchas de nosotras no estamos enfermas o por lo menos no tanto como nos quieren hacer creer —las interrumpió Josefa. No le gustaba el cariz que estaba tomando la conversación.

Supe esa noche que el doctor Suárez Lambre, el único psicólogo en la historia de esa institución, había llegado un par de meses antes que yo. Traía muchas ideas y deseos de reformas. Argumentaba que necesitábamos ponernos a la par de Europa. Decía que en otros países de Europa se habían hecho grandes avances en el tratamiento de las enfermedades mentales. Era por eso que los celadores y las monjas que trabajaban allí estaban muy disgustados con él. Desconfiaban de todas esas transformaciones ni los nuevos aires que traía de Inglaterra. Todas esas ideas extranjeras no encajaban con la cultura española, decían. Repetían que no se necesitaba un psicólogo en el hospital. Nunca antes había habido uno. Con los dos psiquiatras y las monjas, el hospital siempre había funcionado muy bien. No entendían para qué se necesitaba uno de esos doctores. Sor Teresa sentía que la llegada del doctor Suárez amenazaba su influencia con la directiva y las pacientes. No le gustaba que el doctor convenciera a los psiquiatras para que le fueran reduciendo la dosis de los medicamentos a muchas de las enfermas. Sor Teresa argumentaba que era peligroso para las pacientes mismas quitarle los medicamentos. El doctor Suárez deseaba probar nuevos métodos: la laborterapia, hacer ejercicio o buscar entretenimientos como jugar a las cartas o al bingo. El tiempo, el no tener nada que hacer podía ser un factor importante en la depresión de muchas de las pacientes, según él. Todo eso molestó mucho a todo el personal. Era mucho más trabajo para ellos. Poco a poco a muchas les fueron reduciendo los antipsicóticos y los sedantes. Parecía ser, por lo que me contaron esa noche, que algunas de mis compañeras llevaban años en un estado de semiinconsciencia. Nada más autorizarse la orden de rebajar las dosis de los medicamentos el ambiente del hospital cambió radicalmente. Se oían conversaciones, risas, gritos y llantos. Aunque algunas no volverían nunca a la realidad, otras seguían pidiendo a gritos las pastillas para mantenerse en ese estado de semiinconsciencia. Les resultaba muy duro la vida. No querían estar despiertas. La realidad es dura. Lo que comenzaban a recordar les era insoportable. Preferían dormir, seguir inconscientes todo el día. Volver a enfrentarse a la vida se les hacía imposible. Ya no estaban acostumbradas a tomar decisiones. Querían que otros las tomasen por ellas.

Josefa me explicó que lo que más molestó al personal, e incluso a los psiquiatras, es que el doctor aseguró que muchas de las internas no estaban locas; sufrían de diversos tipos de depresión o peor aún, en ciertos casos las habían internado por tener alguna incapacidad intelectual o algún tipo de adicción. No debían estar encerradas. Se enfureció cuando supo que alguna muchacha con incapacidad intelectual había sido internada por el alcalde o por su propia familia para protegerla de algún pariente o de los gamberros del pueblo que abusaban de ella. Sin saber qué hacer las traían al manicomio. Esos casos indignaban al doctor Suárez.

Parece ser que una de las reformas que las mujeres agradecieron más son las nuevas reglas del aseo personal. No solo se impuso que se ducharan regularmente; sino que también había pedido donaciones de ropa a diferentes organizaciones de caridad y a las familias más pudientes de la zona. Los envíos llegarían pronto. En una semana. Aún no podían creer que dejarían de vestirse con harapos. También me explicaron que se habían empezado a introducir nuevas actividades en la rutina de las pacientes. Se ofrecía una hora diaria de ejercicio físico. El doctor Suárez decía que sentirse fuerte ayudaba a sentirse mejor emocionalmente. Se había decidido reunir a un grupo para hacer ejercicio en el patio todas las mañas después del desayuno. Ellas tres, me dijeron, siempre asistían.

—Así que mañana por la mañana te vienes al patio con nosotras. ¿Qué te parece? Corremos un rato, hacemos flexiones. Vas a ver qué bien te hace —me aseguró Josefa.

Me pareció maravilloso. Estar fuera, en el patio, sentir el aire fresco, cómo decir que no. Por supuesto que iría a los ejercicios, podían contar conmigo, les respondí enseguida. Se alegraron. Parece que intentaron convencer a las otras compañeras para que se unieran al grupo, pero desgraciadamente muchas habían estado tantos años inmóviles que ahora sentían el cuerpo muy rígido y, aunque los ejercicios eran leves, les resultaba muy difícil llevarlos a cabo. Se quejaban de que les dolía todo el cuerpo. Se desanimaban y ya no regresaban más, me explicaron. Ahora solo quedaba un grupo muy pequeño. No querían que el doctor también se desanimara si veía tan poco interés.

Me explicaron aquella noche que por insistencia del doctor Suárez también habían comenzado los talleres de laborterapia, que parece que habían tenido mayor éxito que los ejercicios. Las que podían coser o tejer se reunían por las mañanas y bordaban jerséis, calcetines o bufandas; luego se los vendían a la gente de los pueblos de alrededor y también a una tienda de la ciudad. Así ganaban algo de dinero para poder comprar ropa, maquillaje o cigarrillos. Ahora el doctor Suárez estaba peleando para que a aquellas que no tuvieran antecedentes penales o no fueran agresivas se les permitiera salir los fines de semana, o pudieran ir a dormir a la casa de sus familiares.

—Quiere quitar las celdas de aislamiento. Incluso quiere mejorar las condiciones de vida en el tercer piso —dijo Ana sonriendo.

Desgraciadamente, el doctor Suárez Lambre no podría clausurar las celdas a tiempo para evitar mayores desgracias. Los cambios siempre llegan demasiado tarde para algunas.

Luego me contaron que el doctor Ignacio Suárez Lambre había nacido en una de las familias más adineradas de la provincia. Su padre era un empresario muy distinguido de la región. Por eso pudo estudiar fuera. De todos modos aquella noche supe cuánto lo admiraban, además de que en más de una ocasión comentaron lo guapo que era. Me preguntaron que qué me parecía. Les dije que no tenía una opinión muy clara de su aspecto físico, aunque, la verdad, a mí no me parecía tan guapo. Ana, que obviamente estaba algo enamorada del doctor, me aseguró que tenía que estar ciega o no gustarme los hombres para no verlo. En las circunstancias en que nos encontrábamos, les respondí un poco a la defensiva, me parecía absurdo estar fijándome en nadie. Ana me miró con algo de rencor. Me sentí egoísta. Aún era una niña, no necesitaba que la desilusionara. Ese enamoramiento, probablemente fuese para ella una de las pocas alegrías que podía vivir en ese lugar.

Josefa cambió de tema. Mi cuarto, me explicó, nunca antes había alojado a una enferma. Había estado vacío por mucho tiempo. Era muy pequeño para meter a varias pacientes y no se permitía que ninguna estuviera sola, por miedo a que se hiciera daño. Yo era una excepción. Nadie quería compartir una habitación conmigo.

—A una madre no se la mata. Cuántas no tuvieron madres que las golpeaban o eran alcohólicas incapaces de cuidarlas o darles cariño y no por eso las habían matado. Y esa, con una buena madre, en lugar de adorarla, la mata. No. Nadie va a compartir su cuarto con esa —respondieron todas cuando les preguntaban si querían compartir su habitación con Isabel Ramírez Padrón.

La directiva y el doctor decidieron que tendría que tener un cuarto individual. Así que me metieron en el mismo lugar donde durante años habían guardado lo inservible. Por supuesto eso también produjo la envidia y el resentimiento de algunas. ¿Por qué la matricida iba a tener privilegios que las demás no tenían? Nadie tenía una habitación para ella sola, protestaron. A otras tampoco les gustó perder acceso a ese cuarto. Allí se encontraban con los hombres con los que mantenían relaciones fuera de la vista de los celadores y de sor Teresa. Como era un lugar olvidado, era fácil que se encontraran allí con algún albañil, celador o repartidor sin que nadie las viese. Era el cuarto más alejado del piso, al fondo del enorme pabellón, lejos de la mirada de las enfermeras.

Juana se sentó a mi lado para comenzar un pequeño interrogatorio.

—Aquí ya hemos tenido otros casos como el tuyo. Bueno, nadie mató a su madre, aunque más de una lo haya deseado. Pero una asesinó a un primo. Claro que la había violado. Así que no le tenemos miedo...

Luego Juana comenzó a hacerme todo tipo de preguntas, sobre mi vida, sobre la policía, cómo me habían tratado. Yo no sabía qué pensar. No quería responderle. Traté de evitarla. Echándome en la cama y cerrando los ojos.

—¡Ya, dejadla! No quiere hablar —oí que Josefa la regañaba.

—¿Y por qué no quiere hablar? ¿Ahora se arrepiente o se avergüenza?

—Estoy aquí. No hables como si no existiera —dije algo malhumorada. Estaba cansada de que la gente hablara de mí...

—Bueno, ¿me respondes o no?

—No quiero hablar de lo que hice.

—Hay que tener muchas agallas para hacer lo que tú hiciste —interrumpió Ana—. ¡Matar a tu madre! —Y se echó a reír—. O es verdad que estás totalmente loca, o eres una de las más grandes hijas de puta que he conocido en mi vida.

Su tono no era de reproche, sino de verdadera admiración. Me extrañó tanto que no supe qué responder. Solo mucho después entendería el motivo de su fascinación por lo que yo había hecho.

Tras aquella primera visita me sentí algo más segura, aunque el hospital continuaba siendo un espacio deleznable. El tenerlas a ellas tres como amigas me daba alguna esperanza de que el tiempo que transcurriría allí fuese vivible. Desde entonces, por las noches, después de que apagaran las luces, las tres vendrían, a menudo, a mi habitación. Así, y sin planearlo, mi cuarto se transformó en un lugar de reunión. Los celadores, por lo general, no pasaban por ahí. ¿Para qué, si todas ya dormían? Tenían mejores cosas que hacer: escuchaban el partido de fútbol mientras bebían más de la cuenta o dormitaban en algún catre vacío y alguno que otro, ahora que ya no podían usar el trastero para sus citas, se encontraba con alguna de las pacientes en el cobertizo del patio.

ABC
Madrid, sábado, 5 de enero de 1974

TOMA POSESIÓN EL NUEVO GOBIERNO

El presidente del Gobierno, don Carlos Arias Navarro, abraza al ex vicepresidente, don Torcuato Fernández-Miranda, en el acto de toma de posesión del nuevo Gabinete, celebrado en la tarde de ayer en el edificio de la Presidencia.

—Hola, Isabel. ¡Pase! No se quede en la puerta. Siéntese. Sé que nos vimos solo hace tres días, pero no quería que pasara mucho tiempo antes de tener otra sesión. Debemos empezar el tratamiento. ¿Se siente mejor?

—Sí, algo, pero sigo muy cansada. Me olvido de todo con facilidad. Duermo mucho.

—Eso irá pasando según vayan desapareciendo los efectos de la medicación. ¿Se siente con fuerza para que hablemos un rato?

—No me siento bien. No tengo fuerzas ni para hablar.

—Tenemos que empezar el tratamiento.

—Podemos esperar un poco más. Me duele mucho el cuerpo. Tengo dolor de cabeza. A veces aún tengo náuseas.

—No debería sentirse tan mal. Los efectos secundarios de los medicamentos ya no deberían estar afectándole tanto.

—No sé qué me pasa. Me siento muy débil. Quizás sea un catarro.

—¿La ha visto el médico?

—No viene hasta la semana próxima.

—Bueno. Me han dicho que está participando en la laborterapia. Eso me alegra.

—Sí, me ha tocado limpiar los cuartos de baño.

—Ah, lo siento. Puedo hablar con sor Teresa...

—No. No lo haga. No me importa tanto eso como el no haber podido elegir mi tarea como las demás. Pero de todos modos no me lleva todo el día. Luego no hago nada. Me quedo en mi cuarto mirando el techo o camino por los pasillos, solo por hacer algo.

—Sí, muchas se quejan de lo mismo. ¿Quiere que llame a su familia para que le traiga algo de su casa, algún juego, las cartas, el dominó o algún libro?

—No. No los llame. Mis hermanos no están en la ciudad. Y preferiría no ver a mi padre. No sé si podría conseguir alguna novela o algo que pueda leer. Eso me ayudaría.

—¿Le gusta leer?

—¿Le sorprende?

—Perdón no se lo pregunté con ánimo de ofender. Está bien, trataré de conseguirle algo.

—Gracias, pero me duele la cabeza y no me siento bien del estómago. ¿Podríamos dejar esta sesión para otra semana?

—¿Tiene fiebre?

—No. No creo.

—Bueno, lo dejaremos por hoy. Aunque tendremos que empezar pronto la terapia. No podemos dejar que pase mucho más tiempo. Veré si puedo planificar otra para la semana, aunque tengo muchas pacientes. Ya le diré. Iré a visitarla a su cuarto para ver cómo se encuentra.

—Gracias.

NOTA:

La enferma Isabel Padrón no quiere hablar. Casi no protesta por su situación. Emplea el pretexto de los medicamentos, pero los efectos secundarios ya no pueden estar afectándola. La paciente no desea participar en la terapia. Me pregunto si es que no quiere hablar de los motivos del asesinato por miedo a que informe a la policía o si ella misma no quiere confrontar el homicidio.

Al final de la sesión, me levanté, me acerqué a ella y le extendí la mano. En un acto mecánico, y por eso importante, ella me dio la suya. Sus reacciones son las normales. Luego dudé si debería continuar esa práctica con ella. Quizás deba mantener la distancia con Isabel.

El año 1974 empezó con la sorpresa del traspaso del presidente en funciones, Miranda al presidente Arias. En su discurso Miranda insinuó que el Caudillo ya no tenía todas sus capacidades mentales. Lo manipulaban. Desde ese momento, nadie dejó de cuestionar la salud física y mental de Franco y sus competencias para gobernar. Y si él ya no gobernaba, entonces quién o quiénes lo hacían en su nombre. ¿Sus familiares? ¿El búnker? ¿Quién estaba detrás de Franco? ¿Esos mismos continuarían gobernando luego de su muerte?

—ATENCIÓN, ESPAÑOLES. HABLA EL JEFE DE ESTADO. —*Oigo al locutor de RTVE en la grabadora. ¿Por qué se oye la voz del locutor en la grabadora?*

—¡Qué viejo está! —*Es la voz de Claudia, la enfermera del hospital y mano derecha de sor Teresa.*

Debí dejar la cinta grabando mientras escuchábamos el discurso del Caudillo. Ese mismo comentario sobre Franco lo oiría en los bares y en la calle. Tenía ochenta años. Ya no faltaba mucho para el fin.

—¡Qué viejo está! —*Se oye otra vez, ahora me parece la voz de sor Teresa.*

Un ruido seco. Es el botón de la grabadora. La cinta se detiene. Sí, ahora lo recuerdo. Ese fue el discurso que dio Franco a la nación después del asesinato de Carrero Blanco. Ya no se podían esconder los síntomas del Parkinson. No se podía ocultar su decadencia. Mientras escuchaba el discurso, me preguntaba si el franquismo sobreviviría sin Franco. Quise dilucidar algún tipo de respuesta en sus palabras. Imposible. Pronto mucha gente se comenzaría a hacerse la misma pregunta. En la pantalla de la televisión, la patética imagen del dictador haría más obvia su incapacidad de enfrentar los sucesos que marcarían la vida política del país el próximo año. A todos nos quedó claro que el viejo se moría. Se esperaba lo inevitable. Primero el asesinato de Carrero Blanco, luego la lucha de poder entre Miranda y Arias y por último, el llamado búnker impidiendo las reformas necesarias para el país, solo vinieron a profundizar las dudas de que el régimen sobreviviera a Franco. Todos, fuera y dentro de España, se preguntaban: ¿Qué ocurriría una vez que muriera? ¿Quién lo reemplazaría? ¿El príncipe? Permitiría el sistema que se había impuesto durante casi cuatro décadas la ruptura con el pasado o seguiría imponiéndose más allá de la muerte de su líder. Las influencias culturales europeas y americanas que se habían empezado a notar desde la década de los sesenta, ¿podrían cambiar el curso del país? La necesidad de respuestas se hacía más apremiante, pero nadie podía darlas.

Cualquier transformación más o menos profunda sería un desafío a las estructuras institucionales que se habían construido desde la posguerra. Me preguntaba si España estaba preparada para dar ese paso. El sufrimiento colectivo, como el privado, suele atravesar varias fases. Las culturas han creado ritos de paso y de duelo para representar y superar el dolor. Pensaba si así como, tras una crisis, el individuo crea una serie de ritos que le ayudan a pasar de una etapa a otra, también países como España necesitarían establecer ritos que les permitieran avanzar de un momento a otro de su historia.

Quizás por eso Isabel sintió la necesidad de arreglar a su madre después de matarla. Quería que se viese respetable. Tal vez ese fue su ceremonia de despedida. El sufrimiento exige ser representado para poder pasar a otra instancia. Así trataba yo de entender el proceso del país y el de mi paciente mientras seguía escuchando a Franco con el personal del psiquiátrico.

Creo recordar que fue esa misma tarde, tras el discurso del Caudillo, cuando Juan Tramo Díaz llamó al hospital. Quería hablar con el médico a cargo de Isabel Ramírez Padrón, la secretaria me pasó su llamada. Tomé el teléfono inmediatamente. Parece que ya había llamado varias veces con anterioridad y nadie lo había atendido. Me preguntó si yo era el médico de la señorita Ramírez Padrón. Le respondí que sí. Se presentó primero como amigo de Isabel. Luego rectificó: habían sido novios. Necesitaba hablar conmigo. Era muy importante. Tenía que verme. Le di una cita para el día siguiente.

A las doce en punto entró a mi despacho. Lo invité a sentarse. Tendría unos veinticinco años. Delgado. De pelo y ojos castaños. Parecía que se quería dejar la barba, y unos cuantos pelos asomaban en su barbilla. Estaba nervioso. Lo entendí. Cualquiera que no estuviera acostumbrado al ambiente del hospital se habría puesto nervioso en esa situación. Caminar por aquellos pasillos le produciría angustia y desazón a cualquiera. Su rostro reflejaba su incomodidad. Trató de sonreír. Solo le salió una mueca, que aún hoy no podría definir si era de preocupación, repulsa o miedo.

—Es imposible que Isabel haya matado a nadie. Menos a su madre; la adoraba —dijo nada más estrecharme la mano.

Se sentó. Parecía confundido. Hizo aquella declaración porque no sabía por dónde empezar. Me preguntó si podía fumar. Le dije que sí. Saqué un cenicero del cajón y se lo acerqué. Extrajo una cajetilla del bolsillo del pantalón. La abrió y me ofreció uno.

—Gracias, no, no fumo y no me interesa el fútbol, así que imagínese, mi familia y mis amistades me tienen por un ser muy raro —le dije para tranquilizarlo.

Sonrió mientras encendía el cigarrillo. Creo que le comenté que me había extrañado su llamada. No sabía que Isabel tenía amigos o novios. Nunca se habían mencionado en los periódicos ni en el informe de la policía.

—Isabel no es así. No lo entiendo. Es incapaz de hacer daño a nadie.

Luego siguió contándome que se habían conocido hacía casi tres años en la librería donde aún trabajaba. Habían sido novios durante más de un año. La conocía bien, me aseguró. Isabel era incapaz de matar a nadie, menos a su madre a la que me volvió asegurar que Isabel quería mucho. No se explicaba por qué había confesado. Pero estaba seguro de que ella no había cometido el crimen. Le pregunté si tenía a otro sospechoso. Lo pensó un momento. El padre —dijo— era un hombre agresivo, a veces violento, aunque ella siempre le aseguró que no les pegaba. Siempre estaba amenazando e insultando a su mujer y a sus hijos, pero nunca había pasado a más. Los hermanos de Isabel vivían en Barcelona y en Valencia. Tenía que haber sido el padre. O eso creía él. Le pregunté si por esos meses había notado que Isabel estaba triste o si había tenido algún cambio de conducta. Pareció dudar. Luego titubeando me dijo que creía que no. Traté de averiguar si había habido algún cambio significativo en sus hábitos. Entonces me habló de las tertulias. Quizás nunca debió de llevarla a esas reuniones, me dijo. La expuso a un mundo, a unas ideas para las que no estaba preparada. Le pedí que se explicara. No sabía de lo que me estaba hablando. Me explicó que dos veces por mes se reunían en la trastienda de su librería con unos amigos: escritores, artistas y otros interesados en la lectura. Allí se conversaba sobre ciertos libros. A veces alguien leía el texto en el que estaba trabajando para escuchar las críticas y las sugerencias de los compañeros. A través de sus contactos en Francia, solía conseguir libros que estaban censurados o que eran difíciles de conseguir en una pequeña ciudad como la nuestra. Los leían a fondo y comentaban sus posibles repercusiones sociales. Parece ser que le había sorprendido el entusiasmo de Isabel en esas reuniones. Jamás faltaba a una. Juan Tramo Díaz se preguntaba ahora si había hecho bien en prestarle algunos de esos libros. Pero cuando se los dio pensaba que Isabel se cansaría al cabo de unas cuantas páginas, que no entendería el pensamiento tan complicado de estos intelectuales. Sin embargo, no fue así, no solo los leyó, sino que le interesaron mucho. Empezó a hacerle todo tipo de preguntas. Él trató de explicarle. Tenía miedo que los malinterpretara. Después de terminar con esos libros. Isabel le pidió otros. No le quedó otro remedio que prestárselos. Mientras los leía se los comentaba; a veces lo llamaba al trabajo con preguntas que a veces él mismo no podía responder. Parece que se volcó a esas lecturas con una avidez que sorprendió a todo el grupo. Así, y a diferencia de las primeras reuniones a las que asistió y en las que se había mantenido callada, después de un tiempo empezó intercambiar ideas.

—A partir de entonces empezó a cambiar —me aseguró—. Se volvió más extrovertida. No le daba miedo participar. Discutía con los compañeros. Me sorprendió. Isabel solía ser tímida, y discreta. Cuando uno trató de reírse de su lógica en una de aquellas últimas reuniones exigió que escucháramos sus opiniones. Me dio vergüenza ajena, iban a tomarla de loca, pensé. Perdón no quise ser irónico.

Viendo la expresión de su rostro pensé que era un hombre desconcertado por toda la situación. Me aseguró que, a pesar de todos esos cambios, Isabel nunca haría algo como de lo que se la había acusado. Sería incapaz. Le pregunté qué había pasado entre ellos.

—No sé. Nada. Le pedí que se casara conmigo. Me dijo que no. A los pocos días me dejó. No me dio explicaciones. No quería casarse, no quería continuar conmigo. No me dio ningún motivo.

Me siguió explicando que él creía que hasta ese día él pensaba que todo iba bien entre ellos. Eso fue un par de meses antes del asesinato, concluyó.

—A veces me pregunto si hice bien en llevarla a las tertulias. Eso la cambió. Ya no fue la misma. Extrañaba a esa Isabel que entró por primera vez en la librería. Al poco tiempo cambió, pero siguió siendo una persona incapaz de hacer daño a nadie. No se merece estar en un manicomio —repitió—. Sé que no está loca. Tampoco es una asesina.

Le pregunté si tenía alguna prueba de su inocencia. No, no tenía. Solo la conocía lo suficiente para saber que era imposible que hubiera asesinado a su madre. Le pregunté por qué, si estaba tan seguro, no había hablado con la policía o testificado en el juicio. Sus padres lo habían convencido de que no lo hiciera. No querían que se viese involucrado en todo eso. Podía traerle problemas. Podían acusarlo a él. Quedaría marcado. En una ciudad de provincias tenía mucha suerte de haber conseguido trabajo y podría perderlo. Tampoco querían que saliera en los periódicos. ¿Qué pensaría el resto de la familia, los amigos y el barrio? Así que decidió callar. No se atrevió a apoyarla. Tuvo miedo. La madre le aseguraba que no le debía nada a Isabel; que no fuera tonto. ¡Si hasta lo había rechazado!

—¿No le importa si vuelvo a fumar? —me preguntó.

El humo del cigarrillo me desagradaba, pero no quise negárselo. Estaba nervioso. Podía marcharse si no se lo permitía. Asentí con una sonrisa.

—Gracias.

Encendió el cigarrillo y pareció calmarse. Continuó hablando más relajado. Mientras hablaba pensé, que a diferencia de lo que había dicho el dueño del bar, el muchacho no me parecía pedante. Allí sentado, frente a mí, me pareció vulnerable. Continuó diciéndome que primero pensó que llamaría para averiguar cómo se encontraba Isabel. Seguía seguro de que era inocente y le remordía la conciencia. Después de que la encerraran en el manicomio, le remordía no haberla apoyado. No sabía si su testimonio o declarar a favor de ella, de su buen carácter y su personalidad, hubiese ayudado en algo, pero se lo preguntaba todos los días. Me miró, y supo que quería que yo lo librase de ese infierno. Le respondí la verdad.

—No creo que su testimonio hubiese cambiado el resultado. Todo el mundo pedía una resolución rápida. Declararla trastornada fue una salida conciliadora: la encerramos y mandamos el mensaje a la población de que ninguna mujer normal mata a su madre y tranquilizamos al público. No tienen que preocuparse. Sus hijas no son peligrosas. Sus hijas no están locas. No, las declaraciones que usted hubiese podido aportar no habrían afectado el resultado del juicio.

Me escuchó atentamente. Sonrió aliviado. Mis palabras parecieron aplacar su culpabilidad. Le pedí que me hablara un poco más de la relación entre ellos. Me aseguró que nunca entendió por qué Isabel lo había dejado. No había otro hombre, como sospechó al principio. Ella nunca quiso darle una explicación, aunque, según él, todo comenzó a ir mal cuando le pidió matrimonio.

—Me rechazó. Isabel me dijo que no era culpa mía, que era ella, que no quería casarse. No la creí. Me aseguró que no quería una vida de casada. Esa rutina en la que ya sabía qué haría cada día. Pero creo que me mentía.

Me confesó que en un primer momento se había enfadado mucho. Nunca se había imaginado que pudiera rechazarlo. Pensó que había otro. Ella le aseguró que no. No la creyó. Se puso aún más furioso. Le mentía. O eso creía. Su cólera solo empeoró la situación. Isabel no quiso volver a verlo.

Continué preguntando sobre la personalidad de Isabel. Me confesó que podía ser algo obstinada, pero nunca agresiva. Aún más, Isabel siempre había hablado de su madre en muy buenos términos. La relación conflictiva, si se podía describir así, era con el padre. Casi no se hablaban. Me comentó que excepto cuando le servía la comida no compartían ningún otro momento. Eran dos extraños. Dos desconocidos que vivían bajo el mismo techo.

Le pregunté si sabía cómo habían llegado a esa situación.

—El padre es un hombre difícil. Cualquier cosa lo irritaba. Tampoco perdía ocasión de ridiculizarla. —Se quedó un momento pensativo—. Pero yo siempre pensé que había algo más. No puedo decir qué. Nunca quiso decírmelo. Pero estoy seguro de que algo ocurrió entre ellos dos. Los hermanos tampoco se llevaban bien con el padre. Solo conocí a David. Me lo presentó una vez que nos encontramos con él por la calle. Estaba de visita. No sé por qué me pareció que tenía ganas de pasar más tiempo con su hermana. Lo invité a que se viniese con nosotros y nos fuimos a tomar una caña juntos, aunque noté que Isabel no quería que viniese. Me cayó bien. Le había sorprendido ver a su hermana conmigo. David no sabía nada de mí, como tampoco el resto de la familia. Isabel le dijo que no quería que su padre se enterara. Fue por eso que David habló de él. Como ya siempre decía Isabel, era un hombre con carácter. Pero David no parecía tenerle tanta manía.

Dudé en un primer momento, pero decidí que tenía que preguntárselo.

—¿Crees que fue algo sexual? —Su reacción fue la que esperaba.

—¡No! Por supuesto que no. No sé qué pudo ser. Una paliza. Algo que dijo, pero no eso. Hombre ¡cómo se le ocurre! —me reprochó.

Luego me explicó que nunca había visitado su casa. No quería que conociese a la familia. Se encontraban en la librería donde él trabajaba o en algún lugar acordado con anterioridad. Pero ella no quería que fuera a recogerla a su casa. Le aseguraba que sus padres eran muy pesados, que no la dejarían en paz haciéndole preguntas. Sin embargo, él sospechaba que había algo que ella no quería que supiera.

—Padres difíciles los hay a miles —me dijo—, pero ese no es un motivo para no presentarlos después de un año de relación. ¿No le parece? Ahí pasaba algo que no me quiso contar... quizás a usted se lo diga, aunque ni se me pasa por la cabeza que tenga algo que ver con lo que usted sugiere.

Le aseguré que trataría de ayudarla, se fue algo menos preocupado.

No sabía qué pensar después de esa conversación. Isabel era un misterio. ¿Qué ocultaba? ¿Y por qué lo escondía? Juan Tramo se fue de mi oficina con la conciencia más aliviada. A mí solo me dejó más dudas y preguntas.

—¡ATENCIÓN, ESPAÑOLES, HABLA EL JEFE DE ESTADO!

Ahora que lo vuelvo a oír en la cinta de Ignacio, lo recuerdo perfectamente. Treinta años o más de treinta años después, vuelvo a escuchar al locutor de RTVE en la grabadora. Hablaba con un tono que parecía, que en lugar de dirigirse al público, le estaba dando órdenes al ejército. Ese timbre altisonante, agresivo —me parece ahora— estaba en todas partes. Era el mismo tono autoritario con el que hablaban las enfermeras, los maestros, los médicos, las monjas, los padres... Los maestros y los padres en lugar de enseñar reñían, o creían que enseñar era reñir. Esa cadencia se había infiltrado hasta en las relaciones amorosas. Ahora, treinta y seis años después, he aprendido que las dictaduras tienen una inflexión muy diferente a las democracias. En las democracias otras voces se integran al diálogo social lo que implica la transformación del tono con que se establecen y se mantienen los intercambios. Eso lo aprendería con el cambio cultural que implicó la muerte de Franco, la democratización del país, mis estudios y mi participación en diferentes organizaciones de ayuda social. ¿Los vencedores de la guerra pudieron imponer así no solo una ideología, sino una voz que permeaba la cultura?

Muchas queríamos escuchar el discurso de Franco. Al principio lo prohibieron. No querían que nos alborotáramos. Nos recordaron que algunas pacientes padecían ansiedad: las preocupaciones políticas solo agravarían nuestro estado emocional y mental. Protestamos. Quisimos reunirnos con el director. No lo permitieron. Hubo largas reuniones entre los médicos, sor Teresa y el doctor Carrasco. Por fin se permitió que algunas, no todas, pudiésemos ver el discurso por televisión. El doctor Suárez se sentó con nosotras. La directiva quería que estuviese presente por si alguna de las pacientes sufría una crisis. Después de aquel locutor apareció en la pantalla el rostro del Caudillo.

—¡Qué viejo está! —exclamó una de las enfermeras mientras se sentaba en el sillón desvencijado frente al aparato.

Los médicos y las enfermeras tomaron los primeros asientos, excepto por el doctor Suárez que se dirigió hacia atrás donde nos encontrábamos los pacientes, y se sentó a mi lado. Con una sonrisa, me preguntó cómo me encontraba. Enseguida trató de preguntarme algo más, pero no pude oírlo. Algunas mujeres a las que no les habían permitido entrar protestaban en la puerta. Sor Teresa y Claudia, la enfermera, las echaron. Gritaron. Querían escuchar al Caudillo.

—Nos echan de aquí para escuchar lo de siempre. Tanto alboroto para oír las mismas mentiras de toda la vida —dijo una.

No entendía que no nos importaba tanto lo que iba a decir como verlo. Queríamos cerciorarnos de que estaba enfermo y a las puertas de la muerte, como se rumoreaba. Aunque los periódicos aseguraban que estaba totalmente recuperado, ya nadie lo creía. Por fin apareció en la pantalla. ¡No! No se había muerto, como Juana y otras habían sospechado.

—¡Qué viejo está! —dijo sor Teresa mientras lo escuchábamos.

Ya no podía esconderse la debilidad física del Caudillo. Noté la preocupación en los rostros de sor Teresa y del doctor Carrasco. Me imagino que se preguntarían qué pasaría con el mundo que ellos mismos habían construido en esos casi cuarenta años. Todas esas pequeñas redes de poder, de tráfico de influencias y de espacios sociales ganados y en los que todos se sentían tan a gusto. ¿Se derrumbaría? ¿Desaparecería por completo? ¿O podrían acomodarse al nuevo régimen, fuese el que fuese? Entonces miré a mi alrededor a las otras pacientes, a los celadores, a las enfermeras, al doctor Suárez, al director... todos a su modo, se estarían haciendo las mismas preguntas. La expresión de sus rostros delataba la incertidumbre.

Mientras hablaba el Caudillo algunas de mis compañeras se echaron a reír. Otras empezaron a imitar a Franco. Se movían y temblaban. Alguien había dicho que tenía Párkinson, aunque yo no le noté nada. Pero si estaba enfermo o no, poco importaba: solo querían burlarse de él para enfurecer a sor Teresa. Había algo infantil en aquello, pero de todos modos me hizo gracia. Entonces muchas, al unísono, comenzaron a mover los brazos y las piernas incontrolablemente. Sor Teresa, muy malhumorada, se dirigió a nosotras:

—Los tiempos no están para risas.

—En este país ¿cuándo han estado los tiempos para reír? —se atrevió a responder alguna.

—Nunca. Por eso mismo, las locas nos reímos —respondió otra desde el fondo de la sala.

La mirada de sor Teresa la buscó enfurecida. Todas sabíamos que su poder se había visto disminuido en los últimos meses. Algunas aprovechaban eso para provocarla. Sor Teresa siempre se dejaba arrastrar por esas provocaciones, lo que incitaba a mis compañeras a seguir azuzándola. Nos sentíamos protegidas por el doctor Suárez. Sor Teresa lo sabía y le molestaba. El doctor Suárez hizo un gesto con la mano pidiendo calma y todas obedecimos. Eso enfureció aún más a la monja. Sin desearlo, el doctor Suárez acababa de demostrar a quién habíamos aprendido a respetar más. Sor Teresa no se lo perdonaría.

Esa noche, después del horario de cierre y de que apagaran las luces, volví a oír ruidos. Muy leves. Otros más. Puse atención. Sí, eran pasos. Lentos. Suaves. Pensé que alguien trataba de caminar sin ser oído. Se detuvo. Pasó un minuto. Oí más pasos en el pasillo. Muchas de mis compañeras sabían cómo abrir las cerraduras de sus dormitorios sin hacer ruido. Empleaban alambres o algún ganchito que habían podido robar de las oficinas. Las cerraduras no eran muy complicadas. Eran puertas viejas. Estaban bastante destartaladas. Crujían con cualquier movimiento. El problema eran los goznes. Las mujeres trataban de engrasarlos con el aceite de cocina, pero no siempre funcionaba. Otro ruido. Más cercano. Veo moverse el picaporte de mi puerta. Miedo. La puerta se abre. Cierro los ojos.

—Somos nosotras, mujer, no tengas miedo. Ya nadie quiere hacerte daño —dijo Ana.

—No te preocupes. Las locas están más tranquilas. Ya

no eres blanco de su ira —añadió Juana mientras entraba abrazada a Rodrigo. Las seguía Josefa.

—No me dijisteis que veníais esta noche. Me asusté —respondí aliviada.

—Si ya esto se ha vuelto rutina. Pensé que no hacía falta avisarte. Disculpa el susto —me respondió Josefa, que siempre era la conciliadora.

Juana llevaba la radio en la mano.

—Tranquilízate, ya ha pasado lo peor. Las mujeres te aceptan. —No sabía por qué Juana estaba tan segura de lo que decía, pero la creí. Necesitaba creerla. No podía seguir viviendo con el temor de que volvieran a asaltarme en cualquier momento. Pensé que si las monjas se enteraban de que había un hombre en mi cuarto de noche podían castigarnos. Ellas no parecían preocupadas.

—¿Qué hace aquí? —dije, señalando a Rodrigo—. Nos podemos meter en un lío si lo ven en mi habitación.

—No, el celador de esta noche es Ramón. Le debe varios favores a Rodrigo. No va a decir nada.

Rodrigo conocía muy bien las reglas y cómo romperlas. Había sido paciente en la clínica anexa donde residían los hombres. Era alcohólico. Aún ahora, su madre, con la que vivía, de vez en cuando tenía que internarlo por alguna recaída. Me explicó que siempre juraba y perjuraba que no iba a volver a tocar el alcohol, pero la tentación era muy grande. Un cumpleaños, una feria, o las Navidades, bastaban para que alguien lo invitase a una copa. Solo una, se decía. En algún lugar recóndito de su alma sabía que se mentía, pero no podía evitarlo. Desgraciadamente nunca podía detenerse en una sola copa, tomaba dos, luego tres y volvía a recaer. Las fiestas siempre eran la peor época. Mientras se encontraba bien, trabajaba en el hospital haciendo todo tipo de reparaciones. Además de saber mucho de carpintería, era excelente reparando cualquier aparato electrónico. El hospital no tenía muchos recursos, y él cobraba barato, así que llegaron a un acuerdo que convino a las dos partes. Juana me contó que lo conoció un día que vino a arreglar la televisión. Se cayeron muy bien desde el principio. Me explicó que los dos tenían mucho sentido del humor y a ambos les gustaba reírse de todo. Se enamoraron al poco tiempo. Ahora Rodrigo buscaba cualquier pretexto para tener que arreglar algo en la sección de mujeres del hospital. Aprovechó su acceso a los cuartos para poder hacer en la habitación de Juana un pequeño escondite debajo de la cama. Removió la vieja madera, con el pretexto de que estaba en muy mal estado y podía ceder. Hizo un compartimento lo suficientemente grande para que Juana pudiese guardar allí sus regalos: la radio, la linterna, el collar que le había regalado, y algunas cosillas más. Los listones de madera nueva que podían sacarse sin mucha dificultad lo cubrían de tal modo que no se notaba. Cuando me lo mostraron tuve que reconocer que el trabajo de Rodrigo había sido excelente.

Con el tiempo supe que parejas como la de Rodrigo y Juana no era tan extrañas en el manicomio. Muchas mujeres buscaban compañía en los hombres que trabajaban en el hospital. Como hacían las demás parejas, Juana y Rodrigo también se encontraban muchas noches en el cobertizo. Desgraciadamente el lugar era muy frío en invierno. Descubrieron que por mucho que se abrazaran no era suficiente. En ese cobertizo se congelaban. Rodrigo trató de convencer al doctor Carrasco de que llevaran allí la estufa. Ahora que los empleados lo tenían que utilizar tan a menudo para guardar sus herramientas, se morían de frío. El director aceptó que llevaran una vieja estufa que Rodrigo pudo arreglar.

Esa noche entendí cómo Rodrigo, aunque algo rudo, bajito y un poco regordete, había podido enamorar a Juana con esa amplia sonrisa. Juana lo adoraba. Él le correspondía con creces. Siempre de buen humor, trataba de alegrarnos con sus ocurrencias. Así comenzó a ser parte de nuestro grupo. Era capaz de esconderse por los pasillos, no sé cómo, sin que nadie lo viera, así podía verse con Juana y luego venir a mi cuarto con el resto del grupo. Siempre nos contaba el último cotilleo de su barrio o nos hacía reír con chistes malísimos que entonces encontrábamos muy graciosos. A veces le traía regalos a Juana: unos zapatos o algunas medias. Cuando lo conocí un poco más, comprendí que era un buen hombre. Desgraciadamente la debilidad por el alcohol podía arruinarlo. Su madre había tratado de ayudarle sin mucho éxito. Ahora asistía al grupo de alcohólicos anónimos que había organizado el doctor Suárez. Creía que eso tenía un buen efecto en su vida. Estaba seguro de que podría mantenerse sobrio, ahora que tenía ese apoyo cuando no estaba internado. Quería casarse. Tener hijos. Nos explicó que le encantaban los niños, pero no quería que le pasara como a su padre. Un buen hombre mientras no bebía. En el momento que empinaba el codo se transformaba en un monstruo. No quería ser como él, aseguraba. Y entendí que nos lo decía para decírselo a sí mismo en voz alta y poder mantenerse firme en su propósito.

Esa noche y muchas otras después de esa, los seis nos quedaríamos hablando hasta el amanecer. A veces Rodrigo traía algo de comer: una ensaladilla, una tortilla de patatas, o alguna empanada que había hecho su madre. Acompañábamos la comida con Coca Cola o Fanta. Escuchábamos música o comentábamos las noticias. A veces las mujeres hablaban de su deseo de salir, de la nostalgia que sentían por su familia y amigos. A nadie allí dentro le gustaba hablar de los motivos por los que estaban internadas. Recuerdo que solo una vez hablamos de eso. Rodrigo quería que Juana se diera de alta. Fue entonces que supe que se había internado por su propia voluntad.

—Yo —dijo Juana—, me metí aquí por lo mismo que muchas. El vino que me gusta demasiado. Estoy muy bien mientras no tengo una botella cerca, pero una vez fuera vuelvo a caer. A mis padres y a mis hermanos les gusta beber un vasito o dos en las comidas. Y no van a parar esa costumbre por mi culpa ¿Por qué van a pagar ellos los platos rotos porque yo no sepa controlarme? Los entiendo. Claro que no puedo resistirlo. Veo la botella y no puedo... es superior a mis fuerzas. Mi madre ha intentado esconderlas, pero como sé que están en la casa siempre termino encontrándolas. Así que ahora estoy aquí por mi propia voluntad. Ahora estoy yendo a las sesiones de alcohólicos anónimos. Aunque el nombre me parece un poco tonto. Aquí todas nos conocemos. —Y se echó a reír—. Primero se formó un grupo, pero somos tantas que han tenido que organizar otros tres. El doctor Suárez me dijo que el grupo me ayudará, que me dará las fuerzas para resistir mi adicción. Me dijo que no soy una borracha, sino una alcohólica, y eso es una enfermedad y las enfermedades se curan. Quiero creerle, más por mi Rodrigo que por mí. Queremos casarnos. Tener hijos. Él quiere un niño y una niña. Y eso no es posible con una mujer que se pasa la vida borracha. Así que estoy tratando de curarme.

Me acuerdo que las tres le dimos ánimos. Por lo menos ella podría salir, tener un futuro, una vida, pensé. Rodrigo quería convencerla de que saliera y siguiera el tratamiento fuera, como él. Juana se negaba. Ella misma se había internado para dejar de beber. Tenía miedo de volver a recaer si se iba del hospital. Rodrigo estaba convencido de que juntos podrían vencer al alcohol. Juana no estaba tan segura y le repetía que tuviera paciencia. Necesitaba más tiempo. No quería que la relación fallase por culpa del alcohol. No quería decepcionarlo. No quería hacerle daño. No quería que los dos terminaran siendo una pareja de borrachos.

—La verdad —les dije—, no entiendo por qué vosotras tres estáis aquí adentro. Os aseguro que sois mucho más normales y sanas que mucha gente que he conocido fuera. Bueno, yo no os tengo que contar por qué estoy aquí. Me lo merezco, no hay nada peor que lo que yo he hecho.

—Eso es verdad. ¿Pero por qué lo hiciste? Nunca se supo —me preguntó Ana con ansiedad en la voz.

—No lo sé. El doctor Suárez quiere que en nuestras sesiones averigüemos los motivos que me llevaron a hacerlo.

—¿Cómo puede ser? Matas a tu madre y no sabes por qué. Eso no tiene sentido. No te puedo creer. O si es así, entonces es verdad que estás loca y serías una de las pocas que se merece estar aquí. Pero no te creo. Estoy segura de que no lo quieres decir —declaró Ana.

—Quizás tengas razón y sea una de las pocas locas de este lugar. Pero ya te dije que no quiero hablar de eso.

—Bueno, ya está bien. Si no quieres hablar no tienes obligación de hacerlo —interrumpió Josefa, que no quiso que la conversación terminara en la enemistad.

Después continuó hablando ella. Dijo que ya no se acordaba de los años que llevaba encerrada. Recuerdo que Rosalía le cogió la mano para darle fuerzas. Nos contó que se le murió su única hija de cuatro años. Antes de tener a esa hija había tenido dos abortos espontáneos. Esa niña había sido un milagro. Ya creían que no iban a poder tener hijos. Cuando nació esa niña todo su amor, su cariño, sus esperanzas y su vida estuvieron dedicados a ella, Esperanza, como la había llamado. Pero antes de cumplir los cinco años murió de cáncer. Al principio, su marido, la familia, los amigos entendieron su dolor. La consolaron. Le repitieron que con el tiempo iría mejorando, que la pena disminuiría. Pero no fue así, eso no sucedió. El tiempo solo fue profundizando su tristeza. La invadió una nostalgia que inundó toda su vida. Extrañaba a ese pequeño ser humano que había llenado cada rincón de su existencia. A los pocos meses de morir la niña, la depresión ya no la dejaba salir de la cama. No quería comer. No quería hablar. No quería oír. Su esposo se fue distanciando. Sus amistades desaparecieron. Ya casi nadie pasaba a visitarlos. La hermana de Josefa habló con el marido. Había que hacer algo. La situación no podía seguir así. Era insostenible. Entonces fue cuando la internaron. No reaccionó. No le importó. Solo quería dormir. Morir en vida. Al principio los familiares la venían a visitar. Luego las visitas se fueron espaciando hasta que ya no volvieron. ¿Para qué? Ella no hablaba. No se interesaba por nada o por nadie. No hizo falta que le dieran pastillas. No las necesitaba. Dormía casi todo el día sin necesidad de sedantes. Su marido lo intentó. Los primeros dos años venía todas las semanas, pero también sus visitas se hicieron cada vez menos frecuentes, hasta que un día dejó de venir. Su hermana, que aún la visitaba en las Navidades y en su cumpleaños, le había dicho que Antonio, su marido, vivía con otra mujer. Le había hecho prometer que no se lo diría. Se sentía culpable. Pero ella dijo que se sentía en la obligación de decírselo. Recuerda que no sintió nada. Hacía mucho tiempo que había dejado de sentir. Su hermana, sin embargo, parecía indignada. Quería que ella también lo estuviera, cuando vio que ella no reaccionaba se fue furiosa.

Parece que para Josefa todo cambió con la llegada del doctor Suárez. O eso me dijo entonces. Más tarde descubrí que no solo la llegada del doctor Suárez, sino la llegada de otra persona más la había ayudado mucho. De todos modos, el doctor Suárez la entendió, le habló, y tuvo paciencia cuando ella no podía responderle. Siguió hablándole. No forzó nada. A veces se miraban sin hablar. A veces él decía algo. Convenció a los psiquiatras de que le dieran un nuevo medicamento para la depresión. Poco a poco Josefa empezó a hablar en las sesiones. Él la escuchó con interés, sin negar su dolor ni su rabia por la pérdida. Ella lo sentía como una injusticia y no entendía por qué le había ocurrido justamente a ella. Las sesiones y la medicación empezaron a hacer efecto. Poco a poco fue mejorando. A veces aún seguía llorando a su hija, pero ya no dejaba de vivir por ella. El doctor le enseñó que llorar no es una vergüenza, sino un modo de curar la pena. Le dijo que dejara correr las lágrimas, pero luego quería, que entre los dos, fuesen viendo cómo transformar el dolor en algo positivo y no permitir que la paralizara. Tenía que seguir enfrentando su futuro Así en la última visita de su hermana le dio una breve carta para su marido en la que le decía que se alegraba de que hubiese podido rehacer su vida. Ella ahora se encontraba mejor y sabía que poco a poco se pondría bien.

El doctor Suárez la había animado para formar un grupo de mujeres que hubieran pasado por una pérdida similar. Comenzó a ser más activa en el hospital. El doctor les hablaba del derecho al dolor, del proceso del duelo, de luto emocional, como fases necesarias para la recuperación. El doctor también les habló de la obligación de vivir como modo de honrar a los seres queridos que habían perdido. Poco a poco, y con el apoyo de las otras compañeras y del doctor Suárez, Josefa fue aprendiendo a manejar su desconsuelo. Sabía que quizás tuviera que seguir alguna forma de tratamiento el resto de su vida. La depresión es una enfermedad que a veces no se cura. También la pérdida que había sufrido era para siempre. Ahora lo entendía. Ahora podía vivir. La miré. Creo que era la primera vez que veía a alguien con tanta claridad como la vi a ella. Frente a mí. Ese rostro, esos ojos tan diáfanos, que tanto habían sufrido seguían manteniendo una gran dignidad. Quizás por eso, pensé, tuvo la generosidad de salvarme a mí, que tan poco lo merecía. No juzgaba, se limitaba a ayudar.

—No deberías estar aquí. Llama a tu hermana o a quien sea, que te saquen de este lugar. Es cruel —dije sin pensar.

Josefa me miró compresiva.

Ana puso música.

—Isabel, no sé qué demonios te persiguen, pero si tú crees que mi historia es injusta no sabes nada. Te aseguro que aquí hay historias mucho peores que la mía.

—Bajar la voz. Los celadores nos van a oír —dije.

—¡Qué va! Ramón ya estará durmiendo la mona. Seguro que se agarró una buena. Le vi cómo escondía una botella por ahí. Tranquila. Ven, vamos a bailar un poco. Y no te preocupes tanto —me dijo Ana mientras me tomaba de la mano para que bailara con ella.

La adversidad, aprendí allí dentro, puede romperte o hacerte más fuerte depende de la actitud de cada cual. Puede hacerte despreciar a los que se encuentran en tu misma condición; o puede hacerte crear vínculos indelebles que te ayudarán a salvarte y a mejorar como ser humano. Entendí entonces por qué Josefa decidió ayudarme. También comprendí por qué congeniábamos tanto los cinco aun cuando éramos tan diferentes. No, fuera no hubiéramos sido amigos. Quizás nunca nos hubiéramos encontrado en los mismos círculos y de haber coincidido es probable que no nos hubiéramos dirigido la palabra. Sin embargo, allí, en aquel encierro, creamos una relación más estrecha que cualquier amistad que hubiéramos tenido antes. La dureza de las circunstancias que nos había tocado vivir, nos unió más allá de nuestras diferencias.

ABC
Madrid, viernes, 15 de febrero de 1974

LOS COMUNISTAS, CONTRA LA LIBERTAD

Acompañado por Heinrich Böll, su anfitrión alemán
en Alemania, Alexander Solzhenitsyn pasea por los campos que rodean la casa de Langenbroich, donde se hos-
peda. Su expulsión de la Unión Soviética ha tenido un
enorme impacto en todo el mundo. Una vez más se ha
puesto de relieve que los comunistas han extirpado hasta el más mínimo vestigio de libertad en Rusia. Particu-
larmente el acoso contra los intelectuales es cruel y per-
manente.

—¿Los libros de Böll no están censurados en España?
—No sé, pero no me extrañaría. Veo que está mucho
más despierta ¿no?
—Sí, ahora me siento mejor. Ya puedo volver a pensar
sin tanto esfuerzo. Esas malditas pastillas no me dejaban
concentrarme en nada. Mis ideas parecían estar lejos, como
en una neblina. Tenía que hacer mucho esfuerzo para llegar a ellas. Suena raro, ¿no? No sé, quizás no me explico
bien.

—Sí. Se explica perfectamente. Varios pacientes me han descrito del mismo modo los efectos de los antipsicóticos. Ahora que ya no los toma, sus capacidades intelectuales volverán a la normalidad. Tendrá más agilidad de pensamiento.

—Gracias. Pero me llamó la atención el titular. ¿No le parece hipócrita?

—Bueno, me alegro de que le interese la política. A muy pocas mujeres aquí les importa lo que está ocurriendo en el país, aunque pueda afectarles mucho. Pero aún me alegra más que esté recuperándose bien. Las enfermeras me dicen que come mejor. Tiene más apetito. Los informes del personal médico señalan que ya no tiene problemas digestivos. Ha subido algo de peso. Eso también le hará sentir más fuerte. ¿La tratan bien? —*Silencio. Pasa la cinta*—. ¿Necesita algo? ¿Quiere que pida que le traigan algo de su casa? ¿Algo de ropa? —*Silencio. Presiono* fast forward *en la grabadora*.

—No. No necesito nada.

—Bien. Hoy solo quiero que me responda a algunas preguntas de rutina. —*Silencio*—. Su padre se llama Pedro Ramírez Rueda y su madre, Isabel Padrón de Ramírez. ¿Sí? —*Silencio*—. Tiene un hermano y una hermana, David y Julia. Los dos mayores que usted. —*Silencio*—. Por favor, responda con palabras. No con gestos de la cabeza. ¿Alguna vez ha sido hospitalizada?

—No.

—¿Ha sufrido alguna enfermedad mental o física?

—No.

—¿Alguna vez intentó hacerle daño?

—No.

—¿Ha hecho daño alguna vez a alguien, además de a su madre, claro?

—No.

—¿Ha pensado alguna vez en quitarse la vida?

—No.

—¿Alguien de su familia ha sufrido enfermedades mentales?

—No, que yo sepa.

—¿Qué quiere decir eso con que «yo sepa»?

—Bueno, que la gente suele ocultar ese tipo de información.

—Sí, es cierto. Pero por lo general la familia nota algo o se rumorea algo. ¿Sospecha que algún pariente sufriera alguna enfermedad mental?

—No.

—Bien. ¿Conoce su historial médico? ¿Tiene alguna enfermedad física: tensión alta, diabetes, tiroides o ha tenido algún problema del corazón o cáncer?

—No. No tengo ninguna enfermedad.

—¿Cuándo fue la última vez que fue al médico para hacerse un chequeo?

—No me acuerdo. Pero no creo que me haya hecho nunca un chequeo. He ido alguna vez por algún resfriado. De eso, hace ya varios años.

—Bien, voy a pedir que el médico le haga un chequeo completo. Si no le importa, quiero asegurarme de que no tenga ningún problema físico. Sigamos. ¿Tenía miedo de que su madre le hiciera daño?

—No. Mi madre era incapaz de hacerle daño a nadie.

—¿Alguna vez antes del homicidio intentó hacerle daño?

—No.

—¿Alguien le había hecho daño? ¿Le había agredido o acosado?

—No.

—¿En algún momento durante el homicidio quiso o pensó en detenerse?

—No sé. No creo. Bueno, sí por un segundo.

—¿Por qué no se detuvo? —*Otro largo silencio*—. ¿No quiere responder? —*Silencio*—. Bueno, sigamos, ¿tiene pesadillas?

—Sí, algunas veces.

—¿Las pesadillas son sobre el asesinato? —*Silencio*—. ¿No quiere responder por vergüenza o por culpabilidad? —*Un largo silencio. Pasa la cinta. Esperamos*—. ¿Se siente culpable? ¿Se arrepiente de lo que hizo? —*Otro largo silencio*—. ¿Piensa a menudo en lo que ocurrió? ¿Le parece revivirlo? —*Silencio*—. Necesito que me responda. No estoy aquí para juzgarla. Quiero ayudarla, pero necesito que me conteste.

—A veces.

—¿A veces? ¿A veces lo revive?

—Sí.

—¿Con qué frecuencia? ¿Una vez a la semana? ¿Una vez al mes...?

—Varias veces por semana.

—¿Qué siente cuando eso ocurre?

—Miedo.

—¿A qué?

—No sé.

—¿A su madre, a su padre, a la policía?

—A todo y a nada de eso. Creo que solo tengo miedo.

—Bien, sigamos entonces. ¿Alguna vez le parece que está fuera de su propio cuerpo?, ¿que vive lo que está ocurriendo como desde fuera, o que su vida es como un sueño o una especie de película?

—Sí.

—¿Eso ocurre desde el día del crimen o ya le ocurría antes?

—Desde antes.

—¿Desde cuándo?

—No lo sé exactamente, pero creo que me pasa desde que era pequeña.

—¿Hay períodos largos de su vida que no puede recordar?

—Me cuesta recordar mi infancia.

—¿Momentos específicos o varios años?

—No recuerdo casi nada de mi niñez. Muy poco.

—¿A veces siente que le falta el aire, que no puede respirar bien?

—No. Bueno a veces

—¿Alguna vez recuerda haberle hecho daño a alguna mascota o animalito?

—No.

—¿Alguna vez fue violenta con algún miembro de su familia antes de lo ocurrido?

—No.

—No me refiero solo a la agresión física, también a amenazas o a insultos.

—No. Bueno, imagino que de niña habré insultado a mis hermanos.

—No, no me refería a eso, sino a algo más serio.

—No.

—Muy bien. —*Se oye el timbre del teléfono.*

—Ah, sí, sí. Voy ahora mismo. —*Se oye que cuelgo el teléfono.*

—Isabel, ha surgido una urgencia. De todos modos casi habíamos terminado. Creo que debería hablar con el doctor Carrasco. No quiero que piense que estoy a favor de recetar pastillas, pero creo que puede tener depresión. Mucha gente la sufre, aunque no lo sabe o no quiera admitirlo. No vamos a darle nada demasiado fuerte, solo algo que la ayude a sentirse mejor, sin tanta ansiedad.

—Después de todas las pastillas que me hicieron tomar,

no sé, ahora tengo miedo de volver a tomar medicamentos. No era capaz de pensar ni de controlar mi cuerpo.

—Le entiendo, pero lo que le vamos a dar no van a ser antipsicóticos ni sedantes. Tiene mi palabra. La medicación que le recetaremos es muy leve. Otras enfermas ya la toman. No tiene efectos secundarios importantes. A diferencia de los fármacos anteriores, la ayudará a pensar mejor porque reducirá la ansiedad. Descansará mejor. Eso es importante para que esté alerta. Puede confiar en mí.

—Bien, lo probaré, pero quisiera poder dejar de tomarlo si siento que no me sientan bien, ¿puede ser?

—Muy bien. Si se siente muy mal los cambiamos hasta que encontremos alguno que tenga efectos secundarios muy leves.

—Entonces, sí.

—Perfecto. Si siente la más mínima molestia, me lo dice. Le repito que no creo que el tratamiento tenga efectos negativos, pero de todos modos, cualquier cosa me lo dice. Voy a darle cita para dentro de un par de semanas, para entonces el antidepresivo ya debería estar haciéndole efecto.

—¿Por qué? ¿Le parece que estoy enferma?

—Por lo que ha descrito tiene varios síntomas de depresión. Las pesadillas, el desapego con la realidad, no poder recordar períodos largos... es todo parte de la misma enfermedad, aunque probablemente creyera que esos síntomas eran parte de su personalidad.

—Bueno. Está bien. Probaré.

La expresión de Isabel pareció ensombrecerse y esta vez fue ella quien, al irse, me tendió la mano.

NOTA:

Flashbacks. *Revive el homicidio. Probablemente también eso sea lo que no le permite dormir. Tiene pesadillas. Sor Teresa me informa que la oye gritar varias veces cada noche. Algunas de las pacientes se han quejado.*
Desrealization. *¿Existirá esa palabra en castellano? ¿Si no existe la palabra puede existir la patología? Cuántas palabras no existen en castellano para nombrar ciertas realidades. Si no se nombra no existe. Lacan nos dice que solo se existe a través del lenguaje. ¿Entonces qué pasa con todas estas mujeres que no se pueden ni nombrar, no existen? ¿Y si nuestro idioma les roba existencia a muchos seres al no poder nombrarlos, no es entonces nuestra tarea el de inventar modos de nombrar, de hablar, de introducir nuevas realidades lingüísticas que puedan decir a aquellos y aquellas que nuestra historia nacional ha borrado, marginado, silenciado al negarle una entrada en el lenguaje? Quizás por eso la población tome más y más términos del inglés. Un idioma que se ha desarrollado en países con una experiencia histórica muy diferente de la nuestra. Un idioma más flexible a la entrada del lenguaje de seres, a veces, aún incómodos para la sociedad. Poder nombrar. Poder nombrarse dentro de tu ámbito lingüístico es aún una tarea por hacer en muchos sectores españoles. Esto hace mucho más difícil mi trabajo.*
Quizás esté atravesando un episodio de despersonalización y desrealidad; aunque parecería que esto no estuviera relacionado con el asesinato. Por eso, sus síntomas parecen anteriores al homicidio. Entumecimiento emocional.

Según fui tratando a Isabel, mis objetivos fueron cambiando. En un primer momento, cuando supe que iba a ser mi paciente, me propuse estudiarla a fondo para poder hacerme un nombre en mi profesión. Pero al cabo de unos meses, a principios de 1974, mi prioridad pasó a ser ayudarla.

Poco a poco Isabel me había demostrado que no era el monstruo que los medios de comunicación habían hecho de ella. Era amable. Cordial. Se preocupaba por sus compañeras. Sin embargo, no era dócil. No. Decía lo que pensaba. No me mentía, como hacían otros pacientes para poder conseguir algún privilegio o para intentar convencerme de que ya estaban bien. Si Isabel hablaba, era para decir la verdad; si no, callaba. De este modo, también se fue ganando la amistad de muchas otras internas y se integró con más facilidad de la que creí posible a su llegada.

Mientras tanto, yo seguía tratando de promover más cambios en el hospital. Quería darles mayor poder de decisión a las pacientes. Mis colegas pensaban que mis propuestas eran demasiado radicales. El director del hospital era un hombre práctico y paciente. No le gustaban las transformaciones rápidas. Yo insistí. Hoy quizás entiendo que no supe manejar bien algunas situaciones y produje tensiones innecesarias. Pero las pésimas condiciones del lugar y el trato que recibían las enfermas exigían medidas inmediatas. Como el director siempre me recordaba, y yo sabía muy bien, había otros centros en peores condiciones que el nuestro. Pero esa no era razón para justificar tanta negligencia. Mi primer puesto, después de llegar de Londres, fue en un hospital en Levante. Allí lo vi claro por primera vez. Si el desarrollo de un país se mide por la compasión hacia aquellos más necesitados y por la preocupación por su bienestar, entonces, a la España de esa época, aún le faltaba mucho para poder considerarse una nación avanzada. Las condiciones de aquel recinto eran inaceptables. Una gran parte de los pacientes vivían encerrados en sus cuartos, con la ropa sucia, sedados todo el día, mirando a las paredes durante horas en medio de sus propias heces, de mugre y acosados por un sin número de ratas. Lo primero que tuve que regular fue la higiene. Los recursos eran mínimos, casi no había personal para atender a tantos pacientes. Tuve que organizar a los enfermos para que se ayudaran unos a otros. Unos comenzaron a trabajar en la cocina y otros en la limpieza. También tuve que luchar para reducir las dosis de medicación que se les suministraban a los pacientes. Así me fui ganando la confianza de los internos. Me irían contando sus historias lo que me obligó a enfrentarme con la peor realidad del régimen. Allí conocí a Susana, una mujer que había sido encerrada por ser madre soltera. Supe, después de hablar mucho con ella y de hacer algunas indagaciones, que llevaba casi ocho años encerrada solo por querer que el padre de la criatura se hiciera cargo de sus responsabilidades. El hombre, una figura muy influyente de su pueblo, quiso que diera al niño en adopción. Ella se negó y después de dar a luz, quiso que apoyara a su hijo económicamente. A fines de ese mismo año, 1966, la metieron en el manicomio por orden del alcalde. Ocho años más tarde seguía encerrada, más por olvido y desidia del sistema que por necesidad o miedo de que pudiese hacer algo contra el padre del niño. Traté de saber lo que había ocurrido con la criatura. Solo pude averiguar que lo habían llevado a uno de los hogares de la Obra de Protección del Auxilio Social. Intenté encontrar el hogar de Auxilio Social donde estaba el niño. Se negaron a darme ninguna información. Esa pobre mujer nunca más sabría de su hijo. Nadie, ni los médicos ni la familia ni la policía del lugar hicieron nada para ayudarme. Nadie sabía nada. Silencio. Todos respondían, quizás por un sentimiento de culpabilidad, que lo mejor era que su madre se olvidara de él. El niño probablemente habría sido adoptado. Estaría mejor con un padre y una madre, decían. De todos modos, aquella pobre mujer aún continuaría encerrada hoy día si no fuese por los cambios que se avecinaban. Ocho años viviendo en condiciones infrahumanas dejaron una huella profunda en ella. Con muy poca educación, sin ningún recurso económico y una autoestima dañada por el maltrato físico y emocional, aquella mujer necesitaría apoyo social y tratamiento psicológico por el resto de su vida. Desgraciadamente, por entonces, nuestro sistema aún no estaba preparado para afrontar esa obligación.

Los lunes sor Teresa tenía el turno de la noche, entonces no podíamos reunirnos. Revisaba cada dormitorio dos y tres veces. El resto de la semana, por lo general, Juana, Josefa y Ana venían a mi cuarto a eso de las once. Poco a poco se fueron uniendo otras compañeras. No estaba segura de si eso me gustaba: siempre hablaban de lo mismo, por lo general, del doctor Suárez. En una ocasión se preguntaban si estaría casado, soltero o si tendría novia. Les dije que vivía solo. Todas me miraron inquisitivamente.

—¿Cómo lo sabes? —me preguntó una de ellas.

—Me pidió permiso para grabar nuestras sesiones, y como vio que yo dudaba, me dijo que se llevaría las cintas a su casa, que allí estarían seguras porque vivía solo.

Les gustó tener un poco más de información sobre el doctor Suárez. Sentí que había algo infantil en su comportamiento. Estábamos en una situación límite y estas mujeres solo querían saber si el doctor tenía novia o no. No sabía qué pensar. Aunque no todas eran así. Algunas estaban interesadas en el proceso por el que estaba atravesando el país. ¡Cómo podían estar pensando en tonterías cuando el Caudillo podía morir en cualquier momento! Ya nada sería igual. Todo cambiaría. ¿No les importaba? A Josefa y a Rosalía les escandalizaba tanta frivolidad.

Rosalía, una paciente que había ingresado algún tiempo después que yo, se había hecho muy amiga de Josefa. Las dos se preocupaban mucho por la situación del país. Creían que la muerte de Franco cambiaría el rumbo de la nación y también el nuestro. En las reuniones nocturnas, Juana aseguraba que ya estaba muerto y que lo mantenían vivo con todo tipo de aparatos. Las demás se reían. Aunque la salud empezaba a fallarle, el viejo era más duro de lo que pensaban. Discutíamos a menudo qué pasaría una vez que se muriera. ¿Cambiarían las cosas o ya estaba todo preparado para que se continuara más o menos igual?

—¡Ya está todo cocinado! Nos harán creer que se preocupan por el bienestar de la población. Se moverá todo un poco para luego quedar igual que siempre —dijo Juana.

A medida que pasaban los meses, la incertidumbre por la situación política se agravaba. En el hospital se notaba la ansiedad. ¿Qué pasaría? ¿Saldríamos? Mientras tanto, la situación del manicomio iba mejorando gracias a los esfuerzos del doctor Suárez Lambre.

El doctor Suárez apeló a todos los contactos de su familia con el fin de conseguir fondos para mejorar la situación del hospital. La madre organizó algunas fiestas para recolectar donaciones. El dinero recaudado se usó para renovar parte del techo que estaba en malas condiciones. Suárez Lambre contactó con los familiares de los pacientes y con los párrocos de los alrededores del hospital para que también donaran ropa, zapatos o lo que pudiesen. La gente fue muy generosa. Pudimos cambiar los harapos con que nos vestían por prendas más dignas. Eso cambió la actitud de muchas de mis compañeras. Sor Teresa, Claudia y otros de los empleados se opusieron a que dejáramos de llevar sus sucios uniformes argumentando que todos estos cambios ocasionarían mucho desorden. Argumentaban que la nueva vestimenta podía suscitar envidia y competencia entre las mujeres, que según ellos se pelearían por las mejores prendas. Por suerte el director escuchó al doctor Suárez. El día que trajeron las donaciones, con los nuevos vestidos, pantalones, blusas y otras prendas, se volvió una fiesta. Las mujeres nos los probamos y nos reíamos frente al espejo. Nos dábamos consejos para combinar las prendas o comentábamos qué ropa le quedaba mejor a unas u otras. Produjo un cambio en todas nosotras. Al principio, esa transformación no se notó mucho; fue algo sutil que solo pudimos percibir con el tiempo. Nuestra actitud ya no sería la misma. Comenzamos a sentirnos mejor, más seguras. Algunas empezaron a pensar que algún día podrían salir de allí y tener una vida normal. Aunque sabía que no sería así para mí, comencé a ponerme metas, a querer ser útil; no quería perder mi vida sin haber hecho algo que le diera valor. Sí, ahora lo reconocía; aunque al principio no le creí mucho, el doctor Suárez tenía razón: el aspecto era importante para sentirse mejor. Yo misma me sentía más resuelta, con más energía. No me iba a dejar morir en vida, pensé. Había mucho que hacer aún allí dentro.

Josefa y yo hablamos mucho de organizarnos para ayudarnos unas a otras. Sí, estaba muy bien poder maquillarnos y vestirnos según nuestro gusto, pero había necesidades mayores que esas. Creo que fue a finales de marzo, en una de nuestras reuniones nocturnas, no sé muy bien cómo llegamos a ese tema, pero a Josefa se le ocurrió establecer una clase de alfabetización. Muchas de estas mujeres, dijo, no saben leer ni escribir. Me sorprendió. Me explicó que se habían criado en aldeas y pueblos muy pequeños donde la escolarización no era lo primordial. La ley obligaba a ir a la escuela hasta los 16, pero era frecuente que la escuela quedara demasiado lejos y no fuera accesible. En otros casos, sus padres las habían necesitado para trabajar la tierra y para ayudar en las tareas de la casa. Las que tuvieron más suerte habían podido ir al colegio durante algún tiempo, lo suficiente para poder leer y escribir lo más básico. Nos entusiasmamos con la idea de dar clases. Empezamos a hacer planes. Pediríamos permiso para impartirlas en la sala. Era el único espacio lo suficientemente amplio. Además, tenía la ventaja de que ya había mesas y sillas. Tendríamos que conseguir una pizarra, bolígrafos, papel; lo más difícil sería encontrar los textos para enseñar a mujeres adultas. No sabíamos cómo podríamos conseguir ese material. Solo se podría encontrar en Madrid o Barcelona. Josefa me encargó que hablase con el doctor Suárez. Quizás él podría ayudarnos a conseguir algunos libros. Juana hablaría con Rodrigo para que trajese bolígrafos y cuadernos. Tendríamos que dar las primeras clases con muy pocos recursos. Eso no sería ningún impedimento; lo importante era arrancar —dijo Josefa—, luego ya veríamos cómo mejorar las condiciones. Rosalía y Josefa se encargarían de hablar con las mujeres. Ana se negó a participar. Por alguna razón que no entendí entonces, parecía muy molesta con la idea.

—¡Qué tontería! Nadie aparecerá a esas clases —dijo con desdén.

Su actitud me sorprendió. Quizás aún era muy joven, pensé, y no entendía la importancia del proyecto. También nos ayudaría a nosotras: por fin nos sentiríamos útiles y no solo seres olvidados en aquel pequeño infierno.

Josefa llevaba más tiempo que nadie en el hospital. Conocía bien a todas nuestras compañeras. Me pasó una lista de las que no sabían leer y escribir, o lo hacían muy mal. Me impresionó cuantas eran. Creí que ese problema había quedado en el pasado. Pero en una región pobre como la nuestra, la realidad era diferente a la de las ciudades más grandes. Al día siguiente empezamos a hablar con las mujeres. Nos encontramos con un obstáculo que no habíamos tenido en cuenta: la vergüenza. Muchas no querían que sus compañeras de cuarto se enterasen de que no sabían leer.

Así que primero tuvimos que hacer un trabajo de concienciación. Esa primera fase fue la más difícil. El doctor Suárez nos aconsejó que habláramos con cada una a solas, y que les hiciéramos ver que no era un problema individual, sino social. Así lo hicimos. Aprovechábamos para hablarles a la hora del almuerzo o cuando las veíamos solas en sus cuartos. Pasamos varias semanas conversando con ellas. El no saber leer no era su culpa, les repetimos. A todas les intimidaba tocar el tema. Poco después, muchas se sorprenderían al ver a sus compañeras de cuarto en las clases de alfabetización. Habían compartido la habitación durante años ocultándose ese hecho. Una vez que lograron superar la vergüenza, afloró la verdad. El silencio y el pudor se disiparon para dar paso al aprendizaje.

Tratar de enseñar a las analfabetas funcionales fue mucho más difícil que a las que no sabían leer ni escribir en absoluto. Por nuestra parte, tuvimos que aceptar que no teníamos la formación necesaria para trasmitir nuestros conocimientos. Nuestras buenas intenciones no eran suficientes. Eso nos asustó. Al principio nos sentíamos incapaces de llevar a cabo lo que tanto habíamos prometido. Pero no queríamos defraudar la confianza que todas esas mujeres habían depositado en nosotras. Muchas podían leer en voz alta, pero en cuanto les pedíamos qué resumieran lo que habían leído, no podían. Otras solo podían reconocer nombres o marcas. Sin embargo, unas se entusiasmaban con el progreso de las otras: en cuanto vieron que sus compañeras que no sabían leer ni escribir empezaban a poder a hacerlo, también ellas quisieron mejorar y leer bien. Cada vez con más frecuencia, las mujeres que tenían un nivel de lectura muy básico, se acercaron a pedirnos ayuda para mejorar su nivel. Aun con todas nuestras limitaciones, las mujeres fueron avanzando en su aprendizaje. Estaban muy ilusionadas y ese deseo de aprender las ayudó más que cualquier método. El éxito de esos primeros esfuerzos nos animó a continuar con otros proyectos. En cuanto a mí, cada una de estas experiencias me dio un motivo para seguir viviendo. Un objetivo. Poco a poco, y en el lugar menos pensado, iba encontrándole un sentido a mi vida. Eso era lo que me había faltado hasta entonces: un propósito. Supe también entonces que el deseo de aprendizaje, el deseo de mejorar, de tener mayores conocimientos, debe partir de un proyecto social y cultural. Me preguntaba si el deseo intelectual parte de la cultura que te rodea o es innato en un ser humano. Hoy, después de todo lo que he vivido, estoy segura de que la necesidad intelectual la impone la cultura que te rodea. Sin saberlo, nosotras estábamos cambiando la cultura del hospital y eso era una amenaza para las autoridades del lugar.

Ana cambió. Siempre había sido una chica tranquila y alegre. Ahora se ponía de mal humor por cualquier cosa. Dejó de venir al cuarto con las otras. Todas esas ideas y proyectos no le interesaban. No quería que la incluyéramos en nada. Según ella nos habíamos vuelto «unas pelmas». En cuanto tratábamos el tema de los cursos se ofuscaba y se marchaba enfurecida.

—¡Para qué quieren saber leer! ¡Como si eso fuera a cambiarles la vida! Pierden el tiempo. ¿Para qué necesitan saber leer aquí dentro? Para eso se inventó la radio y la televisión, para no tener que leer —repetía con aires de superioridad.

No puedo negar que me molestaba su actitud. No entendía entonces que toda su oposición y su negatividad podían ser solo un modo de esconder sus propias limitaciones. Me irritaba su comportamiento. Decidí evitarla. En ese momento no me apetecía tratar con nadie que tuviera esa actitud. Ahora que había encontrado un interés, un fin, un objetivo, no quería perderlo. En ese lugar, mantener el optimismo requería un gran esfuerzo. No, no quería escucharla. No quería verla. Nadie me iba a quitar el ánimo. Tampoco quería discutir con ella. Imaginaba que ya había sufrido demasiado para su edad; no deseaba herirla. Así que prefería evitar una confrontación El encierro y las pocas posibilidades de imaginarnos otros modos de vida creaban una tensión enorme en todas, aun entre las mejores amigas. Así que preferí mantener la distancia. Ana era aún muy niña para valorar la importancia de lo que estábamos haciendo —me dije como para disculparla. Ella notó enseguida mi distanciamiento. Ya no nos veíamos en el comedor, tampoco pasaba por su cuarto para ver cómo estaba o simplemente para hablar y escapar un poco del aburrimiento. Ana lo notó. Su respuesta fue emplear la ironía y el ataque constante. Me creía «muy sabionda», decía. Otras veces me acusaba de ser una señorita de ciudad, que me creía superior al resto. Intentaba no prestarle atención a lo que decía. Pero tampoco quería que sus ataques subieran de tono y que creciera el resentimiento entre las dos. Así que decidí dejarla hablar. Reconozco que, de vez en cuando, me ponía de malhumor y le contestaba mal. Entonces ella se marchaba. Rosalía, Josefa y Juana trataban de tranquilizarme recordándome que Ana era aún una niña. Ten paciencia, solía decirme Josefa. Yo intentaba mantener la calma, pero a veces, se me notaba el enfado en el tono de voz, o en algún gesto. Josefa me alentaba a hablar con ella, a tratar de resolver cualquier problema que hubiese surgido entre nosotras. Me negué. No había pasado nada. Ana tenía toda la responsabilidad de lo que ocurría. No habíamos tenido ningún altercado. Debía ser ella la que diera el primer paso y no yo.

—Quizás, sin querer dijiste o hiciste algo que le molestó. Si lo habláis, estoy segura de que podríais resolverlo. Nos conviene a todas; no solo a vosotras dos. Esta tensión entre vosotras ha creado un mal ambiente que afecta a todo el grupo.

—No te entiendo, Josefa. Deberías hablar con ella y no conmigo. Ana es la que tiene el problema. Sé que es una niña, pero...

—Por eso mismo —me interrumpió Josefa—. Eres la adulta, la más madura: es tu responsabilidad encontrar una solución.

Me dejó sin palabras. Sabía que Josefa tenía razón, pero a mí siempre me había costado enfrentarme a los problemas con los demás. Me sentía cómoda discutiendo de política o de algún tema neutral, pero en cuanto surgía un problema personal, mi respuesta siempre había sido ignorarlo. Quizás ese había sido uno de los problemas que tuvimos siempre mi hermana Julia y yo, pensé. Ana era como una hermana menor; le había tomado cariño y, sin embargo, no podía acercarme a preguntarle qué le ocurría. Prefería la rabia y el malhumor a mantener ese tipo de conversación. Quería pensar que era solo su problema, no el mío.

Solo tres semanas después de haber comenzado las clases, las mujeres ya avanzaban rápido en su aprendizaje. Las que no sabían leer empezaron a reconocer algunas letras. Otras, que ya sabían las letras y podían reconocer palabras, empezaron a leer oraciones simples. Escribir les resultó más difícil. Las manos no estaban adiestradas para manejar un bolígrafo. Los dedos no se acostumbraban a los nuevos movimientos. Se contorsionaban. Se movían sin una dirección precisa. Inventamos ejercicios para que fueran flexionando las manos. No sabíamos si eran muy eficaces, pero ellas los hacían seguras de que las ayudarían. En cuanto podían escribir las primeras palabras iban ilusionadas a leérselas a sus compañeras. Su actitud se volvió más resuelta, más alegre. Un día, mientras enseñaba las letras, oí que se acercaba una tormenta; pude ver por la ventana los relámpagos a lo lejos. Pensé entonces que el descubrimiento de la palabra escrita, como el hallazgo del fuego, debió de ser uno de los grandes avances de la humanidad. La naturaleza nos regaló el fuego. La escritura, en cambio, era una invención humana, un arma del poder. Aquello que se le puede negar a una población se transforma en un método de sometimiento. Ese mismo día, al salir de la clase, me encontré con el doctor Suárez. Nos quedamos hablando. Por lo general, cuando nos encontrábamos por los pasillos, nuestra conversación se centraba en el progreso de mis alumnas, pero a veces yo le planteaba otras preocupaciones. Siempre me escuchaba. Y luego trataba de responder a mis preguntas. Esa tarde comentamos mis reflexiones sobre el lenguaje. Como psicólogo, creía que el lenguaje era clave para la formación de la personalidad. Mientras hablábamos fuimos caminando hacia la sala. Allí seguimos hablando del tema durante más de una hora, hasta que tuvo que volver a trabajar. El conocimiento es siempre un instrumento muy solapado del poder, me dijo. Me nombró a un psicólogo famoso que había estudiado mucho el asunto. Había conocido su obra durante una estancia en Buenos Aires. No me acuerdo ya del nombre, pero me sorprendió que afirmara que los seres humanos estábamos determinados por el lenguaje. Aún más, me explicó el doctor Suárez, otros estudiosos del tema sostenían que el lenguaje era una negociación por el poder. Entonces no entendí nada de eso. Solo más tarde, con el estudio y la lectura, recordé esa frase como clave para mi vida. Por eso, siguió diciéndome, le molestaba que empleáramos las palabras «loca» o «manicomio». Prefería que lo llamáramos hospital psiquiátrico para que pudiéramos tomar posesión de nuestra situación y transformarla. Había que manejar el lenguaje de un modo respetuoso. Solo de este modo se podría lograr nuestra reinserción cultural, me aseguró. Él creía que para integrarse socialmente primero había que hacerlo culturalmente: el idioma era clave para alcanzar ese objetivo. El lenguaje era un instrumento importante para llegar a conseguirlo o no. El poder del lenguaje es el de incluir o excluir. La manera en que lo empleemos determinará nuestro lugar en la sociedad. Después de aquella conversación me he preguntado a menudo si el respeto o el desprecio de una población hacia otra o hacia ciertos individuos se reflejan en el idioma que empleamos o si es al revés: heredamos un idioma que reproduce esos prejuicios. Y, si es así, ¿cómo afecta el idioma a los grupos perjudicados por esas categorías? Me preguntaba si nuestro lenguaje cambiaría después de la muerte de Franco. En una de las sesiones con el doctor Suárez, le pregunté si podría ocurrir algo así.

—Después de que muera el Caudillo, ¿seguiremos siendo clasificadas como locas o enfermas mentales? —le pregunté.

—Espero que seáis clasificadas como personas. Si no podemos cambiar el lenguaje, no podremos transformar nuestra interioridad; todos los cambios políticos serán inútiles porque nuestro imaginario no se habrá modificado. Si nuestro idioma no se transforma, la cultura que se desarrolló bajo la dictadura se mantendrá vigente mucho más allá de su muerte.

Su respuesta resultó menos optimista de lo que esperaba.

* * *

Era de noche. Debía de ser cerca de la una. Se abrió la puerta de mi dormitorio de golpe. Me sobresalté. Era Ana. Entró. Me levanté un poco asustada.

—¿Te desperté? —me preguntó.

—No, estaba intentando conciliar el sueño, pero no podía. A veces me cuesta mucho. ¿Qué haces aquí tan tarde? ¿Te pasó algo?

Ana se sentó a mi lado.

—¿Me enseñarías a leer?

¿Cómo no lo había pensado antes? A veces, no podía creer mi propia insensibilidad. Ahora entendía la actitud de Ana: era su modo de esconder la vergüenza y su sentimiento de inferioridad ante nosotras. Ya lo había visto en otras mujeres. Esa misma actitud de malhumor, con desaires y mohines de superioridad, era solo una manera de esconder sus propias limitaciones.

—¡Pero claro! ¿Cómo no me lo dijiste antes?

—No quiero que nadie lo sepa. Por favor, ni Josefa puede saberlo. Me enseñarás de noche cuando ya se hayan ido. Nadie debe saberlo.

—Ana, no debes avergonzarte. No hiciste nada malo. Tú no eres culpable de nada. Si no pudiste ir a la escuela, no es tu culpa.

—No, no es eso. Pero... no sé cómo explicarlo.

—Dime qué pasa. No importa cómo lo digas, dilo.

—Lodo. Siempre eso: lodo.

—¿Por qué dices eso? ¿Quieres decir que eso es el manicomio?

—No. Yo. Eso soy yo: lodo.

—Ana, no digas eso. Eso no es cierto.

—Estoy aquí por eso mismo.

—Ana sé por qué estás aquí. Sabes que aquí todo se sabe. Y es verdad lo que te ha dicho mil veces el doctor Suárez, tú no tienes nada de lo que avergonzarte.

—Sí, pero lo que no saben es que no empezó hace poco, sino mucho antes. Desde que tenía ocho años mi padre comenzó a venir a mi cama.

—¡Dios mío! Eras una niña. —La abracé. Las palabras me parecieron absurdas.

No había palabras. No había lenguaje para ese dolor. Callar. Silencio. Silencio. No saber. No oír. Pero hay historias que se imponen más allá del silencio. Entonces se las expulsa de la realidad. Sin embargo, de algún modo regresan y se imponen de otro modo, quizás con mayor impacto, a través de los sueños y las pesadillas.

Ana me contó que se lo había dicho a su madre hacía solo un año. Su reacción se lo dijo todo: ya lo sabía. No había mucho que pudiera hacer. Fue entonces cuando Ana se escapó. La guardia civil la encontró a los dos días. Ella acusó a su padre. Este la tachó de loca. Que mentía. Que no estaba en sus cabales. La madre testificó a favor del marido. Su hija no estaba bien. Hacía mucho que estaba incontrolable. El juez los comprendió, se apiadó de ellos. Les dio la razón, la niña no podía estar en su sano juicio. Por eso la encerraron en el manicomio. Terminó de relatar su historia y se rio. La miré desconcertada.

—Vosotras creéis que este lugar es un infierno. Tendríais que visitar la casa en la que me crie. Isabel, te aseguro que hay lugares mucho peores que este —me dijo Ana con una tranquilidad cargada de rabia.

No supe qué responder. Esa noche fue larga. Intensa. Agotadora. Sentí mientras hablábamos que esa intimidad nos había unido por el resto de nuestros días. El tiempo probaría que estaba en lo cierto.

—Te entiendo. Pero tú no deberías estar aquí. Tu padre es el que tendría que estar en la cárcel. Tú no eres la culpable, tu padre lo es.

—Sí lo soy. Lo acusé. ¿Por qué lo hice?, ¿qué iba a ganar con eso?, ¿qué iba a hacer fuera?, ¿cómo me mantendría?

—¿No tienes más familia, amigos...?

—Nadie quiere a una loca en su casa: podría acusar de violación a algún otro.

No pude decir nada. Sabía que tenía razón.

—¿Me enseñarás a leer y a escribir?

—Claro. Pero no entiendo por qué no quieres que las demás sepan que...

—No —me interrumpió—, ellas no pertenecen al fango. Me han protegido y cuidado. Fueron capaces de inspirarme esperanza cuando ya la había perdido. Por eso no quiero que sepan que no puedo leer.

Entendí enseguida. Yo era parte de ese fango, de ese mundo del que ella creía venir y que le repugnaba, aunque se sentía parte de él. No la contradije. Cierto, pensé, yo ahora era parte de ese barro que se introduce en el alma.

—Nos reuniremos siempre a estas horas. Juana, Josefa y Rosalía ya se habrán ido. Te estaré esperando. Estoy segura de que aprenderás rápido. Eres una muchacha muy inteligente —le dije para alentarla y darle la seguridad que le hacía falta.

Ana, como muchas de las otras internas, tenía un concepto muy bajo de sí misma. Esa era la primera barrera que debía romper antes de poder aprender algo. Ana me lo agradeció. Luego se acercó, se echó a mi lado. Ana era tan pequeñita, aún para su edad, que cabíamos en esa cama. Lo acepté. La necesidad de compañía, de un poco de cariño, se imponía incluso en ese infierno. Me abrazó y nos quedamos dormidas. Vio el retrato que me había hecho Rosalía hacía solo unos días colgado en la pared de enfrente.

—Estás muy linda ahí. ¿Quién lo pintó?

—Rosalía, me lo regaló hace unos días.

—Tiene mucho talento. Pinta muy bien.

Siempre me había imaginado que Rosalía era otra que Josefa había rescatado de este infierno. Era más bien callada. En las reuniones no hablaba mucho, prefería dibujar. A veces las veía mirarse una a la otra con una complicidad que les envidiaba. Aunque me avergonzaba de mis propios sentimientos, no podía evitar sentir algo de celos. Juana y

Ana no parecían conscientes de esa relación tan estrecha. Quizás porque Juana tenía a Rodrigo. Y Ana tenía el cariño de muchas allí dentro. Comprendí entonces que mi necesidad emocional y mi incapacidad de expresarla solo me llevaban al egoísmo. A veces, en nuestras reuniones, mientras conversábamos, me encontraba espiando a Josefa y a Rosalía. De un tiempo a esta parte se intercambiaban sonrisas y guiños. Yo pensaba que eran claves secretas. Aunque trataba de reírme de mis propios sentimientos, pero no podía. Sabía que nunca había tenido con nadie una amistad tan profunda. En un lugar como ese, las amistades saludables y sólidas eran difíciles de mantener. Debía alegrarme por ellas, pero no podía. Mi egoísmo no me lo permitía. Josefa es feliz. Es mi amiga. Alégrate por ella, me decía. Pero tenía que aceptar que no era tan generosa. Tampoco podía esconder mis sentimientos encontrados: se me notaban en los pequeños gestos y en los reproches que le hacía a Rosalía. Cualquier tema o cuestión irrelevante me daba pie para criticarla. Rosalía no respondía a mis agresiones, pero su actitud solo conseguía que me molestase más. Le buscaba defectos y, si no se los encontraba, los inventaba. Rosalía dejó de participar en nuestras conversaciones. Venía a mi cuarto con las otras, pero se dedicaba a pintar. Hizo un par de retratos realmente excelentes. Después dibujó a Juana y a Rodrigo cogidos de la mano. Juana se puso muy contenta; lo guardaría siempre, dijo. Rodrigo quiso otro para él y Rosalía se lo hizo. Yo continuaba haciéndole desaires. Una noche, poco antes de irse, Rosalía se acercó a mí y me entregó otro de sus dibujos: era yo sonriendo. Me desarmó por completo. Se lo agradecí. Era hermoso. Lo colgué en un lugar especial: frente a la puerta. Allí lo vería quienquiera que pasara por el pasillo. Fue mi modo de disculparme.

* * *

Era aún temprano. No tenía reloj. Pero el silencio del hospital me decía que muchas todavía dormían. Ya me había vestido para dirigirme al comedor cuando oí que tocaban a mi puerta. Supe quién era antes de verlo. Las puertas de los cuartos siempre estaban abiertas. Nadie se molestaba en tocar. Solo el doctor Suárez continuaba tocando la puerta antes de entrar. Decía que era importante mantener la privacidad de las pacientes.

—Buenos días. Quería hablar con usted.

—Claro, ¿pasó algo?

Recuerdo que me sonrió. Me acerqué, sentí su cuerpo demasiado cerca. Me separé. Fui hacia la ventana.

—Solo quería asegurarme que iría a la sesión de grupo esta tarde.

—Sí. No sé si ayudará mucho. Le repito que yo me siento bien. No creo que sufra de depresión. A veces me pregunto si no quiere encontrar una enfermedad para disculpar mi crimen.

Volvió a acercarse.

—No. No lo creo. Intente asistir. Pruebe antes de rechazarlo —creo recordar que me dijo.

Me di cuenta de que estaba más pendiente de sus gestos y de sus expresiones que de lo que me decía.

—Bueno, espero entonces verla esta tarde. Creo que le ayudará mucho —dijo volviendo ya hacia la puerta.

Noté cierta turbación en su voz. No habría podido decir qué era, pero algo en su manera de dirigirse a mí había cambiado. Cada vez entendía menos las reacciones de la gente a mi alrededor.

ABC
Madrid, jueves, 7 de marzo de 1974

LA ESPAÑA CLARA DE LA PAZ Y LA ALEGRÍA

Reflejar de vez en cuando la paz general de España, la alegría y la felicidad de nuestras gentes es tarea necesaria al no querer que las tensiones políticas y religiosas y los conflictos que se producen deformen la verdadera imagen de un país que se desarrolla habitualmente tranquilo y en orden. Por eso traemos a nuestra portada esta fotografía tomada ayer en un parque cualquiera de Madrid. La mayoría silenciosa tiene también su voz que se escucha en los juegos infantiles, en el trabajo ordenado y [...] en el respeto de la ley y en el amor a la paz de todos los hombres y mujeres de buena voluntad.

—Buenos días. —*Me escucho decir en la grabadora.*
—Buenos días, doctor Suárez. ¿Qué me dice de ese titular? ¿No le parece irónico?
—¿Qué?
—El titular.
—No. No creo. Por fin hemos tenido un largo período de paz. Hoy España es un país tranquilo. No estoy de

acuerdo con el régimen, pero tengo que aceptar esa realidad. Trajo la paz.

—¿Para quiénes?

—Bueno, pero no estamos aquí para hablar de política, sino de usted. Me dijeron que la pusieron a limpiar baños porque no le interesa participar en la laborterapia.

—No me gusta tejer ni hacer calceta. Eso no es para mí.

—Muy bien. Pero debería emplear más tiempo en algo productivo. Las clases de alfabetización están muy bien, pero son solo unas horas por semana. Tendría que buscar otra actividad.

—Sí, lo sé. Pero me aburre hacer las labores.

—Muy bien, entonces proponga algo.

—El periódico.

—¿El periódico?

—Me gustaría leer las noticias. Me siento aislada sin saber qué ocurre en el mundo. Aquí nadie se entera de nada. Aunque de vez en cuando escuchemos las noticias por la radio. No me mire así. Seguro que sabe que tenemos una radio.

—Lo sospechaba. Pero tienen que tener cuidado. Saben que está prohibido.

—Solo unas pocas podemos escucharla algunas noches. Es por ese motivo que corren todo tipo de rumores. Ya nadie sabe qué creer. Algunas creen que Franco ya ha muerto. Otras aseguran que está en coma. Se hacen todo tipo de especulaciones. Sería mejor si supiéramos realmente qué está pasando.

—Sí, lo sé. Y me parece muy bien que se interesen por lo que ocurre en el país, pero va a ser muy difícil cambiar esa norma. La directiva tiene miedo de que las noticias les afecten demasiado. Por eso solo les dejan ver la tele y escuchar algunos canales de la radio y solo a ciertas horas.

—Queremos saber qué pasa afuera de estos muros. No sé qué es peor: si estar encerrada o no tener ningún acceso a nada. Es como si, una vez que hubiéramos entrado en este lugar, hubiéramos dejado de existir.

—La administración teme que no entiendan lo que está ocurriendo. Todo parece controlado, pero hay mucha inestabilidad. Hay manifestaciones en las calles. Ha habido varios atentados terroristas. Varios países presionan para que haya cambios en España. La directiva quiere evitar que estas noticias las alteren.

—No, no creo. Esa prohibición no es para protegernos, sino para mantener el control. Sor Teresa y la directiva temen perderlo. Nos tienen miedo. Antes nos metían medicamentos; ahora nos aíslan. El resultado es el mismo.

—Estamos en una época de transición. Tiene que tener paciencia. Mire, vamos a hacer esto. Le dejaré el periódico, pero luego me lo devuelve. No quiero que las otras mujeres lo vean: no quiero que piensen que algunas tienen privilegios que otras no tienen.

—Muy bien. Gracias.

—Bueno, quisiera que habláramos de la muerte de su madre. ¿Me puede decir qué sintió usted en ese momento? ¿Había ocurrido algo entre usted y ella? ¿Habían discutido? ¿Estaba usted enfadada con su madre? ¿Habían tenido algún altercado?

—No, no había pasado nada.

—¿No habían discutido ese día ni unos días antes?

—No.

—¿No discutían nunca? —*Silencio*—. Por favor, hable. No se encoja de hombros. ¿Podría decirme por qué confesó el crimen?

—Confesé porque lo hice. No quiero hablar más de eso. Ya he dicho todo lo que tenía que decir. Estoy aquí. Me han impuesto un castigo y lo cumplo, pero no voy a volver hablar de lo que hice ese día.

—¿Por qué confesó, Isabel? ¿Se sentía culpable?

—No.

—Entonces ¿por qué? Había otras posibilidades. Podría haber escapado. Irse a Francia. Allí habría sido difícil que la extraditaran. Su madre ya era mayor. Quizás la policía nunca habría llegado a descubrir el crimen. Podrían haber creído que fue una muerte natural. La policía no es reconocida por su eficacia. Podría haber culpado a otro; a un ladrón. Alguien se habría metido en su casa a robar y la mató. No sé. ¿No pensó en esas posibilidades?

—No. Soy culpable. Debía ser castigada. Eso es todo.

—¿Por qué fue a la comisaría usted sola? Sabe en qué estado emocional se encontraba. ¿Estaba en *shock*?

—No. Sabía muy bien lo que hacía. Sabía que debía pagar por mi crimen.

—De acuerdo, haber confesado es un acto loable, pero ¿cómo compagina ese nivel de moralidad con el asesinato de su madre? —*Silencio. Pasa la cinta durante un minuto largo*—. El informe policial dice que la asfixió con una almohada. Ese es un modo muy cruel de morir. ¿No le parece? Su madre debió de sufrir mucho. Piense. ¿Qué sentía usted en ese momento? ¿Rabia? ¿Frustración? ¿Odio? —*Un largo silencio*—. ¿No quiere responder? Bien, por ahora, podemos dejarlo. Pero solo por el momento. Más adelante tendremos que explorar los motivos del homicidio. ¿De acuerdo? —*Silencio*—. Una parte importante de su recuperación depende de que pueda llegar a articular qué pasó en ese momento.

—Ya lo hice. Por eso estoy aquí.

—No. Mientras no pueda reconocer qué fue lo que la llevó a asesinar a su madre, esa admisión de culpa le sirve a la sociedad, pero no a usted. Tiene que recordar los motivos que la llevaron a actuar así. —*Silencio*—. Las enfermeras me han comentado que nadie ha venido a visitarla. ¿Quiere que llame a su padre o a uno de sus hermanos?

—No.

—¿No necesita nada de su casa?

—No.

—¿No quiere que la vean?

—No.

—¿Por qué? —*Oigo la cinta pasar*—. El silencio no es sano. Tiene que poner mayor empeño en la terapia. Si usted no pone voluntad en rehabilitarse, yo no puedo ayudarla. Debe desearlo usted. Piense en su vida, en su porvenir. Es usted una mujer joven. Tiene un futuro por delante. ¿Piensa pasarse la vida en un hospital psiquiátrico? —*Silencio*—. ¿A qué le tiene miedo, Isabel?

—A todo y a nada.

—Muy bien. Empecemos por ahí. ¿Qué quiere decir con todo y nada? ¿Se refiere a alguna persona, a su familia, a alguien en particular? ¿O es un sentimiento indefinido?

—Sí. Eso. No sé qué quiero decir. En general le tengo miedo a todo. Pero solo ahora lo entiendo. Antes de entrar aquí estaba acostumbrada a sentirme así, era tan normal... Ese miedo siempre estaba ahí. Ahora es diferente. Aquí dentro parece que todos esos sentimientos se han amplificado y ya no puedo ignorarlos.

—¿Por qué cree que se ha vuelto más consciente aquí dentro?

—No sé. Quizás aquí mi vida ya está planificada. Afuera también lo estaba, pero no era tan consciente. Aquí no puedo escapar de esa verdad.

—¿Por qué podía ignorarlo fuera?

—Fuera siempre había algo que hacer. Eso me permitía no pensar en lo que me faltaba o en lo que sentía. Aquí dentro el tiempo pasa despacio, siempre igual. Supongo que eso no nos permite escapar de nuestra realidad. El manicomio es nuestro único futuro. Antes de entrar aquí no tenía ningún rumbo, solo dejaba pasar los días.

—¿Antes de entrar aquí no pensaba en su futuro? ¿No se lo imaginaba?

—No sé. No lo veía. Bueno, solo quería que mi vida no se pareciese a la de las demás del barrio. Pero no tenía una idea precisa de lo que quería.

—Bien. ¿En qué quería diferenciarse de ellas? ¿Cómo deseaba ser?

—No lo sé. No sé nada. Ese es el problema. No sé. Nunca supe lo que quería.

—Está bien. Quizá podamos explorar diferentes posibilidades. Eso la ayudaría. Conocerse mejor es importante ¿no le parece?

—Sí, puede ser, aunque ahora ya no hay motivos para hacerlo.

—¿Por qué dice eso?

—Porque me voy a pasar la vida metida aquí dentro. ¿Quién va a dejar salir a alguien como yo?

—Estamos aquí para curar y para rehabilitar. Saber qué quiere hacer de su vida puede ser un modo de empezar a curarse. ¿Qué cree que podría hacer si saliera de aquí?

—Me imagino que lo mismo de siempre. Intentaría conseguir algún puesto como dependienta. Algo así. No sé hacer nada.

—¿No tenía otras aspiraciones? Es usted una mujer inteligente. Tiene intereses. Trate de pensar.

—Ya estoy marcada para el resto de mis días. ¿Quién va a querer trabajar con una mujer que mató a su madre? No creo que la gente se olvide tan rápido de algo así.

—La gente tiene una memoria muy corta. No crea, ya se olvidaron de usted. Ya ha dejado de ser noticia. Ahora ya están todos hablando del último escándalo. Hoy en día el morbo es el gran entretenimiento de las masas. Lo único bueno de estos fenómenos es que no duran mucho. La gente se aburre rápidamente. Hay que darles otro caso un poco más insólito para tenerlos pendientes del televisor. Y eso es lo que ha ocurrido con su caso. El público se ha saciado, ya han pasado al siguiente espectáculo. Para cuando salga de aquí nadie la reconocerá.

—Espero que sea así. No estoy tan segura como usted. Pero qué haré cuando salga, si es que salgo, no lo sé. No sé hacer nada.

—Bueno, podría ir pensando a qué le gustaría dedicarse. Es importante tener expectativas de futuro para tener la fuerza de salir de aquí.

—No entiendo. ¿Qué expectativa?

—Las que sus capacidades puedan ofrecerle. Tendrá que desarrollarlas. Eso aquí no será fácil, es cierto, pero ya veremos cómo hacerlo. Primero tenemos que descubrir sus posibilidades. ¿Qué sabe hacer? ¿Qué le interesa? ¿Qué le gusta?

—No lo sé.

—¿No sabe qué le gusta hacer?

—No.

—Bien. En los informes dice que fue una buena estudiante. Sacaba muy buenas notas. Su tía insistió mucho en eso. ¿Qué materias le gustaban más? Quizás podamos empezar por ahí.

—Mis mejores notas siempre eran en lengua e historia, aunque tampoco era mala en matemáticas.

—A lo mejor podría estudiar algo relacionado con esas materias. La universidad a distancia podría ser una posibilidad. ¿Nunca pensó en ir a la universidad?

—Sí, pero aquí no hay ninguna y mis padres no tenían dinero para mandarnos a los tres a la universidad.

—¿Qué le hubiera gustado estudiar?

—No sé. Nunca lo pensé. Sabía que no podía ir, así que para qué.

—Bueno, piénselo. Y veremos cómo puede hacer para matricularse en la universidad a distancia. ¿Le parece?

—Sí, muy bien.

—Antes de que se vaya, tengo algo para usted. Le traje esto.

—Gracias. No lo he leído.

NOTA:

Nadie ha venido a visitar a la paciente Isabel Ramírez Padrón.

La paciente Isabel Ramírez Padrón se relaciona bien con sus compañeras. Está creando una comunidad de apoyo con ellas. Continúa negándose a hablar de ciertos temas. Tampoco desea ver a nadie de su familia. La paciente mira a menudo al suelo. Balbucea. Sin ningún tipo de emoción. Más bien parece desconcertada. A veces, me mira en silencio. Creo que parece perpleja, como si no entendiera por qué le hago algunas preguntas. A veces, un movimiento en la silla o una expresión me hacen pensar que quiere contestar, pero algo en su interior no la deja. No quiero agobiarla. Emplea las negativas como modo de evitar mis preguntas. Debo pensar en otro método. Tal vez aún sea muy pronto. Tenemos que explorar su pasado, para poder volver a los motivos del crimen.

Se alegró mucho cuando vio el libro que le regalé. Le gusta leer. Tiene un gran interés intelectual que ella misma parece reprimir.

Le preocupa mucho lo que yo pueda pensar de ella. ¿Transferencia? Aunque ha asesinado a su madre, no quiere quedar mal ante mí. Le afectan los juicios negativos de los demás, aunque no quiere reconocerlo.

Los domingos siempre almorzaba con mi familia. Ese fin de semana, mientras mi hermana y mi madre recogían la mesa, me acerqué a mi madre y le pedí algunas de esas novelas que a ella le gustaba leer. Me miró extrañada.

—Es para las mujeres del hospital —le expliqué—. Se aburren. Quizás esto las entretenga un poco.

—¿Y tú crees que conviene que lean ese tipo de novelas?

—Mamá, son adultas.

—No sé, Ignacio. No me parece una buena idea. Tú eres el psicólogo, pero yo sé cómo son las mujeres...

—Mamá, por favor...

Me pareció que me miraba con desconfianza. De todos modos, fue a su cuarto y me trajo un par. No eran de Corín Tellado. Parece que sus libros ya la aburrían. Era de un nuevo autor, un cura. Sus novelas estaban de moda. Luego volvió a insistir:

—No sé. Sigo pensando que puede traer problemas, pero tú sabrás...

Mi madre tenía unas ideas muy precisas sobre quién podía leer qué. Le expliqué que uno de los peores males del hospital era el aburrimiento. Teníamos que encontrar el modo de hacer que el tiempo pasara más rápido. Mi madre seguía dudando. Volvió a repetir que no creía que mujeres como esas debieran leer este tipo de novela. Debía tener cuidado.

—¿Y por qué yo no puedo leerlas? —preguntó mi hermana a modo de protesta.

—Tú no tienes edad para esas cosas —le replicó mi madre, molesta ya con todo el tema.

Cuanto más le prohibía mi madre algo, más interés provocaba en mi hermana Maribel. La conocía muy bien. Si mi madre le permitiera leerlas, ella misma las dejaría por aburrimiento. Aunque era aún una niña, su curiosidad intelectual exigía más de lo que esas novelas podían ofrecerle.

* * *

Sabía que la terapia de Isabel iba bien. Se relacionaba mejor con sus compañeras. Se había abierto más y podía hablar de sus sentimientos, aunque aún le costaba. Estaba convencido de que su carencia de autoestima debía de estar conectada al proceso emocional que la llevó a cometer el homicidio. Sabía que explorar la dinámica familiar sería clave para desentrañar la verdad. Debía explorar su capacidad de establecer relaciones interpersonales, sus actitudes, sus creencias y valores. La había observado en el hospital. Había podido crear y mantener buenas relaciones con algunas de sus compañeras. Sin embargo, eso contradecía lo que ocurría con sus relaciones familiares. A Isabel no parecía afectarle que su padre y sus hermanos no se preocupasen por ella. Ninguno de ellos había asistido al juicio. Tampoco habían venido a visitarla al hospital. En el tercer piso teníamos algunas mujeres peligrosas que habían tratado de matar o habían matado a alguien. Pero siempre había alguien, una madre, una hermana o una gran amiga que venía a visitarlas. No así a Isabel. Ella no tenía a nadie. Me preguntaba si al padre y a los hermanos les importaban las condiciones en que se encontraba. Por otro lado estaba Juan. Isabel seguía sin mencionarlo. No lo entendía. Obviamente no había participado en el crimen. ¿Por qué ocultarlo? Me debatía entre decirle o no a Isabel que el joven había venido a verme. Pensé que sería mejor indagar en sus relaciones familiares: el padre y los hermanos. Luego, si seguía sin mencionarlo, tendría que encontrar la manera de mencionarlo en la conversación. La relación con su madre, en cambio, tendríamos que abordarla mucho más tarde, cuando Isabel ya estuviera más preparada emocionalmente. Tal vez no estuviera mintiendo. Quizás ella misma no sabía por qué la había matado. Si relataba su historia personal, entonces podríamos desentrañar los motivos que la llevaron a cometer el asesinato.

Durante esos primeros meses observé que Isabel tenía una gran capacidad para empatizar con sus compañeras. Se preocupaba por ellas. Le indignaba la injusticia: algunas no debían estar encerradas ahí dentro, insistía. Deseaba ayudarlas. En general, Isabel era amable y cordial con todo el mundo, pero aún más cuando trataba con las enfermas seniles. Entonces su comportamiento era ejemplar: las ayudaba a comer y a caminar o, si se alteraban las calmaba con gestos de cariño. ¿Cómo alguien así, con ese grado de empatía podía haber cometido un crimen tan horroroso? Algo terrible debía haber ocurrido entre ellas, me decía. ¿Pero qué? Había algo que no encajaba. ¿O era yo el que quería redimirla de su crimen? ¿Estaba ensalzando sus características más nobles y no veía las negativas? Me hacía estas preguntas sin poder llegar a ninguna conclusión. Debía conocerla mejor. ¿Quién era Isabel?, ¿qué escondía? Pensé que tendría que hablar con sus parientes.

Le recomendé que participara en las sesiones de terapia familiar. Había organizado diversos grupos según las necesidades de los pacientes: alcoholismo, depresión, senilidad... Les había pedido a los miembros de la familia que participaran en la terapia. Muy pocos aceptaron, pero de todos modos, continuaríamos con los grupos. Muchas de nuestras pacientes sufrían carencias afectivas muy agudas, producto de las dinámicas familiares. Hablarlo con otros, les haría ver que sus problemas no eran únicos. Eso las ayudaría. Traté de incluir a Isabel en este proyecto, pero se negó rotundamente. No quería involucrar a su familia. Ella era la única culpable, no sus familiares.

* * *

La organización donde trabaja Isabel nunca me devolvió la llamada. Me pregunto si le habrán pasado mi mensaje. No, probablemente Isabel no me llame. Como psicólogo, creo en confrontar el pasado. Sin embargo, muchos prefieren evitarlo, olvidarlo. Otros lo distorsionan para crear un mito de ese ayer como un tiempo mejor. Crear otra historia alternativa, en la que las dificultades desaparecen. Cambiamos el pasado para sentirnos más cómodos, para que se ajuste a nuestra idea actual de moralidad y de justicia. Nos mentimos. Son dos modos los del silencio: borrar el pasado o crear un relato que justifique sus horrores. Isabel, sin embargo, no habrá tenido esas alternativas. Habrá tenido que desenmascarar la verdad del pasado para poder continuar con su vida.

No, Isabel no quiere verme. Quizás haya sido egoísta tratando de encontrarla. Quería verla. No podía evitarlo. Después de marcharme para establecerme en Madrid, regresaba a menudo a visitar a mi familia, pero nunca volví al hospital psiquiátrico. Con el tiempo supe que habían trasladado a Isabel a Valencia. Cinco años más tarde le dieron la libertad. Me acerqué al barrio donde se había criado para ver si, por casualidad, había regresado a su casa. Me enteré de que el padre, ya senil, no recordaba nada ni reconocía a nadie. Se enfurecía con todos los que le rodeaban y a cualquier hora del día o de la noche gritaba que le habían robado. Tuvieron que ingresarlo en una residencia para ancianos. Murió unos años más tarde. Los hijos vendieron el piso. Nadie sabía dónde estaba Isabel.

Ya llevaba allí más de dos meses. Era ya marzo. Nevaba. Las mujeres vinieron a mi cuarto a eso de las once. Poco a poco mi cuarto se iba transformando en el lugar de las reuniones. La última en entrar fue Juana. ¡Música! ¡Qué extraño!

—No te preocupes. Las brujas esas no se enteran de nada. No nos vieron entrar. Hoy solo hay un celador y sor Dolores, una monja viejita y muy buena que nos quiere mucho. Ella nunca nos haría daño. Por lo general ni se acerca por aquí. Sabe que necesitamos un poco de libertad. Nos entiende. Así que tranquila.

Desde que recuerdo, siempre me había sentido enclaustrada, encasillada de algún modo que no podía definir o identificar. Estas mujeres, allí encerradas me iban enseñando a vivir. No se rendían a las circunstancias que las rodeaban. ¿Qué podía hacer?, ¿cómo cambiar mi vida? Siempre me había parecido imposible. Ahora en el hospital ese sentimiento había tomado fuerza, lo sentía como algo físico, era una realidad innegable. Ahí estaban las rejas, las cerraduras, los celadores... Todas esas restricciones solo hacían más evidente lo que siempre había sabido; la imposibilidad de llevar a cabo ningún deseo de hacerme un futuro que me satisficiera. Desde pequeña había tratado de imaginarme otra vida. Deseaba algo más. Pero solo tenía el deseo, y ninguna posibilidad de cumplirlo. El doctor Suárez me animaba a encontrar mi camino. Pero no fueron ni su insistencia ni sus preguntas lo que me hizo vislumbrar otras posibilidades de vida, sino empezar a involucrarme para cambiar y mejorar la realidad de mis compañeras. Sentir que podía ayudarlas me mostró mis propias capacidades. Josefa me animaba halagando mi trabajo, dándome seguridad. No, no podía dejar que mi vida se terminara allí, en ese hospital pensé entonces. Había que planear otra vida, otra forma de pensar y de ser.

Algunos cambios, aunque parecieran superficiales, fueron claves para nuestra autoestima: no solo el hecho de que nos permitieran asearnos y vestirnos a nuestro gusto, sino que se impulsara la visita de otras personas para contribuir a nuestro cuidado. El doctor Suárez arregló con una academia de peluqueras para que algunas aprendices viniesen una vez al mes a cortarnos el pelo y peinarnos: ellas ganarían experiencia y nosotras, un poco de orgullo propio. Muchas de las pacientes no se habían arreglado el pelo en mucho tiempo. A la mayoría les habían cortado el pelo de cualquier manera para evitar los piojos. Ahora las peluqueras habían hecho milagros con nuestro cabello. Enseguida empezamos a querer más. Comenzamos a exigir mejores condiciones de vida. Pedimos poder escuchar la radio en nuestros cuartos. Algunas pidieron poder escoger con quién compartían la habitación, y otras deseaban cambiar el color de las paredes. Rosalía empezó a aceptar pedidos y a pintar pequeños cuadros. Unas le pidieron que dibujara flores y árboles, otras sus retratos, y otras, sus antiguas casas. Se las describían con todo detalle. Rosalía trataba de complacerlas, pero era muy difícil. A menudo tenía que repetir el dibujo cuatro o cinco veces antes de conseguirlo. Pero no se rendía. Siempre trataba de darles el gusto. Sabía lo importante que era poder contemplar y recordar los lugares del pasado. Josefa se quejaba de que Rosalía estaba muy ocupada, que no la veía tanto como quería. Las enfermeras y los celadores protestaron. «Se creen que están en un hotel, en lugar de un manicomio», se quejaron al director. «Ya no podemos controlarlas, se creen dueñas del lugar», reclamó sor Teresa. El director trataba de calmarlos con consejos que no solucionaban nada. Tenían más trabajo, pero no les pagaban más, continuaron diciendo. «Las locas ya no siguen las instrucciones», se quejaban.

—Es intolerable —murmuraba por los pasillos sor Teresa mientras veía cómo las mujeres ya no seguían la rutina de siempre.

Los rumores sobre mi supuesta relación clandestina con el doctor Suárez empezaron por esa época. Recuerdo que comenzaron solo unos meses después de que me internaran. Debió de ser por esa época que dos o tres empleados empezaron a insinuar que el doctor Suárez y yo teníamos una relación amorosa. Aún más, decían que el doctor manipulaba a las pacientes para sus propios intereses, y que lo que quería era que lo nombraran el director del psiquiátrico. Aseguraban que algunas le ayudábamos revolucionando a las demás. Según los rumores se fueron multiplicando, también aumentó el tono de las calumnias. Empezaron a circular por el hospital conjeturas de toda índole. La historia cambiaba según el interés de quien la contara. Según alguna, yo ayudaba al doctor Suárez poniendo a las pacientes en contra de sor Teresa. Por eso, decían, él me concedía privilegios que las demás no tenían. Decían que yo era la única que tenía su propio cuarto. Así las mentiras de los celadores y otros empleados se transformaron en una historia cuya trama parecía una mala película de espionaje y sexo. Según esta versión, el doctor Suárez y yo nos encontrábamos furtivamente por las noches para planear nuevos modos de expulsar a la directiva, de modo que él pudiese quedarse a cargo de la dirección del hospital. Por supuesto, después conspirar contra nuestros enemigos, venía la consabida escena de excesos de todo tipo. Ese mismo morbo hizo que corriesen otras variantes de esa historia. En ellas, yo manipulaba al doctor Suárez Lambre con mis poderes de seducción; o él me manipulaba empleando su conocimiento de mis pasiones más bajas. Según esta última versión, en nuestras sesiones de terapia, el doctor había llegado a saberlas para sacarlas a la luz cuando mejor le conviniera y así poder manipularme. En los meses que siguieron nuestros cuidadores continuarían dándole rienda suelta a la imaginación. La asesina y el psicólogo freudiano se manipulaban a través de sus deseos más salvajes. Esos relatos debieron alegrar las noches de muchos de aquellos que tan ávidos estaban de encerrar y controlar nuestro cuerpo. De este modo también, el ambiente se hizo más tenso, más frío, más agresivo. Todos esos rumores cargaron la atmósfera de deseos insatisfechos. Me pregunto hoy si todas esas historias no provocaron que comenzara a mirar al doctor Suárez con otros ojos. No lo sé. Pero todo ese cotilleo puso nervioso al director, que otra vez comenzó a endurecer el reglamento. Primero mandó que apagaran las luces y cerraran las puertas de los cuartos más temprano, a las nueve en lugar de las diez. Se requisaron las radios. Solo podían visitarnos los familiares, ninguna otra persona del exterior tendría acceso al edificio. Se prohibieron los pintalabios. El nuevo reglamento solo consiguió que aumentara la tensión. Muchas de las mujeres se enfurecieron. Podían escaparse de sus cuartos de noche, podían forzar las cerraduras sin ser vistas, pero ya no deseaban seguir escondiéndose. Deseaban ser libres para elegir a qué hora se iban a dormir. No eran niñas, eran mujeres, repetían... No importó: sor Teresa impuso el nuevo horario. Tenía miedo. Sentía que estaba perdiendo el control. Necesitaba recuperarlo. Creía que más reglas, más prohibiciones, le devolverían su antiguo poder sobre las internas. Pero solo produjo más rabia. Todo empeoraría.

Los rumores continuaron aumentando su curso. Ya no hablaban solo del doctor Suárez y de mí, sino de muchas de las pacientes. El cotilleo fue aumentando hasta incluir aquellas relaciones que antes se mantenían calladas, entre las internas y los empleados y entre las mismas pacientes. ¿Quién utilizaba a quién? Nunca se sabía muy bien. Las especulaciones de quién estaba con quién y por qué cambiaban de semana en semana. El poder del lenguaje se obstinó en los cuerpos. Y el cuerpo se hizo demasiado presente. Entiendo que para aquellos, como sor Teresa o el doctor Agüero, que eran de una generación o dos anteriores a la nuestra, todos esos rumores eran escandalosos. La sexualidad los atemorizaba. A su vez, la pasión con que los empleados contaban esas historias nacía del miedo a romper alguna regla no escrita, pero bien conocida por todos. Ese mismo temor a su vez ponía de malhumor a todo el personal y los más violentos les hacían pagar sus frustraciones a las pacientes castigándolas sin motivo.

He pensado varias veces que todos esos rumores empezaron porque a nadie le convenía la camaradería que se había formado entre las pacientes. Los rumores fueron una buena manera de romper esos nuevos lazos de amistad. La complicidad entre las pacientes los ponía nerviosos. Sospechaban. No era normal que las locas se llevaran tan bien. Tenía que haber algo extraño en todo eso. Algo ocurría. No sabían qué y eso les producía ansiedad. Por eso también culpaban al doctor Suárez. No les gustaban nada esos nuevos aires que traía. Sentían que habían perdido todo control. Pronto volverían las duchas heladas y las noches en las celdas de aislamiento.

Más allá de ese ambiente enrarecido, por las noches se

vivía también algo festivo. A nuestras reuniones, Rodrigo traía comida que nos mandaba su madre: una tortilla de patatas, una ensaladilla o algo de pollo o pescado. Se lo agradecíamos muchísimo. Su madre sabía muy bien, por las veces que Rodrigo había estado internado, que la comida era un espanto. Rodrigo nos contó que su madre había vivido momentos muy duros en la posguerra. Por lo que nos dijo, entendí que esas experiencias, en lugar de endurecerla, la habían hecho más sensible al dolor de los demás. Después de escuchar historias como la de la madre de Rodrigo, muchas veces me he preguntado por qué una misma experiencia puede producir en ciertas personas sentimientos de bondad y entendimiento, mientras que en otras solo provoca crueldad y el deseo de hacer más daño.

Una noche Rodrigo nos contó que Inmaculada —así se llamaba su madre— se había casado joven y a los dos años de casarse lo tuvo a él. Su padre, desgraciadamente, bebía mucho y murió de cirrosis cuando Rodrigo solo tenía doce años. Nos confesó, un poco avergonzado, que lo único que sintió tras su muerte fue alivio: se terminarían las palizas y la vergüenza que su madre y él tenían que pasar a causa de sus borracheras. Se prometió entonces no beber nunca cuando fuera mayor. Jamás se imaginó que terminaría bebiendo.

—Y miradme ahora, igual que mi padre —dijo Rodrigo sin poder ocultar la rabia que sentía hacia sí mismo.

—No eres igual que tu padre. Eso no es cierto —le interrumpió Juana, que no quería que hablase así—. Tú estás tratándote y no vas a acabar como él.

—Rodrigo, tú eres mucho más fuerte —le dijimos todas.

Además, la tenía a ella, a Juana, que lo ayudaría a no recaer. También tendría siempre nuestro apoyo, tenía que poder imaginarse un futuro sin alcohol. Se alegró. Creo que le ayudaba mucho el cariño que le demostrábamos. Después nos siguió relatando que su madre, sola, con un hijo, pudo salir adelante quizás por esa misma capacidad de empatía y cariño hacia los demás. La gente los ayudó mucho. Algunas vecinas les llevaban comida cuando sabían que no tenían mucho. Una le consiguió un trabajo limpiando oficinas. Rodrigo estaba muy agradecido a la gente de su pueblo y eso solo hacía que la vergüenza por su adicción fuera mayor. Pensaba que no solo había decepcionado a su madre, sino también a la gente de su pueblo.

—Mis vecinos deben preguntarse si así es como pago la ayuda recibida —murmuró Rodrigo.

—Estoy segura de que tus vecinos solo quieren que te recuperes. ¿No me dijiste que al salir del hospital te abrazaban y te daban ánimos? Bueno, piensa en eso, que todos queremos que estés bien —le amonestó Josefa.

Juana puso la radio, lo abrazó y se pusieron a bailar mientras le susurraba algo al oído que nadie más que él pudo escuchar.

Ya conocíamos a Inmaculada porque a veces nos la encontrábamos por los pasillos del hospital. Siempre se sentía con la obligación de explicarnos su visita: había venido a traerle la merienda o alguna herramienta que creía que Rodrigo se había olvidado. Todas sabíamos que eran pretextos. Quería ver a su hijo y asegurarse que no había vuelto a beber. Sabía que el primer indicio de una recaída era que faltaba al trabajo. Luego desaparecía por varios días hasta que alguien, algún amigo o familiar, lo encontraba tirado medio inconsciente en la plaza de algún pueblo de los alrededores o en alguno de los caminos que llevaban a la casa. Aunque eso no ocurría desde que asistía al grupo de terapia del doctor Suárez, Inmaculada seguía intranquila. De todos modos, nunca dejaba de expresar su agradecimiento al doctor. Y aunque lo halagaba, y aseguraba que su hijo había vencido su debilidad gracias a él, no por eso dejaba de pasar por el hospital para asegurarse de que todo seguía en orden. Los años de experiencia, primero con su marido y luego con Rodrigo, no le permitían bajar la guardia. La preocupación seguía torturándola.

* * *

Gritos. Más gritos. Más. El hospital inmerso en un alarido. ¿Qué ocurría? ¿Se habían vuelto locas todas las locas? Salí de mi cuarto. Era ensordecedor. ¿Qué pasaba? ¿Había muerto alguien? ¿Eran aullidos de dolor? Vi a dos compañeras, Raquel y Luisa, caminando por el pasillo mientras gritaban con todas sus fuerzas.

—¿Qué ocurre? ¿Por qué gritáis?

Luisa me miró extrañada, como si no pudiese creer que no supiera lo que ocurría.

—Metieron a Josefa y a Rosalía en las celdas de aislamiento.

—¿Por qué? —pregunté sorprendida.

Me miraron como si fuera tonta. Luego encogieron los hombros y siguieron su camino gritando a todo pulmón. ¿Qué había ocurrido? ¿Se enteraron de las reuniones nocturnas en mi cuarto? No. Si fuese así yo también estaría en una celda. Me dirigí a la habitación de Ana. Juana también estaba allí.

—¿Qué ha ocurrido?

—Esta noche sor Teresa mandó que encerraran a Josefa y a Rosalía en las celdas.

—Sí, ya me lo dijeron. ¿Pero por qué? ¿Qué hicieron?

Se miraron. Se encogieron de hombros. Las dos afirmaron que no lo sabían Por sus expresiones sabía que me mentían. Por alguna razón no querían decírmelo. Insistí. Me volvieron a asegurar que ignoraban lo qué había ocurrido.

—Sor Teresa no las aguanta. Eso es todo —dijo Ana, evitando responder a mi pregunta.

Tenía claro que no me estaban diciendo la verdad, pero tuve que aceptarlo. Las conocía bien, si no querían hablar, no lo harían.

—¿Y el doctor Suárez no puede intervenir? ¿Cómo no las saca de ahí?

—No está. ¿No te lo dijo? Se iba dos semanas a Londres.

Ninguna de las dos sabía por cuánto tiempo estarían Josefa y Rosalía en aislamiento. Eso nos preocupaba. Las condiciones de esas celdas eran horribles. Rosalía aún era joven. Había tenido una vida muy dura. Sabían que había vivido en la calle unos meses. No sabía muy bien por qué o quién la internó. Era bastante reservada. No hablaba mucho de su vida. Yo tampoco me atreví a preguntarle. Pero sabía que cualquiera que hubiera resistido vivir en la calle, tenía la suficiente fuerza para sobrellevar el encierro en las celdas. No así Josefa, pensé. Su vida había sido muy diferente. Sufría de depresión. El encierro volvería a derrumbarla. Decidí que trataría de acercarme a las celdas de noche para asegurarme de que estaban bien y ver si podía ayudarlas en algo. No se lo dije a Juana ni a Ana. No quería que trataran de persuadirme de que no lo hiciera. Sabía que tenía que acercarme, hablar con ellas, estar allí, que sintieran que las apoyábamos. Josefa me había ayudado cuando más lo necesitaba. Me había salvado del odio de mis compañeras. Ahora era mi turno, debía devolverle el favor. Le había tomado cariño, pero también me sentía en deuda. Lo intentaría después de que apagaran las luces. Tendría que abrir la puerta trasera, la que daba a los patios. Las celdas no eran más que unas casetas de madera cerca de las rejas que rodeaban el hospital. Ya allí, podría hablar con Josefa desde el otro lado de la puerta. Eso la alentaría.

Después de estar encerrada, casi inmóvil durante un día entero, sin oír el más mínimo ruido ni una voz humana, pensé que oírme la animaría, le daría las fuerzas para sobrellevar aquella tortura, al menos hasta que volviera el doctor Suárez.

Ana me había enseñado a forzar la cerradura sin romperla. Así que, en cuanto el hospital quedó en total silencio, salí de mi cuarto y, con la linterna que me había prestado Rodrigo, me dirigí por el pasillo hasta la puerta trasera. Manolo no estaba en el portón de hierro que daba al patio como había temido. Me alegré pensando que se habría marchado. Probablemente, se habrá ido a ver el partido de fútbol en el bar del pueblo. Cuando terminara el partido regresaría a su puesto, como ya le había visto hacer a más de un celador en otras ocasiones. Caminé por el sendero que llevaba a las casetas. Allí, frente al cobertizo donde se guardaban las herramientas, sentado en una silla de madera, estaba Manolo con cara de aburrimiento. Tenía una garrafa de vino barato y una radio en el suelo, al lado de la silla. Escuchaba semidormido el partido. Por un momento dudé. Luego me dije que tenía que continuar. Me acerqué. Se levantó de un salto mientras me preguntaba qué hacía por allí a esas horas. No le respondí. Seguí acercándome, lo que lo desconcertó. Lo noté nervioso. Pensé que eso me daba ventaja. Sonriéndole, me acerqué un poco más. Él no sabía cómo actuar. No dijo nada.

—Bueno, parece que estás muy entretenido con el partido. Yo venía a hacerte algo de compañía, pero quizás no la necesites. —Me miró extrañado. Sabía que le mentía. No le importó. Estaba seguro de que no podría hacerle daño.

—¿Qué quieres? A mí no me vengas con tonterías. Dime qué quieres y veré si te lo permito o no.

—Quiero hablar un rato con Josefa. Hacerle un poco de compañía.

—¿Y por qué crees que te voy a dejar pasar? Crees que me voy a jugar el puesto por una degenerada como esa.

Seguí acercándome. Conocía muy bien los rumores que él y los otros habían hecho correr sobre mí y el doctor Suárez. Pensé que ahora esas mismas habladurías podrían ayudarme a conseguir lo que quería de él.

—Yo también quiero un poco de compañía —le dije, esbozando una sonrisa torpemente seductora.

Manolo era de una aldea de los alrededores. Era evidente que se sentía atraído por algunas de nosotras. Pero le producíamos tanto miedo como deseo. Además, no tenía la picardía necesaria como para que no se le notase. Así que, a veces, algunas mujeres se reían cuando él pasaba nervioso cerca de ellas, sin saber cómo mirarlas. A veces trataba de disimular su incomodidad bajando la mirada, otras, intentaba fijarla desafiante en la de ellas para volver a bajarla, inmediatamente, avergonzado.

Me acerqué unos pasos más. Se sentó. Me señaló sus rodillas. Le obedecí. Me senté en sus piernas. Después de algún besuqueo le rodeé el cuello con las manos. Sabía que me temía. Mi fama de asesina le atraía y lo aterrorizaba a la vez. Sentí su excitación. Le apreté el cuello con fuerza. Por un segundo me regodeé en su miedo. Apreté un poco más. Su miedo se transformó en violencia. Lo sentí enfurecerse. Me levanté. Quiso abofetearme. Me alejé. No se atrevió a seguirme. No quería escándalos. Si yo empezaba a gritar iba a verse en problemas. Él ya estaba bastante borracho. ¿Cómo explicarle eso a sor Teresa? Me dejó ir. Cuando alcancé cierta distancia, me detuve. Lo miré. Se había vuelto a sentar con la misma expresión de aburrimiento y derrota que le había visto al llegar. Me encaminé hacia la celda de Josefa.

—Josefa... Josefa —repetí varias veces sin recibir respuesta.

—¿Eres tú, Isabel?

Por fin, pensé. Está viva. Me había asustado. Le pregunté si se encontraba bien. Me mintió. Me dijo que sí. Me aseguró que esa celda no era de las peores. No estaba tan mal. No la creí, pero dejé que me mintiera.

—¿Qué pasó? ¿Por qué te castigaron? —le pregunté.

—¿No lo sabes?

—No. Nadie ha querido decírmelo.

—Sor Teresa no me soporta.

—Ya lo sé. Pero no le permitirían meterte aquí solo porque no le caes bien.

—¡Dios mío, Isabel! ¿Cómo puedes ser tan inocente? Hasta sor Teresa se dio cuenta y tú no te enteras... bueno, mejor que te lo diga yo. De todos modos muy pronto lo sabrías. Aquí no hay secretos. Sor Teresa nos esperó por la noche. Ya lo sabía. Alguien se lo debió contar. Fuimos al cobertizo. Nos esperaba escondida detrás de los olmos. De repente abrió la puerta. Nos encontró juntas.

En un primer momento no quise entender lo que me decía... Me tomó un momento recuperarme de la sorpresa.

—¿Te decepciono? —me preguntó.

—No. No es eso. La verdad. Estoy desconcertada. Eso es todo.

—Está bien. Pero quiero que sepas que tu amistad es importante para mí.

Me reproché no haberme dado cuenta antes. ¿Cómo podía ser tan tonta? Pensé. Hasta una niña como Ana lo sabía y yo no. Eran mis amigas. No quise ver, no quise saber. Siempre la misma actitud: mejor cegarme a confrontar los sentimientos de los demás y los míos. Me decía que quería aprender, avanzar, mejorar como persona y, sin embargo, siempre evitando ver o saber lo que ocurría a mi alrededor. Lo más obvio se me escapaba.

—Todas te extrañan —le dije—. Yo también.

—¿Sabes si Rosalía está bien? Todo el mundo cree que tiene mucha resistencia porque tuvo una vida muy dura. No la conocen. No es así. No sé por qué la gente dice que las malas experiencias te endurecen, cuando la verdad es que nos debilitan. Nuestra resistencia también tiene sus límites.

—Sí, quizás tengas razón. Aún no he hablado con ella. Después trataré de acercarme a su celda y averiguar cómo se encuentra

Josefa entonces me pidió que me fuera. No quería que me viera algún celador o sor Teresa. Me castigarían, dijo.

—No te preocupes. Manolo, me ha permitido estar aquí.

—Isabel, ¿qué hiciste? Conozco a Manolo. No me mientas, algo has tenido que hacer para que te permita venir hasta aquí.

—Nada terrible. Le regalé unas cajetillas de cigarrillos.

Le mentí. No quería que se preocupara, aunque también estaba segura de que Josefa nunca aprobaría mi manipulación de Manolo. Tras despedirme, me acerqué a la celda de Rosalía. La llamé varias veces antes de que me respondiera.

—¿Dormías? —le pregunté.

—No. No quiero hablar.

Le expliqué que Josefa me había preguntado cómo se encontraba. Le dije que estaba muy preocupada por ella. Le comenté nuestra conversación. Pareció calmarse. Hablamos un rato de Josefa. Luego traté de hablarle de otros temas: de sus dibujos, de las amigas. Le prometí que iría todas las noches hasta que las dejaran salir.

Como les había prometido, regresé las noches siguientes. De ese modo, y sin proponérmelo, me volví una especie de celestina entre ellas dos. Esperaba a que el celador de guardia se durmiera, o si no trataba de ganármelo con algunos besuqueos y luego me dejaba pasar. Josefa seguía preocupada por Rosalía. Me preguntaba mucho por ella. Yo no quería mentirle. Tampoco podía decirle la verdad. Las duchas heladas a las que sor Teresa y la enfermera Claudia la sometían en medio del patio, desnuda, a la vista de todos, habían surtido su efecto: la humillación puede trastornar no solo el alma, sino también el cuerpo. No dejaba de temblar. Las lágrimas le corrían por el rostro, que había perdido toda expresión. Estaba en *shock*. ¿Por qué no regresaba el doctor Suárez? ¿Por qué no detenía toda esta barbarie? Me preguntaba.

Ya llevaban una semana en aislamiento y todas estábamos preocupadas por ellas. Sabíamos que Rosalía había tenido varios ataques de ansiedad. La última vez que la habían sacado al patio para castigarla con duchas frías, la había visto desde mi ventana. Estaba muy delgada. Había perdido mucho peso en solo una semana. Temblaba. Parecía mucho más pequeña. Preferí no contárselo a Josefa. Por las noches, cuando la visitaba le costaba hablar. Manolo me comentó que no comía. Ella misma me dijo que no podía dormir. Trataba de inspirarle confianza. Saldría, volvería a ver a Josefa. No podía desanimarse. Le imploraba que comiera algo, aunque solo fuera un poco todos los días. No podía enfermar. Josefa la esperaba, le insistí. Josefa querría verla bien cuando salieran de ahí; tenía que mantenerse fuerte. Tenía que pensar en ella; tenía que mantener la fuerza por las dos. Pero noche a noche notaba que Rosalía se deterioraba. Ana y Juana estaban al tanto de lo que les estaba ocurriendo. Mientras desayunábamos me preguntaban cómo las había encontrado. Así como iba pasando el tiempo las tres nos preocupábamos cada vez más por la salud de Josefa y Rosalía. Por las noches, cuando hablaba con Josefa, ella notaba en mi voz que le ocultaba la verdad. Sabía que Rosalía no se encontraba bien, aunque yo tratara de quitarle importancia. Pero ¿dónde estaba el doctor Suárez? Ya debía haber vuelto de Inglaterra. ¿Por qué no hacía nada? Nos había prometido cerrar esas celdas. Rosalía empeoraba. La fortaleza de Josefa también iba mermando. La dignidad de Josefa se mantenía aun cuando la sacaban para darle las duchas frías. La vileza del espectáculo parecía no afectarle, pero sabía que si se enteraba del estado de Rosalía se desmoronaría. No quería mentirle, pero me vi obligada a hacerlo. La quería, era una buena amiga, no podía verla sufrir sin hacer nada. Quería ayudarla. No me quedaba otro remedio que mentirle. Le aseguré que Rosalía se encontraba bien.

ABC
Madrid, viernes, 15 de marzo de 1974

CONTRA EL DIVORCIO

Pablo VI acaricia, desde la silla gestoría, a un niño durante la audiencia semanal. El Santo Padre se dirigió al Comité Vaticano para la Familia para iniciar la campaña no oficial encaminada a que el divorcio sea desterrado de Italia. Dijo el Sumo Pontífice que cualquier sociedad que tolere el divorcio y el aborto está condenada a la disolución y a la esclavitud.

—Buenas tardes, Isabel. ¿Qué tal se encuentra hoy?

—¿Cómo no hace nada? Josefa y Rosalía le necesitan. Nos prometió cerrar esas malditas celdas. Josefa no aguantará, ya no tiene veinte años. Y Rosalía, tenga la edad que tenga, se está consumiendo. Tiene que convencer al director para que las saque de ahí.

—Les prometí intentar cerrarlas. Pero en este caso, no puedo hacer nada. Yo también tengo mis límites. Las dos sabían muy bien a lo que se arriesgaban. Asumieron ese riesgo. No puedo hacer más de lo que ya he hecho. Hablé con sor Teresa y con el director, pero se niegan a dejarlas salir. Quieren hacer de ellas un ejemplo. Si continúo forzando el tema, podría arriesgar muchos de los avances que hemos conseguido hasta ahora. Tendrán que pasar un tiempo en la celda y aguantar lo mejor posible. El director me ha asegurado que tienen buena comida, una cama con sábanas limpias y están bien abrigadas. No podemos hacer más por el momento.

—No les creo. Sé que están muy deterioradas. Rosalía ha perdido mucho peso. No va a resistir.

—Isabel, he hecho todo lo que he podido, no puedo poner al resto de las mujeres en peligro por dos pacientes. Tengo que pensar en las demás. Conocían muy bien la norma; la rompieron.

—¿Quién hace esas normas? Tenemos que aceptar sus dictámenes, seguir normas que nos afectan y ¿no tenemos derecho a decir nada? Somos locas. Nada más. Nos dio esperanzas. ¿Para qué?, ¿para esto? Así que nosotras tenemos que ser sinceras, mejorar, transformarnos, progresar, hacer todo el esfuerzo para integrarnos ¿y los demás? No tienen ninguna responsabilidad. Entretanto usted se siente bien ayudando a las pobres locas. Le encanta ver cómo le admiran. Luego vuelve a su vida cómoda y fácil donde todo sigue igual, donde las reglas no le afectan mucho. Pero nosotras seguimos aquí, teniendo que aguantar castigos solo por querer vivir un poco. Tanta alharaca con el lenguaje, y cómo afecta la dignidad, y después nos desnudan en el patio. Muy coherente sus reglas. Por eso Josefa y Rosalía pueden estar muriéndose en esas pocilgas que llaman celdas.

—Isabel, no puedo hacer nada. Por favor, cálmese.

—Quizás ahí esté el problema. Promete lo que no puede hacer.

—Isabel, entienda, a mí también me ponen límites. No quiero verla así. No quiero decepcionarla, pero no me queda otra opción. No podemos arriesgar todo lo que hemos conseguido por ayudar a dos personas. Sé que son sus amigas, pero yo tengo que pensar en todas las internas por igual.

—¿Pero de qué nos sirve todo el progreso si lo podemos perder en cualquier momento? ¿Por un capricho de sor Teresa se pone en riesgo la salud de dos personas?

—No ha sido un capricho. Rompieron las reglas. Y no podemos poner a casi trescientas mujeres en riesgo por ellas.

—Nadie nos ha preguntado si queremos arriesgarnos por ellas o no. La decisión la tomó usted solo. No quiso ayudarlas. Ahora no nos use como pretexto.

—No voy a continuar discutiendo el tema. Hice lo que tuve que hacer.

—Nada. No hizo nada.

—Sí, nada. A veces no actuar es lo mejor. Eso es todo lo que tengo que decirle. —*Se oye correr la cinta por un rato largo. Ahora, mientras escucho la conversación en la grabación recuerdo la tensión de ese momento. Sabía que la decepcionaba y no quería verme rebajado ante sus ojos. Me sentí mezquino y pequeño. Se oye la cinta pasar y más silencio.*

—Le prometo que volveré hablar con el doctor Carrasco. No creo que me escuche. Es un hombre que tiene ideas muy rígidas. Pero, por favor, volvamos a su terapia. No vamos a lograr nada discutiendo. ¿No le parece? —*Silencio.*

—Promesas. Siempre promesas, siempre nos pide que esperemos... para esto.

—Creo que será mejor que hoy terminemos aquí. Los dos estamos demasiado alterados. Mejor retomar la terapia dentro de un par de días cuando podamos hablar de sus problemas.

NOTA:

Isabel se ha ido decepcionada. Malhumorada. Se fue sin despedirse. Está muy preocupada por Rosalía y Josefa. Una actitud muy positiva.

Las relaciones homosexuales en los hospitales psiquiátricos eran bastante comunes. En el primer hospital donde había trabajado era solo de hombres. Las relaciones gais eran tan comunes que la directiva decidió permitirlas siempre y cuando no se mostraran mucho. Tenían miedo al escándalo: «había que conservar los modales», solía decir el director. En este centro las relaciones sexuales entre las mujeres también eran muy normales. Sin embargo, aquí se negaban a aceptarlo y trataban de mantener el más estricto control. Había una lista de comportamientos sospechosos: las sonrisas indecentes, el roce de una mano con otra, hablar entre susurros o mirarse demasiado a los ojos. Según la directiva y los empleados, todas estas conductas podían indicar relaciones impropias. Así, sor Teresa, trataba de impedir ese tipo de relación, inútilmente. Cada vez que descubría una nueva pareja se escandalizaba y obligaba al director, el doctor Carrasco, a tomar medidas, crueles e ineficaces, contra la pareja. Traté inútilmente de explicarles que las necesidades emocionales y sexuales no se pueden impedir con castigos. En lugar de persuadirlos, solo conseguí que sor Teresa desconfiara de mí. Decidí no insistir. Sor Teresa continuó con sus tácticas, aunque sabía que habían fracasado, disfrutaba sabiendo que, mediante el miedo, había podido obligar a las parejas a esconderse. Aunque estas, a su vez, buscaban modos cada vez más insólitos, para encontrarse. En su defensa he de decir que ese momento no solo la Iglesia y el Gobierno consideraban la homosexualidad un peligro o una anomalía, sino también las organizaciones de psiquiatría más influyentes. Freud había considerado la homosexualidad una paranoia y, desde entonces, la mentalidad no había cambiado mucho. En 1972, incluso los psicólogos y psiquiatras de Inglaterra y de Estados Unidos, países a la cabeza de nuestra disciplina, seguían discutiendo si la homosexualidad era una enfermedad mental o no. Reconozco que yo me debatía sin saber qué pensar. Sin embargo, algunos y algunas de mis pacientes me fueron enseñando lo equivocada que podía estar mi ciencia. Tuve que estar expuesto a sus vidas y sentimientos y poder romper con ese silencio sobre la sexualidad para poder avanzar en mi propia carrera científica. No sería hasta el año 1974 que una de las asociaciones más influyentes de nuestra rama del saber (American Psychiatric Association) dejaría de clasificar a la homosexualidad como una enfermedad mental.

A veces me preguntaba si la ciencia podía ser un arma más eficaz que la religión para controlar la población sin que esta lo supiera. Los discursos políticos de los partidos de izquierda nos habían hablado de los peligros de la religión, nunca de los de la ciencia. Mis estudios y lecturas en Inglaterra y luego en Estados Unidos me enseñaron que, en esos países, algunas ramas de la ciencia se habían empleado para mantener la marginalidad de las poblaciones negras y de los inmigrantes. Pero me era difícil aplicar ese conocimiento a mi propio país. Hasta que comencé a trabajar en el psiquiátrico.

Isabel no sabía a lo que me enfrentaba. No pude ayudarlas. Todo el peso de un sistema establecido por décadas había caído sobre ellas. Solo podía desear que tuvieran la fortaleza para sobrevivir física y psicológicamente a las tres semanas que le quedaban de castigo. Isabel no podía o no quería entenderme. Eso me molestaba.

Nos reunimos esa noche. Vinieron muchas de las compañeras. Estábamos muy preocupadas. Algunas habían estado en aquellas celdas. Sabían lo que podía sucederle a cualquiera después de estar allí encerrada varias semanas. Empezamos a idear modos de sacarlas de allí.

—Deberíamos llamar a nuestros familiares, amigos, a cualquiera que pueda ayudarnos. Decirles lo que está ocurriendo. Necesitamos que protesten, que hablen con periodistas —dijo Raquel.

—Creéis que alguien se va a preocupar por nosotras. Y aún peor cuando se enteren de por qué están encerradas. Locas e ilusas. Eso es lo que sois: unas ilusas.

—No le importamos a nadie. ¿Quién se va a acordar de unas locas?

—No. Eso no es verdad. Ya varios periodistas han escrito artículos denunciando nuestra situación —respondían algunas disgustadas—. Cuando conozcan las condiciones de este lugar nos ayudarán. A nosotras no nos creen, pero ahora que hay más gente denunciando nuestra situación empezarán a escucharnos —continuó Luisa.

Se formaron grupos discutiendo lo que se debía hacer. En una de esas discusiones, oímos a una de las más ancianas, ya senil, que irrumpió:

—Sin las locas no puede haber cambio. Somos la medida del progreso de un país. Cuantas menos locas haya en una nación más avanzado es ese estado. Las locas lo somos porque así nos definen. Cuanto mayor es la capacidad emocional de un pueblo menos locas habrá.

De repente reinó el silencio. No sabíamos si reírnos o aplaudir. Todas nos miramos, confundidas. ¿Quién había impartido semejante sentencia? La busqué con la mirada. Allí estaba. Sentada en el suelo. Una mujer de unos setenta y pico. La reconocí enseguida, Pilar... Sufría demencia senil. Había sido internada hacía apenas un año. A su marido le corrían las lágrimas por el rostro al dejarla allí. Era bastante mayor que ella y ya no tenía las fuerzas para continuar cuidándola, parece que dijo a modo de disculpa. Sus hijos todos habían emigrado. Vivían los dos solos. Le explicaba a todo el que quisiera oírle, avergonzado y dolido por su decisión. Luego se disculpaba, como si necesitara que alguien lo absolviera. Pilar rara vez hablaba, aunque a veces, como esa noche, decía algo que nos dejaba atónitas. Siempre estaba con sus compañeras de cuarto, Raquel y Luisa. Aseguraban que era una buena compañía. No molestaba mucho. Por lo general se quedaba en un rincón del pasillo o del comedor, mirando a la nada hasta que volvían a cogerle de la mano y se la llevaban al cuarto. Ahora todas, allí, la rodeamos. Tenía que decir algo más. ¿Qué? No lo sabíamos. Pero presentíamos que debía ser algo importante. Algún vaticinio de la mujer mayor de la tribu, pensé. Pero no fue así. No volvió a hablar. La miré fijamente a los ojos. Nada. Ninguna verdad. Ninguna expresión que diese algún indicio de una sabiduría esencial. Volvía a estar muerta interiormente. Raquel y Luisa la tomaron de la mano. La levantaron con dulzura y se la llevaron a la habitación. Se dejó conducir dócilmente por aquel pasillo oscuro. Todas nos habíamos quedado en silencio. Luego, poco a poco, se fueron yendo algunas. Otras encendieron la radio. Pusieron música y comenzaron a bailar. No querían oír más. No querían saber más. Sin embargo, sentí que algo —aún hoy no sé muy bien qué— había cambiado. No sé.

ABC
Madrid, viernes, 26 de abril de 1974

GOLPE DE ESTADO EN PORTUGAL

Carros de combate y otros vehículos tomaron posiciones en el centro de Lisboa durante la madrugada de ayer. Información de última hora en páginas de tipografía.

—Buenos días, Isabel.
—Buenos días. Muchos en España deben de estar muy nerviosos viendo lo que ocurre en Portugal. ¿Le parece que pasará lo mismo aquí? —*Recuerdo que Isabel seguía sin ningún interés de entrar en su propia historia y que tomó el periódico y me señaló el titular.*
—No, no creo. Me parece que el ejército español es más leal al Caudillo que a España. Nunca se rebelarán contra Franco. De todos modos, me imagino que ya se estarán tomando medidas de precaución. Las últimas manifestaciones fueron reprimidas muy duramente. El régimen quiere mostrar su fuerza ante todo lo que está ocurriendo dentro y fuera del país. Pero dejemos la política y hablemos de usted. Me dice sor Teresa que a menudo se despierta gritando por las noches ¿Sigue teniendo pesadillas?

—A veces.

—¿Con qué frecuencia, una o dos por semana?

—Sí, más o menos.

—Sor Teresa le ha sugerido al doctor Carrasco que le administrara somníferos. Para las pesadillas ¿A usted qué le parece?

—No, no quiero tomar nada.

—Bien, estoy de acuerdo. Se lo diré. Yo tampoco apruebo que las pacientes tomen medicación si no es estrictamente necesario. Al final de la sesión le enseñaré varios ejercicios de respiración que le ayudarán a relajarse. Son muy efectivos. Quizás la ayuden a dormir mejor. ¿Se acuerda de sus pesadillas?, ¿me puede decir de qué se tratan?

—No. Una vez que me despierto no me acuerdo de nada.

—¿Está nerviosa o preocupada?

—Pues claro. Todas estamos nerviosas y preocupadas, están torturando a dos personas que queremos. A dos personas que no hicieron nada malo. ¿Esa es la idea de la cura? ¿Eso es un tratamiento?

—Entiendo. Pero además de eso ¿hay algo más que le preocupe?

—No.

—Vale, no insistiré. Espero que pronto pueda confiar lo suficientemente en mí para contarme algo más sobre usted. ¿Hizo lo que le pedí? ¿Pensó en un trabajo o algún tipo de profesión que le gustaría ejercer?

—Sí. Como ya sabe, hemos organizado las clases de alfabetización. He pensado quizás en alguna carrera en la que pueda enseñar algo, como lo estoy haciendo ahora. No sé muy bien. Eso es lo único en lo que puedo pensar. No en una carrera específica, pero sí en algo que me permita ayudar a mujeres como a mis compañeras que no pudieron avanzar por haber nacido en la pobreza.

—Muy bien. Es un buen comienzo. Seguiremos por ahí. Quizás por ese camino encontremos la respuesta. He visto que a los cursos de alfabetización van muchas internas. Las felicito. Fue una buena iniciativa. Y están avanzando muy rápido. Estaría muy bien si quisiera dedicarse a la enseñanza de adultos. Es importante que la profesión satisfaga un propósito interior.

—Sí. Quizás con mi trabajo podría devolverle algo a la sociedad.

—Eso es muy loable de su parte. En cuanto decida a qué quiere dedicarse averiguaré cómo podría ir preparándose para su futuro. Hoy ¿qué le parece si hablamos un poco de su vida antes del homicidio? ¿Cómo era su cotidianidad? ¿Qué hacía?

—Nada.

—¿Cómo que nada? Algo haría. Se levantaba de la cama y luego ¿qué hacía?

—Desayunaba.

—Por favor. Esto es serio. No me tome a broma.

—No mucho. Ayudaba a mi madre con las tareas de la casa.

—Y después...

—Nada.

—¿No trabajaba ni estudiaba?

—Eso ya lo sabe. No estudiaba. Por lo general tampoco tenía trabajo. De vez en cuando encontraba algún puesto como dependienta. Pero solo duraba unos meses. Cuando tenían que hacerme fija me echaban.

—¿Le gustaba ser dependienta?

—Era un trabajo. No me molestaba. Por lo menos me sacaba de la casa y me daba algo de dinero. Odiaba tener que depender de mi padre para todo.

—¿Nunca pensó en estudiar?

—Ya había terminado el instituto hacía unos años. No podía continuar.

—Podría haber ido a una escuela profesional. Entiendo que la universidad no podía ser, no hay ninguna en la provincia, pero ¿no pensó seguir estudiando después del instituto?

—Sabe que no hay muchas escuelas profesionales por aquí. Para las mujeres solo ofrecen cursos de peluquería o costura y cosas por el estilo. Soy un desastre para todas esas cosas. Mi madre trató de enseñarme a coser y a tejer. Tuvo que dejarlo. Era inútil. No me gustaba. Sabía que la universidad era imposible. Ya le estaban pagando a mi hermano la estancia en Barcelona para que estudiara allí. Eso es todo lo que podían.

—Entiendo. ¿Y no pensaba en casarse? ¿No tenía novio?

—No. Bueno, salí con un chico un tiempo, pero nos dejamos.

—Entonces ¿pensaba casarse algún día?

—No... o quizás sí. No lo tenía claro.

—¿Pero qué esperaba de la vida?

—Nada. No esperaba nada. Solo esperaba.

—¿Qué esperaba?

—Que pasara algo.

—¿Qué?

—No sé. Algo. A veces perdía la esperanza y me resignaba a que aquella sería mi vida. No sabía por qué no era capaz de aceptarlo. Mis amigas y vecinas parecían muy contentas con ese futuro. Pero yo quería algo más. Sin embargo, cuando veía a esa solterona que se había quedado a cuidar a sus padres, veía mi futuro en ella. Muchas veces, de camino a la panadería, me cruzaba con la solterona del barrio. Aunque mi madre siempre comentaba que la gente como ella no tiene edad, yo no estaba de acuerdo. Parecía muy mayor. Siempre me pareció vieja. Supongo que se debía más a su actitud que a su apariencia. Esa mujer primero cuidó a su padre enfermo. Luego a su madre. ¿Cuánto tiempo estuvo la madre en la cama sin poder moverse, casi sin poder hablar antes de morir? No me acuerdo. ¿Cómo lo soportó sola? El resto de los hermanos estaban desperdigados por Alemania y Francia. Volvieron para el entierro. Tuve que acompañar a mi madre al funeral. Mientras le daba el pésame me reconocí en esos ojos cansados, sin brillo, sin esperanza. Después de ese día ya solo la volvería a ver por la calle. Mal encarada, como siempre, caminando a paso rápido. Me preguntaba adónde iría con tanta prisa. No trabajaba. Sin hijos para llevar a la escuela, al parque o a casa de algún familiar. ¿Qué hacía todo el día más que esperar a morirse?

—¿Tenía miedo de que ese fuera su futuro? ¿Tan horrible le parece no casarse? ¿Vivir sola?

—No es que tuviera miedo a quedarme sola, sino a no tener adónde ir en todo el día ni que hacer, como esa mujer tratando de llenar el pasar de las horas con tareas inútiles. Vivir una vida sin propósito era lo que me daba miedo. Pero tampoco estaba segura de que casarme y tener hijos fuese un propósito, una razón para vivir, por lo menos para mí.

—Si no quería esa vida, entonces ¿por qué no trató de cambiarla?

—No lo sé. Aquí todas las vidas son iguales. No hay muchas diferencias entre unas y otras. ¿Cómo imaginar algo que no se conoce? No sabía cómo. Tampoco tenía los medios para hacerlo.

—Pero dice que esperaba a que cambiara algo. Supongo que imaginó algún tipo de futuro, ¿no? ¿Cómo pensaba que podía ser?

—Como le dije, aquí una vida se repite en las otras. Todas son más o menos iguales. No hay nada que imaginar. Quizás para gente como usted no sea así. Pero para nosotros, fuera de pasear los domingos por el parque o ir a ver una película de vez en cuando, no hay mucho más. Es muy difícil imaginar algo si no se tiene algún tipo de modelo.

—¿Qué quiso decir con gente «como usted»? Y ¿quién es ese «nosotros» en el que yo no entro?

—La gente como usted viaja. Estudia fuera. Es diferente.

—¿Cómo sabe todo eso de mí?, ¿cómo sabe que viajo?

—Todos los celadores y las enfermeras hablan de usted. Estudió en Londres. Vuelve allí a menudo para tomar cursos. Viaja con su familia a Grecia y a Italia. Aquí no hay secretos.

—Ah, no sabía que era tema de conversación. Bueno, pero ¿y usted? Entonces ¿no sabía si quería casarse y tener hijos?

—No. Creo que no. No sé. No me lo había planteado. Ya sé que para la mayoría de la gente resulta raro. Pero es verdad. Nunca me lo había planteado. No es que lo rechazara. Simplemente no me imagino casada con hijos. Pero tampoco podía imaginarme otro tipo de vida. Ya sé que es extraño. Todo el mundo me lo decía. Mis familiares, mis amigas me repetían que no era normal que una chica como yo no pensara en casarse. Mi madre insistía mucho en el tema. Todas las muchachas de tu edad quieren hijos, me decía. No entendía. No es que no los quisiera, es que tampoco me importaba no tenerlos. Eso era todo. Nadie podía entenderlo. Quizás yo tampoco lo comprendiera.

—Está bien. Está en su pleno derecho de desearlos o no. Sin embargo, me preocupa que no supiera si los quería o no quería tenerlos. Tal vez sería bueno que se preguntara por qué esa decisión, esa pregunta que todos nos hacemos de vez en cuando, era algo en lo que usted no quería pensar. ¿Por qué cree que era así?

—No sé.

—No puede esconderse en esa respuesta.

—No entiendo qué quiere decir.

—La respuesta «no sé» es un modo de no querer explorar los motivos. Es un modo de escapar, de no tomar responsabilidad. Usted como muchas de las otras pacientes, no está acostumbrada a reflexionar sobre su vida: en los motivos, en los sentimientos que guiaron sus acciones. Aquí tendrá que hacerlo. Ese «no sé» ya no es admisible.

—¡Pero si no sé!

—Tiene que buscar la respuesta en usted misma. Si hace algo es porque hay un motivo. Puede ser más o menos doloroso reconocerlo. Por eso tratamos de reprimirlo; ocultarnos a nosotros mismos las razones que nos llevaron a actuar de un modo u otro. Cuando decimos «no sé», lo que estamos diciendo es que no queremos reconocer el dolor, la vergüenza o el odio que nos llevó a hacer algo. Por eso aquí esa respuesta no es válida.

—Trataré de no emplear esa respuesta.

—Muy bien. ¿Tenía muchas amigas antes de entrar aquí?, ¿salía a menudo con ellas?

—Una o dos que me quedaban del instituto. Pero me aburrían. Siempre hablaban de lo mismo. Así que casi había dejado de verlas.

—¿Sus amigas le aburrían?

—Mucho.

—¿Por qué?

—Siempre hablaban de lo mismo

—¿De qué?

—De novios o algún chisme del barrio. Siempre eran las mismas conversaciones.

—¿Entonces no tenía novio, no trabajaba, más que de vez en cuando, no estudiaba y tampoco tenía amigas?

—Así es.

—¿No pensaba cambiar nada? ¿No estaba descontenta? ¿No se imaginaba otras posibilidades de vida? Si se sentía apresada por sus propias circunstancias ¿por qué no intentaba cambiarlas?

—No era así. Ya le he dicho que sí, que imaginaba que pasaría algo y que no tenía los medios para cambiar mi vida. ¿Cómo aspirar a más cuando no hay nada que anhelar? La ambición en regiones como esta es un peligro. Esto no es Madrid ni Barcelona. Aquí si se desea mucho, lo que sigue es pura decepción. —*Silencio.*

—¿Entonces no tenía ambiciones?

—No. No sé. Perdón, no quería decir «no sé». No. Me imagino que tenía miedo a tener aspiraciones.

—¿Miedo? ¿Por qué? ¿Pensaba que usted no estaba a la altura de aspirar a más, a tener ambiciones? ¿O era al revés temía que su entorno no estuviera a la altura de sus expectativas y que por eso no pudiera realizarlas?

—Nunca me lo planteé así. Pero quizás un poco de las dos.

—¿Nunca planeó marcharse a otra ciudad con mayores posibilidades?

—No. ¿Cómo? Aun cuando mis padres hubieran querido ayudarme, no podían. No tenían los medios. Aunque estoy segura de que habrían tratado de disuadirme más que de ayudarme. ¿Qué iba a hacer una mujer sola en Madrid? No habrían entendido por qué me querría marchar de aquí. Según ellos, estábamos bien. Teníamos todo lo que necesitábamos.

—Entonces ¿como no tenía el apoyo de su familia no pensaba cambiar nada, aun cuando no estaba contenta con la vida que llevaba? —*Silencio.*

—No. No sabía cómo, así que dejaba pasar un día tras otro.

—¿Sabe, Isabel? Sé que hay una parte de esta historia que no quiere o no puede mencionar. ¿Quién es Juan?

—¿Cómo lo conoce?

—Vino al hospital. Obviamente, tuvieron una relación muy estrecha. Hablamos mucho. Se niega a creer que usted matara a su madre. Solo quería que supiéramos que él está seguro de que usted es inocente. No sabe por qué confesó. Cree que esconde algo o a alguien. ¿Tiene razón? ¿Está ocultando algo?, ¿o protegiendo a alguien?

—No. Ya le dije que yo lo hice. La maté. Por eso confesé. Por eso estoy aquí. Juan no sabe nada.

—Está muy preocupado por usted. Quería saber cómo estaba. Parece que la echa mucho de menos. Me preguntó si podía visitarla. Le dije que sí. Sé que no quiere visitas, pero eso no es bueno. Me preguntó si podía traerle unos libros. Me dijo que le gustaba mucho leer. Me aseguró que, aunque usted es una mujer con sus propias ideas y opiniones, no es agresiva ni violenta. Cree que es totalmente incapaz de ese asesinato.

—No quiero ver a Juan. Ya no estamos juntos. Ya no tiene nada que ver con mi vida. Tampoco tiene nada que ver con nada de esto. Y no sé por qué estamos hablando de él.

—Por lo que me dijo, su relación fue muy importante para los dos. Me parece muy razonable que quiera visitarla. Quiere ayudarla.

—No quiero que venga. No quiero verlo.

—¿Por qué?

—Nos separamos hace meses. No quiero involucrarlo en nada de esto. No me mire así. Ya no lo quiero, pero Juan es un buen chico que no se merece que lo metan en nada de esto. Conozco esta ciudad. Si viniera a visitarme comenzarían los rumores. Empezarían las sospechas sobre él. No quiero que nadie —ni los vecinos ni la policía ni ningún amigo—, crea que tuvo algo que ver con lo que hice. No quiero perjudicarlo.

—Él no parece verlo así. Tampoco entiende lo que ocurrió. Necesita hablar con usted. También él quiere entender.

—No quiero hablar de Juan.

—¿Por qué?

—Ya se lo dije. No tiene nada que ver con esto y ya no es parte de mi vida.

—Isabel, tiene que comenzar a hablar de sus sentimientos, si quiere tomar el control de su vida. Solo así podrá salir de aquí algún día. Tiene que comenzar a hablar de los motivos que la llevaron a tomar sus decisiones. ¿Por qué se resiste? ¿A qué tiene miedo?

—No tengo miedo.

—Entonces ¿por qué no habla?

—No sé lo que quiere.

—Juan, como yo, queremos la verdad. —*Silencio*—. ¿Por qué se separaron? ¿No lo quería?

—Le tenía cariño. Pero no queríamos el mismo tipo de vida.

—¿Qué quiere decir con «tipo de vida»?

—No sé. Nada específico.

—Esa no es una repuesta. Ya dijimos que «no sé» no puede ser una respuesta. ¿Discutían mucho?, ¿salía con otras mujeres?

—No, nada de eso. Hubiese sido más fácil si hubiese habido una razón tan clara. No. No discutíamos casi nunca.

—¿Alguna vez hubo violencia en la relación?

—No. Nunca. Juan es muy buen tipo.

—No me refería a él.

—¿Yo? No, por supuesto que no. No soy violenta. Bueno, no de ese modo.

—¿Entonces qué ocurrió?

—Nada. No sé. Cosas. Alguna discusión tonta. Nada en particular.

—¿Se querían?

—No sé. No. Quizás Juan sí me quiso. Yo no. Lo apreciaba. Es muy bueno. Quizás le tenga cariño, pero no lo quería.

—Muy bien. Entonces ¿usted lo dejó a él?

—Sí.

—¿Y él lo aceptó?

—No le gustó, pero lo aceptó.

—¿Lo dejó porque no lo quería? ¿Por qué cree que no pudo quererlo? ¿Quería otro tipo de hombre?

—Juan se contenta con lo que tiene. Eso me decepcionó. Creí que quería más. Es librero. Hicimos muchos planes, pero luego me di cuenta de que para él eran solo palabras. Tampoco me satisfacía como hombre. —*Silencio.*

—¿Por qué dice eso?

—¡Hombre! ¡Tendría que ver qué cara ha puesto! ¿No imaginó que nos acostábamos? ¿Puedo asesinar a mi madre, pero no acostarme con mi novio?

—No. Ni quise poner ninguna cara. Me sorprendió que fuese tan abierta. Por lo general no lo es, pero está muy bien que lo diga. Eso es un paso adelante.

—Doctor, dígame la verdad, ¿creyó que era una de esas mujercitas de provincias, inocentes y un poco tonta? ¿Me creyó una asesina virgen? Todos nos imaginamos la vida de los demás. Después de leer las cosas que se dijeron de mí, no me sorprende que haya pensado cualquier cosa. Según los periódicos, yo era una asesina virgen reprimida que odiaba a todos los que me rodeaban hasta que un día exploté y maté a mi madre para romper con el sometimiento enfermizo al que me había condenado. Aunque también hubo otros que sospechaban que era una puta matricida que mató a su madre para poder seguir acostándose con cualquiera. ¿Cuál de las dos historias prefirió? Me temo que la de la virgen.

—Quizá tenga algo de razón, pero usted también ha tenido algo que ver con esa imagen. No puede culpar solo a los periódicos y a la televisión o al morbo del público. Esa es la imagen que usted también ha creado y que ha querido mantener. Entonces ¿por qué le molesta tanto que yo haya aceptado esa versión de la historia? Es lo que ha querido que todos creyéramos de usted, ¿no? Ha proyectado la figura de una chica de provincias sin deseo, sin novio, sin vida y sin expectativas. Y ahora veo que eso no es así.

—No. No creo que yo haya querido crear una imagen; quizás solo fui un reflejo de lo que los otros esperaban de mí, pero no lo hice conscientemente. No planeé una representación. No tengo tanto control.

—¿No? ¿Está segura o eso es lo que se dice a sí misma para no asumir responsabilidad? Dice que refleja aquello que esperan de usted. ¿Quiénes?, ¿y qué es lo que esperan?

—Esperan a una niña de provincias, que no sepa mucho de la vida. Eso es lo que querían ver y eso es lo que vieron.

—¿Y Juan? ¿Él también vio lo que quería ver? Salieron unos años juntos, tenía que conocerla mucho mejor. ¿O él también vio solo lo que usted quiso que viera? ¿Por eso la desilusionó? ¿Qué quería de Juan que él no pudo o no quiso ofrecerle?

—No tenía expectativas. Pensaba seguir trabajando en esa librería el resto de su vida. No esperaba más. Creía que ya había conseguido todo lo que necesitaba. Y si quiere saberlo, era demasiado mecánico haciendo el amor. Sospecho que había aprendido a hacerlo leyéndolo de algún libro. Trataba luego de ser atento y tierno, pero parecía que para él hacer el amor no tuviera mucho que ver conmigo. —*Silencio*—. Le extraña que yo hable así, pero estoy segura de que aquí ha oído a las otras mujeres contarle intimidades mucho más crudas y detalladas. Aquí hay mujeres que han sido prostitutas, mujeres que fueron violadas, otras que han abortado y han quedado deshechas... así que no entiendo su actitud conmigo. ¿Por qué le choca tanto lo que le digo?

—No estamos hablando de mí. Las sesiones de terapia son para ayudarla a usted. Y eso es en lo que debemos concentrarnos. Continuemos, por favor, con su relación. Entonces Juan no tenía mucha experiencia y eso le molestaba. Usted tenía mucha más experiencia que él. ¿Eso le molestaba?

—No, no me molestaba eso, sino que quisiese hacerme creer que él tenía más de la que realmente tenía. No se preocupe. No me mire así, tampoco soy una prostituta. Había estado solo con otro hombre antes de conocer a Juan.

—No la miro de ninguna manera, es usted la que se siente juzgada. Como usted misma ha dicho, he oído historias más crudas. No la juzgo. No estoy aquí para eso.

—Me molestaba que quisiera esconderlo, que se quisiera hacer el hombre de mundo. Juan siempre quería aparentar algo que no era.

—¿Qué era ese algo?

—Un hombre experimentado, un intelectual importante.

—¿Por eso se separaron?, ¿porque no era lo que decía ser?, ¿se sintió traicionada?

—No. No lo quería. Quizás no pude quererlo por eso mismo.

—Porque no era un intelectual importante de la ciudad.

—No. Me imagino que no pude llegar a quererlo porque a él le importaba más aparentar algo que tratar de serlo. Quizás eso sea la mediocridad, ¿no?

—¿Entonces lo dejó porque era mediocre?

—Ya se lo dije. Juan no era malo, pero es el tipo de hombre al que cualquier cosa puede derrumbar. Quizás por eso había algo falso en él. Necesitaba esconder su debilidad. Hacía planes y hablaba del futuro, solo para impresionarme, pero solo eran palabras. Sabía que seríamos igual que el resto de las parejas y eso me asustaba. Me daba miedo tener la misma vida que la gente de mi alrededor.

—Isabel, ¿qué hay de malo en ser como los demás?

—Nada. Solo que yo no quería esa vida. Deseaba irme a Madrid o a Barcelona. Marcharme de aquí, quizás encontrar una vida diferente. Juan es librero. Decía que montaría su propia librería en Madrid algún día. Pero no le creía. Seríamos igual que las otras parejas. Terminaríamos todos los fines de semana frente al televisor.

—¿Por qué pensaba que no iba a realizar sus planes?

—Cuando le planteé seriamente que nos fuéramos a Madrid empezó a dudar y a poner pretextos. Luego me propuso matrimonio. Según él, con su trabajo en la librería podíamos vivir bien, sin preocupaciones. Pero no entendía que yo no quisiera quedarme aquí llevando la misma vida que hasta entonces, solo que ahora con él.

—¿Se sintió decepcionada?

—Sí.

—Entonces a diferencia de lo que dijo y de lo que usted misma cree sí tenía planes de futuro.

—Sí y no.

—¿Qué quiere decir?

—Eso. Yo no podía tenerlos sin él. Yo no tenía los recursos para irme sola, pero podríamos haberlo hecho juntos.

—Entonces lo dejó por eso. ¿Fue eso lo que la atrajo de él? ¿La posibilidad de tener recursos que sola no tenía?

—Creo que lo que me atrajo fue su mundo. O el mundo al que yo creía que pertenecía. Con Juan comencé a leer autores que no sabía ni que existían. Juan organizaba una tertulia mensual en la librería. Esas lecturas y la conversación con su grupo me sacaban de mi rutina, de esa pequeña vida que llevaba con mi familia. Por un momento creí que ese también podía ser mi mundo, fuera de la casa de mis padres. Más allá del barrio donde me había criado y donde ya todos tenían una idea preconcebida de quién era y qué sería de mí. Sí, esas tertulias me abrieron a otro mundo posible. En aquellas reuniones podía ser otra. No sabía muy bien quién. Si le digo la verdad, al principio me parecía que había algo falso en el comportamiento de los que asistían a esas reuniones. Algo en mí no sabía responder a ese ambiente. Luego pensé que no eran ellos los que fingían, sino yo. No sabía cómo actuar, cómo expresarme, cómo ser con ellos. Éramos un grupo de siete. Casi todos hombres. Solo había otra chica, que venía de vez en cuando, más bien para acompañar a su novio. No parecía muy interesada en la conversación y menos en leer los libros. Pasaba por allí sin muchas ganas, no prestaba mucha atención. Era obvio que se aburría; yo la despreciaba, me parecía tonta. Sin embargo, ella sabía algo que yo todavía no quería aceptar: ese mundo no nos pertenecía. Quería creer que las tertulias eran mi espacio. Un espacio que yo me había ganado. Pero no era así. Una vez que Juan y yo nos separamos ya no tuve más acceso a ese mundo. Ese era el círculo de Juan, no el mío. Y me lo hicieron saber muy pronto. —*Silencio*—. Sí, quería irme. Madrid. Sola no podía. No habría tenido manera de ganarme la vida. Sí. Tiene razón. Yo también tenía miedo. Por eso, no sé si irme era tanto una perspectiva de futuro o un plan de escape. Tras dejar a Juan, todo regresó a la antigua rutina. Ya no fui bienvenida en su tertulia. Las caras, las expresiones, la distancia del grupo se hizo palpable. Ese mundo solo me había sido prestado. Ya no pude volver. Mi vida volvió a lo que había sido siempre.

—Usted sentía que lo necesitaba para cambiar de vida y él la decepcionó. ¿Fue así?

—Sí. Bueno, no creo que lo haya pensado tan claramente como lo acaba de decir, pero sí. Fue así.

—Déjeme ver si la he entendido; deseaba otro tipo de vida, no le satisfacía el mundo en el que había vivido, pero no sabía cómo cambiar su situación. Pensó que Juan iba a ser un medio para lograrlo, pero al ver que no iba a ser así, lo dejó.

—Suena tan frío, tan calculado... y no fue así para nada. Sin embargo, es verdad lo que dice, solo que no lo planeé. Si eso es lo que piensa, se equivoca.

—No importa lo que pueda pensar. No estoy aquí para juzgarla. Se lo he dicho varias veces. Tiene que creerme. No insinuaba que lo hubiera planeado. No la acuso. Estoy seguro de que no lo pensó en los términos en que lo estoy diciendo ahora. Las estructuras sociales arrastran a sus miembros hacia ciertos comportamientos. Algunas personas toman decisiones bajo esos parámetros más conscientemente que otras. La diferencia la marca el nivel educativo, la clase social y las experiencias de vida. Por eso no la juzgo. La creo. Pero ahora que hemos establecido que tiene otros intereses tiene que tratar de planear su futuro para darles cabida. Los proyectos de vida se construyen primero en la imaginación. Primero debe poder visualizar qué quiere, para después poder llevar a cabo lo que sea necesario para poder conseguirlo. ¿Qué hará una vez fuera del hospital? ¿Cómo piensa rehacer tu vida?

—¿Un proyecto de vida? ¿Qué significa eso para alguien como yo? Usted parece muy seguro de que saldré de aquí algún día. Yo no. Lo he aceptado. Por favor, no me fuerce a tener esperanzas que no son realistas.

—Curamos. Rehabilitamos, no para que se quede aquí

encerrada, sino para que pueda reintegrarse en la sociedad y ser una persona productiva. No sé cuánto tiempo estará en el hospital, pero mi trabajo es ayudarla a alcanzar las condiciones que le permitan salir. Eso quiere decir prepararla para ser parte de la sociedad.

—Ahora tengo que ser una persona productiva. —*Se oye una risa. Se oye pasar la cinta. Silencio*—. No entiendo. Antes de matar a mi madre nadie esperaba nada de mí. Ahora, como asesina sí. Nunca he pensado en mi futuro porque nadie creyó que tuviera uno. Ahora todo el mundo quiere que me cree un porvenir de la nada.

—Quizás tenga razón y haya sido injusto que nadie la alentara a pensar en su futuro. Pero las circunstancias han cambiado. Tiene que estar preparada o el mundo será cruel con usted. Tiene que crear los recursos necesarios para poder defenderse una vez que salga de aquí. Es verdad. No va a ser fácil. Pero estas sesiones tienen que servir para ir construyendo una personalidad más capaz, más fuerte, si quiere pensarlo así, para tener el valor de vivir una vida más satisfactoria cuando quede en libertad. No puede escudarse detrás de estas paredes. Su deseo de cumplir la pena prolongada puede ser un modo de escapar de sus responsabilidades para con usted misma. Antes se escondía en la casa de sus padres; ahora se esconde en el hospital Así no tiene que encarar la vida.

—Habla como si hubiera sido elección mía; como si ahora pudiese irme en cuanto lo deseara.

—No, pero un día podrá irse si trabajamos para conseguirlo. Ahora el problema es que parece que no quiere salir de aquí. ¿No le parece un poco fácil esa actitud? Aquí adentro no tiene que enfrentarse con su familia ni con sus vecinos. Asumir responsabilidad no es solo cumplir la pena, sino también enfrentarse a aquellos a los que ha perjudicado y tratar de reparar el daño, al menos, en la medida de lo posible. Isabel, ¿no le parece que si la vida que lleva no le gusta, solo usted puede cambiarla?

—No. No es eso. No quiero tener unas esperanzas irrealizables.

—¿Quién le dijo que son irrealizables? Creo que son pretextos. Es su manera de evitar enfrentarse a la vida. Está aquí para cambiar y tener una nueva oportunidad. Pero una vez que salga tendrá que poder defenderse por sí misma y para eso tendrá que conocerse muy bien.

—¿No le parece cruel?

—¿Por qué lo dice?

—Creo que desear lo que no se puede obtener es absurdo, de donde yo vengo hay cosas que no se conciben. Es mejor no desearlas.

—Veo que sigue insistiendo. Es fácil escudarse detrás del mundo en el que uno nació. Muy bien. Entonces vamos a intentar otra cosa. Piénselo como un juego. Si le es más fácil así imagínese que nació en otro contexto social ¿Qué se vería haciendo?

—Déjeme pensar...

—Muy bien. Pero tiene que planteárselo seriamente. Para la próxima consulta quiero que continuemos explorando estas alternativas.

—Lo intentaré.

—Muy bien. Deberíamos pensar también en que participara en alguna terapia de grupo. Sé que hasta ahora no ha querido, pero creo que es importante, que le haría bien.

—¿En qué grupo? No soy alcohólica. Y ya le dije que no estoy deprimida.

—Deberíamos hablar de eso. La depresión no siempre se manifiesta del mismo modo. Es probable que haya sufrido de depresión desde una edad temprana, quizás desde la infancia. Por eso tal vez piense que no está enferma, esa ha sido su manera de vivir. Mucha gente que sufre de depresión no lo sabe porque hace tiempo que vive así, no conciben otra forma de vida. Además, como algunos de los síntomas son físicos se van tratando como molestias aisladas... dolor de cabeza, tensión muscular, pesadillas, cansancio, dormir mucho. Creo que la terapia de grupo podría ayudarle a ver el origen de esos síntomas, que probablemente comparta con otras internas, y que seguramente nunca haya asociado a un síndrome depresivo. Muchas mujeres aquí han pasado por experiencias muy duras que pueden hacerle ver su propia vida desde otra perspectiva. Sabe que Josefa y Ana asisten al grupo de depresión.

—Lo pensaré. No me gusta hablar de mi vida con un montón de gente que casi no conozco. No es mi estilo.

—Entiendo, pero a veces hablar con desconocidos nos permite una mayor libertad. ¿No le parece?

—Voy a ver.

NOTA:

Desesperanza. Depresión. Isabel siempre ha visto su futuro sin ninguna expectativa. La frustración de no poder aspirar a un futuro propio, diferente al que la rodea, fue un factor determinante en su vida emocional. Su depresión debe de haber comenzado ya en la infancia. ¿Habrá provocado ese estado de confusión algún episodio específico o solo fue el darse cuenta de las pocas posibilidades que existían para ella? Dice no recordar sus primeros años. Las enfermeras me han comentado que continúa teniendo pesadillas. Sufre flashbacks. ¿Del asesinato? O quizás no sea eso. Tal vez sus flashbacks se remonten a mucho antes del asesinato. ¿Qué ocurrió en esa infancia para no poder o no querer recordarla?

A menudo, me pregunto si se puede enseñar a desear. Quería que mis pacientes aprendieran a anhelar y visualizar un futuro mejor. Deseaba que rompieran con las limitaciones culturales y sociales de su entorno. Muchas provenían de aldeas o pueblos de los alrededores y, la mayoría, de las clases populares. En una pequeña provincia de pocos recursos, se les hacía difícil concebir un porvenir diferente al de sus padres. Vivíamos bajo un régimen sin visión de futuro. La limitación del horizonte cultural era una barrera para la imaginación. En el hospital se palpaban sus consecuencias. Solo existía el pasado, el presente era demasiado horrible para encararlo y futuro no había. Antes de llegar al psiquiátrico, las únicas vías de escape eran el alcohol o la locura. Estoy seguro de que Isabel no se veía a sí misma como una mujer torpe o inepta; y, sin embargo, se sentía encerrada, incapaz de abrirse a nuevas posibilidades de vida. La habían clasificado como una mujer de provincias. Una mujer simple. Una asesina reprimida. ¿Se encasilla por las limitaciones impuestas por los padres, por la economía, por la sociedad o por el mismo lenguaje que empleamos para comunicarnos?

Tal vez el caso de Isabel no fuera una anomalía como quisieron hacernos creer los periódicos, por el contrario, Isabel era una mujer que personificaba la ansiedad y los miedos de una cultura aprisionada. Por eso, el deseo, algo parecido a su parálisis ante el deseo de cambio, se sentía también en las calles del país como una necesidad casi corporal. Nuestra generación, que no habíamos vivido la guerra, quería hacer despertar a una España que parecía aturdida, hundida en un estado de semiinconsciencia. Leí hace unos meses que poco después del atentado a Carrero Blanco el mismo Franco le confesaría al presidente Miranda: «Se nos mueve la tierra bajo los pies.» Hasta el Caudillo sospechaba que a su régimen no le quedaba mucho más tiempo de vida; más o menos el mismo que le quedaba a él. Aunque, por eso mismo, el «bunker» trataba de preparar la maquinaria política para integrarse en los cambios que sobreviniesen después de su muerte. ¿Quiénes eran esos a los que ellos llamaban el «bunker»? ¿Qué pasó con ellos? La avanzada edad del Caudillo, y su larga agonía, quizás permitiera que el «bunker» engrasara las estructuras de aquella maquinaria ya envejecida para tratar de mantenerse de algún modo en el poder. Pero quién sabe... en ese momento la incertidumbre reinaba en todos los sectores de la población. Mientras unos deseaban mantener el *statu quo*, otros deseábamos cambios; algunos, los más audaces, pedían transformaciones radicales.

Mientras tanto, el mundo del hospital parecía ajeno a todo ese proceso político. Todo lo que yo proponía era mal recibido. Isabel se integraba bien con sus compañeras, aunque yo continuaba preocupado. No lograba dar con la terapia más apropiada para ella. No era un caso fácil: no era una adicta, no era una alcohólica; fuera de su cuadro depresivo, no sufría de ninguna enfermedad mental grave y tampoco parecía actuar por venganza o por odio. Tuve que descartar los motivos más comunes. Tampoco parecía existir un desajuste de personalidad. Los problemas de personalidad de algunas de las pacientes habían sido provocados por un medioambiente que propiciaba los sentimientos más bajos y negativos. La agresividad, la ironía y aún más, la violencia eran parte de la comunicación familiar. Aunque sospechaba que la dinámica familiar de Isabel habría sido enfermiza, creía intuir que no había sido violenta. Procedía de una realidad agresiva, aunque no violenta físicamente. A diferencia de algunas de mis pacientes que habían sido atacadas o violadas por familiares, ese no era el caso de Isabel. Sabía por los informes y por su propio comportamiento, que Isabel nunca había sufrido ese tipo de agresión. Tampoco manifestaba ningún tipo de sentimiento agresivo, como muchas de las otras pacientes. No sabía muy bien cómo continuar la terapia. Tanteaba. Intentaba primero un método, luego otro. Incluimos la terapia de grupo. Parecía que impartir los cursos de alfabetización la animaba. Eso me dio esperanzas de poder ayudarla. La saqué de sus obligaciones de limpieza. Sin embargo, habría un antes y un después. El castigo de Josefa y Rosalía afectaría la confianza que muchas pacientes habían depositado en mí. Mi autoridad se vio mermada y no veía la manera de recuperar mi lugar a sus ojos.

Nadie lo organizó. Fue espontáneo, como si todas lo hubiésemos deseado al mismo tiempo. A la hora del almuerzo, en el comedor, todas al unísono, empezamos a gritar. Algunas comenzaron a aullar. Sor Teresa nos mandó callar. Nadie la oía. El ruido era ensordecedor. Luego llegaron los celadores. Algunas se levantaron. Se tiraron al suelo. Comenzaron a lastimarse. Se pegaban. Se mordían las manos. En las expresiones de los celadores y sor Teresa se leía el total desconcierto. Ante ellos, una maraña de mujeres enloquecidas se lastimaba con saña. Se pegaban. No sabían qué hacer. Gritos. Aullidos. Más gritos. Chillidos. Llantos. Más aullidos. Sor Teresa caminaba de un lado al otro del comedor reclamando silencio, sin conseguirlo. Mandó a los celadores que tomaran a una por una y las llevaran a sus cuartos. En cuanto lo intentaron las mujeres empezaron a pegarles, a escupirles, a morderles y a patalear. Los celadores desistieron. Así como la desesperación crecía sor Teresa iba alzando la voz hasta terminar gritando tanto como nosotras. El director, el doctor Carrasco, que rara vez salía de su despacho, apareció en el comedor con expresión de perplejidad. Por un momento se quedó pasmado mirando el espectáculo. Después pidió tranquilidad. Nadie le hizo caso. Alzó la voz. Llamó a la calma. Todo fue inútil. ¡GRITOS! ¡GRITOS! Más y más aullidos. Por fin el director debió de temer una rebelión y con expresión de miedo prometió sacar a Rosalía y a Josefa de las celdas de aislamiento. Gritos. Más gritos. No le creíamos. No queríamos oírlo. No nos importaban ya las promesas

—¡SACADLAS! ¡Inmediatamente! ¡Manolo! Ve y tráelas aquí. ¡Ahora mismo! —ordenó el director, desesperado.

Manolo volvió con Josefa y Rosalía. Parecían dos sombras de las mujeres que habían sido hacía solo una semana y media. Dejamos de gritar. Estaban allí, en la puerta al lado del director. No entendían muy bien lo que ocurría. Aún se escuchaban sollozos, lamentaciones y algún suspiro. Sor Teresa se colocó delante de ellas y nos explicó que, por el bien de todas, dejarían que Josefa y Rosalía regresaran a sus cuartos. Esa victoria nos llenaría de orgullo. Nos daría la fuerza para continuar exigiendo cambios y mejoras.

Rosalía necesitó muchos cuidados para recuperarse. Había adelgazado mucho. La depresión no la dejaba levantarse de la cama. Entonces me hice la misma pregunta que Josefa: ¿por qué asumimos que aquellos que han sufrido más son los más resistentes al dolor, en lugar de pensar que por lo general disponen de menos reservas para continuar resistiendo? Rosalía había enmudecido por el dolor. Josefa tenía prohibido acercarse a su cuarto so pena de que regresarían las dos a las celdas de aislamiento. Me pidió, casi me rogó que fuera a visitar a Rosalía diariamente y que la cuidara. Vi el sufrimiento y la preocupación de su rostro. Le prometí que lo haría. Iba después de las clases de alfabetización. Era la hora del día en que en el hospital había más movimiento. A esa hora, a las enfermeras y a sor Teresa se las veía siempre preocupadas: tantas pacientes en un mismo espacio eran peligrosas, o eso pensaban. Su atención se concentraba en mantener el orden mientras las pacientes se desplazaban de la sala a sus cuartos. Yo aprovechaba para ver a Rosalía. Hablar con ella. Pasarle mensajes de Josefa o algún pequeño regalo: unos lápices de colores, algún cuaderno o algo que le había pedido a Rodrigo que consiguiera. Después de visitar a Rosalía siempre me encontraba a Josefa esperándome en mi cuarto. Me hacía todo tipo de preguntas sobre el ánimo y la salud de Rosalía. Le aseguraba que se iba recuperando. Había aumentado de peso. Comía mejor. El médico había ido a verla. Le había recetado algunas vitaminas, pero se encontraba bien. A los diez días Rosalía le mandó un dibujo. Aunque Josefa no me dijo nada entendí que ese retrato era un mensaje asegurándole que sus sentimientos no habían cambiado. Entonces Josefa volvió a ser la misma de siempre: generosa, tranquila y con muchas ganas de vivir. Por fin, el ambiente se fue relajando. Y así volvió a reunirse por las noches el grupo. Cuando Claudia y sor Teresa no estaban de turno, y les tocaba a algunas de las otras monjas teníamos mayor libertad. En general sentían pena y algunas aun cariño por nosotras. Entonces Ana y yo paseábamos por los pasillos mientras Juana se encontraba con Rodrigo en el cobertizo y Josefa y Rosalía se quedaban en mi cuarto. Mientras tanto nosotras montábamos guardia, aunque sabíamos que no hacía mucha falta. Manolo y los otros dos celadores, por lo general, se quedaban dormidos después de medianoche. El pacto tácito entre Manolo y las internas era que él no decía nada de nuestras escapadas nocturnas y nosotras no lo delatábamos cuando se pasaba con el vino o se iba a ver el partido al bar del pueblo. La enfermera, Claudia, era la más difícil. Le tocaba el turno de los lunes por la noche. Entonces todas nos quedábamos en nuestros cuartos. Era una mujer que cumplía con sus obligaciones. A las ocho en punto, con la lista de las internas en la mano, iba de cuarto en cuarto para asegurarse de que estábamos cada una en la habitación que nos correspondía. Una vez que se cerraban las puertas podíamos oír sus pasos por los pasillos cada hora y media en punto. Nunca llegaba tarde. Nunca enfermaba. Quién era esa mujer, nos preguntábamos. ¿De dónde había salido tanta profesionalidad? Algunas la llamaban «la Alemana». Solo esa gente tiene ese sentido de puntualidad y ese concepto del deber. ¿De dónde habían sacado a esa mujer? Porque de por aquí no puede ser, aseguraban muchas.

* * *

Excepto los lunes, Ana seguía viniendo todas las noches para aprender a leer y a escribir. Las clases nocturnas se volvieron parte de mi rutina. Lo agradecía. Sufría de insomnio y su compañía me ayudaba a pasar las largas horas de la noche. Las primeras semanas, Ana sufrió mucho. Las primeras letras siempre son las más difíciles. Sus mayores obstáculos eran la ansiedad y el miedo a no poder aprender. Esa inseguridad hacía su aprendizaje más difícil. Trataba de calmarla. Aunque varias veces amenazó con no volver a las clases, no le permití que desistiera. Ana decía que era tonta y no podía aprender. Le prohibí que hablase de sí misma de ese modo. Yo sabía que su sentimiento de inferioridad le impedía progresar. El miedo a no poder aprender, a no poder estar a la altura de las demás, la paralizaba. Para continuar, tuve que convencerla de su propia capacidad. Le preocupaba demasiado mi opinión y la de las otras compañeras si descubríamos que no podía aprender al ritmo de las demás. Yo le repetía que tenía que relajarse y pensar solo en sí misma, concentrarse en sus propias metas.

Únicamente así pudimos ir progresando. Poco a poco, según fue tomando mayor confianza, su aprendizaje empezó a avanzar más rápido. Escribir le resultó más fácil. Ya comenzaba a creer en sí misma. Podía seguir mejor las instrucciones. Su ansiedad dejó de perjudicar su nivel de atención. Cuanto más aprendía más deseaba saber. Me hacía todo tipo de preguntas. A veces le podía responder y otras no. Eso no la desanimaba, continuaba preguntando. Una noche, cuando ya habíamos estado trabajando una hora y ya había tomado mayor confianza conmigo y consigo misma me dijo:

—Te admiro, sabes. Yo también debí matar a mis padres —me sorprendió.

—No digas tonterías. Nadie se merece que lo maten.

—Eso es lo que tú crees. Debí matarlos cuando tuve la oportunidad de hacerlo.

—No habría servido de nada. No habría calmado tu dolor ni tu rabia —le aseguré—. De todos modos Ana, mi caso no tiene nada que ver con el tuyo.

—Me parece increíble, Isabel. Al principio, cuando te conocí, creí que nos mentías, que sabías por qué lo habías hecho, pero no nos lo querías decir. Ahora juraría que tú eres incapaz de matar a nadie, y menos a tu propia madre. Algo, te habrá pasado que no recuerdas. Debiste de haber sufrido algún tipo de locura en ese momento. ¿Tan horrible era tu madre, tanto te hizo sufrir?

—No. Para nada. Era una buena mujer, que dentro de lo que pudo, luchó para que sus hijos saliéramos adelante. Era una mujer amable con todo el mundo. Buena. Si podía ayudar a alguien lo hacía.

—Hablas de ella como si la admiraras. ¿La querías?

—Sí. Mucho. Ahora sé cuánto la quería. De eso estoy segura. No sé si la admiraba. Cumplió el papel que necesitábamos con una capacidad de sacrificio que yo jamás habría tenido. Sí, la quería, pero no la admiraba. No, no quisiera parecerme a ella.

—Entonces, si la querías, ¿por qué la mataste? ¿Te hizo daño? ¿Trató de golpearte o tu padre intentó...?

—No. Nada de eso. No. Aún no estoy segura. Creí que lo sabía, pero luego, cuando lo hice, empecé a dudar de mis motivos.

—No te entiendo.

—Ana, yo tampoco. Quizás algún día tenga la respuesta y entonces podré explicarlo. Ahora vuelve a tu cuarto ya es tarde, ¿vale?

—Espero que algún día puedas contármelo. No te juzgaré.

—Gracias, Ana. Lo sé.

Poco a poco me estaba convirtiendo a los ojos de Ana en un modelo a seguir, lo cual me atemorizaba. ¿Cómo ser un modelo cuando había cometido uno de los mayores crímenes que se pueden imaginar? Esa inseguridad hacía que me sintiera incómoda con ella, conmigo misma, y a veces, con las otras internas. Algunas comenzaban a verme como un ejemplo a seguir, y eso me ponía, a veces, de mal humor. Lo sentía como una presión. Tenía miedo a fracasar, a decepcionarlas. A pesar de lo que pensaba sor Teresa —que siempre me ridiculizaba por sentirme importante porque unas locas me admiraban—, yo no me sentía halagada. Las expectativas de mis compañeras me atemorizaban. Empecé a comprender a mi madre. Miedo a no estar a la altura. Miedo a no tener derecho al lugar que otros te dan. Miedo a fracasar. ¿Y si era eso lo que le había ocurrido a mi madre con sus hijas? Quizás no había querido ser un modelo para nosotras porque no sabía cómo serlo. Ella no quería ser un ejemplo a seguir, pero por eso, tanto para mi hermana como para mí, la madurez se volvió un laberinto sin salida. Temor a fallar, a no ser lo que los otros necesitan que seas.

Quizás eso era lo que significaba aquella mirada de desdén que siempre tenía mi madre para sus dos hijas. Ahora por primera vez me pregunto si esa mirada no estaba dirigida hacia nosotras, sino hacia sí misma. No sé. No lo sabré nunca.

ABC
Madrid, miércoles, 8 de mayo de 1974

REINA DE LA PAZ

En un país tan profundamente mariano como es España, ha tenido eco extraordinario la alocución de Su Santidad el Papa recordando que María es la madre de la Iglesia, la reina de la paz y la inspiradora de la sabiduría. Pidió el Santo Padre la invocación a la Virgen de Lourdes «por las competiciones electorales en Francia»; a la de Fátima, «por la solución de los problemas de Portugal»; a la de Czestochowa, «por la Polonia católica que celebra ahora solemnidades en honor de María Santísima», y a las Vírgenes de todo el mundo porque María «es operante en su celeste beatitud, en su prevalente caridad». El culto mariano, según el Papa, constituye un incomparable incentivo para la mujer de nuestro tiempo y su moderna motivación espiritual y social. (En la imagen «Virgen de Belén», de Pedro de Mena.)

—Buenos días.
—Buenos días. ¿No le parece que tienen miedo?
—Ya sé lo que trata de hacer y no vamos a entrar en una discusión política.

—Muy bien, no hablemos de política. Hablemos del hospital. ¿Estas mujeres tienen paz? Nos asfixiamos aquí dentro. Excepto yo, nadie ha cometido ningún crimen. Ninguna de las mujeres de este piso es peligrosa y, sin embargo, las tratan como si lo fueran. No nos permiten abrir una ventana, escuchar música, hablar por teléfono o leer un periódico. No quieren que sepamos lo que ocurre afuera de estas cuatro paredes. Nosotras no pedimos un cuarto propio, solo la posibilidad de mirar por la ventana o salir al patio cuando queramos y no tener que pedir permiso.

—Veo que ha leído a Virginia Woolf.

—¡Y usted también!

—¿Le sorprende?

—Sí, tanto como a usted le ha sorprendido que yo la hubiera leído.

—Tiene razón. Perdone si la he subestimado. Aunque la culpa de que me haya creado esa imagen de usted no es toda mía. Se esconde bajo esa máscara de mujer de provincias. Aunque soy psicólogo, no adivino, no veo más allá de lo que usted me deja ver.

—Cierto... En todo caso, nos ayudaría mucho poder salir al patio, respirar un poco de aire libre y tener algo que hacer. Lo peor de este lugar es el tiempo. Parece que no pasa. Un minuto tras otro. Estático. Muchas de nosotras rogamos que llegue la noche para dormir. Todo ese tiempo sin nada que hacer solo sirve para que nos concentremos en nuestra congoja. Si algo estoy aprendiendo en este lugar es que no se descubre ninguna verdad profunda, no existe ninguna revelación, ningún tipo de descubrimiento en el dolor. El sufrimiento es solo eso, sufrimiento. Necesitamos curarnos. Josefa, Rosalía y yo lo hemos hablado mucho. Queremos crear un jardín en el patio. Ver algo hermoso y no siempre estas paredes. Poder crear es un modo de sanar el alma. ¿Le parece tonto lo que digo?

—No, para nada. Un jardín quedaría muy bien. Le daría un ambiente más alegre y hogareño a este lugar. Veré. Primero hablaré con el doctor Carrasco. Nos tiene que dar permiso. Solo le puedo prometer que veré con el director lo que se puede hacer. Pero no le prometo nada.

—Creo que sería importante.

—Sí, lo sé. Hay mucha ansiedad. Creen que saldrán pronto. Esas esperanzas son irrealizables. Algunas aún no están preparadas. Muchas ya no tienen familiares que puedan apoyarlas en su reintegración social. Muchos parientes se niegan a visitarlas, no quieren saber más de ellas, se avergüenzan de tener a alguien aquí. Otras familias, desgraciadamente, no quieren o no pueden acogerlas. Isabel, eso es lo que van a tener que afrontar: el aislamiento social. ¿Cree que están preparadas para eso?

—No han cometido ningún crimen. No tienen nada de qué avergonzarse. Tienen derecho a la libertad.

—Ya lo sé. Pero esa no es mi pregunta. ¿Cree que están preparadas para salir de aquí? ¿Para poder cuidarse y vivir una vida sana?

—¿Cómo lo sabrán si nunca lo intentan?

—Isabel, se pueden hacer daño.

—Muchas nunca debieron entrar aquí. Usted lo sabe. Cuanto más tiempo se queden en este lugar mayor es la posibilidad de que terminen locas de verdad. Van perdiendo capacidades según pasa el tiempo. Aún con las nuevas normas, se encuentran muy limitadas para tomar decisiones por sí solas, para elegir lo que quieren y tomar las riendas de su vida.

—Quizás. Pero muchas necesitarían continuar fuera la

terapia farmacéutica y psicológica. Salir no es un propósito en sí mismo. El objetivo es que puedan mantener una vida saludable y plena en el exterior. ¿Cree que podrían llevar a cabo una vida semejante? Sabe muy bien los prejuicios que existen en contra de estos tratamientos. Algunas dejarían la terapia por vergüenza. Otras no tienen la disciplina para continuarlo sin alguien que las presione. No. No creo que tenga razón.

—No son niñas. Es su elección. Estoy segura de que la mayoría seguirían el tratamiento. Son mucho más responsables de lo que usted cree, pero necesitan la oportunidad de demostrarlo. ¿Qué derecho tiene a obligarlas a estar bajo su protección?

—Veo que no voy a convencerla. Tenemos que ir paso a paso. Con calma. Las transformaciones bruscas pueden ser contraproducentes. Asustan. Los miembros de la comisión directiva están muy preocupados. Saben que muchas quieren marcharse. La culpan a usted. Me preocupa. Tampoco quiero que la directiva se oponga a los cambios que deseo llevar a cabo. El director podría negarnos los privilegios que ya se han ganado. Nadie quiere eso. De todos modos, la situación ha cambiado en unos meses y aún cambiará más. Vamos a integrar otras actividades: tendremos diferentes juegos, como los naipes quizás, alguna clase de pintura para que las mujeres se puedan entretener.

—No necesitamos que se nos entretenga, sino que se nos apoye para salir de aquí. Nos ayudaría ver las noticias, leer el periódico: saber qué ocurre fuera. Así podremos estar preparadas para salir del hospital. Habla de reintegrarnos al mundo exterior. ¿Pero cómo crearnos un futuro si nos mantienen aisladas?

—Quizás tenga razón. Pero debemos ir poco a poco. La directiva aún duda. No podemos forzar los cambios. El director podría impedir en cualquier momento, todos los avances que estamos consiguiendo.

—Siempre el miedo. El temor a perder lo poco que hemos ganado. Necesitamos más. No puede ser que todo este progreso sea solo para entretenernos y pasar el tiempo.

—Tiene que tener paciencia.

—Por mí, la tendría. Sé que pasaré toda una vida aquí dentro: la paciencia va a ser lo único que me salve. Pero no es así para mis compañeras.

—Estas mujeres son víctimas de una situación en la que no tienen, ni tuvieron, ningún control. Pero eso es el pasado; la realidad, ahora, es que están aquí y tienen que desarrollar las capacidades para poder reintegrarse a la sociedad. Ese es el objetivo de los cambios que estoy proponiendo, pero no se consigue en unos meses.

—Quizás, pero no me convence. Por un lado, quiere que se respete la individualidad de sus pacientes y, por otro, hace lo mismo que el sistema: generaliza.

—Bueno, déjeme a mí preocuparme de mis pacientes. —*Se nota algo de irritación en mi voz*—. ¿Y su madre? ¿no fue también una víctima? Su víctima. —*Silencio*—. ¿No quiere responder?

—No es lo mismo.

—¿Por qué? Isabel, más tarde o más temprano tendrá que afrontar lo que ha hecho. No puede escapar de su realidad. —*Silencio*—. Explíqueme cómo compagina su preocupación por los demás con lo que hizo. Quisiera que hablemos de eso. No podemos seguir posponiéndolo. Tiene que afrontar su crimen.

—No hay que compaginar nada. Son dos situaciones diferentes. Y creo que ya me he enfrentado a mi crimen. Estoy aquí cumpliendo mi condena.

—No. Eso no es afrontarlo. No en su caso. Empiezo a

creer que el hospital le ha servido para evadir la verdad. Desea escapar de algo. Y este es el lugar perfecto para eso.

—No quiero hablar de mi crimen. No sé por qué lo hice, creí que lo sabía, pero luego empecé a dudar de mis motivos...

—¿Qué quiere decir? ¿Luego? ¿Cuándo?

—No sé, no sé lo que digo.

—¡Isabel! ¡Isabel! Vuelva. ¡Isabel! No se vaya. ¡Isabel! No puede escapar de lo que hizo. Tiene que enfrentarlo.

NOTA:

La paciente tiene un grado de empatía muy alto. Se preocupa por sus compañeras, sobre todo por aquellas que tienen mayores problemas cognitivos y no pueden defenderse por sí mismas. La paciente Isabel Ramírez Padrón ha sido clave para crear una dinámica saludable y una idea de comunidad entre las pacientes del hospital. Estamos avanzando, pero sigue negándose a hablar de ciertos temas importantes: la muerte de su madre y su infancia. Aunque ya está totalmente integrada en el régimen del hospital, no puede o no quiere afrontar el pasado.

Ha tomado una actitud desafiante ante sor Teresa y la enfermera Claudia. ¿Tiene problemas con las figuras de autoridad? Si Isabel continúa desafiando a sor Teresa puede terminar encerrada en las celdas de castigo.

No conoce su propia vulnerabilidad emocional. Me imagino que como muchas de las otras internas, creció en un ámbito familiar en el que la agresión y la dependencia con los padres no permitió que los hijos desarrollaran cierta madurez emocional. Esas dinámicas familiares producen la infantilización de sus miembros. Quizás Isabel

Ramírez se rebela contra la autoridad de sor Teresa como proyección de la autoridad de los padres.

La paciente Isabel Ramírez Padrón se marchó a la mitad de la sesión. Primero me miró a los ojos con resentimiento. Después se levantó y se marchó. No quiere hablar del asesinato. Se niega a afrontar el homicidio.

Unos días después me reuní con algunas de las pacientes que tenían mayor influencia sobre las otras: entre otras, Juana, Rosalía, Carmen, Isabel y Josefa. Deseaba involucrarlas, de algún modo, en el proceso de la toma de decisiones del hospital. Era importante para la recuperación. Se sentirían con mayor control. Esto les daría los ánimos y la entereza para creer en sus propias iniciativas. Rosalía se ofreció a organizar cursos de dibujo. La había visto pintar. Era muy buena. Desgraciadamente, había nacido en la ciudad y en la época equivocada. Había terminado en la calle, tras quedarse huérfana: demasiado mayor para los hogares de Auxilio Social y demasiado joven para tener una educación que le permitiera mantenerse. Se ganaba la vida con el poco dinero que juntaba haciendo todo tipo de trabajos: limpiando suelos o vendiendo bisutería que ella misma hacía. También vendía material robado por algunos amigos. En alguna ocasión pudo ganar suficiente dinero para poder tomar cursos de dibujo. A pesar de los obstáculos, no perdió su pasión por pintar. Aunque desgraciadamente el alcohol, como en muchas otras internas, terminó siendo su aliado y también su gran enemigo. De todos modos, desde que estaba en el hospital no había vuelto a probar ni una gota de vino, aunque había tenido oportunidades. Sabía que uno de los celadores la había tentado ofreciéndole una botella de vino a cambio de favores sexuales. Era una mujer joven y guapa. Los celadores la creían una degenerada, lo que los atraía aún más. Con la ayuda de Josefa, y quiero creer también de la mía, había tenido la entereza para poder rechazarlos. En la reunión se ofreció a dar clases de dibujo a sus compañeras.

—Se podrían crear otros cursos —añadió Isabel.

—Deberíamos poner a todas las internas que tuvieran alguna formación especial a cargo de algún curso o taller —añadió Josefa.

—Muy bien tenemos que seguir pensando así —dije, contagiado por el entusiasmo.

Estaban de acuerdo en que necesitaban crear un sentimiento de unidad entre las pacientes. De ese modo, todas desearían aportar algo. Así se irían haciendo con las fuerzas necesarias para poder salir de ahí. «No. Isabel, no era una asesina», pensé, mientras hablaba. Ese día estuve más seguro que nunca. Isabel no era una asesina, Isabel escondía la verdad.

Aquella reunión duró casi toda la tarde. Les aseguré que oiría sus ideas y sugerencias no como psicólogo, sino como un amigo que deseaba apoyarlas en una nueva empresa. Eso les gustó. No querían más médicos. No deseaban sentirse siempre enfermas, y ser tratadas como pacientes veinticuatro horas al día. La reunión fue un éxito. Sentados en un círculo ya no me sentí como el médico al que le hablaban, sino que participaba en el diálogo como uno más. No era yo el que tenía que generar los diálogos a través de preguntas o comentarios, ellas mismas tomaron el control de la conversación. Se propusieron ideas, algunas se rechazaron, otras se aceptaron, pero todas ayudaron a crear un entusiasmo prometedor. Isabel sonreía y comentaba algunas sugerencias de sus compañeras. La vi feliz, con una alegría contagiosa.

—Hay que personalizar este lugar —dijo Isabel.

Le pedí que siguiera elaborando esa idea. Me jacté de lo difícil que era para mí dejar de ser el médico, de tomar las riendas y volver a mi papel de psicólogo.

—No hay en ningún lado un cuadro, una fotografía o una planta. Necesitamos algo que haga este lugar un poco más agradable. Nunca podemos olvidarnos de que estamos en una institución. Pareciera que fue construido con un solo propósito: recordarnos constantemente que estamos encerradas, que somos un peligro para los demás y para nosotras mismas.

Recuerdo que esas palabras de Isabel me impactaron. Sabía que tenía razón. Sí, había que añadir más detalles personales en los cuartos de las internas. Había que poner algunos adornos que hicieran el lugar más agradable.

—Algo de color. Eso es lo que necesitamos. Color. ¡Por Dios! En este lugar todo es de un gris sucio deprimente —añadió Juana.

Decidimos que Rosalía pintaría unos cuadros pequeños para los pasillos. Luego muchas pacientes les pidieron a los pocos parientes y amigos que venían a visitarlas que trajeran algún objeto o una planta para decorar sus cuartos y los pasillos del hospital.

—¿Aún no le preguntó al doctor Carrasco si nos permite hacer el jardín? —Creí oír un tono de reproche en la voz de Isabel.

—No, aún no. Me reúno con él mañana. Veremos qué dice.

—Esos patios, en su día, fueron jardines y huertos. Ahora son basureros. Si los limpiáramos podrían volver a ser un jardín, otra vez. Sería precioso —continuó Isabel tratando de convencerme.

—Y un huerto —añadió Juana—. Si pudiéramos plantar verduras y legumbres, contribuiríamos en algo a la economía del hospital. ¿Quién sabe?

—Bueno, no nos precipitemos. Me parecen buenas ideas. Voy a ver si nos permiten realizarlas. Primero hay que esperar la respuesta de Carrasco. Conociéndolo, hablará del presupuesto y de lo limitados que son nuestros recursos. No creo que se necesite mucho: semillas y algunas herramientas de jardinería. No debería ser muy difícil. Quizás los mismos parientes puedan traer algunas de esas cosas. De todos modos, primero trataré de convencer al director. Creo que es una idea excelente. Si conseguimos el permiso, enseguida nos pondremos manos a la obra.

Se entusiasmaron. Continuaron hablando sobre qué plantas serían las mejores para un jardín. Juana seguía insistiendo en que un jardín era una pérdida de tiempo, mejor un huerto. Insistía en que había que ser prácticos. Un jardín podría ser muy lindo, pero no servía para nada. Isabel la contradecía.

—Poder contemplar algo hermoso nos ayudaría a reponernos.

—Era cierto —asintió Josefa.

Ana las interrumpió. Ella que se había criado en la sordidez y la fealdad, sabía que rodearse de algo placentero podía ser bueno para todos. Estaba segura de que muchas cambiarían su comportamiento, serían más amables unas con las otras. Serían más consideradas

—Quizás por eso las ideologías conservadoras ridiculizan tanto lo delicado y lo bello. Ridiculizar la belleza es un modo de agredir al que la necesita y empobrecer nuestras capacidades intelectuales —insistió Isabel.

—¿Quién te dice que la izquierda no ridiculiza lo delicado? —respondió Juana.

—Isabel, no estamos aquí para discutir de política, sino las condiciones del hospital —dije, para que la discusión no derivara en una tertulia interminable.

—¿Y a usted quién le dijo que la izquierda no puede ser

conservadora? Al menos con nosotras —dijo Isabel casi en un susurro.

Luego, y mientras ellas seguían hablando, pensé que, a diferencia de lo que Isabel quería que pensáramos de ella, no era la típica mujer de provincias. Tampoco era la mujer fría y calculadora que habían pintado los periódicos. Al terminar la reunión prometí ayudar: hablaría con el doctor Carrasco y traería algunas plantas para colocar en los espacios comunes. Todos salimos muy satisfechos. Después de aquel día pondríamos mayor empeño en las transformaciones que hacían falta.

Al día siguiente me reuniría con el doctor Carrasco para sugerir hacer un jardín en donde las pacientes pudiesen trabajar y descansar. Sor Teresa también estaba presente. Se escandalizó. Obviamente, eso nunca ocurriría. El doctor Carrasco dudó. Sor Teresa trató de oponerse. Sin embargo, el director la calmó con una mirada. Me dijo que lo pensaría. Varios días después, tras consultarlo con otros psiquiatras dijo que lo permitiría, pero solo a modo de prueba.

Maribel era nueva. La acababan de internar hacía una semana cuando ocurrió el incidente del comedor. No se amedrentó, o quizás no le parecía extraña aquella pequeña revolución de las pacientes. Se unió alegremente. Unos días más tarde se sentó a mi lado en la mesa del comedor. Acababa de hablar por teléfono con su madre, me dijo. Y se rio. Le había dicho que si no la sacaba pronto de allí llamaría a todas sus amigas para contarles por qué estaba en un hospital psiquiátrico. Parece que venía de una familia rica. Los padres se habían desentendido de ella cuando se enteraron de que consumía drogas. La echaron de la casa. Terminó haciendo la calle. Su tío la vio una noche cuando se acercó a solicitar sus servicios. En cuanto se dio cuenta de quién era puso cara de asco y después la denunció a la policía. Mientras me lo contaba se reía. No sé si de rabia o de alivio porque podría irse pronto. En ese momento vi entrar a Rosalía. Le hice una señal con la mano para que se sentara con nosotras. Me alegré de verla. Estaba mucho más repuesta. Sonreía. Mientras Rosalía se acercaba vimos que el doctor Suárez nos sonreía desde una de las mesas de adelante. Marisa volvió a reírse.

—Creo que todas sabemos para quién fue esa sonrisa.

—Por favor, no quiero volver a oír esas tonterías —dije, malhumorada.

—Te creo, Isabel —medió Rosalía—, pero sabes que yo nunca he confiado en el doctor Suárez. Yo no creo en las palabras, sino en los hechos. Y no sé... ten cuidado. Eso es todo lo que te digo.

—Rosalía, no hagas caso de los rumores.

—No digo que haya nada entre vosotros, pero conozco a la gente y algo no está bien.

—Bueno, cambiemos de tema.

—No quería molestarte.

Nos quedamos en silencio. Sabía que Rosalía no confiaba en el doctor Suárez. No lo creía una mala persona, sino un hombre débil. Esos suelen ser los peores, decía. Pensaba que el doctor no tenía la fortaleza para hacer frente a los cambios que él mismo proponía. Había conocido hombres así: muy liberales, muy de izquierdas, se declaraban comunistas hasta que les tocaba asumir las consecuencias de sus propias reflexiones. Entonces, les daba miedo actuar. Tenían miedo de perder sus privilegios: relaciones importantes, un buen puesto, sus amistades o su reputación de cosmopolita, inteligente o sofisticado; entonces prefieren dejar que las cosas sigan su curso o que continúen como siempre.

—Pero somos los que estamos abajo —continuó—, los que pagamos las consecuencias. Isabel, cuídate. Os he visto. Sé que algo pasa entre vosotros. No digo que haya ocurrido ya. No le hago caso a las fantasías de todos esos reprimidos que andan cotilleando, pero tampoco soy ciega. Solo te digo que tengas cuidado. Josefa y yo te apreciamos mucho. Te estamos muy agradecidas por tu apoyo; todo lo que has hecho por nosotras. Por favor, cuídate.

Traté de negarlo, pero su expresión me desarmó. Era inútil. Le prometí que tendría cuidado y me despedí. Me molestaba el tema. Dudaba. Pero era verdad lo que decía Rosalía: en un lugar como este, era fácil querer creer. Querer aferrarse a alguien que nos dé esperanzas. Me preguntaba si el doctor Suárez se había vuelto tan importante para mí solo porque estaba encerrada allí dentro. Pero las circunstancias son siempre las que son, no las que nos imaginamos. Estaba en un manicomio. El doctor Suárez es un hombre amable, educado y guapo, pensé. La realidad era esa. Pero ¿y si Rosalía tenía razón? ¿Y si el doctor era solo un modo de escapar de la realidad que me rodeaba? ¿Y si ese hombre del que quizás me estuviera enamorando, no era real, sino el que día a día estaba creando en mi imaginación? ¿Quién era el doctor con sus amigos, con su familia? ¿Cómo era fuera del hospital? ¿Cómo era ese hombre? El doctor Suárez tenía tan poco que ver con mi realidad... Si los dos estuviéramos afuera, ¿se habría fijado en mí? ¿Me habría fijado yo en él? No podía responder a esas preguntas. Pensé entonces que en otras circunstancias nunca nos hubiéramos conocido. Aunque era una ciudad pequeña, pertenecíamos a círculos sociales diferentes. Nunca hubiéramos coincidido en un bar, en una plaza o en algún lugar de la ciudad, por muy pequeña que fuese.

Esa noche tardé mucho en conciliar el sueño. Pensaba en lo que me había dicho Rosalía. No quería aceptar que el doctor Suárez fuera un hombre débil, incapaz de encarar las responsabilidades que implicaban los cambios que él mismo estaba proponiendo. Achaqué la desconfianza de Rosalía a su experiencia vital. Traté de olvidar lo que me había dicho. Necesitaba creer en el doctor Suárez. También sabía que no romperíamos los límites entre médico y paciente. Pero ya no podía negar que lo que empezaba a sentir por él no era solo agradecimiento o respeto. Pensaba en él, quería verlo más a menudo. Quizás, pensé, el encierro había avivado mi imaginación, pero nunca me había sentido más consciente de lo que sentía que en ese momento.

ABC
Madrid, miércoles, 19 de junio de 1974

EN SU PRIMITIVO EMPLAZAMIENTO

Las estatuas de los Reyes godos Witerico, Liuba II, Recaredo y Leovigildo han vuelto, gracias a la labor del Patrimonio Nacional, a los lugares para los que fueron esculpidas. Mediante una potente grúa han sido colocadas en sus respectivos pedestales sobre la cornisa de la fachada oriental del Palacio Real. En páginas finales de huecograbado publicamos un reportaje sobre este tema.

—Hola, Isabel. Le traje un café. El que hacen aquí no es muy bueno. Pruébelo y dígame qué le parece. Quizás esté un poco frío, pero espero que le guste.

—Gracias. —*Silencio*—. No, no está frío. Está muy bien. Hacía tiempo que no tomaba un café tan bueno.

—Tengo una buena noticia. El director ha aceptado que trabajen en el patio. Les traeremos algunas semillas y podrán plantar algunas flores.

—¡Estupendo! Todas se alegrarán mucho. Tener un proyecto. Por fin sentirnos útiles.

—Bueno hoy quisiera que me hablara un poco de sus hermanos. ¿Cómo es su relación con ellos?

—Ni buena ni mala.

—¿Qué quieres decir?

—Eso. Eran mayores que yo, así que nunca tuvimos una relación muy estrecha. No había ninguna complicidad.

—Y su hermano David vive en Barcelona. ¿Verdad?

—Así es.

—¿Qué hace? —*Se oye el silencio de la máquina, el susurro de la cinta.*

—Bueno, mis padres creían que era ingeniero, pero nunca terminó la carrera. No sé lo que hace ahora. Siempre quiso ser violinista. Estudió aquí, con un maestro privado. Luego, cuando quiso entrar a estudiar más seriamente no lo aceptaron en ningún conservatorio. Fue un golpe muy duro para él. Mis padres entonces decidieron que tenía que estudiar algo práctico. Un día tendría que mantener una familia, repetían, así que lo impulsaron a estudiar algo que le permitiera mantenerse.

—¿Cómo llegó su hermano a interesarse por el violín?

—No sé. Creo que todo empezó por un maestro que tuvo de pequeño en la escuela. Tocaba el violín. No profesionalmente. Estimaba mucho a David. Le enseñó a tocar. Luego les dijo a mis padres que el niño tenía talento. Mi madre se ilusionó mucho. A mis padres les pareció prestigioso tener un gran músico en la familia. Le pagaron clases privadas de violín. Durante años mis padres hablaban todo el tiempo del gran futuro que le esperaba a David. Los parientes y los vecinos estaban todos muy orgullosos de él. Nos lo imaginábamos tocando en los grandes teatros de Europa. Cuando cumplió quince años mi padre se lo llevó a Barcelona para que estudiara allí con un maestro muy reconocido. Parece que el tan mentado talento de David no era tal o no había tenido la preparación necesaria. No sé, nunca quedó muy claro. De la noche a la mañana se dejó de hablar del violín y del talento de David. Lo que sé es que para David fue un golpe muy duro. Tardó mucho en sobreponerse.

—¿Y a usted cómo le afectó?

—No sé. Yo era aún pequeña. Me dio pena. Él estaba tan ilusionado y tan seguro de sí mismo... Después de eso ya no fue el mismo. Algo, cierto brillo que tenía en la mirada, cierta vitalidad, desapareció. Se volvió distante y hasta un poco agresivo. Recuerdo un poco de esa época, pero creo que al principio se negó a aceptar esa nueva realidad. Insistía en ir a estudiar a Madrid o a Francia. Mi padre se puso furioso con él. Esos eran gastos que no podía asumir. Si no servía para la música ya estaba, tenía que escoger otra cosa. Le insistió para que siguiera una carrera lucrativa. Una profesión que le permitiera salir adelante. David se encerró en su cuarto durante días. Mi habitación estaba al lado de la suya. Lo oía llorar.

—¿Por qué decidió estudiar ingeniería?

—No creo que fuera idea suya. Bueno quizás de los tres, mis padres y él.

—Pero él, ¿qué decía? ¿Qué opinaba sobre esos nuevos planes?

—Nada. Digo yo, tampoco estaba muy al tanto, era una niña. Supongo que aceptó estudiar ingeniería porque así lo decidieron mis padres. Así que un día se fue a Barcelona y a partir de entonces apenas lo volví a ver.

—Pero me dice que no terminó la carrera.

—No. La odiaba.

—¿Y sus padres no lo sabían?

—No, nunca se lo dijo. Siguió viviendo en Barcelona. Mis padres creían que le iba muy bien.

—¿Y usted cómo lo sabe? ¿Se lo contó?

—Me lo confesó una tarde que llamó a la casa. Mis padres se habían ido al pueblo. Hablamos. Creo que estaba borracho. Le pregunté cuándo vendría a visitarnos. Me preguntó si le echaba de menos. Le respondí que sí. Mucho. Creo que eso le sorprendió. De todos modos, continuamos hablando. Me dijo que no le iba tan bien como le hacía creer a mi madre. No estudiaba. No tenía dinero. Tocaba el violín en la calle. Ganaba lo suficiente para sobrevivir.

—Y ¿cómo reaccionó usted a esa noticia?

—Me preocupé un poco. Luego me alegré. Aun si no le iba bien, al menos se estaba dedicando a lo que le gustaba. Me hizo prometerle que no le contaría nada a mi madre. Y así lo hice.

—¿Entonces su hermano vivió años mintiéndoles a sus padres?

—Creo que David no quería preocuparlos.

—¿No cree que ese es un modo de justificar su temor a enfrentarlos?

—No sé. Creo que no quería discutir con mi padre y no quería preocupar a mi madre. O no quería decepcionarla. Mi madre lo admiraba. Lo escuchaba y siempre creía en lo que le contaba. Su opinión era la que valía. A mi padre eso le daba rabia. Entonces se enfadaba y se imponía a través de la agresividad. Mi padre siempre decía que mi hermano lo despreciaba. Peleaban mucho. Con mi madre, sin embargo, David solo tenía que sonreírle, hacerle una broma y ella ya le permitía hacer lo que quisiera.

—Me parece que está tratando de justificarlo. Quizás lo que pasaba era que no se atrevía a decir la verdad. Entre enfrentarse a la verdad y escapar de ella, su hermano escogió lo que le pareció más fácil. Y usted lo ayudó. ¿No le parece?

—Quizás, pero ¿qué podía hacer?

—¿Le parece que su hermano hubiera hecho lo mismo por usted?

—No. Su pacto no era conmigo. Era con mi madre.

—¿Y su pacto con quién era?

—Mi madre quería a sus hijos. Quizás no fuera capaz de querer tanto a sus hijas como a David. Pero no era su culpa, no me malinterprete. No es que no quisiera querernos, pero no sabía cómo. Era fácil querer a David. Mi hermano era lo que ella se había imaginado que debía ser un hijo. Siempre pensé que no sabía cómo imaginar cómo debía ser una hija. No sabía qué desear ni qué esperar de nosotras. Mi hermana y yo tampoco sabíamos qué esperar.

—Explíqueme. No la entiendo.

—Deseábamos más, pero no sabíamos qué. No sé. No queríamos ser como nuestra madre y repudiábamos a nuestro padre.

—Muy bien. Estamos empezando a indagar qué es lo que ha guiado su vida.

—¿Podemos parar aquí? Estoy agotada.

—No puedo obligarla a quedarse, pero no puede escapar del hospital. Tampoco va a poder escapar de sí misma.

—No sé lo que quiere de mí.

—Quiero que afronte su vida...

—Estoy muy cansada. Por favor, sigamos en la próxima sesión.

—Muy bien, si así lo quiere.

NOTA:

Se ha puesto tensa. No quiere hablar. Se niega a hacer frente a cómo fue su vida familiar. Si esta mujer lograra articular el relato de su vida antes de su crimen, ¿Llegaríamos a saber qué la llevó a matar? ¿El poder de contar, de crear un relato coherente es todo lo que hacemos los psicólogos? ¿Es contar parte de la cura?

Estoy seguro de que gran parte de los problemas de las pacientes del hospital era que no habían podido insertarse en una historia, en un relato que las representase. Durante aquellos años, tanto en los otros países de Europa como en Estados Unidos, los poderes luchaban por controlar los nuevos relatos sobre lo femenino. En España, a diferencia de aquellos países, después de la Guerra Civil se detuvieron las incipientes narrativas en las que las minorías étnicas, raciales, religiosas y de género, comenzaban a formar parte, por primera vez, de la trama no como villanos o como seres infantilizados, sino como protagonistas, con un proyecto propio dentro de la cultura del país. Pero ¿qué ocurre cuando el personaje no quiere participar y asumir su voz en esa trama? ¿Le permite al otro tomar ese control?, ¿o desaparece? ¿Desde dónde se cuenta? ¿Quién cuenta? ¿Cómo se generan esos relatos? En el caso de Isabel ¿quién o quiénes confluyeron en su creación como sujeto? ¿Su familia? ¿La policía? ¿El fiscal? ¿El juez? ¿Los periodistas? ¿Yo, el médico? ¿Por qué Isabel no quería contar su historia? ¿Rechazaba ese poder? ¿Ese control? ¿No quería hacerle frente a su vida?

* * *

Después de esas sesiones, seguía sin saber qué pensar de Isabel. Decidí llamar a Juanjo, un amigo de la infancia. Policía. Era el hijo de la sirvienta de mis padres. Muchas veces venía a casa a la salida del colegio. Es un año menor que yo. Yo le ayudaba con las tareas. Después nos íbamos a jugar al parque. Era un buen chico. Nos hicimos buenos amigos. No nos habíamos visto en varios años. Por casualidad, un día nos volvimos a encontrar en el restaurante cerca del hospital donde solía almorzar. La comisaría quedaba a dos calles. Los dos nos alegramos de volver a vernos después de tanto tiempo. Sabía, por mis padres, que había entrado en la policía tras el servicio militar. Me imaginé que no había encontrado otras alternativas. Eran pocas las oportunidades para un muchacho como él. Su madre, ya mayor, se había jubilado. Sin embargo, aún visitaba a mi familia regularmente. Mi madre la apreciaba mucho y le gustaba su compañía. Mis padres me habían comentado que Juanjo había hecho una buena carrera en la policía.

Aunque no me gusta usar las amistades para conseguir favores, pensé que Isabel era demasiado importante. Quizás Juanjo pudiera darme más detalles del caso. Tal vez tuviese alguna información que no aparecía en los informes. Me extrañaba que no se mencionara la autopsia, por ejemplo. Llamé a la comisaria. Me contestó la secretaria. Me saludó muy amablemente. Me extrañó que me reconociera la voz. Nos conocíamos. María del Carmen era una chica de unos veintitantos años, atractiva y alegre, que los policías apreciaban mucho por su buen carácter. A veces había acompañado a Juanjo y a sus compañeros a almorzar al bar. Por eso me conocía. Me pidió que esperara un momento. No tardó mucho. Luego me pasó con Juanjo. Nos saludamos, no le quise dar detalles, solo le dije que necesitaba verlo. Era importante. Me dio una cita para esa misma tarde.

Me recibió con una sonrisa mientras salía de detrás de su escritorio. Su oficina no era como la había imaginado. Era un espacio amplio, pintado de blanco, con un escritorio de madera oscura. Las paredes estaban cubiertas de estanterías cargadas de libros que, por lo que pude ver, trataban sobre todo de Historia. Había un pequeño sillón frente a un escritorio. Por los grandes ventanales que daban a la calle principal entraba una suave luz vespertina que bañaba todo el ambiente. Me hizo un gesto para que me sentara en el sillón mientras llamaba por teléfono a la secretaria. Le pidió que nos trajera un café; luego se sentó en una silla frente a mí.

—Oye, Juanjo, esto parece una sala de estar en lugar de una oficina de la policía —le dije, algo sorprendido.

—Ah, mi esposa —me respondió sonriendo— se empeñó en que no era saludable la frialdad de las oficinas de la comisaría. Le encanta la decoración. No sé dónde leyó que los ambientes pueden relajar o estresar. Así que un día me obligó a traer de casa un sofá que no usábamos, compró estanterías y me hizo traer muchos de mis libros. Por suerte soy el jefe, que si no, ¿sabes cómo se hubiesen reído de mí, mis hombres?

—A mí me parece muy buena idea. Es muy hogareño. Remedios tiene razón, es un ambiente muy relajante —le dije.

Sabía que Juanjo era incapaz de decirle que no a su esposa. Además, Remedios estaba en lo cierto. Esa decoración ayudaba a olvidar que se estaba en una comisaría. La secretaria entró con los cafés. Mientras tomaba el mío le expliqué a Juanjo rápidamente la razón de mi visita. Después de hacerle varias preguntas no muy relevantes sobre Isabel, me atreví a ser más directo.

—Nadie entiende ese asesinato —dijo—. No había motivos económicos. Los padres eran de una clase muy modesta; vivían de la pensión del padre. La madre era mayor. Pasaba de los setenta. Nadie las había oído discutir.

Juanjo reconoció que en las primeras horas de la investigación había dudado de la culpabilidad de Isabel. Sin embargo, todo apuntaba a que decía la verdad: Isabel había asesinado a su madre.

—La muerte ocurrió por asfixia como ella nos dijo. Usó una almohada. Ella misma nos indicó cuál. El cuerpo no mostraba ninguna otra señal de violencia. Isabel no recordaba o no sabía cuántos minutos mantuvo la almohada contra el rostro de su madre. Solo aflojó cuando sintió que ya no respiraba. Parece que al principio la señora hizo algún intento por liberarse, pero solo fue un segundo, luego, bien porque no podía hacer nada contra la atacante, bien porque perdió el conocimiento, dejó de luchar y murió casi de inmediato. No había nadie en la casa más que Isabel. Sus hermanos no viven en la ciudad. El padre estaba fuera, visitando a la familia en su pueblo. Nadie más había entrado ese día en la casa.

Sí, me dijo, estaba seguro. Isabel la mató. Le pregunté si la madre había llegado a ser consciente de que su propia hija la estaba matando. Me respondió que no lo sabía.

—Eso se lo vas a tener que preguntar a ella —me dijo—. Tras las primeras declaraciones, Isabel no volvió a hablar. No quiso contestar más preguntas.

Le pregunté si habían encontrado algo extraño o algún detalle importante en la autopsia. Me sorprendió su respuesta.

—No se le hizo. La familia se opuso. Los familiares, parece ser, se negaron rotundamente a que se le hiciera. Eran muy católicos. Parece que la idea de la autopsia les horrorizaba. Tanto el marido como una hermana de la víctima le aseguraron al juez que eso solo serviría para aumentar su dolor. El padre habló con todas las autoridades de la ciudad para asegurarse de que no se hiciera. No tengo ni idea de por qué Ramírez conoce a tanta gente influyente. El sepelio fue al día siguiente. Eso me sorprendió. Consultó con cualquiera con un mínimo de influencia para que no se hiciera la autopsia. Pusieron presión. ¿Ya sabes cómo es aquí?

—Juanjo, ¿cómo un hombre de pueblo, de clase tan modesta, tiene esas conexiones? ¿No lo investigaste?

—Te puedo decir mis sospechas, pero de aquí no salen. Ese hombre andaba metido en algo. No sé en qué, pero creo que comprometía a gente importante, con dinero. Pero no sé nada más. Se llegó a la conclusión de que los familiares ya habían sufrido lo suficiente. Nadie creía que la autopsia fuera necesaria: Isabel ya había confesado. Se sabía la causa de la muerte de la señora. ¿Para qué hacer mayor la agonía de la familia? La verdad, Ignacio, me daban pena. ¿Cómo se entiende que alguien de tu familia, tu propia hija, mate a su madre?

—Eso es lo que quiero saber. Por eso quería saber si tú tenías más detalles. ¿La mató fríamente o con rabia? ¿Pelearon? Es muy diferente matar a alguien de un modo rápido que hacerla sufrir. Eso implica un estado mental y emocional muy diferente. Lo siento Juanjo, pero fue una imprudencia. No entiendo cómo no se le hizo una autopsia a una víctima de asesinato.

—Ignacio, sabes muy bien en qué país vivimos. Ya sabes cómo son las cosas aquí. El forense firmó el acta sin hacer más que mirar el cuerpo por encima.

Le pregunté entonces si él había visto el cuerpo. Parece que fue de los primeros en llegar al lugar del crimen. La mujer tal como la había descrito: echada bocarriba en la cama del dormitorio principal. Isabel habría aprovechado la ausencia de su padre.

—No sé si lo había planeado —me dijo—, pero todo indica que sí. Una vez que confesó el homicidio se negó a responder a las preguntas que le hicimos. Tampoco quiso hablar con el juez ni con los médicos que la atendieron en esos primeros momentos. Solo decía que había sido ella. Nada más. Después, silencio.

—¿No te pareció extraño —le pregunté— que la mujer estuviera durmiendo a las doce del mediodía? ¿No te parece una hora peculiar para sorprender a alguien en la cama?

—No —me respondió—. La mujer ya tenía sus achaques. El padre nos explicó que últimamente se cansaba mucho. Parece que no era nada serio: dolores de cabeza, del cuerpo, esas cosas. Era mayor. Así que no era extraño que estuviera en la cama.

Le pregunté si tenía alguna teoría de por qué Isabel había cometido el crimen.

—Ignacio, eso creo que nos lo vas a tener que decir tú a nosotros. Hicimos las investigaciones de costumbre, entrevistamos al padre y a los vecinos que la conocían. Todos nos describieron una buena relación entre las dos. Isabel siempre había sido una mujer amable y tranquila. Nadie en el barrio se puede explicar lo ocurrido. La verdad es que los informes no dicen mucho porque no sabemos más. Solo lo obvio, su lugar de nacimiento, su edad, familiares y, claro, que confesó sin ninguna presión.

Tras decir esto Juanjo acercó la silla hacia mí y me dijo algo avergonzado.

—Quiero que sepas que yo no estaba aquí cuando Isabel confesó. Esa mañana, mi hija pequeña tenía fiebre. Estaba algo preocupado y me fui a la casa a ver cómo seguía. Mis hombres me llamaron para decirme lo que había ocurrido. Fui primero al domicilio de Isabel. Mientras tanto, en la comisaría, y como ya sabes, se utilizaron métodos no muy legítimos para interrogarla. De todos modos, no consiguieron nada más que la confesión que ya había hecho al llegar, antes de que nadie la forzara a nada.

Continuó diciendo que luego él trató de hablar con ella. Le prometió que ya nadie la tocaría. De todos modos, Isabel no le respondió. No sabe si por miedo o por desconfianza, pero ya no volvió a abrir la boca. Luego me aseguró que Isabel no estaba bebida ni drogada. Después, acercándose un poco más me dijo:

—Algo que me llamó mucho la atención cuando entré en el cuarto de los padres era que Isabel había arreglado a su madre con mucho cuidado. Todo en el cuarto se veía muy compuesto, no como para ocultar nada, pero estaba todo demasiado ordenado. La verdad es que no supe qué pensar. La acusada se había tomado el tiempo para dejar a la víctima presentable. La había maquillado. La había peinado. Le había puesto una falda gris, una camisa blanca y unas medias. Le había cerrado los ojos, y cruzado las manos sobre el pecho. No tiene sentido. Primero la mata. Luego se preocupa de que la encontremos tan... Eso nunca lo entendí.

Algo en el interior de Isabel la había obligado a asegurarse que encontraran a su madre de la manera más digna posible. No era odio o rabia lo que la había llevado a cometer el homicidio, pensé. Tampoco fue un asesinato impulsivo. Por cómo todos habían descrito la escena del crimen, lo había planeado. Fue meticulosa. Fue calculado. Juanjo continuó. Me explicó que en general había pocos motivos para matar a otra persona. La gente mata en un momento de locura, por peleas familiares o por alguna reyerta. En ambos casos a alguien se le va la mano. La ira o la adicción al alcohol o a alguna droga suelen ser las razones principales para perder el control. La policía no suele tener ningún problema para encontrar a los culpables. Muchas veces el mismo criminal se entrega. La culpabilidad lo come por dentro. La mayoría son hombres jóvenes. En el caso de una mujer no es así. Los motivos suelen ser los celos o el dinero. Pero no en el caso de Isabel ambos motivos quedaron descartados. No había dinero. Tampoco había razones para los celos. Sabemos, eso sí, que últimamente la madre ya no salía mucho. Parece que tenía los típicos achaques de la vejez. Isabel era la que se encargaba de las tareas domésticas. Quizás le disgustaba. Aunque los familiares y los vecinos aseguraban que no habían notado ningún cambio en Isabel. Nunca se había quejado de sus responsabilidades. Juanjo revisó, palmo a palmo, el dormitorio, en busca de algún indicio que le pudiera dar una idea o razón de lo ocurrido. No pudo encontrar nada fuera de lo normal. La casa estaba muy limpia. Todo parecía estar en su lugar. Luego me confesó que ese era el primer asesinato que investigaba en esta ciudad. Había investigado otros en Barcelona y en Sevilla. Pero aquí nunca había pasado nada por el estilo. Entonces le pregunté por la familia. El padre de Isabel, me explicó Juanjo, era un hombre criado en una aldea, con un nivel educativo muy bajo, casi nulo. Se alistó en la Falange antes de la guerra, probablemente para escapar del pueblo. Allí le enseñaron a leer y a escribir. Después luchó en la guerra. Como otros, al finalizar la guerra no regresó a su aldea. Contactó y pidió favores a todas las amistades y a los contactos que había hecho durante su época falangista. Así consiguió un puesto que le permitió instalarse en la ciudad. Como premio a su patriotismo, lo emplearon en el Auxilio Social. En uno de esos hogares conoció a su futura esposa, la madre de Isabel, bastante menor que él.

—Y tampoco voy a negarlo —continuó Juanjo—, aun con toda la experiencia adquirida en Barcelona y Sevilla, este asesinato me impresionó. No por su crueldad, sino por lo que vi en esa casa: podía ser la alcoba de cualquiera de nosotros y no podía serlo. Era todo demasiado pulcro. Demasiado perfecto. Ni una mota de polvo. Ni un vaso puesto fuera de su lugar. Todo parecía preparado como una escenografía. ¿Pero para quién? Se me ocurrió entonces investigar si Isabel habría escondido algo antes de ir a la comisaría

—¿Qué podría ser?

—La verdad, no sé muy bien qué buscaba —me respondió con algo de frustración en la voz—. No soy ningún experto, pero creo que a veces, Ignacio, ciertos crímenes no tienen una explicación o, por lo menos, no una que podamos descubrir como policías. A lo mejor tú en tu especialidad es encontrar el motivo o la razón que llevó a esta mujer a cometer semejante asesinato. La policía muchas veces encuentra quién lo hizo pero no el porqué.

Sabía que tenía razón. ¿Por qué una mujer normal, que podría ser mi hermana o una amiga se levanta un día y mata a su madre? ¿Qué implica eso? Me frustraba mi propio deseo de entender y no poder comprenderlo.

—Juanjo ¿y el padre? ¿Cómo reaccionó? ¿No os habló de ningún posible motivo que explicara lo ocurrido?

—A decir verdad, no se veía muy afectado, aunque con estos viejos nunca se sabe. Ya estaba jubilado. Pero bueno, no sabía si contártelo o no. No creo que tenga nada que ver con el asesinato, pero a lo mejor te sirve. Algo que no dicen los informes es que en 1944 el viejo trabajó en la cárcel de mujeres de Saturrén. Y todos sabemos lo que ocurrió allí. No tengo que contártelo. Después lo emplearon en la cárcel de Las Ventas. Allí estuvo un par de años. Parece que no le gustaba vivir en Madrid. Por fin, pudo conseguir aquí el puesto en el hogar de Auxilio Social del que se jubiló hace unos años. Así que ya te puedes imaginar; el viejo debe tener un corazón de piedra. Sabe Dios lo que hizo o vio allí dentro.

—Sí. Me lo imagino... ¿Pero crees que tiene algo que ver con lo que hizo la hija?

—No, no creo, aunque eso me lo dirás tú. Pero no creo

que alguien que estuvo involucrado en lo que le hicieron a aquellas pobres mujeres sea una persona muy compasiva que digamos, ni aun con su familia, ¿no?

—No creas. Algunos de los peores criminales pueden ser padres y esposos cariñosos. Las emociones y el comportamiento humano son muy complejos; muchos criminales pueden aislar sus sentimientos de tal modo que mantienen todo su odio fuera del ámbito familiar, en donde solo muestran afecto. De todos modos, es importante para mí saberlo. Tendré que averiguar si Isabel sabía lo que ocurrió en los lugares en los que trabajaba su padre. ¿Le interrogaste sobre esa etapa de su vida?

—Ignacio, por supuesto que no. No seas ingenuo. Sabes de sobra que nadie se atreve a tocar ese tema. De todos modos, también supe que cuando ya vivía aquí, el padre de Isabel hacía viajes a Madrid. Esto me lo comentaron los vecinos. Parece que varias veces al año se iba unos días a la capital. Y, ya sabes, la gente murmura...

—No sé de qué me hablas, Juanjo. ¿A qué te refieres?

—Mira no creo que tenga nada que ver con el crimen. Pero todos sabemos lo que ocurrió en aquellas cárceles después de la guerra. Tampoco sé si él participó directamente en el robo de niños. Ya sé que son cosas de la guerra. Ni siquiera sé por qué lo menciono ahora. Como te dije, después de trabajar en Madrid durante un par de años, se colocó aquí en el hogar de Auxilio Social. No tengo que decirte lo que son esos lugares... En fin, sabes que mi madre aún vive en el barrio donde me crie. No queda lejos del barrio de Isabel. Mi madre me contó que siempre existieron rumores sobre los Ramírez. Unos decían que Pedro Ramírez tenía una querida en Madrid; otros, que regresaba para seguir haciendo el mismo trabajo que había hecho en esas cárceles: sacarles los hijos a sus madres para darlos en adopción a familias adineradas. Pero tú sabes cómo es la gente, habla y habla, pero saber nadie sabe nada. No me extrañaría que las habladurías hubiesen llegado a oídos de Isabel. Sabes cómo es esta ciudad.

—Sí, no hace falta que me lo digas. ¿Pero tú crees que esa práctica continuó después de la posguerra?

—No creo. La gente habla por hablar. Pero, si esos comentarios llegaron a su hija, tuvieron que afectarle, ¿no?

—No sé si tendrá algo que ver con el asesinato, pero, la verdad, me dice mucho del ambiente en que se crio Isabel. Tampoco sabemos si ella está al tanto de lo que ocurrió en esas cárceles, pero bueno ya veremos.

—La gente no acusa, habla, da a entender, pero nada más. Hoy en día todos queremos olvidar lo que pasó entonces. Y sabe y no sabe. Aún se tiene miedo. Ahora todos queremos olvidar ese episodio. Nos da vergüenza. ¿Qué tipo de régimen les roba los hijos a sus madres y se los da a otros? De todos modos, como ya te dije, no creo que ese asunto tenga nada que ver con lo que ocurrió en esa casa. Quizás la chica supiera o quizás no.

—Pero... ¿Qué hacía él allí? Todo es muy extraño.

—No sé. Quizás necesitaba trabajar. Después de la guerra no fue fácil para nadie. Sobre todo para un hombre como él, sin educación. Encontrar trabajo no era fácil. Vamos, Ignacio, un hombre de un pequeño pueblo que no pudo pasar el examen de entrada para la Guardia Civil... En ese tiempo, no se necesitaba mucho para pasarlo. ¿Qué esperas? Su nivel educativo era casi el de un analfabeto.

—¿No sabes qué hacía luego, en las oficinas de Auxilio Social?

—No. Solo sé lo que ya te dije: tras trabajar varios años en esas cárceles, pasó a trabajar en ese hogar.

—Pero algo sospechas.

—Mira, cuando interrogamos al padre me aseguró que no sabía ni entendía nada. Aún más, declaró que su hija y su esposa se llevaban bien. Nunca peleaban. Eran amigas. Tampoco él se lo explicaba. Pero me dio la sensación de que no le importaba mucho lo que había pasado y mucho menos lo que le pasara a su hija. Me pareció uno de esos hombres reducido a los sentimientos más básicos. Solo le importaba lo que él quería o necesitaba. La muerte de su esposa no parecía afectarle mucho. Tampoco parecía preocuparle que su hija fuera a la cárcel. Su hermana se iba a mudar con él para cocinarle y limpiarle la casa. Me lo mencionó como el único problema que le había causado todo ese episodio. Se había quedado sin nadie que lo atendiera. Me pareció un hombre rudo, huidizo. No sé, no me pareció un buen tipo, como dirían mis hijas —dijo sonriendo, casi avergonzado como disculpándose de no poder explicarse mejor.

—Lo que me cuentas no sé si resuelve el enigma, pero me dice mucho de las dudas, de la tensión, del miedo que probablemente se vivía en esa casa. Me gustaría hablar con el padre de Isabel, pero no creo que me reciba.

—No creo. Como te dije, es un hombre rudo, no pareció importarle mucho lo que le había ocurrido a su familia.

—De todos modos, voy a intentar verlo.

—Tienes la dirección y su teléfono en los informes que te mandaron. Puedes probar. Llámalo a ver qué te dice.

—Lo haré, a ver qué pasa.

—Si te enteras de algo, cuéntamelo. Me interesaría saber cuál fue el motivo del crimen. Desde un principio me ha fastidiado no haber sido capaz de descubrir por qué lo hizo.

—Muy bien. Pero desde ya, te aseguro que no está loca. Tú la viste. Hablaste con ella. Sabes muy bien que quisieron terminar rápido con este caso. Eso también me extraña. ¿Por qué quisieron cerrar este caso antes de investigar nada?

—Los periodistas estaban presionando mucho. Mandarla al manicomio fue un modo de tranquilizar a todo el mundo: «Solo una loca puede matar a su madre.» Eso es lo que querían y eso es lo que oyeron.

—Si llego a averiguar algo y ella me da su permiso, no tendré ningún problema en comentarlo contigo. Ahora será mejor que regrese al hospital, que ya voy tarde, pero te agradezco que me recibieras tan pronto.

—Nada, hombre, cualquier otra pregunta, ya sabes... Quizás sería bueno que los médicos y la policía colaboraran más. Pero eso ya sería otro paso.

Nos dimos la mano al despedirnos. Me di cuenta de que en estos últimos años había llegado a apreciar mucho a Juanjo. Siempre me había parecido un tipo capaz y leal. Ahora me lo confirmaba. Le avergonzaba el trato que sus hombres le habían dado a Isabel. Me había extrañado que bajo sus órdenes ocurrieran ciertos abusos. Solo luego sabría, por las muchas charlas que tuvimos mientras almorzábamos, que él tenía con su personal las mismas dificultades que yo tenía en el hospital. En la comisaría, las viejas costumbres se imponían sobre la conducta profesional e, incluso, sobre su autoridad. Las estructuras de las instituciones parecían tener su propia vida y reglas, imponiéndose sobre nosotros. Las viejas técnicas utilizadas para interrogar a los sospechosos continuaban, a pesar de las órdenes de Juanjo. Sus intentos de concienciar a sus subordinados de lo inútil que eran esas tácticas tan burdas no parecían gustar a nadie: apelaban a instancias más altas para poder proceder con sus actitudes abusivas. Solo con el tiempo y los cambios del país esas viejas estrategias irían desapareciendo de todos los campos.

El permiso para trabajar en el patio llegó poco después de la reunión con el doctor Suárez. Podía ser peligroso. Las herramientas que se necesitaban para plantar un jardín podrían emplearse como armas y yo era la principal sospechosa. Según supe hubo muchas y largas conversaciones entre Suárez y Carrasco para disipar estas preocupaciones. El doctor Suárez les aseguró que yo estaría siempre vigilada y que no podría manejar los utensilios que pudiesen ser peligrosos.

Una vez que logró convencerlo, tuvimos que reunirnos para hacer un plan de trabajo. El doctor Suárez y Rodrigo nos ayudaron a conseguir todo lo que necesitábamos. Debíamos darnos prisa. Teníamos que ponernos a trabajar de inmediato si queríamos conseguir algún resultado para ese año. Pero estábamos muy ilusionadas. Después, a solas, antes de quedarme dormida, en la oscuridad de mi cuarto, me preguntaba si era justo: esas mismas manos que se dedicarían a crear algo tan bello como un jardín eran las mismas que le habían quitado a la vida a alguien. ¿Tenía derecho a esa felicidad después de lo que había hecho?

Juana y Ana, junto con la mayoría de las otras mujeres, prefirieron plantar una huerta en el patio adyacente. Se habían criado en aldeas y para ellas era importante producir algo útil. Yo me quedé en el grupo que trabajaría en el jardín. No solo porque no me sentía capacitada para sembrar legumbres, sino porque tras largas horas de insomnio pensé que podía ser un modo de honrar la memoria de mi madre. A ella le gustaban mucho las plantas. Tenía la casa llena de potus, violetas africanas, dalias, lenguas de suegra y algunos lirios de la paz. Mi madre había soñado con tener una casa con jardín.

Después de desayunar, salíamos al patio. Nos distribuíamos las nuevas tareas. Pero los comienzos fueron muy duros.

—Esa tierra está muerta —dijeron varias.

—No sirve. No saldrá nada de ahí —repitieron otras.

Tenían razón, pensé. Sin embargo, Josefa no se dio por vencida. No permitía que nadie se desanimara. Aseguró que si, en otra época, fue una tierra fértil y rica, ahora también podía volver a serlo. Antes de que lo transformaran en convento, cárcel y en manicomio, aquel suelo había sido un campo florido. Las más pesimistas aseguraron que tantos años de descuido habían dejado esa tierra yerta. ¿Cómo íbamos a plantar nada allí? Nos negamos a escucharla. La tierra estaba muerta, volvieron a repetir una y otra vez.

—¡Es un basurero! —protestaron algunas.

Josefa no se dio por vencida y las animó a continuar.

—La basura se limpia. Peores cosas hemos visto y no nos amedrentaron. Esto lo limpiamos en un par de días.

Nos llevó casi una semana limpiar el terreno. Josefa me pidió que hablase con el doctor Suárez. Necesitábamos fertilizante.

—¡Del bueno! —enfatizó.

Había que devolverle la vida a ese suelo y no iba a ser fácil. El doctor Suárez no nos decepcionó. Así nuestra rutina fue cambiando radicalmente.

Fue mucho trabajo. Tuvimos que remover toda la tierra. Mezclarla bien con el abono. Esa tierra yerma, olvidada y maltratada necesitó de todo nuestro esfuerzo para volverla fértil. Pero valió la pena: poco a poco fue cobrando vida y color. La hierba empezó a pintar aquel páramo de un verde vivo que nos animó a todas a continuar. Las primeras semillas que plantamos comenzaron a brotar; las plantas que habíamos podido asentar comenzaron a dar flores. Nos animamos y plantamos primaveras, geranios y enredaderas que cubrieron parte de esas rejas que nos recordaban nuestro encierro. Después plantamos lo que sería nuestro mayor orgullo: las rosas. Construimos, con gran ayuda de Rodrigo, la pérgola de hierro por la que las rosas blancas fueron trepando y cubriendo la glorieta que se extendía desde el portón hasta el cobertizo. Plantamos otro grupo de rosas rojas en la vieja y destartalada marquesina de la entrada. Requerirían muchos cuidados. El espacio que solía ser gris y sórdido, se llenó de colores. Nuestro paisaje cambió así como iban germinando y creciendo aquellas flores. No fue fácil mantenerlas. Su belleza, la satisfacción, el orgullo de haber creado algo hermoso nos dio la fuerza para levantarnos temprano todos los días y dedicarnos a nuestra obra. Hasta sor Teresa tuvo que admitir cuánto había mejorado el aspecto del lugar. Durante las tardes de verano, sacábamos algunas sillas y nos sentábamos y disfrutábamos de ese pequeño reducto de paz que habíamos creado. Algunas simplemente miraban mientras otras charlaban. Los custodios relajaron su guardia después de las primeras semanas. Se tranquilizaron. De vez en cuando salían para observarnos un rato o nos veían desde las ventanas de los pasillos. Se quedaban unos minutos mirándonos o salían un momento para confirmar que todo seguía en orden. Pero sabíamos que ese era nuestro espacio. Nosotras lo habíamos creado, nos pertenecía de alguna manera.

En el patio adyacente algunas mujeres plantaron las legumbres. Aunque yo me dedicaba al jardín, en mi tiempo libre, me acercaba a ayudarlas. Tuvieron que enseñarme cómo y cuándo sembrar las diferentes hortalizas y legumbres. Muchas de ellas asistían a nuestras clases de alfabetización; ahora los papeles se cambiaban, ellas nos enseñaban a nosotras. Se sentían orgullosas. Se sentían útiles. El patio adyacente resultó ser muy fértil, mucho más que la tierra de nuestro jardín.

Aunque habíamos limpiado los patios, seguía habiendo ratones por todas partes. A alguien se le ocurrió que debíamos tener un gato. Nos encantó la idea. Tener un animalito que pudiera liberarnos de esos bichos y con el que pudiésemos entretenernos. A todas nos pareció una idea estupenda. Se lo sugerimos al doctor Suárez. Nos avisó de que no creía que lo autorizaran, pero que de todos modos iba a hacer lo posible. Sabía que en un hospital extranjero se había probado que los animales eran un elemento muy positivo para la salud mental de los pacientes. Por supuesto, la directiva no aceptó la sugerencia. Nos juntamos unas cuantas y pedimos reunirnos con el doctor Carrasco. Aceptó vernos a regañadientes. En la reunión también estuvieron presentes sor Teresa y el doctor Suárez. Les explicamos que el gato podría vivir en el jardín y en el cobertizo, pero que era necesario para deshacernos de los ratones. Esos roedores no solo eran repugnantes, sino que se comían muchas de las hortalizas que estábamos plantando.

—¡Animales aquí! ¡No! Esto no es un zoológico —exclamó sor Teresa furiosa, sin dejar hablar al director.

El doctor Suárez trató de apaciguarla, luego explicó: una mascota podría ser muy terapéutica, además de resolver el problema inmediato de la proliferación de los ratones que ya nadie podía ignorar.

—¡Ni pensarlo! Eso es lo único que nos faltaba ahora —fue lo único que respondió sor Teresa.

Algunas pacientes continuaron protestando inútilmente. Por supuesto, las enfermeras también se opusieron. Tenían miedo de que eso implicara más trabajo para ellas. La directiva decidió resolver el problema de los ratones con trampas y veneno. Los animales de todo tipo estaban prohibidos, declaró el doctor Carrasco, y no se hacían excepciones.

De todos modos, seguimos trabajando. Algunos familiares de las internas apoyaron las iniciativas trayendo semillas y materiales. Felicitaron al director por el gran trabajo que se estaba haciendo. La mejoría de sus seres queridos les parecía un milagro. Esto, a su vez, impulsó una nueva actitud por parte de la directiva del hospital. Felicitaron al doctor Suárez y le animaron a que continuara con sus reformas.

En los meses que siguieron, la rutina del hospital se transformó radicalmente. Frente al silencio y la inmovilidad que encontré a mi llegada, ahora el recinto se había llenado de voces y movimiento. Las mujeres hablaban y discutían sobre las tareas que les tocaban a cada a una, lo que se debía hacer para mejorar la siguiente cosecha del huerto o qué plantas se deberían seguir o no plantando en el jardín. También, curiosamente, comenzaron a hablar sobre qué harían una vez fuera de allí. Y un día, como si alguien la hubiese llamado solo con el deseo, apareció una gatita blanca que no debía de tener más de unas semanas. La vimos allí donde terminaba el patio en el que trabajábamos. Casi no podía caminar. Tropezaba y se caía. Maulló. Rosalía fue la primera en oírla mientras plantaba algunas flores. Primero no supo distinguirlo, no sabía qué era ese ruido. ¿Un leve gemido? No supo qué pensar. Se acercó y la vio allí. Temblando. La tomó, era tan pequeñita que pudo meterla en el bolsillo de su bata. Luego se acercó a nosotras y nos la mostró de modo que nadie más la viese. Nos acercamos. La gatita abría la boca desesperadamente. Tenía hambre.

Buscaba a su madre. Algunas se pusieron a buscarla. No aparecería. Tendríamos que encontrar algo de leche. Ana se dirigió a la cocina y, sin que la vieran, sacó la suficiente para alimentarla. Una de las mujeres rebajó la leche con agua para que no le hiciera daño. La escondimos en el cobertizo de las herramientas. Allí con viejos trapos y papeles le hicimos una camita.

—¡Eh! que esta es una gata no un gato —dijo Ana luego de mirar y asegurarse.

—Uy, esto sí que pondría a sor Teresa de los nervios. Podría tener gatitos. Mejor que no se entere —dijo alguna.

Muchas se acercaban para acariciarla, mirarla y hacerle gracias. Una paciente entrada en carnes que tenía demencia senil se acercó al cobertizo. Por un momento pareció despertar de su letargo. Tomó la gatita entre sus brazos y le susurraba algo al oído. Luego se quedó tranquila mientras la acariciaba. Con el tiempo las gracias de la gatita se volvieron el tema de conversación mientras trabajábamos en la huerta o en el jardín. El doctor Suárez la vio. Debió oír sus ronroneos y se asomó por la puerta del cobertizo. Nos vio a varias jugar con ella. Nos asustamos. Nos sonrió. Cerró el portón y volvió al hospital. Pasaron varias semanas. *Roni*, como la llamamos, ya era demasiado grande para tenerla encerrada en el cobertizo. Se escapó. Necesitaba salir. Alguien abrió la puerta y no pudo evitar que se colara entre sus piernas. Llegó al jardín. Allí estábamos trabajando cuando la vimos. La mala suerte hizo que sor Teresa estuviera allí mismo. Dio un gruñido de desaprobación. Luego se apresuró a cogerla. Se puso furiosa. Mientras le daba la vuelta como si fuera una cosa en lugar de un animal decía que teníamos que sacarlo del hospital o matarlo. Luego, con expresión de asco dijo.

—¡Es hembra!

Roni maullaba. Podía tener un montón de crías, siguió

casi gritando. ¿Quién se ocuparía de ellas? El hospital se llenaría de gatos, continuó. Las mujeres se enfurecieron. Muchas comenzaron a gritar. Se pegaban. Lloraban. La necesitábamos. Los celadores salieron a ver qué pasaba, por qué tanto escándalo. Vieron a sor Teresa con la gatita en la mano. Ahora la tenía cogida por el cuello. El doctor Suárez se acercó.

—¡Démelo! —le dijo con autoridad—. Yo sé qué hacer con ella.

Se la entregó con una sonrisa mordaz.

—Esta tarde se la llevaré a un amigo veterinario para que la opere. Así no podrá tener crías. Tampoco se escapará cuando esté en celo. ¿No le parece una buena solución, sor Teresa? —Sor Teresa no respondió. Su mirada lo dijo todo.

—Alguien debería explicarle a sor Teresa que una monja no debería desearle el mal a otros. —Oí que decía Ana en voz baja detrás de mí.

Había visto toda la escena apoyada en el alféizar de la ventana que quedaba a mis espaldas. Sí, era cierto, la cara de sor Teresa lo decía todo, pensé. Su cólera se reflejó en el brillo ardiente de su mirada y una venita que se hinchó de pronto en la frente. Si antes el doctor Suárez le caía mal, ahora ya le había declarado la guerra. Sor Teresa se sentía humillada. Le había disputado su autoridad delante de las internas. Eso era imperdonable. Mientras todo esto ocurría Claudia y los celadores trataban de calmar a las mujeres que aún gritaban y lloraban desconsoladamente. Algunas se marcharon a sus cuartos. Otras nos quedamos trabajando.

Mientras me arrodillaba para plantar unas semillas reconocí el orgullo que el doctor Suárez me había hecho sentir. Todas hablaban de sus viajes, de que era muy apuesto o del dinero de su familia. A mí nunca me había impresionado nada de eso. Pero ahora lo veía con otros ojos. Mis compañeras tenían razón, era guapo. Seguramente, pensé, practicaba algún deporte, estaba muy en forma, y eso, unido a que era alto, con el pelo negro, algo largo, a la moda de ese momento y con una espalda ancha y fuerte lo hacía de lo más atractivo. Sentí que algo había cambiado en mí. Ahora sabía que los viejos modelos, los parámetros anticuados y las sensibilidades nos pueden encarcelar tanto como los barrotes de aquel manicomio. ¿Cómo romper con esas rejas? ¿Cómo ser consciente de algo que no está ahí físicamente? ¿Cómo ser consciente de algo que solo se siente, pero no se puede percibir con el tacto, con el oído o con los ojos?

ABC
Madrid, 24 de julio de 1974

DOCTOR HIDALGO: «FRANCO ESTÁ TOTALMENTE RESTABLECIDO».

«Su Excelencia el Jefe del Estado está totalmente restablecido, manifestó el doctor don Manuel Hidalgo Huerta, director de la Ciudad Sanitaria Francisco Franco, en el transcurso de una rueda de Prensa celebrada en la clínica en la que informó ampliamente acerca de la favorable evolución del estado de salud del Generalísimo Franco.»

—Hola, Isabel.
—¿Cree que es verdad lo que dicen esos titulares?
—No sé, pero empecemos saludándonos, ¿no?
—Perdone. Buenas tardes.
—Buenas tardes.
—Mucha gente dice que lo están manteniendo con respiración artificial hasta que se resuelva la lucha política entre los grupos que se disputan el poder.
—No creo que se atrevan a tanto. Pero ya sabe que nuestras sesiones tienen otro objetivo.

—Podemos hablar de los nuevos proyectos. El jardín nos está quedando muy bien. Hoy hace un día precioso.

—Ah, sí lo he visto. Y parece que la huerta también está siendo todo un éxito. La directiva espera poder aprovechar algunas legumbres para la cocina. La felicito. Es todo un éxito.

—No me felicite a mí. Aquí hay muchas mujeres que han sido muy importantes para que este proyecto saliera bien. Muchas de ellas nos enseñaron a plantar qué y cuándo. Sin ellas no habríamos podido hacerlo.

—Lo sé. Ya he felicitado a muchas. ¿Dónde aprendió jardinería? La combinación de las diversas flores ha quedado muy bien.

—A mi madre le fascinaban las plantas. La casa estaba llena de violetas, y de plantas de todo tipo. Creo que su deseo siempre fue tener un jardín.

—Muy bien. ¿Por qué no seguimos hablando de ella y de su padre? ¿Su padre? ¿Cómo se llevaba con él?

—Ni bien ni mal. ¿Por qué lo pregunta?

—Para conocerla mejor. Es importante que sepamos qué fue lo que le dio forma a su mundo interior. ¿Cuáles eran y son sus aspiraciones? Es una mujer joven, acusada de asesinato en un hospital psiquiátrico. Necesita asumir que saldrá de aquí en unos años. Va a necesitar conocerse muy bien. Eso le dará la fortaleza para rehacer su vida. Tenemos que ir proponiendo formas de pensarse de un modo diferente. Verse de manera distinta a como lo ha hecho hasta ahora. Saber cuáles son sus capacidades. Propulsar la iniciativa para ir planeando una nueva vida.

—¿Hablando de mi padre?

—Sí, y de otras de sus relaciones. Su comportamiento, su actitud ante la gente que ha sido clave en su vida es clave para que pueda crear un modo de pensar, de ser diferente.

—No sé. Lo que usted me dice me parece tan ajeno. Nadie en mi familia participó o me alentó en lo que hice. Yo y solo yo he sido la responsable. No entiendo por qué quiere seguir hablando de mi familia. No quiero hablar de mi padre.

—¿Entonces de qué quiere hablar?

—¿Por qué no podemos tener una biblioteca? Por ejemplo.

—¿Quién le dijo que no se podía tener una biblioteca?

—La madre superiora.

—Sor Teresa no es la madre superiora. Esto no es un convento. Pertenece a las Órdenes Hospitalarias.

—Era irónico.

—Sí, ya lo sé, pero no puede continuar enfrentándose a la autoridad. En este momento aún está en una posición muy débil. A sor Teresa no le gustan las nuevas ideas. Es mejor que hable conmigo cuando quiera o necesite algo. Es importante que sor Teresa no sienta que se está enfrentando a ella.

—Quisiera hacer una pequeña biblioteca. Solo necesito unas estanterías. Le podría pedir a mi tía que me trajera algunos de mis libros.

—No creo que eso sea un problema. Quizás podamos conseguir algún presupuesto para los estantes. Si quiere, yo mismo puedo acercarme a su casa para recoger algunos de sus libros ¿Tiene muchos?

—Sí, bastantes.

—Bueno, entonces es mejor que vaya yo a buscarlos y no hacer venir a su tía cargada con ese peso. ¿Qué le parece?

—Muy bien. ¿Puedo llamarla ahora cuando terminemos la sesión?

—Sí. Así también me presenta. ¿Le parece?

—Sí.

—Muy bien. Sigamos hablando de su hermano y de Julia, ya que no quiere hablar de su padre. En nuestra última consulta hablamos de las expectativas de futuro de David. ¿Y usted? ¿Y Julia?

—¿Qué?

—¿Qué le decían, qué pensaban sus padres de su futuro?

—Nada.

—¿Qué quiere decir eso?

—No lo sé. Se terminó la infancia, terminamos la escuela y ya está.

—Su hermana y usted, ¿qué tipo de relación mantenían?

—No teníamos una relación estrecha. Julia me lleva seis años. No teníamos ninguna amiga en común. Somos muy diferentes. Vivíamos en la misma casa. Eso es todo.

—¿Rivalizaban?

—No lo creo. No teníamos nada en común. No podíamos ser rivales.

—No se necesita posesiones o tener un carácter parecido para sentir celos o envidia.

—No... no creo. No sé, quizás, pero no lo creo. Mi hermana tenía muy mal carácter. Pero no entiendo por qué tenemos que hablar de mis hermanos.

—Me interesa saber cómo era su vida; sus relaciones. La familia es clave para crear la personalidad de sus miembros. ¿Cómo era la relación entre su madre y su hermana?

—Con mi hermana discutía mucho. Julia, antes de los dieciséis años, ya quería dejar los estudios. Mi madre le repetía que necesitaba un título. Julia no le hacía caso y le gritaba que para qué. No se necesitan estudios para barrer suelos o limpiarles el culo a los hijos. Era una discusión constante entre ellas. Aunque también discutían por otras cosas. Julia no ayudaba con las tareas de la casa. Eso disgustaba a mi madre.

—¿Había algo más que las distanciaba?

—Su mirada.

—¿Su mirada? No entiendo.

—Julia aseguraba que nuestra madre nos miraba con desdén. Nos despreciaba, decía. Siempre se lo reprochaba. Esa mirada la desesperaba. Decía que mi madre cuando la miraba así la desquiciaba. Me decía que esa actitud no solo estaba dirigida a ella, sino también a mí. Yo le aseguraba que no sabía de lo que me hablaba. Pero es verdad que a veces se la había notado. No sé si era una mirada de desprecio, sino que parecía que nos culpaba... ¿de qué?... no sé. Quizás ni mi madre lo supiera. Tal vez no era eso... a veces pensé que era decepción y no desprecio, o tal vez culpabilidad. Nunca pude definir esa mirada, pero mi hermana no la soportaba. Aseguraba que era desprecio. E insistía. ¿Qué tipo de madre desprecia a su hija? Preguntaba sin esperar ninguna respuesta.

—¿Pero usted dice que nunca admitió que había notado esa mirada? ¿Por qué?

—No sé. No quería admitirlo. Entonces cuando yo le decía que no sabía de qué me hablaba, recurría a mi hermano. «¿No ves cómo me mira?» David creía que mi hermana estaba loca. Durante mucho tiempo no entendí a Julia. A veces le gritaba a mi madre, casi desesperada: «¡Para de mirarme así!»

—¿Qué respondía su madre?

—Decía que no sabía de lo que le hablaba.

—Los ojos son muy expresivos, por eso decimos que son los espejos del alma. Una mirada puede estar cargada de significados: sorpresa, duda, ansiedad, temor, cólera y también desdén. ¿Y usted estaba de acuerdo con ella, aunque no lo admitiera en ese momento? Usted también notaba esa mirada. —*Silencio*—. ¿No quiere responder?

—No creo. Julia me acusaba de no querer verla. Pero yo nunca le vi esa mirada de desdén, aunque nos mirase de un modo diferente. Le dije a Julia mil veces que eran imaginaciones suyas.

—¿Alguna vez su hermana y su madre pudieron resolver ese conflicto?

—No. Julia se fue un día con un tipo. Se enamoró y se fue. Se instalaron en Valencia.

—Parece que le molesta hablar de ella. ¿Qué pasó? ¿No estudió? ¿Se fue?

—Dejó los estudios a los quince años. Luego, a los diecisiete, se marchó con un hombre casado.

—¿Sus padres cómo reaccionaron a su partida?

—Mi padre se puso furioso. Le preocupaba mucho lo que dirían los vecinos. Aún hoy no se puede mencionar el nombre de mi hermana en la casa sin que él se enfade.

—¿Y su madre?

—No dijo nada.

—¿No le importó? ¿Tenía miedo? ¿Vergüenza?

—Es difícil saberlo. Le fastidiaba tener que aguantar la furia de mi padre. Aunque a veces la oía decir, entre susurros «se cree muy lista» y con un gesto de desaprobación, seguía: «Ese tipo va a jugar con ella. Después se cansará y volverá con su esposa. La dejará en la calle y se lo merecerá por tonta.»

—¿Su hermana sigue viviendo en Valencia?, ¿qué hace?

—No sé. Mi hermana y yo no nos hablamos mucho. Cuando el tipo la dejó quiso volver. Mi padre lo prohibió. No quería una puta en casa, dijo. Luego Julia llamaba a mi madre una o dos veces al mes. Creo que para pedirle dinero. Mi madre no siempre podía ayudarla. Tenía que sacarlo del presupuesto del mercado. A veces no tenía lo suficiente para mandarle nada.

—¿Así que después de lo que había hecho su madre la siguió ayudando?

—Sí, mi madre nunca dejaría a nadie, y menos a uno de

sus hijos en la calle. Creo que hablaba así para parecer más dura, pero la verdad era otra.

—Y usted ¿qué hizo?

—Nada. Dejé que mis padres y mi hermana se entendieran como pudiesen.

—Bien. Tenemos que dejarlo aquí. Seguiremos en la próxima sesión. Pero qué le parece si antes llamamos a su casa para que su tía me permita ir a buscar los libros.

NOTA:

Su madre solo pudo romper esa distancia emocional con el hijo y luego con Julia a partir de la crisis que produjo su partida. De adolescentes, los hijos ya habían normalizado el trauma de convivir con padres disfuncionales, hasta el punto que les daba miedo una vida sin esa dinámica; la fuga de la hermana produjo otra ruptura y empeoró toda la situación. El desapego emocional entre los hermanos debe ser un reflejo de esa dinámica familiar. El control físico lo tenía el padre mientras que el dominio emocional, por lo que voy vislumbrando, lo debía poseer la madre. Esa dicotomía creó tensión: se confrontaban la superioridad corporal y la fuerza sentimental. El desasosiego en el ambiente familiar debió de llegar a niveles insoportables.

Me cuesta concentrarme en mi trabajo. Sigo pensando en Isabel. Estoy perdiendo las esperanzas de que me llame. Debería tratar de entretenerme. Salir. Hablar con algunos amigos. Ver televisión. Tratar de volver a olvidarla. Sin embargo, un sentimiento más fuerte que yo me dice que espere su llamada.

* * *

Al terminar esa sesión Isabel llamó a su tía. Le quiso pasar el teléfono al padre, pero Isabel no quiso hablar con él. Me pasó el auricular a mí. Le dije que, si me lo permitía, pasaría a recoger algunos libros. Se negó. Insistí. Solo recogería unos libros y me iría. No les importunaría. No estaría mucho tiempo. Volvió a negarse. Entonces le dije que si eso no era posible, él podría traerlos al hospital. Se negó rotundamente. Alguien podría verlo entrar en un hospital de locos. Me volví a ofrecer a ir a su casa. Se opuso. No quería que la gente del barrio supiera que el médico de su hija había ido a verlo. Solo deseaba que todos se olvidaran de lo que había ocurrido. Quería volver a su vida de siempre. Insistí. Era demasiado importante. Quería saber qué tipo de hombre había criado a Isabel. Me acuerdo que le mentí: me mandan del juzgado, dije. Le extrañó. El juicio ya había terminado. Su hija había sido condenada. ¿Qué más querían?, me respondió. Lo calmé: preguntas de rutina, nada más, le mentí. Pero era importante terminar con todos los trámites legales. Sentía que mi ética profesional quedaba en entredicho, pero no podía evitarlo: algo me impulsaba a querer saber más sobre ese hombre. Le volví a prometer que nadie tenía que enterarse de mi visita. Intenté avergonzarlo apelando a sus responsabilidades de padre: era por el bien de su hija, le repetí. No pareció importarle. Traté de razonar con él. Tampoco funcionó. No sé por qué no colgó, pero no lo hizo. Insistí hasta que por fin cedió. Acordamos una cita para el día siguiente.

Me abrió la puerta una mujer de unos sesenta años, bajita y regordeta, de pelo muy corto y teñido de un fuerte color rojizo castaño. Me sonrió algo nerviosa. Con un gesto de la mano me pidió que pasara. Se presentó como la tía de Isabel. Me dijo que la siguiera. Me llevó directamente al dormitorio. Mientras la seguía al dormitorio de Isabel, pensé que esta mujer debió primero haber dedicado su vida adulta a cuidar a sus padres y ahora, que el hermano había quedado solo, dedicaría su vida a cuidarlo a él. Ya había conocido a muchas mujeres así.

A primera vista, el piso de los padres de Isabel era como cualquier otro de la ciudad. Una casa pequeña, de clase humilde con pretensiones de clase media: el suelo de parqué, las puertas y los muebles de pino barnizado. El dormitorio de Isabel, para mi sorpresa, estaba repleto de estanterías. Me acerqué para tomar un par de libros y me encontré con autores como Benjamin, Calvino, Sartre, Jean Genet, Lowry, Pavese, Miguel Hernández, Luis Cernuda y Lorca, entre otros. La curiosidad intelectual de Isabel era bastante excepcional. Su biblioteca era envidiable. Pensé que no era fácil conseguir esos libros. Antes de verlos allí habría dicho que algunos eran imposibles de encontrar en esa ciudad y probablemente en este país, por lo menos, por medios normales. Y ¿cómo conocía Isabel a esos autores? Me mintió: Isabel no es la que me hace creer en nuestras sesiones. Me mintió. Me repetí. Una punzada de rabia me atravesó el estómago. Me sentí traicionado. ¿Quién le había dado esos libros? Y ¿cómo los había conseguido? Entonces, Juan, su novio, no era solo el pequeño librero de provincias que hacían creer que era, me dije mientras metía los libros en unas bolsas que había llevado conmigo. Abrí un par de ellos: habían sido traducidos en Argentina y México. Yo había leído en Londres a alguno de esos autores. Varios de mis amigos eran fanáticos de Benjamin y Barthes. ¿Cómo habían llegado esas obras a una casa como esa? Vi que estaban subrayados. Obviamente, no eran libros que leyera una chica que vivía sin esperanzas, a la espera de pasarse la vida cuidando a sus padres. No. Eso era lo que quería que creyéramos de ella, pero no podía ser. Y si es así, si no quería que descubriera que me había mentido, ¿por qué me permitió venir a recoger los libros? ¿Me estaba poniendo a prueba? Quizás pensó que no sabría quiénes eran esos autores. Tal vez pensó que no me atrevería a llevarlos al hospital. Si sor Teresa o el director supieran que llevo libros como esos se escandalizarían. Se opondrían rotundamente. Es más, podrían echarme. Algunos, creía, estaban censurados. Eran ilegales. Sí, estaba seguro, me estaba poniendo a prueba. ¿Si se los llevara conseguiría que confiara en mí y me contara la verdad? Me hacía todas estas preguntas mientras sentía la frustración del que se sabe traicionado. Ella tenía que saber que llevárselos era arriesgado. Aunque estaba seguro de que el personal no conocía a ninguno de esos autores, me dio miedo. Si mis colegas se enteraban de que le pasaba libros prohibidos a una paciente, no solo perdería el trabajo, sino también mi reputación quedaría manchada. Pensé que podría averiguar cuáles no estaban censurados y llevárselos. Para calmarme, me dije que, por lo pronto, lo más importante era que ahora empezaba a conocer a Isabel.

Su padre había pertenecido a la Falange. Por lo que Juanjo me había dicho, parecía orgulloso de seguir siendo leal al régimen. ¿Isabel guardaba esos libros allí como un reto a su padre y al mundo por el que ese hombre había luchado? Probablemente, su padre no tenía ni idea de lo que implicaban esos volúmenes. La familia no leía. La ignorancia y la barbarie son grandes aliados de las dictaduras. Ahora entendía que también son su flanco débil. Para sus padres eran solo libros. Nada importante.

La tía me pidió que me llevara todos los que pudiese porque, si no, los iban a tirar. Allí solo acumulaban polvo. Necesitaban el espacio. Iba a ser su dormitorio. Su hermano necesitaba alguien que lo cuidara así que ella se mudaba con él. Cogí las bolsas. Traté de llevarme todos los que pude. Pesaban. De todos modos, no podía dejarlos ahí. Era un crimen perder esos libros. Me los llevaría a mi piso. Luego ya pensaría qué haría con ellos. En cuanto salimos del dormitorio, le pregunté si el hermano se encontraba en la casa. Quería hablar con él. Dudó. Después me llevó a la sala donde el padre de Isabel miraba la televisión. No se levantó al verme, continuó sentado en el sofá mirando la pantalla. Me acerqué. Le estiré el brazo para darle la mano. Me miró, creo que con algo de desprecio, o eso me pareció. Luego de un momento, que me pareció una eternidad, me estrechó la mano. Apagó la tele y me señaló el sillón frente a él. Me senté. Me miraba con curiosidad y rabia. Era un hombre de rasgos duros, con la piel curtida por el sol. Su rostro estaba marcado con profundas arrugas que lo hacían parecer mayor de lo que era. Empezó preguntándome para qué había ido. Su hija estaba loca. ¿Qué más necesitaba saber? Recuerdo muy bien nuestra conversación.

—¿No le importa saber los motivos?

—Una loca no necesita razones para matar. Eso es lo que hacen los locos, ¿no?

—Yo no estoy tan seguro de que Isabel esté loca.

—¿Le parece normal matar a una madre? El juez la declaró loca. Ya está.

Abrió las piernas y puso las manos sobre las rodillas mientras acercaba su rostro al mío. Bajito, desdentado, de piel cetrina, manos grandes, de espaldas y brazos bien definidos, sabía mostrar su físico para intimidar. Desafiante, era uno de esos hombres que aún a su edad se sienten muy satisfechos de sus capacidades físicas, lo que les permitía ser déspotas con aquellas personas más cercanas o con las que creía más débiles, como en ese momento le parecí yo: un hombre estudiado de la clase media. Aunque también pude detectar que era el prototipo de personalidad que se volvería dócil y sumisa ante cualquiera que percibiera como superior. Me dije que debía emplear esa debilidad para sacarle toda la información posible.

—Esa niña siempre ha sido rara. Siempre loca. Está donde tiene que estar.

—¿En qué sentido rara? —le dije con una mirada dura y directa echándome hacia adelante de un modo un poco amenazante.

Él bajó los ojos instintivamente.

—Nunca se preocupó por las cosas normales de las mujeres. Usted la ha visto. Está sola porque quiere. No le faltaban pretendientes.

—¿Cuáles son esas cosas por las que no se preocupaba?

—Las de siempre, ¡hombre! Ropa, niños, maquillarse, un marido, yo qué sé... Ese tipo de cosas.

—¿Y por qué le parece que era así?

—Yo qué sé. Ya le dije que era rara. Su madre se preocupaba mucho; no sabía qué íbamos a hacer con ella.

—¿No trabajaba?

—Algunas veces conseguía algún trabajo de dependienta a través de los amigos de su madre. Duraba unos meses. Se terminaba el contrato y fuera.

—¿Se sentía mal por eso?

—¿Por qué se iba a sentir mal?

—Por perder el trabajo.

—No. Es así. Te contratan por unos meses y ya.

—Y ¿qué decía Isabel sobre su futuro?

—Nada. No creo que le importara. ¿No le digo que era rara? A mi mujer también le parecía rara. Su madre quería que se casara, tuviera hijos... lo normal. Pero tenía que convencerla para que saliera con las pocas amigas que le quedaban del instituto. Muchas ya se habían casado, otras tenían novios y planeaban sus bodas.

—¿Isabel qué decía de ellas?

—Que se aburría. Que no sabían hablar de nada. ¡Qué le parece!

—¿Entonces no tenía otras amigas que no fuesen las del instituto?

—¡Yo qué sé! ¿Quién iba a querer estar con una mujer así?

—¿Ella y su madre se peleaban mucho?

—No. Nunca. Su madre a veces le aconsejaba, le hablaba. Pero Isabel no le hacía caso. A diferencia de su hermana Julia, no le contestaba ni le discutía. No decía nada y luego hacía lo que le daba la gana.

—¿Y su esposa qué le aconsejaba?

—Quería que saliera más con sus amigas. Así podría echarse un novio. Aquí metida o en el bar con su madre no lo iba a conseguir. Ella la escuchaba y por lo general no le respondía. Alguna vez dijo que eso no era para ella. ¿Qué le parece?

—¿Isabel no quería tener novio?

—Se creía mejor que los demás. Yo no la aguantaba. ¿Sabe? Mi esposa siempre me decía que cambiaría, que ya se le pasaría, que era la edad, pero a mí me fastidiaba que fuera como era.

—Entonces usted tenía una relación tensa con Isabel.

—No me hacía caso. No le hacía caso a nadie. Ni siquiera me contestaba cuando le hablaba. Se creía mucho. Ese era su problema.

—Usted trabajaba en el Auxilio Social, ¿no?

—Sí. ¿Por qué me lo pregunta? ¿Qué tiene que ver eso con Isabel?

—No. Nada. Preguntas de rutina, ya sabe, me ordenaron que se las hiciera —mentí—. ¿Cuál era su cargo?

—Un poco de todo ¿por qué pregunta?

—Disculpe, pero debo hacerlo. Usted viajaba mucho. ¿Pasaba largas temporadas fuera?

—No, solo uno o dos días, lo máximo.

—¿Puedo preguntarle por qué lo mandaban afuera? —Me miró con desconfianza.

—¿Y por qué quiere saberlo? Mi trabajo no tiene nada que ver con lo que hizo Isabel.

—Por supuesto. No se preocupe, como le dije antes, son preguntas de rutina.

—Mire, no sé adónde quiere ir con todo esto, ni qué busca, solo le digo que nosotros la criamos bien. No es nuestra culpa si está loca.

—No es culpa de nadie. No estoy buscando un culpable. Como usted sabe, siempre se valora un hogar leal al régimen y me parece que usted lo ha sido siempre.

El padre pareció relajarse un poco otra vez. Siguió contándome, no sin cierto orgullo, que a veces iba a Madrid, a Málaga o a Cádiz. Era una labor muy noble, dijo. Ayudaban a niños y a familias. Le pedí que me explicara cómo los ayudaba. Mencionó un programa de adopción. Dijo que a él le confiaban la entrega de los niños a sus nuevos padres.

—En la década de los cuarenta venían muchos matrimonios a las oficinas. Luego, y ya en la década de los sesenta, venían algunos, pero estos ya no querían que se supiera que sus hijos habían sido adoptados. Los entendíamos ¿sabe? Lo hacían por el bien de los niños. Por eso se los llevábamos. Por lo general se los entregábamos en algún lugar discreto.

—Y a usted le gustaba viajar, ¿no?

—Bueno, sí, aunque me hubiera gustado poder pasar más tiempo en algunas ciudades. Pero las órdenes eran muy estrictas: recogía a los niños en las clínicas y luego los llevaba a la dirección que me indicaban. Después de entregarlos tenía que regresar de inmediato.

—Ah, creí que los recogía en orfanatos y no en las mismas clínicas.

—La gente solo quiere bebés. No quiere niños mayores.

—Claro. ¿Los niños del orfanato ya eran muy mayores, supongo?

—No... vamos... entre dos y siete añitos. Después ya pasaban a otra categoría.

—¿Y siguió haciendo esos viajes hasta que se jubiló?

—Sí, pero ¡qué importa! No entiendo. ¿Cree que mis viajes afectaron a Isabel? A esa niña nunca le importó nada.

—No, no digo eso. ¿Isabel fue alguna vez con usted a Madrid o a Cádiz? Me da la sensación que a ella le hubiera gustado viajar.

—¡No, qué va! Si ya le digo que no tenía tiempo ni para pasear. Bueno... ahora que me acuerdo, sí, una vez me la tuve que llevar conmigo a Madrid. Ella tendría unos nueve o diez años. Mi madre estaba enferma, muy grave. Moriría poco después. Mi mujer se fue al pueblo a ayudar a mi hermana a cuidarla. Los otros dos, David y Julia, se quedaron en la casa de unos vecinos. Así que yo tuve que llevarme a Isabel. Tenía que recoger un bebé en una clínica de Madrid.

—Debió de ser muy duro para Isabel tanto viaje en coche, lejos de su madre.

—No. Creo que no. Estuvo callada todo el viaje, leyendo unos cuentos que le regaló su madre antes de salir.

—¿Esa fue la única vez que viajó con usted?

—Sí. Casi no me acordaba ya de eso.

—Gracias. Todo esto me ayuda mucho.

Me levanté y me fui. ¿Podía ser que él mismo no supiera lo que ocurría?, ¿o esa era la historia que se contaba para poder justificar lo que hacía? Si Juanjo había sospechado algo cuando se jactó de los diversos lugares en dónde había trabajado después de la guerra, ahora yo empecé a sospechar algo más siniestro, si cabe. ¿Y si las mismas tácticas que se habían empleado durante la posguerra contra las mujeres republicanas ahora servían para otros propósitos? Pensé cuánta gente del régimen se estaría enriqueciendo aprovechándose del deseo de ser padres de algunas familias de dinero. Muchas de las leyes que se habían pasado durante los cuarenta y los cincuenta «para mantener el orden público y ayudar a la institución de la familia», como darle al Estado la tutoría de los niños que entraban en el Auxilio Social, sirvieron para poder llevar a cabo los actos más atroces dentro de un marco legal. También la ley que permitió hospitalizar a la gente con problemas mentales sin su consentimiento permitió muchas prácticas abusivas contra las poblaciones más vulnerables.

Este hombre, inculto, casi analfabeto, había sido el encargado de las tareas sucias, convencido de que le hacía un bien a esos niños y a España. Entendí que el padre de Isabel era una de esas naturalezas pequeñas que llegaron a ascender un poco socialmente gracias a la guerra y a la necesidad. Pensé en cuántas personas había conocido como él: sin intereses, más que quizás ver el partido de fútbol, sin información, más de la que le llegaba por televisión, fácilmente manipulables y con una necesidad enfermiza de ser reconocidos por algo. Su instinto servil, probablemente, lo había llevado a cometer los crímenes más viles. Ahora, ya viejo, apartado de su cargo, era un hombre lleno de envidia y rencor; un hombre que, aunque había estado del lado de los vencedores, se sentía derrotado. Más aún, aquellas capacidades de las que se había enorgullecido y con las que tanto había servido al sistema, ahora provocaban rechazo social: la fuerza bruta y la resistencia emocional ya no eran necesarias. La estabilidad y la nueva sociedad necesitaban otras condiciones más nobles.

Aquella visita me dejó más preguntas que respuestas. ¿Llevaba Isabel una doble vida? ¿La de una hija responsable, amable, callada, sin mayores aspiraciones o deseos y luego otra, la de una mujer relativamente culta, con intereses intelectuales y quién sabe si no políticos? Me preguntaba si esa otra vida no tendría algo que ver con el homicidio.

Limitar. Encasillar. Borrar. A cualquiera que no entrase en el papel asignado se la borraba, se la ridiculizaba o se la tachaba de loca. Mi hermana quiso romper con esas limitaciones. No sé si la admiraba o le guardaba rencor por eso mismo. No le importaron las burlas, los insultos y los ataques de aquellos que la rodeaban. Julia no tuvo ningún recelo. Tuvo las agallas de irse. Se enamoró. Se fue con un hombre casado. Se arriesgó a elegir, a seguir su propio camino. La llamaron puta. La llamaron loca. El precio fue muy alto. Sufrió primero el rechazo de toda la familia, de sus amigas y su entorno y, luego, el del hombre del que se había enamorado. Ahora entiendo. Entonces no pude. No quise. Rompimos la comunicación con ella. No la apoyé. No me importó. Julia tampoco pudo recuperarse de ese golpe. Sin estudios. Sin trabajo. Se quedó casi en la indigencia. Tal vez, me atemorizaba lo que Julia había hecho: había roto con todos los lazos que la unían a su pasado y a su presente; aunque, también, envidiaba su valor. Mi familia. Su barrio. Su entorno. Nadie se lo perdonaría. La aislaron. El barrio no dejó de hablar de ella y criticarla. Por supuesto, perdió a sus amigas. El precio de su valor fue el aislamiento. Desgraciadamente, la vida la fue castigando más y más: sin trabajo, sin pareja, se sentía rechazada por todos. Se fue amargando. Hoy es una mujer resentida. De una mujer con un carácter duro, rebelde, se volvió un ser con una personalidad agria y combativa. Hace unos años nos reencontramos en Madrid. Julia odiaba la vida, no hablaba, atacaba... Sin ser consciente de ello, se había transformado en mi padre. Sentía que el mundo estaba en contra suya. Y quizás, en su caso, tenía razón. Malhumorada. Aborrecía el mundo que la rodeaba. Detestaba todo y a todos. Varias veces he intentado acercarme. ¿Culpabilidad? No sé. Es muy difícil. Aún hoy está resentida por mi actitud, o quizás simplemente sea su forma de ser. Primero, en el psiquiátrico y luego trabajando con refugiadas, aprendí que los grupos marginados se castigan a sí mismos, repiten las mismas actitudes que sufrieron. Mi hermana no ha podido escapar de esas estructuras, aun cuando el país se haya transformado; las viejas disposiciones son difíciles de desmontar. Julia ha ido minando todos sus vínculos emocionales. Siempre termina teniendo relaciones infernales. Ha sido incapaz de romper con su adicción a los hombres abusivos. Así como ha ido envejeciendo su mundo se ha vuelto cada vez más sórdido. Se ha ido distanciando de todos. No se habla con sus hijos. Los dos, Mario y Sandra, sin trabajo, y los dos muy aficionados al botellón. A veces temo que terminen alcohólicos. Ninguno de los dos puede aguantar a su madre. Discuten con ella. Rara vez le hablan. A veces me llaman. Frustrados. Enfadados. Trato de que la entiendan. Prefieren acusarla. Evitarla. Todo menos hablarle. Temo que toda esa dinámica les afecte en el futuro. Julia solo me llama cuando ya está muy apurada, entonces me acepta algo de dinero y vuelve a desaparecer. ¿Cómo se puede romper con ciertos patrones? El doctor Suárez siempre insistía en que teníamos que romper con nuestros modelos. ¿Cómo hacerlo cuando esos malos modelos son los únicos que tenemos? Eso es lo que tengo que comunicarles a mis sobrinos: que siempre hay opciones, otras posibilidades.

Mi hermana se fue de la casa: creyó que podía escapar de ese entorno. Fue inútil. Esa mirada de mi madre, esa de la que Julia tanto hablaba y odiaba ya se había introducido en nosotras. Se había transformado en una sensación continua: nos sentíamos permanentemente miradas y juzgadas. Por eso, ahora sé que aunque yo también deseaba escapar, marcharme lejos, sabía lo inútil que sería ese intento. Eso es lo que nunca entendió mi hermana y tampoco el doctor Suárez, aunque en el hospital aprendería a manejar los efectos de esa crítica constante.

ABC
Madrid, 4 de octubre de 1974

REZAD EL ROSARIO...

Ha empezado ya en toda España una nueva y exten-
sa campaña de propagación del rezo del santo rosario, en-
raizado en la más honda tradición religiosa española. Una
vez más, la voz de la Virgen de Fátima —«Rezad el rosario...»— llama con insistencia en el corazón de los cristia-
nos. En medio del mundo turbulento que vivimos, traemos hoy a nuestra portada esta imagen que solo habla de
paz y de amor entre los hombres de buena voluntad.

—Buenos días, Isabel.
—Ah, por eso desde hace una semana nos obligan a rezar diariamente. Todas las mañanas después del desayuno
y todas las noches después de cenar nos mandan a la capilla. No nos permiten jugar a las cartas ni dedicarnos a ninguna de nuestras actividades habituales porque lo han prohibido. Mis compañeras están ansiosas. Se aburren. Hay
muchas discusiones tontas solo porque no hay nada que
hacer.
—¿No cree que deberíamos saludarnos?

—Perdone. Buenos días.

—Veo que ya ha leído el periódico y sacado sus conclusiones.

—No pude evitarlo. Lo vi ahí encima de su escritorio. Espero que no le moleste. Lo estuve leyendo mientras lo esperaba.

—No, está bien. Sí, la Iglesia, con el apoyo del Gobierno, ha empezado una campaña de conversión espiritual. Tendrán que tener paciencia. Esto pasará pronto. Todo volverá a la normalidad en unos días.

—¿No cree que es solo un modo de desviar la atención de la gente? La inestabilidad política es cada vez mayor. El Gobierno trata de alejar las preocupaciones hacia otras áreas que no sean las políticas.

—Isabel, quizás tenga razón, pero volvamos a nuestro tema.

—No han dejado que viniesen las peluqueras. Las mujeres se pusieron furiosas. No, no me mire así. No es tanto por presumir o por coquetería, como por querer sentirse parte del mundo. Las peluqueras son un puente con el exterior. Nos hablan de sus amigas, de las nuevas películas en las carteleras o de sus familiares. No importa. Estamos hambrientas de cualquier noticia que nos llegue de cualquier lado. Además, se comenzó a rumorear que no regresarían. Eso produjo mucha rabia. Sor Teresa tuvo que asegurarnos que no es así, que las peluqueras volverán el próximo mes.

—Sí, ya lo sé. El director y sor Teresa me lo han comentado. Sospechan que usted y Ana fueron las instigadoras de esa pequeña revolución. Les preocupa que se conviertan en una mala influencia para el resto de las pacientes. Sor Teresa se queja de que las mujeres no quieren rezar. Van a la capilla, pero se dedican a parlotear y a reírse como si estuvieran en una sala de estar y no en un lugar sagrado. Parece que también empezaron a protestar por la comida. Algunas han empezado a decir que quieren irse del hospital. Sor Teresa asegura que antes de que usted llegara nadie se quejaba de nada. Todo el mundo seguía las reglas. Esto me preocupa. Tenemos que ir despacio. No quiero que castiguen a nadie.

—Nosotras no las hemos revolucionado. No hace falta que nadie las aliente; ahora ven otras posibilidades, eso es todo. Quieren y exigen más de esta institución y de sus responsables. Me parece que usted mismo no aprecia el impacto que los cambios que ha introducido tuvieron en mis compañeras. Quieren más porque se merecen más.

—La directiva tiene miedo.

—¿A qué? ¿A no estar a la altura de las circunstancias, a no poder ofrecernos lo que necesitamos o a perder sus puestos? ¿O a que se conozcan las pésimas condiciones en que nos encontramos?

—Ellos mismos no saben a qué tienen miedo. Quizás a lo desconocido, a lo nuevo o al cambio. Sí y también a no estar a la altura, a no tener las posibilidades, los conocimientos y las capacidades que se necesitarán cuando se lleven a cabo las transformaciones necesarias.

—Mientras tanto, ¿qué hacemos nosotras?

—No deben exponerse de esa manera. Sor Teresa está buscando cualquier pretexto para poder detener todo lo que estamos haciendo. Tampoco quiero que nadie termine encerrado en las celdas otra vez. Algunas de las internas están exigiendo marcharse. Pero no están preparadas para ello.

—¿Cómo lo sabe?

—Isabel, ¡por Dios! Usted las ha visto. Están desconcertadas. Sabe perfectamente que algunas llevan aquí desde hace décadas. El mundo ha cambiado tanto que no lo reconocerían. Tenemos que ser realistas.

—¿Realistas? ¿Por qué?

—Tiene que ayudarlas. Ahora pienso que quizás hemos creado expectativas poco realistas.

—No lo creo. Quieren más. Eso es bueno. Se sienten más seguras de sí mismas.

—Muchas se han involucrado en los cambios. Eso las ha hecho sentirse útiles, con mayor control, con mayor poder. Todo eso es muy positivo..., pero tenemos que bajar las expectativas. Calmarlas...

—¿A qué le teme? Sí, muy bien, seguirán aquí. Las entretendrá con la laborterapia. Coserán. Tejerán. ¿Y qué? ¿Qué hacen con eso aquí dentro o afuera? ¿Y las que limpian el hospital tienen que sentirse más útiles aunque sepan que lo hacen porque no hay dinero para pagar una empleada más? El trabajo gratis mantiene decente este lugar. Lo sabemos. No somos tontas. Nada de esa laborterapia nos ayudará a sobrevivir afuera.

—No le parece que exagera diciendo que esas tareas no sirven para nada. Además, está despreciando una labor muy valiosa para muchas. Arreglan la ropa de sus compañeras.

—Usted mismo lo ha dicho: son tareas. Aquí nos pasamos horas sin hacer nada. Esperando. Sin saber qué esperamos. Las horas no pasan. El tiempo parece haberse detenido. Sí, coser, tejer cualquier cosa nos ayuda, pero eso no quiere decir que no sepamos la verdad. Necesitaremos mucho apoyo afuera. Algunas lo tendrán, otras no, pero salir o no debe ser la decisión de ellas. Muchas necesitan más. Aquí dentro nos asfixiamos. Las que quieran o acepten quedarse lo pueden hacer, pero no puede ser que todas paguen por ellas.

—No estoy tan seguro. Pero no quiero discutir. No se preocupe hablaré con el director para ver si puede tranquilizar a sor Teresa. Quizás en lugar de rezar dos veces por día, pueda ser una sola vez. Veremos qué dice.

»Ahora quisiera que siguiéramos hablando de su relación con sus hermanos. ¿Y ahora qué sabe de Julia? Ninguno de sus hermanos fue al entierro de su madre. ¿No le parece raro? ¿No le preocupa?

—No. Quizás ninguno de los dos tenía el dinero para el billete de tren ¿Quién sabe? Como le dije, nunca tuvimos una relación estrecha. Así que no sé.

—¿Quiere que intente localizar a su hermana? Quizás pueda comunicarme con ella.

—No.

—¿Por qué?

—Ella y yo nunca nos llevamos bien. No sería un apoyo.

—¿Por qué? Ahora las dos son adultas. Las relaciones cambian.

—Hay una diferencia de edad de seis años. —*Silencio*—. La verdad es que entre mi hermana y yo había una antipatía mutua. Creo que esa aversión se había instalado entre nosotras en el mismo momento en que nací. Casi como si esa animosidad hubiese sido heredada.

—¿No le parece ilógico heredar o nacer con antipatía hacia otra persona?

—Quizás. De todos modos, mi hermana siempre está malhumorada, así que prefiero no verla.

—Bueno. Igual tenemos que ver por qué su relación es tan conflictiva. —*Se oye, en la distancia, la voz del presidente Arias Navarro. Parece venir de una radio.*

—¿Cómo es eso que el país se volverá más democrático dentro de sus posibilidades? ¿Qué quiere decir eso en una dictadura?

—Isabel, me imagino que lo que quiere decir el presidente es que va a frenar las reformas y las promesas que hizo en su embestidura. Voy a decirles a las enfermeras que bajen el volumen o terminaremos hablando otra vez de lo mismo. —*Pasos. Una puerta se abre. Silencio. Pasos.*

—El «bunker» vuelve a intentar tomar las riendas del Gobierno. Quieren mantenerse en el poder aun después de que muera Franco. ¿Cree que lo conseguirán?

—No lo sé, Isabel, pero lo van a tener muy difícil: las manifestaciones en la calle son diarias, hay huelgas todas las semanas ¿Siempre ha estado tan interesada en la política?

—¿Le extraña?

—Un poco. No lo voy a negar. Pero le repito que no estamos aquí para hablar del país... Entonces, tanto su madre como usted tenían una relación tensa con Julia. ¿Y con su hermano? ¿Cómo era la relación de su madre con David?

—Se adoraban. Mi madre siempre buscaba la complicidad con él: lo alababa frente a los amigos y parientes. Muchas veces los veía sentados a la mesa de la cocina, mientras ella preparaba algo, hablando de los planes de futuro de David o criticando a mi hermana y alguna que otra vez a mí. A veces también criticaban a mi padre.

—¿Qué sentía usted ante esa escena?

—Nada.

—¿No le importaba que la criticaran?

—Sí y no. Estaba acostumbrada. No los tomaba en serio.

—¿Y a su hermana Julia tampoco le importaba?

—Sí a ella sí, pero por lo general no decía nada. Sabía que no había nada que hacer. Así que a veces la oía protestar en voz baja.

—¿Y usted? Los informes de la policía dicen que se llevaba muy bien con su madre.

—Sí.

—Entonces se llevaban muy bien, pero su madre y su hermano la criticaban.

—No. No fue así. Mi madre y yo comenzamos a estar más unidas una vez que mi hermano se fue a estudiar a Barcelona... Me imagino que me volví su sustituta.

—¿Antes de que David se fuera no se llevaban bien?

—Sí y no. No nos llevábamos mal. No creo que yo le importara mucho.

—Entonces diría que la partida de su hermano cambió la relación.

—Sí.

—¿Cómo?

—Hablábamos más. No sé, empezó a apoyarse en mí. Me necesitaba.

—Y eso la hacía sentir bien.

—Bueno, ahora que lo dice, sí. Nos hacíamos compañía. Me imagino. Me necesitaba. A veces pienso que en mi familia ambos sentimientos, el amor y la necesidad, eran intercambiables.

—¿Había deseado ese tipo de relación con su madre antes de que se fuera su hermano?

—No sé. Creo que no. No creo que lo hubiese pensado.

—Entonces fue ella la que comenzó el acercamiento.

—Sí. Bueno, era la única de los hijos que aún vivía con ellos. No creo que fuera tanto una elección como la única alternativa que le quedaba.

—¿Cómo la hace sentir eso?

—No me hace sentir nada. Esa era la realidad.

—Siempre vuelve a lo mismo. ¿No le parece que es un modo de no asumir responsabilidad por su comportamiento y el de su familia?

—No entiendo.

—Habla como si el destino se impusiera sobre nosotros o como si no pudiésemos controlar nuestro comportamiento.

—A veces lo he pensado así.

—¿Y si le digo que me parece que eso son solo pretextos para no actuar y no responsabilizarse de sus actos?

—¿Cree que maté porque creía que no tenía opciones?

—Eso me lo tiene que decir usted a mí. Solo usted sabe los motivos y no quiere o no puede decirlos.

—No sé de qué me habla. Lo hice. Confesé. Eso es asumir la responsabilidad. Estoy aquí. Estoy sufriendo mi castigo.

—Eso no es suficiente. La responsabilidad implica algo más; un cambio interior que usted se niega a intentar.

—No sé si soy capaz de esa transformación. Quizá quiera algo de mí que no le puedo dar.

—No debe de ser por mí, sino por usted.

—No creo que pueda hacerlo solo por mí.

—¿Por qué?

—Siempre he necesitado que la motivación venga del otro. A veces pienso que por eso no me fui de esta ciudad. Por eso, quién sabe, no pude cambiar la situación en la que me encontraba.

—Tendremos que ocuparnos de eso más tarde. Tenemos que dejarlo aquí. La veré en unas semanas. Pero trate de reflexionar sobre la relación con su hermana. ¿Por qué le fue tan difícil apoyarla cuando necesitaba su ayuda? ¿Se siente culpable por eso?

—Lo intentaré.

NOTA:

Hacemos avances, pero siempre dentro de unos límites que Isabel sabe imponer muy bien. A veces siento que ella tiene más control sobre la sesión que yo. ¿Mi inexperiencia me está perjudicando? Debería hablar con mis colegas ingleses. Quizás puedan recomendarme tácticas más efectivas.

En 1974 el Caudillo se moría o eso se rumoreaba. Algunos aseguraban que ya había muerto. En algunos sistemas políticos todo es dudable y por eso mismo todo puede ser creíble o no. Los disturbios en las calles habían aumentado desde la hospitalización de Franco en julio del año anterior. La situación del país era bastante caótica. Las últimas manifestaciones se habían reprimido con gran fuerza policial. Varios empleados y médicos del hospital aún recordaban la guerra y la posguerra. Les preocupaba la situación del país. Tenían miedo: todos los rezos y oraciones del mundo no podrían salvarnos, decían. Los jóvenes querían un país que estuviera abierto al mundo exterior. La guerra, la posguerra, quedaban lejos.

* * *

En lugar de almorzar en el bar de siempre, decidí ir a comer a la casa de mis padres. Tenía ganas de ver a mi hermana menor. Charlar con ella un rato siempre me animaba. Además, tanto mi madre como ella se ponían muy contentas cuando me tomaba un rato para pasar por la casa. También quería pedirle a mi madre algunas novelas de las que ella solía leer para la biblioteca que estábamos montando para las pacientes. El nivel de lectura de la gran mayoría era bastante pobre; muchas, después de dejar la escuela, no habían vuelto a leer nada o casi nada. A Isabel no le había parecido bien la idea de tener novelas románticas. Decía que esas novelas idiotizaban. Yo, en cambio, pensaba que era un primer paso para que luego pudieran leer algo más serio. Juana y Josefa estuvieron de acuerdo conmigo. Primero había que ilusionarlas con novelas que entendiesen y las emocionaran. Ya leerían otras cosas más tarde, si querían. Isabel no estaba muy convencida, pero aceptó la idea a regañadientes.

Llegué a almorzar a eso de las dos. Me recibieron con la alegría de siempre. Después de colgar mi abrigo y de abrazarlas, pregunté si mi padre y mi hermano vendrían a almorzar con nosotros.

—No, ya sabes cómo es tu padre: siempre ocupado con los negocios. No sé qué problema tiene que resolver ahora. Me imagino que tu hermano estará con él. Otro que solo piensa en el trabajo. Es igual que tu padre. Se ha tomado muy en serio la confianza que tu padre ha puesto en él. No quiere fallarle. Bueno, debería estar contenta de que fuera tan responsable. Tu padre contentísimo de que por lo menos uno vaya a hacerse cargo de la empresa.

—¿Y tú, mamá, también estás contenta? —recuerdo que le pregunté.

—Yo, bueno... si eso es lo que hace feliz a tu hermano, está bien, ¿no? Tú sabes que a él siempre le gustó trabajar con papá. Aun de niño se iba a acompañarlo después de la escuela para ir aprendiendo a llevar el negocio. Y, sin embargo, tú odiabas hasta pasar un rato allí.

Me eché a reír. Las pocas veces que mi padre había intentado llevarme a la oficina de su negocio me había puesto de un humor de perros.

—No, mamá, eso no era para mí.

Le rogaba a mi madre que le hiciera entender que a mí

nunca se me iba a dar bien el trabajo de mi padre. Nunca me gustó estar metido en una oficina rellenando papeles y mirando números. Papá lo aceptó. Ya se lo había imaginado. Entonces él decidió que sería médico.

—¿Y tú, Maribel, también quieres meterte en el negocio de papá? —le pregunté.

—¡Qué va a hacer ella allí! —interrumpió mi madre, sin dejar contestar a mi hermana.

Me había olvidado que ella nunca había querido que mi hermana trabajara con mi padre. Creo que lo veía poco femenino. Mi familia era de una clase media alta, siempre había tenido una idea preconcebida del futuro de sus hijos. Por eso la elección de mi carrera los había decepcionado tanto.

—No. Ignacio. Yo soy como tú. A mí eso de estar metida en una oficina no me gusta. Quiero estudiar psicología como tú.

—Bueno, de eso ya hablaremos —volvió a interrumpir mi madre.

Siempre decía lo mismo cuando se hablaba del futuro de mi hermana. Parecía que no le gustaba ninguna opción profesional para su hija. Luego, y a pesar de los reproches de mi madre, Maribel me acosó con preguntas sobre el caso de la matricida. Se me ocurrió que a mi hermana podría gustarle ser detective o policía. Su interés y sus preguntas ya presagiaban un futuro por el estilo, siempre y cuando el país pudiese cambiar, me dije entonces. No me atreví a decirlo en voz alta. A mi madre le hubiese dado un ataque. Después me pasaría el almuerzo desviando las preguntas de Maribel. Era aún muy joven y no podía entender, por mucho que se lo explicara, que hay un pacto de confidencialidad entre el médico y el paciente. No podía responder a sus preguntas, aunque quisiera. Mi hermana por entonces me admiraba, no solo por ser médico, sino porque era mayor que ella. Por eso siempre decía que quería ser médico como yo. A sus ojos, el que tratara gente con problemas mentales me daba un aura de superioridad. Le parecía un trabajo muy importante. Después de tomar el café y el postre mi hermana vino a darme un abrazo que agradecí mucho, aunque no se lo dije. Lo necesitaba. Toda la situación del hospital me había puesto tenso. Me sentía solo. Nadie me apoyaba. La oposición y las críticas a los cambios que trataba de hacer y que tanto se necesitaban me habían aislado de mis compañeros. Dolores, mi novia de dos años, me había dejado, cansada de oír siempre lo mismo: los problemas del hospital. Me tomaba la vida demasiado en serio, según Dolores. Ella quería ir a discotecas, al cine y no estar hablando de locos y cambios políticos todo el día. Era aburrido, me dijo, y se fue con un amigo de la infancia que siempre la había pretendido. Tenía razón. Fue lo mejor para los dos. Nos separamos como amigos. Aunque sabía que no estaba enamorado, que me dejara por otro me dolió en el orgullo, pero no en el corazón.

—¿Cuándo me llevarás al hospital?

La mirada de pánico de mi madre me lo dijo todo.

—Bueno, eso tendremos que hablarlo. Quizás cuando seas algo más mayor.

—Siempre dices lo mismo —me reprochó Maribel—. Eso es mamá. No quiere que me lleves.

—Yo no dije nada —se defendió mi madre.

Maribel era la única de los tres hijos que le quedaba en casa. Así que lo que menos quería mi madre era que se enfadara con ella. Mi hermana se había transformado en su amiga y confidente. Por eso Maribel la conocía mejor que nadie. Sabía que mi madre no necesitaba hablar para dejarnos saber lo que quería: la expresión de su rostro o una mirada eran suficientes para que todos supiéramos lo que pensaba sin tener que decirlo directamente.

—Bueno, ya veremos. Pero por ahora te prometo volver pronto y contarte los últimos descubrimientos que se han hecho sobre la mente humana.

Mi madre me interrumpió.

—Tú siempre metiéndole esas ideas en la cabeza a la niña.

Maribel la miró malhumorada. No dijo nada. Sabía que era inútil. Las ideas preconcebidas de mi madre sobre lo que una niña debía o no saber eran inamovibles.

—Y nos contarás algo de Isabel. Quizás ya sepas por qué mató a su madre —siguió insistiendo mi hermana.

—¡Maribel, por Dios, qué obsesión!

Me despedí con un beso y un abrazo. Era un modo de calmar los ánimos de mi madre. No quería que se pelearan. Aunque no lo hacían a menudo, ciertos temas creaban tensión entre ellas. Mi hermana quería crecer, quería más, y mi madre trataba de impedirlo. Entonces empezaba una guerra de poder entre las dos: mi hermana se quería liberar de los límites de mi madre y esta deseaba imponerlos aún con mayor fuerza. Para evitarlo, les prometí pasar el viernes a recoger los libros y propuse que fuéramos todos a la casa de campo a pasar el fin de semana en familia. Se alegraron mucho y desapareció toda tensión.

Josefa y Rosalía se veían en el jardín mientras trabajaban, y algunas veces en la sala de la televisión, siempre y cuando sor Teresa no estuviera allí. Los celadores no decían nada. Aun ellos encontraban el comportamiento de sor Teresa exagerado. En algunas ocasiones, en que solo estaba el doctor Suárez, podían hablar a solas en la esquina más apartada. Alguna que otra vez en el comedor, o a veces en el pasillo, cuando estaba lleno y era difícil distinguir quién era quién, las vi acercarse un poco más. Otras veces se cruzaban miradas fugaces: era todo lo que necesitaban para saber que seguían esperándose.

El verano apretaba. El calor era asfixiante. El proyecto del jardín tuvo tal éxito que el director permitió que nos quedáramos en el patio hasta la hora de apagar las luces. Cambiamos mi cuarto por el jardín para hacer las reuniones de siempre. En los cuartos, sin ventiladores, el aire se volvía irrespirable. En el jardín, la brisa traía algo de alivio. Desde que nos habían permitido trabajar en la huerta y el jardín, los celadores se habían relajado. Como si todo aquel escenario agradable y seductor les hubiera ablandado el alma, nos trataban mejor y con mayor respeto. Comprendían nuestra necesidad de estar allí afuera. Nos dejaban quedarnos hasta pasada la hora de apagar las luces. Hacían la vista gorda. Allí afuera colocábamos varias sillas y hablábamos, nos reíamos o contemplábamos el nuevo paisaje que habíamos creado.

—Isabel, aún eres joven. ¿Por qué no estudias? —me preguntó Josefa una de esas noches. —Me lo dijo como si no estuviéramos en un hospital psiquiátrico, sino en un hotel o en algún lugar de vacaciones—. Míralas —continuó—, estas mujeres nunca pisaron una escuela. Muchas nunca habían salido de las cuatro o cinco casas de sus aldeas. En contra de lo que todo el mundo creía, pueden aprender, y más rápido de lo que nos imaginábamos. ¿Por qué tú no podrías estudiar alguna carrera?

Las vi allí, a esas mujeres, paseando entre las flores del jardín y pensé: ¡cuántas oportunidades pérdidas! ¡Cuántas posibilidades sin llegar a realizarse! Josefa siguió hablando de la universidad a distancia. No le respondí. Dudaba. ¿Para qué? Siempre estaría metida en ese manicomio. Pensé. Ella adivinó lo que pensaba. Insistió.

—El saber tiene sus propios motivos. A veces no debemos buscar un propósito. No todos los conocimientos tienen un fin práctico. Quizás el conocimiento pueda ser un fin en sí mismo, y por eso mismo sea tan enriquecedor. Tú aún eres joven —me volvió a insistir.

—Me imagino que has hablado con el doctor Suárez. Él también quiere que estudie. ¿Te pidió que me convencieras?

—Eso no importa. Tiene razón. Eres joven, tienes todo un futuro por delante. Yo, desgraciadamente, ya estoy muy mayor para eso...

—Pues yo solo me meto a estudiar si tú te metes conmigo —la desafié.

—Pero, mujer, ¿tú crees que dejarán estudiar a una vieja como yo?, ¿de verdad que crees que dejarán estudiar a alguien de cuarenta y seis años?

—En este país un viejo enfermo puede gobernar, pero

alguien como tú no puede estudiar una carrera. ¿No te parece absurdo?

Primero me miró con seriedad y después se rio. Como no supo qué responder; aceptó mi reto. Las dos estudiaríamos. No sabíamos qué ni estábamos muy seguras de cómo. Dudábamos de que aceptaran a unas locas —peor aún, a una asesina loca— en la universidad. Pero teníamos que intentarlo. Hablaríamos con el doctor Suárez para que nos ayudara; seguro que él podría guiarnos. Estaba segura de que se alegraría. Hacía tiempo que me insistía que debía tener un plan de futuro. Decidimos que, primero, antes de hablar con él, teníamos que escoger una carrera. Josefa —me sorprendió— sabía exactamente lo que quería ser: trabajadora social. Era una carrera nueva y muy necesaria, me dijo. Yo aún no lo sabía, tenía que pensarlo.

ABC
Madrid, jueves, 21 de noviembre de 1974

XXXVIII ANIVERSARIO

Su Excelencia el Jefe de Estado y Jefe Nacional del Movimiento, acompañado por Su Alteza Real el Príncipe Don Juan Carlos de Borbón, ha presidido en la Basílica de la Santa Cruz del Valle de los Caídos el solemne funeral oficiado en sufragio del alma de José Antonio Primo de Rivera, en el trigésimo octavo aniversario de su muerte, y de todos cuantos dieron su vida por España.

ESPAÑA VENCIÓ A ESCOCIA

Información en el interior.

—Buenos días.
—Buenos días.
—Hoy quisiera que nos concentráramos en su padre. ¿Cómo era su relación con él?
—Él tenía la misma relación con todos. No era mucha. Nos gritaba de vez en cuando si se enfadaba por algo.
—Entonces ¿era violento con los tres?

—Mi padre es un tipo malhumorado, pero nunca nos pegó ni nada por el estilo. Bueno, de niños nos dio unos buenos azotes. Pero luego, cuando crecimos, no volvió a hacerlo.

—¿Por qué se enfadaba tanto?

—¿Quién sabe? Sus ataques de rabia eran impredecibles. A veces creíamos que se iba a enfadar y luego no pasaba nada. O en lugar de ponerse a gritar se echaba a reír. Aunque su humor era de tan mal gusto que preferíamos que estuviera enfadado. A él, reírse de nosotras, sobre todo de mi madre, y ridiculizarnos, le parecía muy gracioso: le ponía de muy buen humor.

—¿Y ustedes qué hacían en esos momentos?

—¿Qué se puede hacer con la risa, con el chiste, con la broma... más que aguantar? Si alguien responde queda como una bruja o una imbécil. Por lo menos, si se enfadaba, nos daba la oportunidad de contestar a sus ataques. Mi madre trataba de interpretar sus gestos para evitar esos ataques de cólera; creo que él lo sabía y disfrutaba con ello. Pero con el tiempo, se fue dando por vencida y dejó de intentar calmarlo. Era imposible. Así que ya no le daba importancia ninguna a sus arrebatos. De todos modos, después de esos ataques de cólera, se quedaba callado durante horas. A veces, podía pasar uno o dos días sin decir una sola palabra. Se sentaba frente al televisor, viendo el fútbol o lo que fuese para evitarnos. En esos momentos reinaba algo de paz en la casa.

—¿Pero su madre hacía lo que él quería?

—Sí. Bueno, primero, por lo general, discutían. Pero luego siempre hacía lo que él quería.

—Entonces no era por miedo.

—No, como mi madre siempre decía: perro ladrador poco mordedor.

—¿Su padre siempre fue así?

—Creo que empeoró con los años. Puedo recordar momentos de risa y de diversión con él, cuando era una niña. Luego se fue amargando más y más. Creía que todos estábamos en su contra.

—Y usted, ¿qué sentía durante esos episodios en su casa?

—Nada. A veces me pregunto si no los deseaba; por lo menos luego se quedaba tranquilo por un tiempo y había algo de calma.

—¿No sentía miedo o ira?

—Ya estaba acostumbrada.

—Entonces eran episodios muy comunes.

—Sí.

—¿Diría una vez al mes? ¿varias veces al año?

—Más bien dos o tres veces por semana.

—Así que vivían constantemente en tensión.

—Creo que ya ni siquiera era tensión. Como le digo, ya no le dábamos importancia.

—¿Cree que eso es posible?

—La costumbre puede hacer de lo más extraño algo normal. Me parece que eso es lo que nos pasó.

—Cuando su padre no estaba enfadado ¿hablaba con él?, ¿de qué hablaban?

—De nada. No me dirigía la palabra más que para pedirme algo de la cocina o que le pasase algo cuando estábamos en la mesa. Pero hablar, hablar, nunca hablábamos. A él solo le interesaba el fútbol. Algunas veces hablaba mal de algún familiar o vecino. Pero nada más.

—¿Usted sabe qué hacía su padre en el Hogar de Auxilio Social?

—No.

—Creo que sí. Creo que lo sabe o por lo menos lo sospecha. Quizás no quiera admitirlo, pero sospecho que sabe más de lo que quiere decir. —*Silencio*—. Usted me dijo que nunca había salido de esta ciudad y, sin embargo, su padre, me contó que una vez fue con él a Madrid. Tenía unos nueve o diez años. Ya era mayorcita. ¿No se acuerda?

—Me había olvidado.

—No. No creo que se haya olvidado. ¿Qué pasó en ese viaje?

—Nada. No sé. No estoy segura...

—¿Qué quiere decir «no estoy segura», Isabel?, ¿qué pasó en ese viaje?

—Fuimos a una clínica. Mi padre creía que yo estaba durmiendo en el coche. Pero solo había cerrado los ojos. Estaba cansada. Aburrida. Tampoco creo que le importara mucho si veía lo que estaba ocurriendo o no. Una mujer salió y le entregó un bebé. Al principio no sabía lo que era. No entendía. Lo metió en el coche. Lo puso a mi lado. Entonces lo vi. Me dijo que lo cuidara, que iba a regalarle nuevos papás. El crío se pasó todo el camino llorando. Luego mi padre aparcó el coche delante de un edificio. Sacó el bebé. Me mandó quedarme dentro del coche hasta que volviera. Regresó un rato más tarde. Ya sin el bebé. Sin decir palabra, volvió a poner el auto en marcha.

—¿Nunca le preguntó por qué tenía que ir él desde aquí para dar en adopción a un recién nacido en una clínica de Madrid?

—No. En ese momento no entendí. Aún era muy pequeña. No empecé a pensar en ello hasta varios años más tarde. La gente del barrio habla. Mis amigas me contaban con desprecio lo que oían de sus padres. Supe por ellas dónde había trabajado mi padre después de la guerra y lo que había pasado en aquellas cárceles. Un día salí del colegio con unas amigas. Pasamos por delante del orfanato. Una se rio de los niños que estaban jugando en el patio. Dijo que eran hijos de prostitutas. «Tu padre no se los pudo vender a nadie», exclamó con desprecio. No sé qué sabía. Su padre trabajaba en el ayuntamiento. Me acordé de aquel viaje a Madrid. No quise creer. Les aseguré que lo que hacía mi padre era por el bien de esos niños. Las madres los habían dado en adopción. Mi padre los ayudaba. Tendrían una vida mejor.

—¿Alguna vez habló con su padre o le preguntó de quiénes eran los bebés que entregaba?

—No. No me atreví. Tampoco creo que me hubiera dicho la verdad.

—Bien. Pero ¿sigue viviendo con esa sospecha?

—Sí.

—Entonces ¿por qué no le preguntó o por qué no se enfrentó a él?

— Quizás no me atreví. Tal vez prefería no saber.

—¿Por qué?

—¿Qué podía hacer con esa información? Nada. Mejor no saber.

—¿Su madre también lo sospechaba? ¿Habló alguna vez con ella sobre esas adopciones?

—Sí y no. Mi madre se crio en uno de los hogares de acogida. Mi padre la conoció allí. Siempre la acusó de ser hija de republicanos. Sus padres habían muerto en la guerra. Mi madre ya era muy mayor para que la adoptaran. Así que creció en uno de esos orfanatos. Mi padre creía que le había hecho un favor casándose con ella. Creo que mi madre aprendió a no ver.

—Así que usted cree que su madre sospechaba también que había algo turbio en todas esas adopciones. —*Silencio.*

—Mi madre sabía el horror que eran esos hogares. Conocía muy bien lo que pasaba allí. Prefirió mentirse, o eso me imagino. Quizás pensó que esos niños se salvarían. Quería creer que por lo menos tendrían padres que los querrían. Si los habían ido a buscar; sería porque los querrían, ¿no? Al menos no pasarían el hambre y los abusos que hubieran sufrido en los hogares del Auxilio Social. Serían queridos. No como ella.

—Entonces ¿nunca le preguntó? ¿Nunca hablaron del tema?

—No.

—Aún hoy en día ¿prefiere no saber?

—La infancia de mi madre había sido un infierno. En nombre de la bondad, de la moralidad y de la protección a la infancia, la torturaron con palizas, dejándola sin comer dos o tres días... malvivió hasta que se casó con mi padre. Julia siempre se quejaba del poco cariño que recibíamos de ella, de esas miradas de desdén que nos lanzaba a veces. Probablemente, todo eso lo aprendió allí. Ahora no podía obligarla a recordar aquello. No, no queríamos saber. ¿Para qué? Ya le dije que no podíamos hacer nada. ¿Para qué hacerla sufrir más?

—Pensé que usted tenía una buena relación con su madre. También creía que su madre nunca había hablado de su propia infancia.

—Sí, nos llevábamos bien porque yo la quería. Por eso no la forzaba a hablar de su vida. Ya en sus últimos meses comenzó a recordar su infancia y a veces me contaba algún episodio de esos tiempos.

—He visto su biblioteca. He hablado con Juan y con su padre. Quizás empezó siendo una niña de un barrio modesto con una educación limitada. Pero hoy en día ya no lo es, aunque desee serlo para protegerse de su nueva realidad. Tal vez no sabía nada de lo ocurrido, pero poco a poco lo fue descubriendo y prefirió cerrar los ojos a la verdad. —*Silencio*—. Muy bien, ¿y esos libros de dónde los sacó?

—Muchos me los pasó Juan. Por favor, no se haga ninguna película con mi vida. Soy demasiado simple para eso. Juan conoce gente que viaja constantemente y puede traer los libros. Me pasó algunos. Luego en la tertulia conocí maestros, libreros y gente interesada en la literatura que traían libros de sus viajes. Aproveché. Iba a sus casas o a sus lugares de trabajo. Se los compraba. Muchas veces no sabía ni quiénes eran los autores. Me costaba entenderlos y tenía que llamar a Juan o a algún amigo para que me explicaran lo que decían.

—Muy bien, lo dejaremos aquí. Ya me dirá más en la próxima sesión.

NOTA:

La baja estima de la paciente ha creado una imagen de sí misma que la limita a la hora de poder hacer cambios positivos de su personalidad. Isabel está progresando. Su perspectiva ha cambiado radicalmente. Empieza a hablar de temas muy difíciles de su vida. Comienza a pensar en la posibilidad de salir algún día del hospital. Sigue evitando hablar de su madre. Sin embargo, ya habla más abiertamente de los otros miembros de la familia, de sus sospechas del padre y su trabajo.

Mi actual trabajo con los inmigrantes y exiliados me enseñó que las dictaduras tratan primero de controlar el cuerpo para luego controlar el mundo interior del ser humano. El padre de Isabel sirvió muy bien para ese propósito. Se regodeaba en el temor que producía en su familia. Disfrutaba humillándolos. Probablemente, se justificaba diciéndose que eso haría a sus hijos más fuertes y los prepararía mejor para resistir los golpes de la vida. Los infantilizaba para sentirse mejor ante una realidad social que lo superaba. Emplearía los ataques de ira, el mal genio del que había hablado Isabel para esconder sus deficiencias educativas y emocionales. Según la sociedad fue cambiando y se alejó de los estragos de la guerra, según sus hijos fueron creciendo y comenzaron a superarlo intelectualmente, su cuerpo, su fuerza física, se transformó en su único recurso para sentirse a la par. Su desprecio por los demás era un modo, o eso creía él, de ganarse su respeto. Así sustituyó el cariño y el amor familiar por esa necesidad rudimentaria. Isabel y su hermana vivían en desventaja dentro de esa dinámica familiar. En ese entorno, ganar una discusión o pelea a costa de cualquier estrategia, aun a base de la violencia verbal, se justificaba a través del derecho de la autoridad que siempre soterradamente o no poseía la fuerza física.

Así el padre se fue transformando en un ser tan débil

como altivo, que alimentaba sus resentimientos como modo de sentirse vivo. Pero el cuerpo siempre traiciona. Ya mayor, estaba perdiendo también ese recurso. Ahora se sentía traicionado y derrotado y el cuerpo comenzaba a fallarle. Escondía sus incapacidades riéndose y despreciando a los demás. Ahora, a su edad, no contaba con ningún reconocimiento social y se sentía empequeñecido, se encontraba sin ninguna rentabilidad social y se sentía reducido. Su posición se parecía cada vez más a la de las mujeres de su alrededor. Ya nadie le hacía caso. Era solo un viejo más.

Para poder hacer el cambio del campo a la ciudad, como también de un país a otro, con éxito se necesita unos recursos educativos, intelectuales y emocionales que no todos poseen. Muchos se sienten superados por su nuevo contexto cultural. Su reacción suele ser agresiva, por lo general, esa violencia se dirige hacia su propia familia o comunidad. Así el padre de Isabel se sintió superado por las nuevas circunstancias que surgieron después de la posguerra. Su autoestima era cada vez menor. Huraño. Malhumorado: la crítica se vuelve en su único modo de combatir el aburrimiento. Pero no, quizás fuera más que eso... Conozco muy bien a ese tipo de personas. He tratado a sus víctimas: las esposas y los hijos de hombres de sentimientos empobrecidos, de naturalezas muy pequeñas. Llenos de envidias y odios resultan útiles en momentos de crisis, como lo fue la guerra civil española: se convierten en los monstruos que subyugan, capaces de los mayores horrores. Con ellos las dictaduras pueden imponer su régimen. Controlar los sentimientos y deseos para limitar el pensamiento intelectual ha sido un modo muy eficaz de dominación. Así, imponer la fuerza física, como única expresión emocional aceptable, a través de la crueldad, el dolor, la ridiculización del otro, es un modo de someter el mundo interior y así anular las capacidades intelectuales de muchos. La superioridad física, entonces, se entiende como modo de control intelectual y emocional del otro. Si nuestro ser, nuestra personalidad se gesta en la familia ¿qué ocurre cuando ese grupo basa sus relaciones en la necesidad de sentirse superior físicamente? ¿Es posible sentirse satisfecho por ser superior emocionalmente? ¿La superioridad física se impone sobre las necesidades emocionales? ¿Han aprendido las democracias de las dictaduras? ¿Controlan a través del dominio físico (belleza, sexualidad, deportividad) sobre la importancia del mundo interior?

Si la autoridad se encuentra en el deseo de aquellos con mayor poderío corporal, se impondrían entonces el de los padres sobre los hijos, los hermanos mayores sobre los menores, los hombres sobre las mujeres y así sucesivamente. Sin embargo, en la familia de Isabel las tácticas de la madre frustraron ese mecanismo. La posición del padre había quedado relegada a un segundo plano debido a los pactos tácitos de la madre con su hijo David. El padre trataba, inconscientemente, de romper ese pacto a través de la fuerza y la agresividad. Esa misma táctica reforzaba los lazos de la madre con David y luego, cuando este se fue a Barcelona, con Isabel. Todo lo cual tenía como resultado una mayor frustración para el padre. Sus torpes capacidades sentimentales y su poca educación no le permitían ver que su comportamiento generaba la dinámica familiar que él mismo no deseaba.

Así, y al pasar los años, en la familia de Isabel en ese cariño diario que se debe dar en la familia se fueron acumulando pequeños resentimientos. El desengaño emocional se impuso en la dinámica de sus miembros sin ellos percibirlo. Quizás porque aquellos que no poseen los recursos culturales que les permiten estar a la altura de lo que se requiere de ellos emocionalmente emplean el desdén o la vulgaridad como un modo de ocultar sus insuficiencias emocionales. Isabel se había criado en una realidad en la que la violencia soterrada estaba presente en las expresiones corporales y en los tonos de voz que la rodeaban. ¿Pudo toda esa tensión llegar a un punto álgido que desencadenaría el asesinato?

Josefa, Juana y yo estábamos sentadas en el jardín. Hacía mucho frío. No nos importaba. Necesitábamos sentir el aire libre. ¿De qué hablábamos? No me acuerdo. Vi a Ana por la ventana que daba al pasillo. Parecía que había llorado. Ahora, que la conocía mejor, sabía que detrás de esa máscara de mujer fuerte, aún era una adolescente con grandes inseguridades que trataba de esconder. Cualquiera que la conociese un poco se daba cuenta enseguida de que trataba de representar un papel que no le correspondía. La seguí con la mirada. Se dirigía al jardín en donde nos encontrábamos. Me asustó la expresión de su rostro: algo había pasado. Salió. Me levanté. Josefa hizo lo mismo. Ana venía a nuestro encuentro, cuando se le volvieron a saltar las lágrimas. Nos acercamos a ella. Mientras Ana caminaba, algo en su expresión cambió, de una adolescente a... no sé cómo explicarlo, su rostro ya no era humano. ¿Qué había ocurrido? Me abrazó. Fuerte. La sentí tan niña...

—Mi padre ha vuelto a por mí. Me quiere llevar con él. Mi madre está enferma. Necesita una mujer en la casa. Alguien que cocine, limpie y la cuide. Me llamó el director. Dice que debo preparar las cosas, que me iré en unos días —nos dijo con un llanto entrecortado que hacía difícil entenderla.

Comprendí la expresión de su rostro: Ana estaba en *shock*. Josefa también la abrazó. La miré: no sabía si estaba enfurecida u horrorizada. Sentí rabia e impotencia.

—Voy a hablar con el doctor Suárez. No lo permitirá. Mañana por la mañana en cuanto llegue iré a hablar con él —le dije.

El doctor Suárez tenía que ayudarla. Intentamos tranquilizarla. Esa noche Ana se quedó conmigo en el cuarto. Por suerte Manolo, a diferencia de la enfermera Claudia, no pasaba lista ni revisaba los cuartos. De todos modos, Ana no podía dormir. Traté de calmarla, repitiéndole que el doctor Suárez no lo permitiría; encontraría la manera de ayudarla. Ella no estaba tan segura. Se levantaba de la cama. Daba vueltas. Volvía a la cama. La sentí temblar. Ya era casi la hora del desayuno cuando el sueño pudo más que el miedo: se quedó dormida. La dejé en el cuarto durmiendo y me dirigí al comedor. Al entrar supe que la noticia ya había corrido por todo el hospital. Todas me miraron con expresión expectante. Me encaminé hacia la mesa donde se encontraban Josefa y Juana. Rosalía se había sentado cerca: había solo dos mesas entre ellas. Miré hacia sor Teresa. No, esta mañana no se atrevería a decir nada, no les mandaría poner más distancia entre ellas dos. Se sentía la tensión en el comedor. Sor Teresa sabía con qué facilidad podría armarse otra revuelta. El ambiente estaba demasiado enrarecido. Me senté al lado de Josefa. Estaba muy preocupada. Sabíamos que Ana no soportaría regresar con su padre.

—Tú, Isabel —me dijo—, no la viste cuando entró aquí. La internaron a la fuerza. Parecía una niña, aunque ya era una adolescente. Después de todo lo que le había ocurrido, estaba derrotada. Deshecha. Necesitó mucha ayuda, mucho cariño y tiempo para recuperarse. Ana, para muchas de nosotras, se convirtió en una hija. La cuidamos. Le dimos todo nuestro cariño. No podemos permitir que se la lleven.

—Lo sé, Josefa. Bien sabes que Ana se ha vuelto una hermana menor para mí. Me necesita. Yo también a ella. Le debo mucho. Por primera vez con ella creo que quiero a alguien sin sentir rabia o frustración. Iré al despacho del doctor Suárez en cuanto llegue. Estoy segura de que podrá hacer algo.

Entré sin llamar. El doctor Suárez estaba en su escritorio escribiendo algo. Se sorprendió al verme.

—¿Qué pasa? —me preguntó, extrañado.

Debió de ver mi expresión de preocupación. Se levantó. Se dirigió hacia mí.

—El padre de Ana ha vuelto a por ella. No podemos permitir que se la lleve. No lo soportaría y usted lo sabe. Tiene que ayudarla.

No sé si estaba furiosa o asqueada del mundo que nos rodeaba, pero lo único que quería oír era que él la iba a salvar, que no permitiría que el padre la sacara del hospital. No pude evitarlo: las lágrimas comenzaron a correr por mi rostro.

—Tranquilícese, Isabel. Dígame lo que ha pasado.

Le dije lo que sabía: todo lo que Ana me había contado. Lloraba de rabia. En un intento por tranquilizarme, el doctor Suárez se acercó y me abrazó. Por primera vez en mucho tiempo sentí la necesidad de otro cuerpo. Me contuve. Sus brazos rodeaban mi cuerpo como un consuelo. Entonces pude contener el llanto. Me separé un poco. Me miró. Lo miré. Acerqué mis labios a los suyos y lo besé. Me separó con suavidad.

—Isabel, no podemos. Está mal. Sería aprovecharme de su situación.

—No soy una niña. Sé lo que hago.

—Quizá lo sepa o quizá no. Está preocupada, en un

momento de debilidad. Yo soy su médico. Ha venido a pedirme ayuda. Y quiero dársela, como profesional.

—Ignacio —por primera vez lo llamé por su nombre—, sé lo que siento, sé lo que quiero.

—Isabel, algo así iría en contra de todo lo que soy. Por favor, vuelve a tu cuarto. —Él también me tuteaba por primera vez—. Ahora mismo voy a ver al director. Os contaré qué decidimos. No permitiré que el padre se la lleve, te lo aseguro. Ahora, por favor, vete... Os contaré qué ha pasado en cuanto salga del despacho del director.

Me fui. No le dejé terminar la frase. Me sentí rechazada. ¿Cómo podía ser tan egoísta?, me dije. Pensar en mí en ese momento. Lo importante era Ana, no yo. Salí al patio. Allí estaban mis tres amigas, Ana, Josefa y Juana. Rosalía nos miraba desde lejos, al fondo del jardín. Obviamente, también esperaba noticias. Ana estaba algo ojerosa; Juana y Josefa me miraron preocupadas.

—Nos va a ayudar —les aseguré—. Está hablando ahora mismo con el director. Luego vendrá a decirnos qué decidieron. Solo podemos esperar.

La espera fue muy difícil. Tratamos de encontrar algo en qué ocupar a Ana. No podía concentrarse en nada. Estaba demasiado nerviosa. Tratamos de hablarle de cualquier tema que se nos ocurriera. Ya se nos agotaba el repertorio cuando, como si con un sexto sentido supiera que la necesitábamos, *Roni* se acercó a nosotras y de un salto se sentó en la falda de Ana que comenzó a acariciarla. El ronroneo nos hizo reír. Nos alivió un poco la espera. Por fin se abrió la puerta y apareció el doctor Suárez. Estaba serio, pero sonrió al vernos. Se acercó.

—Ana, no se preocupe. Haremos todo lo que haga falta, pero no dejaremos que su padre se la lleve a su casa. Por el momento, la hemos declarado peligrosa. De este modo, no podrá sacarla de aquí.

Ana abrazó a la gata que ahora parecía mirarla con extrañeza. Se echó a llorar. Dejamos que se desahogara. Luego la animamos. Debía superar el susto. Eso era todo, un susto. Sin embargo, aunque no quise decir nada en ese momento, algo en la expresión del doctor Suárez no me había convencido del todo. Algo que me inquietaba. En las últimas sesiones yo lo había observado mucho, conocía muy bien sus gestos, su sonrisa, y sabía cuándo era sincero y cuándo no. Estaba casi segura, el doctor Suárez nos escondía algo. No había dicho toda la verdad. Tendría que hablar con él. No quería esperar hasta el día siguiente. Sentí la ansiedad que precede al miedo. La duda y la inseguridad atraparon mi imaginación. El doctor Suárez había mentido. ¿Por qué?, me preguntaba. ¿Qué había escondido? No, eso no auguraba nada bueno. El doctor no mentía bien, pensé. No sabía esconder sus preocupaciones: ciertos gestos rápidos de las manos, una mirada vaga, el esquivarme la mirada, todas esas expresiones lo habían traicionado. Tenía que hablar con él lo antes posible. Me despedí de mis compañeras, temiendo no poder esconder mi inquietud. Ana ya me conocía bien y era una muchacha muy sensible a los sentimientos de los otros. Tenía miedo que percibiera mi cambio de humor. Les dije que estaba muy cansada, que quería quedarme un rato en mi cuarto. Busqué al doctor Suárez. No estaba segura si todavía estaría en el hospital. Fui a su despacho. No había nadie. Lo busqué en la sala de la televisión y en los otros cuartos. No lo encontré. Tuve que resignarme a esperar al día siguiente para hablar con él. Esa noche no pude dormir. Volvieron las pesadillas. Me asfixiaba. Unas fuertes manos me agarraban y me metían la cabeza bajo el agua. Por un momento me permitían volver a la superficie. Sentía el alivio de respirar, de sentir la vida regresar a mi cuerpo. Solo por un momento. Luego las mismas manos volvían a agarrarme del cuello y me obligaban a hundir la cabeza otra vez. Asfixia. Necesitaba respirar. Aire. Solo agua. Asfixia. Grito. Soy yo. Es mi grito al despertar.

ABC
Madrid, miércoles, 22 de enero de 1975

EL EX DICTADOR DE GRECIA, ENCARCELADO

El ex dictador griego Georges Papadópulos y cuatro de sus más íntimos colaboradores llegan a la prisión de Korydallos, cerca de Atenas, en la que permanecerán hasta que se celebre el juicio contra ellos por los delitos de traición e insurrección. Tanto Papadópulos como los ex primeros ministros suyos, Stylianos Pattaos y Nicolas Makarezos, el ex ministro del Orden Público Ioannis Ladas y el ex jefe de los Servicios Secretos Miguel Roufogalis, han permanecido en el exilio en la isla de Kea durante casi cuatro meses.

—Buenos días.

—Buenos días. ¿Cree que será posible que ocurra lo mismo aquí?

—No, no lo creo. Pero el Gobierno ve lo que pasa alrededor y se preocupa. Por eso ha parado muchas de las reformas que se comenzaron el año pasado. Pero volvamos a nuestra conversación anterior.

—No, primero necesito saber qué va a ocurrir con Ana.

—Nada. No vamos a permitir que su padre se la lleve. Ya lo sabe..., pero hablemos de usted, ¿cómo era la relación con su madre?

—¿Nos está diciendo toda la verdad?

—Será más complejo de lo que les dije, pero estoy seguro de que saldrá bien. No se preocupe. Dígame, ¿recuerda de qué solía hablar con su madre?

—De nada y de todo, de las compras, de lo que había que hacer en la casa... cosas así, de rutina, sin importancia. Me hablaba mucho de los problemas de sus amigas con los hijos o los maridos, aunque no lo planteaba como chisme, sino como problemas. Más o menos eso era todo. ¿Pero y Ana? ¿Está seguro de que el padre no se la podrá llevar?

—Estamos en ello.

—Entonces ¿no está seguro?

—Necesitamos que el doctor Agüeros diga que es peligrosa. Eso es todo. Sigamos hablando de usted y su madre. Una vez me dijo que admiraba a su madre, pero que no hubiera querido ser como ella

—Y si el doctor Agüeros se niega a declararla peligrosa, ¿qué ocurrirá?

—Eso no va a pasar. Bien, entonces admiraba a su madre, pero también parecía tener una relación conflictiva con ella, ¿no?

—Mi madre era una buena persona. Ella y yo nunca tuvimos una relación estrecha, a diferencia de lo que pensaba la gente que nos veía por la calle. Conmigo no discutía tanto como con Julia. Bueno, nunca discutíamos porque yo había dejado de esperar que llegáramos a tener una relación más íntima. Por eso mismo, tal vez Julia tuviera una mejor relación con mi madre, o por lo menos más verdadera, que la que yo tenía con ella. Mi madre llegó a conocer los problemas de Julia. La ayudó. A pesar de todas las dificultades, le demostró que la quería. Yo no le di esa oportunidad.

— Entonces ¿se podría decir que usted también había creado una distancia emocional con su madre?

—Sí, quizás, aunque entonces no era consciente de esa distancia.

—¿Por qué cree que no se daba cuenta?

—Probablemente, porque todo el mundo decía que nos llevábamos tan bien. Todos decían que era una relación ejemplar.

—¿Y ahora extraña no haber creado esa unión con su madre?

—Sí.

—¿Cree que ella también sentía esa carencia? —*Un largo silencio en el que se oye pasar la cinta grabadora.*

—Ahora, que conozco lo que es la pérdida, creo que mi madre solo conocía sentimientos de aflicción. Solo mi hermano David la aliviaba de esa melancolía que le había dejado la pérdida de sus padres y de su hermana en la infancia. Yo no.

—¿Por qué solo su hermano David podía conseguirlo?

—No sé. Pero era obvio que de algún modo David le ofrecía algo que el resto no podíamos darle.

—David no apareció para el entierro. ¿Cree que él sentía lo mismo, esa misma relación tan estrecha con su madre?

—Eso tendría que preguntárselo a él. Aunque creo que después de irse a Barcelona, dejar los estudios y tener que mentirle a todo el mundo, él también se fue distanciando de mi madre.

—La mentira siempre produce alejamiento. ¿Cree que su madre lo notó?

—Sí.

—¿Y no trató de indagar la causa?

—No.

—¿Por qué?

—No sé, quizás creyó que no podía, o no sabía cómo hacerlo.

—¿Se sintió una sustituta de su hermano?

—No. Entonces no, pero ahora que estamos hablando, quizás sí.

—¿Respetaba a su madre?

—Claro.

—¿Aun cuando sospechaba que sabía lo que hacía su padre?

—No estoy segura de que fuera así.

—Sé que no tiene las respuestas, pero estoy seguro de que se ha hecho las mismas preguntas que ahora le hago yo y ha llegado a conclusiones que probablemente no le gusten. Por eso mismo, es tan importante que hable. No puede continuar haciendo lo que ha hecho hasta ahora: callar. ¿Cuándo comenzó a sospechar que su madre sabía lo que ocurría? ¿Hace un año, dos, tres...? —*Silencio*—. Algo que me ha enseñado mi profesión es que si no se afronta la verdad, la cura es imposible. ¿Su madre sabía lo que hacía su padre en esos viajes?

—Esos orfanatos donde se crio mi madre estaban llenos de hijos de republicanas o de mujeres «de la calle», como se las llamaba. Para mi madre, cualquier cosa que protegiera a aquellos niños era mejor que vivir en ese horror.

—¿Protegerlos de qué?

—Protegerlos del horror de todo eso, de todo lo que ocurría en esos hogares, en las escuelas, en los manicomios, en todos lados.

—Usted nunca se enfrentó a su padre. ¿Y a su madre, se enfrentó a ella alguna vez?

—No. Nunca culpé a ninguno de los dos. No lo necesitaba. Estoy segura de que mi padre hizo lo que hizo creyendo que le hacía un bien a esos niños. Mi padre es un pobre hombre. Nunca ganó un duro. Hizo lo que le mandaron. Nada más. Nunca se aprovechó económicamente de nadie. Estoy segura. Lo hizo por convicción moral y política, aunque seguramente los demás lo hicieran por dinero. No él. Mi madre... vivía su propio tormento.

—Isabel, ¿qué es peor, robar niños por convicción moral o para beneficiarse económicamente?

—No me haga esa pregunta.

—¿Por qué?

—No es justo. Mi padre es un hombre sin mucha educación, creyó la promesa moral y política de la nación española. Si fue parte de algo así, lo hizo creyendo en el bien común, por muy equivocado que estuviera. No lo hizo por avaricia. Se aprovecharon de él. Sí, claro que hay una diferencia...

—Difiero con usted. Si lo que pensamos es cierto, los cabecillas de esa operación se beneficiaron económicamente y su padre pudo satisfacer el deseo de sentirse superior. La posibilidad de sentirse superior a los demás también es un modo de beneficiarse.

—Lo manipularon. Sabían cómo emplear su necesidad de sentirse más que otros. Y son solo especulaciones. Nunca lo sabremos.

—Quizás. Pero la élite no puede cometer ciertos crímenes sin la complicidad de algunos miembros de las clases inferiores. Se aprovecharon de su debilidad y de su sentimiento de inferioridad. Lo hizo por razones diferentes a las de sus jefes, pero el resultado es el mismo. —*Un largo silencio*—. Perdone, veo que le ha afectado mucho lo que acabo de decir. No era mi intención hacerle daño, sino que comience a confrontar la verdad, por muy dura que parezca.

—No me siento bien. Me mareo.

—No se levante. Quédese un momento sentada. Le traigo un vaso de agua. Está pálida.

—Me he mareado un poco. Algunas veces me pasa. Pero enseguida me encontraré mejor.

—De todos modos, beba algo de agua. Respire profundo. Muy bien. —*Silencio*—. Ah, muy bien, ya está recuperando el color. Me asustó un poco. ¿Se siente mejor?

—Sí, gracias.

—Muy bien, seguiremos hablando de este tema en nuestra próxima cita.

NOTA:

Culpabilidad. Depresión: toda la familia sufría alguno de sus síntomas. Una dinámica familiar enfermiza. ¿O era solo la madre la que sufría de depresión y a través de ella se infiltró en la dinámica familiar?

Ha sido una sesión difícil para Isabel, pero muy positiva para llegar a explorar los motivos que la llevaron a matar a su madre.

Tres días más tarde por casualidad me encontré con Juanjo en el bar. No estaba solo: su secretaria y algunos de sus compañeros almorzaban con él. Tendría que esperar para poder hablar con él. Me senté con ellos. Charlamos de la familia, del tiempo y de un accidente en el que tuvieron que asistir a las víctimas Después y ya durante el postre, le dije a Juanjo por señas que necesitaba hablar con él a solas. Así que cuando la secretaria y sus dos compañeros se despidieron Juanjo pidió otro café. María del Carmen, me dio un beso de despedida, algo efusivo, que a Juanjo no se le escapó.

—Bueno, así que un romance pleno. Mira que yo la aprecio mucho, no juegues con ella. —Se reía mientras me lo decía

—Déjate de bromas, Juanjo. Es muy buena muchacha, pero no es mi tipo. Además, ahora no tengo ganas de líos.

—Estoy bromeando. Ahora... tú te lo pierdes. María está muy bien y es una buena muchacha. Así que piénsatelo. Eso del tipo o no tipo después de unos años de casado es lo que menos importa. Te lo digo yo que ya voy para once de matrimonio.

—¡Dios mío!, te has vuelto peor que mi madre. Todos quieren casarme. No creo en apresurar esas cosas.

—No te molestes, hombre. Solo bromeaba. Te queremos ver contento. Eso de estar solo no va contigo.

—Ya sé y te lo agradezco, pero bueno... Ya veremos.

—Muy bien, te dejo en paz. Dime, ¿qué necesitas?

—¿Podrías averiguar cuál era el puesto del padre de Isabel en el Auxilio Social? ¿Qué hacía? ¿Cuáles eran sus responsabilidades? Sé que no será fácil. Isabel no lo sabe, pero creo que es importante. La familia no sabía qué hacía, pero los vecinos murmuraban. No sé, quizás no sea importante, pero nunca se sabe. Isabel me contó un viaje que hizo con su padre a Madrid cuando tenía unos nueve o diez años. No puedo contarte más. Mis sesiones son confidenciales, pero Juanjo ¿qué sabes del padre, podía estar involucrado en algo...?

—Ignacio —me cortó—, no te metas en esas cosas. Sabes muy bien que yo no comulgo con este Gobierno. Creo que ya es hora de abrir el país al mundo. Pero ni yo me atrevo a meterme en esos asuntos. Si es cierto lo que sospechamos, es terrible, pero no hay nada que hacer. Las republicanas perdieron esos niños. Ignacio eran otros tiempos...

—Juanjo, no hablo de esos niños, hablo de los de ahora. ¿Y si esa práctica continúa hasta hoy en día?

—Pero ¿tú también te has vuelto loco? Ignacio, ¿para qué?, ¿por qué? No tiene sentido. Sé que no estás de acuerdo con el régimen, pero esa época ya pasó. Esas malditas limpiezas de la posguerra se terminaron. Esas cosas ya no pasan.

—Y si no es así, y si ahora continúa por otras razones que no son políticas.

—Ignacio, por favor, ¿adónde quieres llegar? Sé que quieres un cambio de Gobierno y que sueñas con que España se vuelva una democracia, pero acusar al Gobierno de robar niños sin que nadie sepa nada. ¡Imposible! No te niego que hiciera sus brutalidades en la posguerra. Pero si el padre de Isabel siguió yendo a Madrid sería porque tendría una querida.

—No tiene que ser el Gobierno. Ese es el problema. Las instituciones, el poder que se les concedió con esas malditas leyes, ahora cualquier administrador con un poco de poder puede aprovechar la maquinaria impuesta en la posguerra para robarlos y venderlos. El padre pudo ser manipulado fácilmente...

—Los informes que tengo sobre él solo dicen que trabajaba en las oficinas del hogar de niños. Consiguió el puesto como recompensa por su trabajo en la Falange y, luego, por luchar en la guerra. Pero ya lleva algún tiempo jubilado, así que no sé, Ignacio, no creo que ya tenga demasiada importancia lo que hacía. Un consejo. Déjalo estar, Ignacio. No sigas indagando. Hay cosas que es mejor no saber. Y de todos modos, su trabajo, lo que hacía o no, no tiene nada que ver con el crimen de la hija. Nunca te he visto tan involucrado en la vida de una paciente. ¿Qué pasa?

—¿No te parece bastante lo que te he contado?, las sospechas del padre.

—Quizás. Pero ten cuidado Ignacio, te estás metiendo en aguas agitadas Esto no es un juego.

—Lo sé. Por eso mismo te necesito. Por favor Juanjo...

—Déjalo Ignacio. Eso es todo lo que te tengo que decir. Bueno, ahora me voy o si no mis hombres se preguntarán si no me habré tomado el día. No me mires así. Entiendo que las cosas tienen que cambiar, aunque me da algo de miedo, tengo dos hijas aún pequeñas. Pero no puedo creer lo que me has insinuado. Es imposible. De todos modos, por favor no vayas por ahí comentando tus sospechas.

Se fue. Me quedé terminando el café que no había tocado mientras hablábamos. No sabía qué hacer.

Estaba nerviosa. ¿Presentí algo? Volví a mi cuarto luego de desayunar. Pensaba que debía ir al despacho del doctor Suárez. No hizo falta. Me lo encontré en el pasillo. Me miró con una sonrisa falsa que me lo dijo todo.

—El padre de Ana se la lleva —dije sin necesidad de que él hablase.

Me contó que el padre había regresado con las autoridades de su pueblo. Tenía todos los derechos. Exigieron que le dejaran llevársela. Su esposa se moría. Necesitaba que su hija la cuidara, que cocinara y que hiciera las tareas del hogar. Ana era menor de edad. Él tenía la tutela, me explicó. El doctor Carrasco se atemorizó. No quería problemas: dijo que por razones humanitarias tenía que dejar que se la llevara.

—¿Y el doctor Agüeros no iba a declararla peligrosa?

— No, no lo ha hecho. El doctor Carrasco no ha querido involucrarlo.

—Todo es mentira. Vivimos en la mentira.

—Isabel...

No lo dejé terminar.

—¡Déjeme! ¡Déjeme! —le grité.

No me respondió. No dijo nada. Tampoco quería escucharlo. Trató de decir algo. No quería oír. No sabía qué sentir: rabia, odio, frustración. No pude contenerme. Toda la cólera que albergaba en mi alma la lancé contra él. Lo acusé de mentiroso, de débil, de no ser más que un pelele del hospital, el siervo del director y de sor Teresa. Todo era mentira: sus terapias de grupo, sus preguntas y consejos. Solo habían creado falsas expectativas. No había cambiado nada. Todos sus cambios habían sido pura cosmética. Todo continuaba igual. Seguíamos en la misma posición vulnerable. Se acercó. Trató de abrazarme. Lo rechacé. Mi odio contra el mundo que me rodeaba ahogó todo deseo. Le volví a pedir que se marchara. Se fue herido. Eso alivió un poco mi dolor.

Después me eché en la cama y lloré hasta cansarme. Lloré por Ana. Lloré por Josefa, por Rosalía, por mí, por... Sentí odio hacia el mundo. Sórdido. Cruel. Incapaz... No quería salir de mi cuarto. No podía ver a Ana. No podía encarar su dolor cuando aún estaba forcejeando con el mío. Me quedé en mi habitación. Pero ya me conocían demasiado bien. Mandaron a Rosalía a buscarme para ver qué me pasaba, por qué no iba a trabajar en el jardín como siempre.

—Isabel ¿qué ocurre? —me preguntó Rosalía al verme.

—Se la lleva, el padre se la lleva...

—Pero el doctor nos dijo...

—Nos mintió. No dijo toda la verdad.

—Lo sabía. Sabía que no podíamos confiar.

—Rosalía ¿qué vamos a hacer?

—No sé, pero no podemos permitir que se la lleve.

—¿Cómo?

—No sé, pero tenemos que pensar en algo. Vamos a reunir a todas las mujeres en las que confiemos; quizás alguien tenga algún pariente o amigo que pueda ayudarnos. No sé quién o cómo, ahora no puedo pensar, pero tenemos que encontrar algún modo y lo haremos. Vamos al jardín a hablar con Juana, a ver si ella tiene alguna idea.

—No puedo. No quiero ver aún a Ana.

—Sí es verdad, mejor no. Estás mal. Ana ahora necesita que la apoyemos. Voy a decírselo a las demás. Mejor que Josefa esté con Ana.

—Sí, eso será lo mejor.

—Volveré a verte más tarde.

Me quedé allí. ¿Por qué ahora sentía tanto las desgracias de otras y antes no había podido sentir el dolor de David, de mi hermana, de mi madre y de tantos otros?

ABC
Madrid, jueves, 20 de febrero de 1975

INAUGURACIÓN DEL AÑO INTERNACIONAL
DE LA MUJER

La esposa de Su Excelencia el Jefe del Estado, Su Alteza Real la Princesa Doña Sofía, los presidentes del Gobierno y de las Cortes y la delegada nacional de la Sección Femenina han presidido en el Palacio de Congresos de Madrid el acto inaugural del Año Internacional de la Mujer. En la imagen, doña Carmen Polo de Franco y la Princesa Doña Sofía, a su llegada al acto.

—Buenos días, Isabel.
—Buenos días.
—Sé que es difícil, pero creo que es importante que sigamos hablando de su padre.
—¿De verdad? ¿Y Ana? ¿No vamos a hablar de eso para nada?
—La semana pasada no me dejó que le explicara. He hablado con un amigo notario. Va a tratar de mantener a Ana aquí. Ya ha hecho los primeros trámites. Ha conseguido que el padre no se la lleve la próxima semana como es-

taba previsto. Acabo de comunicárselo a Ana. Aún la tiene que examinar otro médico, pero estoy seguro de que podremos conseguirlo. Por lo menos esto ya implica que puede tardar meses antes de que se llegue a una resolución. Ahora ¿podemos volver a hablar sobre usted?

—Gracias. Lo siento. No le dejé hablar. Todo esto es demasiado difícil. A veces no sé...

—Está bien. Entiendo. Es una situación límite y todos estamos mal. Ahora ¿está preparada para hablar un poco más de su padre?

—No puedo odiarlo, si eso es lo que espera que sienta. Después de saber dónde había trabajado después de la guerra, me avergoncé. Parecía que todo el mundo sabía más sobre mi padre que yo.

—¿Cómo se enteró de que su padre había trabajado en esas cárceles?

—Lo averigüé en el pueblo. Allí mi padre se reúne a menudo en la taberna con varios amigos que lucharon con él en la guerra. A veces, de niña me llevaba con él y me quedaba allí mirándolos jugar al parchís, por eso confiaban en mí. Hace tres años, en julio, fui a visitar a mi tía. En ese viaje el recuerdo de aquel bebé no me dejó en paz. Aunque traté de olvidarlo, no podía. Me preguntaba qué sería de ese niño. ¿Por qué mi padre nunca hablaba de lo que ocurrió ese día? ¿Era eso lo que hacía en esos viajes, entregar niños a padres adoptivos?, ¿o no se trataba solo de adopciones? Mis sospechas me atormentaban. Así que me acerqué a la taberna donde solían reunirse con sus amigos. Estaban allí, como había imaginado. Me acerqué. Los saludé. Se alegraron de verme. Me senté con ellos y pedí una caña. Comencé tanteando a ver si querían hablar de la guerra. Rápidamente se pusieron a hablar. Les gustó poder contar sus hazañas y sus bromas sobre lo que había ocurrido. No hizo falta tirarles mucho de la lengua. Al cabo de un rato, pregunté si alguno había estado con mi padre luego de la guerra. Uno de ellos me contó que trabajó con él en las cárceles de Saturrén y Las Ventas. «Esas rojas recibieron lo que se merecían» me dijo con orgullo. Por supuesto, les dije. Les aseguré que los admiraba; gracias a hombres como ellos España no había caído en manos de los rojos. No me costó mucho convencerlos de mi sinceridad. Volvieron a sus historias, orgullosos de haber salvado al país. Pude volver al tema al poco tiempo.

»Tu padre se las sabía todas. Se consiguió un trabajito cómodo y ahora mira lo bien que está, me dijo Pepe, uno de los más viejos. Entonces le pregunté si lo respetaban mucho, si era el hombre de confianza. Me dijo con mucho orgullo que a mi padre le confiaban los trabajos que no podían aparecer en ningún informe.

»Hablaban de mi padre como si fuera un James Bond. Creo que lo admiraban. Pero en ese momento mis sospechas se hicieron más fuertes. Me di cuenta de que algunas prácticas de la posguerra continuaban, pero ya no solo contra las republicanas. Bueno, no sé. Ya no sé lo que digo.

—No quiere saber. ¿Le tenía miedo a su padre o le tenía miedo a la verdad? —*Silencio.*

—No sé. Después de hablar con ellos me dije que ya no valía la pena. Total, ya no se podía hacer nada. ¿De qué valdría enfrentarse a él? Solo traería más problemas. Mejor dejarlo. El pasado no se puede cambiar.

—Sin embargo, le preocupó lo suficiente para tratar de averiguar lo que había hecho su padre.

—Ahora pienso que no debí hacerlo. La curiosidad, o no sé qué, fue más fuerte que yo. Ahora las sospechas me torturan. No sé qué pensar. Me repugna la idea de provenir de un ser capaz de semejante atrocidades.

—Estoy seguro de que esas sospechas la torturaban desde hacía mucho tiempo. Ese viaje y ese niño... nunca se olvidó de él. En algún momento ató cabos y no podía continuar negando lo que ya sabía. Por eso fue al pueblo, necesitaba confirmarlo, aunque deseara respuestas más fáciles que las que le darían: adopciones legales, madres que voluntariamente daban sus hijos en adopción para que tuvieran una vida mejor... Pero no oyó nada de eso y, de nuevo, intentó negarlo.

—Usted lo dice con facilidad. Pero soy yo la que tiene que aceptar que desciende de algo así... —*Silencio*.

—¿Sufre por ello?

—Ya no. Pero creo que durante años, sin yo misma saberlo, sufrí esa carga de la sospecha, del saber y no saber, del tener que callar delante de todos, aun cuando sabía que los demás sospechaban lo mismo que yo.

—¿Por qué cree que el resto de la familia también sospechaba?

—Mi padre no era un hombre cauto ni sutil: se le escapaban comentarios. Mi madre se había criado en uno de esos hogares, sabía muy bien lo que ocurría allí dentro. También conocía la historia de los bebés robados a los rojos. Era hija de republicanos y se había casado con ese hombre...

—¿Pensaba que su madre era cómplice?

—¡No! Por supuesto que no. Pero tampoco hizo nada por saber. Quizás sospechaba o tal vez no. Pero prefirió no indagar.

—¿No hizo usted lo mismo, Isabel?

—Sí, pero yo no soy madre.

—¿Cree que una madre siempre tiene mayor responsabilidad?

—Mi generación no tiene nada que ver con esa guerra y lo que pasó después. Eso es todo.

—Sin embargo, usted también es responsable por no querer saber qué pasó.

—Quizás eso sea lo que no les perdono a mis padres. Yo no quería esa herencia. No tengo nada que ver con eso.

—Nadie elige el contexto o la historia en la que nace, pero sí escoge cómo actuar ante la realidad que le toca vivir.

—Quizás, pero yo no quiero esa responsabilidad.

—¿Cómo cree que cambiarían sus sentimientos hacia su padre si lo que tememos fuese verdad? ¿Y hacia su madre?, ¿hacia su silencio? ¿Podría perdonarlos?

—No sé. Estoy confundida. Confundida no, humillada.

—Es saludable que se sienta así. Es una manera de empezar a hacerse cargo de su historia. Ahora tenemos que decidir qué hacer con esta información.

—¿Qué puedo hacer? Nada. No podemos hacer nada. Usted lo sabe tan bien como yo.

—No, no se puede hacer nada si lo que espera es que alguien vaya a la cárcel o que esos niños vuelvan con sus madres. Pero eso no es lo que estamos buscando aquí.

—¿Entonces?

—Lo que buscamos es su reconciliación con su pasado personal y la apertura a otras posibilidades de sentir y comprender su propia vida. Nunca lo conseguirá, ni usted ni nadie, a través de la mentira, los secretos y las sospechas.

—¿Y si no puedo dejar de sospechar... y si nunca llego a saber la verdad...?

—Haber tratado de llegar a ella nos da la seguridad de nuestras propias convicciones. Sabremos que la traición viene del exterior y no de nosotros mismos.

—A veces todo lo que usted me dice me suena tan...

—¿Ridículo? —*La interrumpí. Se nota la impaciencia en mi voz.*

—No... bueno, un poco. Pero eso no es lo que quería decir. ¿Se puede transformar una persona interiormente después de cierta edad, cuando ya la personalidad está formada?

—Si no creyera que la gente puede cambiar a cualquier edad no habría estudiado psicología.

—Es muy optimista.

—Quizás, pero ¿no cree que las mujeres de este hospital prueban, diariamente, que tengo razón?

—Tal vez. Pero tienen muchos problemas.

—Es normal, están en un proceso de descubrimiento...

—Se sienten confundidas.

—¿Y usted no?

—Yo, más que ellas.

—Muy bien, vamos a volver sobre esto en las próximas sesiones.

NOTA:

Isabel Ramírez Padrón está en un momento de crisis. El peso emocional de lo que ha ocurrido en el hospital y el tener que afrontar su pasado familiar problemático parecen haber derivado en una crisis que tal vez resulte positiva.

Debería salir. Ir a comer algo al bar. Si Isabel llama puede dejar un mensaje en la máquina. Sin embargo, me da miedo que no lo haga. ¿Y si llama y no estoy? No puedo seguir esperando aquí absurdamente. Me voy a almorzar. No puede ser que me quede al lado del teléfono como un adolescente. Tomo la chaqueta para salir cuando suena el teléfono. Contesto. Es mi hermana Maribel. Creo que oye mi desilusión en la voz.

—¿A quién esperabas?

—No. A nadie. A un paciente.

—¿Hoy? ¿No es tu día libre?

—Sí, pero hay casos demasiado importantes para tener un día libre.

—Ah, ¿quieres que cuelgue?

—No, no hace falta.

—Bueno, te llamaba para invitarte a cenar. Hace casi dos semanas que no pasas por casa. Los niños ya preguntan qué ha pasado con el tío Ignacio. Además, quisiera hablarte de un caso que estoy investigando y no sé qué pensar. Quizás me puedas ayudar.

—Muy bien. Últimamente, he estado ocupado con la nueva ola de inmigrantes. Por eso no he podido pasar por ahí. ¿Cuándo quieres que vaya?

—Me imaginé que te habría pasado algo así. ¡Ven el sábado! ¿por qué no pasas el día con nosotros?

—Vale, me parece estupendo.

—Puedes traer a alguien, si quieres.

—No, Maribel, no tengo a nadie a quien llevar.

—No he dicho nada.

—Te conozco. No hace falta que lo digas. —La oigo reírse.

—Bueno, te esperamos el sábado. Llega a la hora que quieras. Besos

—Besos.

A mi madre casi le dio un ataque al corazón cuando le dijo que se metía a policía. Mi hermana es una mujer muy segura de sí misma. Por mucho que mi madre intentó disuadirla, no pudo. Con el tiempo lo aceptó y creo que al final estaba muy orgullosa de su hija. Es una policía excelente. Mi padre al principio no dijo nada. Creo que le pareció que mi madre podría manejar la situación sin que él se inmiscuyera, pero se asustó cuando vio que la cosa se le iba de las manos. Como siempre, mi padre dejaba que mi madre diera la cara en las decisiones y en los asuntos familiares. Luego, cuando vio que Maribel no iba a cambiar de idea empezó a preocuparse. Hacía tiempo que mi hermana había roto con la autoridad de mis padres. Sabía muy bien lo que quería para su futuro y no iba a aceptar que nadie la detuviese. Esto creó algún distanciamiento entre ellos por un tiempo hasta que terminaron aceptándola. No les quedó más remedio. Sin embargo, mi madre y ella se volvieron aún más cercanas.

Maribel, aunque bastante menor que yo, siempre se ha preocupado por mí, sobre todo después de la muerte de mi madre. Siempre ha sido un apoyo incondicional. La trasladaron a Madrid hace una década y desde entonces estamos más unidos que nunca. Es mi única familia. Mi hermano y yo, aunque siempre hemos tenido una relación cordial, nos vemos poco, solo en fechas señaladas: bautizos, comuniones, matrimonios o entierros. Somos muy distintos. Los dos empleamos la misma disculpa para no vernos a menudo. Siempre estamos muy ocupados. A veces pasa por Madrid, por negocios, y mi hermana organiza un almuerzo para que nos encontremos los tres. Una hora o dos en la que le escuchamos quejarse de la cantidad de inmigrantes que entran en España para aprovecharse de nuestros beneficios, o de lo vagos que son los trabajadores españoles a diferencia de los alemanes o los americanos. ¡Claro, por eso el país está como está! Lo repetirá varias veces, hasta que nos despidamos, sabiendo que tardaremos otro par de años en volver a vernos.

Maribel y sus dos hijos, Gabriel y Ana, son mi verdadera familia; y más aún desde su divorcio. Intenté estar ahí para ella y sus niños. Sin embargo, me demostró, como ya otras veces había ocurrido, su fortaleza interior. A veces parecía que era yo el que necesitaba apoyo y no ella. Miguel, su exmarido, no es un mal tipo. Desde su separación siempre se ha portado bien con los niños y también con ella. Soy bastante sentimental. No lo niego, siempre mantuve la esperanza de que se reconciliaran. Le había tomado cariño a mi cuñado. De todos modos ese trance me unió más a Maribel. La visito a menudo. Llevo a mis sobrinos al cine o al parque. Lo irónico es que yo creí que necesitaba ayudarla y fue ella quien me ayudó a mí, con su comprensión y cariño. Desde su divorcio ya ha tenido dos relaciones. No muy serias. Como me explicó, aún no está lista para otro compromiso a largo plazo. Está disfrutando de su nuevo estado civil. Mientras tanto, yo aquí, estancado, siempre con relaciones que sé muy bien que no van a ninguna parte. Sí, vaya psicólogo, si no puedo ni arreglar mi propia vida... Me lo he dicho muchas veces. He llegado a pensar que terminaré mis días como un viejo solitario. Y ahora vuelvo a soñar con una mujer que no veo desde hace más de treinta años. Pero quizás si me reencuentro con ella y hablamos en otro espacio y no como médico y paciente, de igual a igual, podré, o podremos, exorcizar los fantasmas del pasado.

Oí el picaporte de la puerta de mi cuarto. Crujió. Alguien entró. Asustada; me senté en la cama. Iba a encender la luz cuando una mano lo hizo antes que la mía.

—¡Ana! ¡Qué susto! No te esperaba. Es lunes. Claudia puede verte.

Me miró desde la oscuridad. Me percaté de su mirada. Percibí su miedo. Su vulnerabilidad. Se acercó. Le hice sitio en la cama.

—No, le tocaba el turno a Manolo.

Se metió en mi cama. Estaba aterrada. No dormía. Oía su respiración a mi lado. Su miedo había conquistado ya todo su cuerpo. La abracé.

—Me llamó el director antes de que cerraran los dormitorios. El juez le ha dado la razón a mi padre —susurró entre sollozos en mi oído.

No le respondí. Quise decirle algo que la salvara, que le diera esperanzas. Imposible. Mientras la abrazaba, le rogué que durmiera un poco. Necesitábamos descansar, le dije, mientras me decía que tenía que sacarla del hospital. Pero ¿cómo iba a sacarla yo de allí? Y una vez fuera ¿dónde esconderla? ¿Dónde y quién podría protegerla allí afuera? El mundo era un peligro para ella.

Al día siguiente fuimos juntas a desayunar. Ana, ojerosa por la falta de sueño, trataba de sonreír, pero la expresión de su rostro había cambiado. No sé cómo describirlo. Había algo de extraño. Algo desencajado en esa sonrisa. Parecía que alguien le hubiese pintado un gesto que no era suyo, dándole así un semblante ajeno a ella. Si el padre se la llevaba, ¿sería Ana capaz de resistir la situación? Ese gesto que poco a poco se le iba forjando en el rostro ¿terminaría calando hasta el alma? ¿Trastornaría su personalidad? ¿Sería aún la Ana que conocíamos hasta entonces? ¿La perderíamos? Me hacía todas esas preguntas, mientras trataba de darle ánimos y esperanzas, pero mis dudas crecían con cada minuto que pasaba; si Ignacio no había podido ayudarla ¿cómo íbamos a poder nosotras? Tenía miedo de que Ana enfermara. Su padre, y luego la justicia, la habían traicionado. Ahora esto. No, no creí que esta niña siguiera teniendo la fuerza que le había permitido sublevarse contra los abusos de su padre y después adaptarse a la vida del hospital. El doctor Suárez me había comentado que sospechaba que el juez la había mandado al hospital para protegerla y no para castigarla. Ahora, otro juez la devolvía a su infierno. Nada tenía ninguna lógica. También supe entonces que las buenas intenciones de Ignacio no habían sido suficientes; el sistema se imponía sobre las buenas voluntades.

—Ana, sea como sea, no vamos a permitir que tu padre te vuelva a tocar. No tengas miedo —le repetía sin yo misma creerlo.

Lo único que me importaba era protegerla. Era mi compañera, mi amiga, mi alumna y de alguna manera me sentía responsable de ella. Rosalía se unió a nosotras. Se sentó al lado de Ana, que no podía hablar. Así que le conté lo que había ocurrido.

—Su padre se la lleva.

—No lo vamos a permitir —dijo con tal determinación que me hizo creerla—. Si los médicos no pueden evitarlo, entonces tendremos que hacerlo nosotras. Te sacaremos de aquí antes de que tu padre venga a buscarte.

Obviamente, Rosalía había pensado mucho en esta posibilidad. Nunca había confiado en el doctor Suárez y sus promesas. En el tono de su voz oí una determinación que me tranquilizó. Rosalía ya había pensado cómo sacarla de aquí, pensé, y estaba en lo cierto.

—¡Ah, por aquí andan las locas que faltaban! —exclamó Juana mientras se acercaba a nosotras.

Entonces vio la expresión de Ana: su temor se marcaba en esa sonrisa que intentó mostrar sin mucho éxito.

—No te preocupes. Te sacaremos de aquí. Quizás el doctor Suárez ya sepa la fecha en la que vienen a por ella. Isabel ¿podrías preguntárselo? Es importante saberlo —dijo Rosalía—. Pero no podemos seguir esperando a que él haga algo. No sé aún qué vamos a hacer, pero no podemos dejar que se la lleven. Isabel, diles a todas que nos reunimos esta noche para decidir qué hacer.

—Pero, Rosalía, ¿tú de verdad crees que podemos hacer algo?

—Isabel, no tenemos otro remedio. Algo vamos a hacer. No sé qué aún.

—Bien, yo aviso a las demás.

Recuerdo que la actitud resuelta de Rosalía me dio ánimos para creer que podíamos ayudar a Ana. Esa tarde trabajé nerviosa. No podíamos fracasar. No nosotras. Ya la familia, las instituciones y la justicia le habían fallado, por eso mismo me preguntaba qué podíamos hacer. No quería hacerle promesas que no pudiéramos cumplir. Las promesas vacías del doctor Suárez me enseñaron que la esperanza hueca es dañina. Sentí rencor.

ABC
Madrid, jueves, 20 de marzo de 1975

El Real Madrid perdió por penaltis ante el Estrella Roja de Belgrado.

LA GRAN DESILUSIÓN

El entrenador del Real Madrid, Miljan Miljanic, con la desilusión reflejada en su rostro, contempla el final del partido. Amplia información de nuestro equipo de reporteros.

—Buenos días.

—Buenos días, Isabel.

—¿Y Ana? Me prometió que la ayudaría.

—Y lo estoy haciendo. Es más difícil de lo que pensamos, pero seguimos intentándolo. Por favor, tened paciencia.

—Y si no lo consigue, ¿qué va a pasar con Ana?

—Isabel, tiene que creer en mí. Ahora, por favor, tenemos que volver a hablar de usted.

—No podía ir a las autoridades.

—No entiendo.

—Mi padre. ¿No quería que le hablase de él? No podía ir a las autoridades... No me creerían o, peor, me acusarían de injurias contra mi propio padre.

—No, ya sé que eso no lo podía hacer. Pero sí podía haberse enfrentado a él. Incluso ahora, puede llamarlo, quedar con él, preguntarle abiertamente si estuvo involucrado en el robo de recién nacidos.

—¿Y qué ganaría con eso?

—La verdad.

—¿Y para qué sirve esa verdad?

—Con la mentira no se puede construir una vida.

—¿Y si mi padre se niega a hablarme?

—Primero tiene que intentarlo, luego ya veremos cómo continuar. Ahora siente la responsabilidad de no haber querido saber. Quizás ahora no sea aún el momento para poder descubrir toda la verdad, pero el solo hecho de intentarlo ya es liberador. Tal vez en el futuro se darán las condiciones para poder continuar las averiguaciones.

—Tal vez tenga razón. Pero no quiero ver a mi padre. No quiero que venga aquí. A lo mejor preferiría hablarle por teléfono.

—Muy bien. Tome.

—¿Ahora? ¿Quiere que lo llame ahora?

—¿Por qué no? ¿Cuánto tiempo más va a esperar? Marque el número. Dígale que necesita hablar con él, que es importante. —*Un largo silencio. Se oye descolgar el teléfono y marcar los números.*

—¡Hola! ¿Papá? Soy Isabel. No me cuelgues. Necesito hablar contigo. Es importante. —*Silencio*—. ¿Te acuerdas del viaje que hicimos juntos a Madrid? La abuela estaba muy enferma, mamá tuvo que irse al pueblo. Tú me llevaste contigo. —*Silencio*—. ¿Qué pasó con aquel niño? —*Silencio*—. ¿Qué hiciste con él? No, papá, no quiero meterme en ningún lío, tampoco voy a acusarte de nada, solo quiero saber. —*Silencio*—. No hace falta que me amenaces. No iré a las autoridades. Solo necesito entender qué pasó. —*Silencio*—. No me amenaces, no quiero hacerte daño, solo quiero entender qué pasó. —*Silencio*—. No te rías. Es importante para mí. —*Silencio*—. ¡Papá! ¡Papá!

—Isabel, ¿qué le ha dicho?

—Despúes de reírse, me ha dicho que esas tonterías de entender y saber se las puedo decir a los médicos, que él no es estúpido, que no se dejará engañar. Luego ha dicho que no volviera a molestar y me ha colgado.

—Bien, ¿qué cree que le dice esa conversación?

—Nada.

—¿Segura?

—No sé qué quiere decir.

—Isabel, su padre es un hombre atemorizado por su propia historia. No puede mirar atrás porque sabe que su comportamiento, sus acciones, son reprochables. En un sistema, en un país diferente sería un criminal. Por eso, el desprecio, la risa y la agresividad son maneras de protegerse, no solo de usted, sino de sí mismo, un modo de no sentir vergüenza y temor.

—No sé, no ha respondido a ninguna de mis preguntas. Estamos igual. No sabemos nada. No sé si mi padre siente todo eso que dice usted. Su sentido de estar en lo correcto, su seguridad en su moralidad, como la única aceptable y posible, siempre lo han protegido de la culpabilidad y de la vergüenza.

—No, son máscaras para protegerse ante los demás y ante sí mismo. Teme que las nuevas circunstancias lo estén desenmascarando. Eso hace que reaccione con agresividad. Quizás usted no recibió la respuesta que quería, pero ya sabemos que no es su fantasía. No es usted la que no quiere saber, sino su padre el que le niega la verdad. Romper con el relato recibido es poder contar su propia historia; escoger desde qué lugar, desde qué perspectiva relatarla. Ahora su padre ya perdió esa autoridad, ya no tiene ese poder sobre usted. Comenzar un nuevo relato es importante.

—¿De verdad cree que se puede escapar a un pasado como el mío?

—¿No está usted luchando para que Ana se libere de su pasado?, ¿por qué no habría de poder librarse usted del suyo?

—Solo puedo decirle que lo intentaré.

—Muy bien, eso es lo único que le pido. Veo que todo esto la ha afectado. Lo dejaremos hoy aquí. Quiero que piense en lo que acaba de hacer. Enfrentarse a su padre es enfrentarse a la mentira en que vivió.

—Lo intentaré.

—Aquí está segura. Nadie le hará daño, ni su padre ni la policía. Quiero que piense en su vida con tranquilidad. ¿Le parece?

—Sí.

—Entonces continuaremos en la próxima sesión.

NOTA:

Isabel Ramírez Padrón parece ir saliendo poco a poco de ese sopor en el que estaba sumida cuando llegó. El sentimiento de confusión es un síntoma de esa transformación. La nueva realidad que se está formando en su interior la desconcierta. Ese estado implica un cuestionamiento profundo de sí misma. No puedo dejar de notar un progreso significativo.

Había prometido ayudar a Ana. No sabía cómo. Esa promesa era más un deseo que una verdad. Lo único que se me había ocurrido era que Agüeros firmara que era peligrosa. No lo hizo. El padre, con la ayuda del alcalde y el cura de su pueblo, presionó a Carrasco para que le devolvieran a su hija. Conocía al director, era un hombre práctico, débil, servil y sumiso ante la autoridad. «No quería problemas con los de arriba», solía repetir. Yo sabía que en cualquier momento él podía ceder a la presión del padre. No quería que Isabel dudara de mí. Pero, cada vez más a menudo, me encontraba prometiendo cosas que no sabía si luego iba a poder cumplir.

Después de desayunar fui al cuarto de Isabel. Toqué antes de entrar. Estaba leyendo en la cama.

—Le traigo algo que creo que le gustará.

—¡Una antología de Vallejo! ¿Cómo la consiguió?

—Yo también tengo mis contactos. ¿Le gusta?

—Claro. Gracias. ¿Y a usted?

—No sé. Estos días le di una hojeada. La poesía nunca ha sido lo mío, pero algunos poemas me gustaron mucho.

—La mayoría de la gente que dice que no le gusta la poesía es porque no la ha leído. O solo ha leído esas estupideces que le obligan a leer en la escuela.

—Es probable, pero me gustan más las novelas históricas. Son más realistas. Aunque solo tengo tiempo de leer alguna en las vacaciones. ¿La decepciono?

—No, para nada. Me gusta la idea de que lea novelas. Lo hace más interesante. Pensaba que solo leía artículos científicos.

—No, hasta yo necesito descansar de mi profesión en algún momento.

—Me alegro.

—Me tengo que ir. Nos vemos en la consulta.

Ese regalo era un modo de tratar de recuperar su respeto. La había decepcionado. Su actitud hacia mí había cambiado. Ya no me buscaba para hablar de los temas que la preocupaban o para hacerme alguna pregunta sobre lo que estaba ocurriendo en el país. Me evitaba. Y eso me dolía. Deseaba que volviese a confiar en mí.

Se acercaba. Estábamos en mi cuarto. En cuanto lo vi entendí todo. Le habían devuelto la tutela al padre de Ana. El doctor Agüeros seguía negándose a declararla peligrosa, nos dijo el doctor Suárez.

—El doctor Agüeros, el mismo que nos metía todos esos analgésicos y antipsicóticos, la declaró apta para vivir en sociedad. ¡Qué podíamos esperar de él! Lleva aquí veinte años o más, y solo lo he visto un par de veces, por suerte —dijo Juana con desprecio.

—Lo sé —contestó el doctor Suárez—, pero el notario con el que me puse en contacto está estudiando otras vías. No podemos perder la esperanza.

—Doctor, no se lo tome a mal, pero la esperanza en este lugar solo es un modo de engañarnos. Ana necesita soluciones, resultados, y pronto —le respondió Rosalía.

—Por favor, tened fe. Ana está muy afectada. Necesitamos darle ánimos. Esperanzas.

—No se preocupe por eso. Nosotras no la decepcionaremos —aseguró Rosalía.

—¿Qué quiere decir con eso?

—Nada. Solo que las amigas no decepcionan. Le vamos a dar todo el apoyo que necesite.

—Bien, me alegra oír eso. Les diré algo en cuanto sepa más. Nos vemos luego.

Vimos cómo el doctor se marchaba. Esperamos a que se alejara lo suficiente para que no nos pudiera oír.

—Tenemos que pensar en algo ya mismo —dije—. Quizás fingir algún escándalo, pelearnos, un altercado cualquiera para que la declaren peligrosa.

—Isabel, si hacemos eso, la pueden mandar al tercer piso —advirtió Rosalía.

Se hizo silencio, de un momento a otro, nos miramos: parece que todas pensamos lo mismo, aunque no nos atrevimos a decirlo en voz alta. ¿Qué era peor?, ¿estar inconsciente veinticuatro horas al día como las locas del tercer piso o vivir en el mismo techo con un torturador?

—Juana, tenemos que hablar con Rodrigo. Necesitamos su ayuda —le pidió Rosalía.

—Ayuda ¿para qué?

—Para sacar a Ana de aquí y esconderla.

—Pero, Rosalía, ¿estás loca? ¿Qué puede hacer él?

—Su madre nos dijo que tenían una casita algo alejada de aquí. La heredó de sus abuelos. Está aislada, en medio del campo. Nos escaparemos el domingo próximo a eso de las dos o tres de la mañana. Los celadores estarán durmiendo. Nadie nos echará de menos hasta el desayuno. Para entonces, ya estaremos lejos. Nadie se esforzará demasiado en buscarnos. Iremos a esa casa y dejaremos pasar un tiempo hasta que se olviden de nosotras.

Lo que Rosalía estaba proponiendo era que todas nos fuéramos con Ana.

—Es muy joven —dijo—. No puede irse sola. Además, seremos las primeras sospechosas; nos mandarían a las celdas —explicó.

Aunque tal vez me equivocara, pensé que su deseo de ayudar a Ana también estaba guiado por el ansia de su propia libertad, la necesidad de pasar tiempo a solas con Josefa, sin miedo. ¿Era algo censurable? ¿Era egoísta ayudar a otro para mejorar también la propia situación? Mientras pensaba eso, oí que Juana decía:

—No nos podemos ir sin ningún apoyo. Necesitaremos algo de comer, ropa, no sé, me parece todo muy arriesgado.

—Tenemos que hablar con Rodrigo. Puede ayudarnos a conseguir ropa, comida, todo lo que necesitemos. No nos buscarán. Somos solo unas locas más. ¿A quién le importa? Ya veremos cómo nos buscamos la vida.

—Rosalía, yo no podré irme. Nunca pararían de buscarnos. La fuga de una asesina, una matricida, escapada, sería una vergüenza para las autoridades. Tendrían que encontrarme como fuese —dije, con miedo.

—No, no nos podemos ir sin ti. Te meterían en la celda. Te obligarían a aceptar la medicación. No, no me voy sin ti —respondió Ana y oí su frustración en la voz.

—Ana tiene razón, Isabel. Tienes que venir con nosotras —dijo Rosalía—. No sería justo sacrificar a una por otra.

—No puede ser. Nadie os buscará sin mí. Nunca cometisteis ningún crimen. Si voy con vosotras, no pararán de buscarnos. Es verdad, a nadie le importa unas cuantas locas, pero sí una asesina. Hablaré con el doctor Suárez para que me ayude. Él no permitirá que me metan en la celda.

—Isabel ¡por Dios! ¿Aún crees en ese hombre? No hizo nada por Ana y tampoco lo hará por ti.

—No ha sido culpa suya. Intenta ayudar. Aún continúa buscando la manera...

—Muy bien —me interrumpió Rosalía—, tiene muy buenas intenciones, pero nada más. No podemos dejarte aquí. No. ¿Quién sabe qué te ocurriría?

—Muy bien —dije, sabiendo que no iba a convencerla.

—¿Y si su padre insiste? —preguntó Juana, preocupada—. Obligará a las autoridades a que continúen la búsqueda, quizás durante meses. Castigarán a todos los que crean involucrados.

—La loca del Pardo se muere. Las autoridades tienen otras preocupaciones. No, no van a movilizar a toda la guardia civil por las quejas de un viejo de pueblo. Pero por eso mismo, tenemos que marcharnos de aquí pronto. Juana, tú tienes que darte de alta antes de que nos marchemos —le respondió Josefa para tranquilizarla.

—No sé. Tendré que hablar con Rodrigo. Me da miedo que se meta en problemas. No quiero que le pase nada ni que pierda su trabajo. Perdonad. Sé que soy egoísta. Pero vamos a necesitar su sueldo cuando nos casemos.

—Juana, no tengas miedo. Nadie tiene por qué enterarse de que estuvo involucrado en nuestra huida. Esto queda entre los seis. Nos iremos el próximo domingo. Manolo está de turno. A eso de la una ya estará borracho. Se quedará dormido. El lunes por la mañana, cuando descubran que nos hemos escapado, ya estaremos fuera de su alcance. Si las autoridades les preguntan a las otras mujeres, no sabrán nada.

—Sí. Tendremos que tener cuidado. Si las demás no saben nada, no podrán culparlas de ayudarnos —dije, apoyando a Rosalía.

—Me da miedo. Pero hablaré con Rodrigo esta noche. Veré qué dice. Pero es implicarlo demasiado. Yo puedo irme de aquí cuando quiera. Me interné por mi propia voluntad. Y cuando todo se descubra, vosotras ya no estaréis aquí. Pero él tendrá que dar la cara. Puede perder su trabajo. O hasta es posible que lo metan en la cárcel.

—No pasará nada de eso. ¿Por qué van a sospechar de él? La directiva no sabe nada de vuestra relación. Es un empleado más del hospital. No es un celador. No es su responsabilidad vigilarnos.

Después de aquella conversación, todas estábamos tensas. Vimos a Josefa arreglando unas flores. Nos vio, sonrió y nos saludó con la mano. Creo que notó nuestra preocupación. Rosalía se levantó. Nos dijo que tenía que ir a pintar unos retratos que le habían pedido. Todas sabíamos que era solo un pretexto para irse y que Josefa pudiera acercarse y para que le explicásemos lo que estábamos tramando. Allí sentadas, mirando al jardín, cada una callando sus propios temores, le explicamos toda la situación. Nadie se atrevió a seguir hablando luego de eso. El futuro se había vuelto demasiado incierto. No les dije nada, pero sabía que yo tendría que quedarme. No podía ir con ellas. Las pondría a todas en peligro. Tendría que esperar que el doctor Suárez pudiese hacer algo por mí. Me preguntaba qué pasaría una vez que se diesen cuenta de que habían escapado. ¿Castigarían a todas las internas? ¿Tratarían de encontrarlas o, como esperábamos, nadie se preocuparía mucho por unas cuantas locas? Más aún: a nadie le convenía que esto trascendiera. ¿Y nosotras?, ¿nos volveríamos a ver alguna vez?, ¿sería esto ya una despedida? Ana me cogió de la mano. Se la apreté un poco. Deseaba que sintiera mi cariño. Me sonrió.

ABC
Madrid, jueves, 17 de abril de 1975

DIEZ PROYECTOS PARA EL VIADUCTO

Don Carlos Arias, hijo predilecto de Madrid, agradecido y emocionado.
El presidente del Gobierno en el momento de recibir la medalla de oro de la Villa de manos del alcalde de Madrid, Señor García-Lomas.

—Buenos días, ¿cómo se siente? Me dijeron que estuvo con un catarro muy fuerte.
—Sí, gracias, ya estoy mucho mejor.
—Muy bien. Isabel ya lleva mucho tiempo en terapia, sé que no quiere hablar de ese día en el que murió su madre, pero creo que ya es el momento de que me cuente lo que pasó ¿Por qué no me cuenta cómo fue?
—¿Y Ana?
—Déjeme preocuparme a mí por Ana. La protegeré. ¿Bien? Tiene que confrontar a su crimen y no solo responsabilizarse de él aceptando su encierro. Me dijo que su madre era huérfana. ¿Qué pasó? ¿Recordaba a sus padres?
—Hablaba muy poco de su pasado. Sus padres murie-

ron durante la guerra. Era una niña. Sí, los recordaba, pero no le gustaba hablar de ellos. Luego pasó a uno de los hogares del Auxilio Social. Después, de adolescente, conoció allí a mi padre. Ella tenía quince años cuando mi padre llegó a la institución. Se casaron cuando ella aún no llegaba a los diecisiete. Mi padre la acusaba de venir de una familia de rojos. Siempre que podía le echaba en cara que la había salvado. Según él, su único futuro habría sido meterse a monja o terminar en la calle. Casarse con él la había salvado de un destino terrible.

—¿Y su madre qué decía?

—Nada. No le seguía la corriente. Y cuando yo le preguntaba sobre su infancia, me respondía que no la recordaba. Lo poco que alguna vez me comentó es que su hermana y sus padres habían muerto en un bombardeo.

—¿Piensa que esa experiencia pudo haber afectado la relación con usted y sus hermanos?

—Quizás. Mi hermana nunca lo admitiría, pero creo que las dos nos sentíamos un poco amedrentadas por ella. —*Se oye una pausa*—. Entre ella y nosotras, sus hijas, había una distancia que nunca pudimos salvar. Ella misma, estoy segura, no se daba cuenta. Pero, por favor, no quiero que piense que fue una mala madre. Ella siempre nos protegió. Nos quiso, a su manera. Estoy segura. Aunque fuera incapaz de tener una relación cercana con sus hijas.

—No estoy aquí para juzgar. Pero ¿con su hermano David no era así?

—No, a él lo quería mucho y se lo demostraba. No es que lo quisiera más que a nosotras, pero con él era diferente, sabía cómo quererlo. Podía hablar con mayor libertad. A veces he pensado que se sentía protegida por él, aun cuando David no era más que un niño. Como si su sola presencia la protegiera. Sin embargo, con nosotras, creo que sentía todo lo contrario, que era ella la que debía protegerse.

—¿De quién se tenía que proteger?

—No sé. Es una intuición, no una idea. Necesitaba sentirse protegida, pero no sé si de alguien o algo. Siempre he pensado que era algo más abstracto, no creo que ella misma pudiese definirlo. Mi madre necesitaba sentirse respaldada por alguien. Después de todo lo que había pasado, su necesidad de sentirse segura era demasiado fuerte. Mi padre y mi hermano, por muy diferentes que fueran, podían o sabían hacerla sentir amparada. De todos modos, al hacernos mayores seríamos nosotras las que terminaríamos protegiéndola del mundo que la rodeaba

—¿Le guardaba algún rencor por eso? ¿Por esa debilidad?

—No creo. A veces creía que la entendía y hasta la admiraba. Otras, no. No entendía que fuese tan sumisa con ellos y tan altiva con nosotras.

—¿Cree que su hermana tenía razón? ¿que su madre las despreciaba?

—No, pero a veces me parecía que era desdeñosa con nuestros comentarios o... no sé... no sé lo que digo... Usted me hace decir cosas de las que nunca estuve segura. Mi madre era una buena persona que trató de hacerlo lo mejor que pudo. ¿Por qué insiste en que diga lo que no es?

—Yo no la obligo a nada. ¿Pero no le parece que esos sentimientos encontrados pudieron haber afectado no solo a su relación con su madre, sino también a todas las demás?

—Sé que la quería por quién era, no por lo que yo hubiera querido que fuera. Sabía que su vida había sido muy dura, así que no le pedía lo que no me podía ofrecer. ¿Afectó eso a mis relaciones? Dicen que la relación de uno con sus padres siempre afecta las posteriores, ¿no?

—¿Piensa que la relación que tuvo con su madre y su padre condicionó su relación con sus hermanos, con sus amigas o con Juan? —*Se oye la cinta pasar unos segundos.*

—Sí, creo que sí, aunque no fuese consciente en ese momento. Aunque por Juan nunca sentí mucho. La verdad, creo que ni siquiera me atraía.

—Entonces ¿por qué salió con él?

—Porque me lo pidió; porque me atrajo el mundo al que pertenecía. Comencé a ir a las reuniones y a salir con sus amigos. Eran tan diferentes a mis amistades. Sus discusiones trataban de política, de arte, de filosofía. Íbamos a las tertulias, a veces aparecía algún escritor o algún profesor y nos hablaba de lo que estaban escribiendo, de algún viaje que habían hecho o de alguna anécdota con algún otro escritor conocido. Después nos quedábamos discutiendo y hablando hasta bien entrada la noche. Todo ese mundo me atrajo, no él, pero entonces creí que era él el que me atraía.

—Ese mundo, cambió sus expectativas, ¿no?

—Sí y no. Sabía que yo no podría acceder plenamente a ese ambiente. Siempre me sentía como un mero espectador, pero lo acepté. Deseaba formar parte de todo aquello. A veces me volvía a sentir como cuando era una niña mirando a mi hermano y a los otros niños jugar al fútbol. Sabía que no podía participar, solo mirar y animarlos. Volví a experimentar esa sensación con los amigos de Juan.

—¿Eso le causó dolor?

—Quizás, un poco. Aunque debería estar acostumbrada, ¿no? Las cosas son como son.

—No. El mundo va a cambiar mucho. Se lo aseguro. Se necesitarán mujeres que participen en esos cambios para que este país pueda crecer culturalmente. Ningún país puede modernizarse sin que la mitad de la población participe activamente. ¿Quién sabe si algún día no habrá equipos de fútbol femeninos?

—Eso me lo creeré cuando lo vea.

—Bueno, lo dejamos aquí. Les dejaré saber cómo vamos progresando con el problema de Ana.

NOTA:

La insensibilidad a ciertas actitudes violentas produjo una gran distancia familiar. Desapego emocional. Quizás esto explique la actitud de Isabel ante las acusaciones de asesinato. Ahora, ¿por qué mató a la madre si el padre era el violento? ¿Resentía, le dolía ese silencio, la mentira en la que se transformó la vida de su madre al casarse con un hombre que luchó con el bando que había matado a su familia? ¿Le tenía demasiado miedo al padre y se vengó en la madre? ¿Tuvo un momento de psicosis en el que no sabía lo que hacía? Muchos psiquiatras niegan esa posibilidad.

Después de aquella sesión, encontré en mi consultorio una nota del director del hospital. Me comunicaba que deseaba hablar conmigo. Tomé el pasillo hasta las escaleras de mármol. Sabía que una vez más sor Teresa había protestado por mis nuevos métodos. Esa mujer llevaba casi veinticinco años en el hospital. No le gustaba que nadie le dijera cómo hacer las cosas. Me veía como una amenaza. Una de las monjas de la Orden Hospitalaria me saludó al pasar y me pareció descubrirle una sonrisita de superioridad. Llegué al primer piso donde se encontraba el despacho del director. La puerta estaba abierta. De todos modos, llamé con un par de golpes secos. Oí la voz ronca de fumador del doctor Carrasco. Llevaba a la cabeza de esa institución unos veinte años y sabía que muchas transformaciones estaban por llegar. Eso lo ponía nervioso. Me mandó pasar. Siempre habíamos tenido una relación amable, aunque distante. Sabía que no estaba de acuerdo con algunos de mis tratamientos. Pero era un hombre práctico. Sentía las grandes tensiones sociales; sabía que la transición ya había comenzado en nuestra área. No quería oponerse a los tiempos que se avecinaban, como varias veces se lo había oído decir. Tampoco quería perder el control de la situación.

—Hola, Ignacio. Pasa, por favor. Quería averiguar cómo se encuentra la paciente Isabel Ramírez Padrón.

—Mucho mejor. Come y duerme bien. Aunque aún tiene pesadillas, ya no son tan frecuentes. Se compenetra muy bien con sus compañeras. Sigue una rutina más sana.

—Mira, Ignacio, iré al grano: el personal está muy preocupado. Se han vuelto a quejar. Tienen miedo. Entiéndelos. No estamos preparados para este tipo de paciente. Dicen que le estás dando un trato privilegiado. Primero le has quitado casi todos los medicamentos. Luego le das mucha libertad. Ahora parece que está participando en decisiones que afectan al hospital. Recuerda que es una asesina. No es una paciente cualquiera. Entiendo que eres joven, has estudiado fuera y que vienes con muchas ideas nuevas que, no creas, por lo general, me parecen muy bien. Pero no sé si en este caso no te equivocas. No estoy seguro de que no haya sido apresurado retirarle toda la medicación. Las enfermeras y las hermanas están muy preocupadas, no solo por ella, sino también por las otras pacientes.

—Agüeros la examinó. No encontró ninguna enfermedad mental. Le quitó los medicamentos.

—No juegues conmigo. Todos sabemos que lo hizo por recomendación tuya. Yo no me opuse. Podría haberlo hecho, pero creo en ti y en probar tus nuevos métodos. No estoy en contra de los avances, como bien sabes, pero tiene que haber límites. No podemos arriesgar el bienestar del personal. Isabel es una mujer peligrosa. Ellos tienen derecho a temer por su seguridad.

Le aseguré que, desde su llegada al hospital, Isabel no había mostrado ningún comportamiento agresivo. Tampoco había presentado ningún síntoma peligroso. El mismo personal me había informado que su comportamiento era excelente. Ayudaba a sus compañeras. No se quejaba. Seguía las órdenes. Intenté que no se me notara la frustración en la voz, aunque no lo conseguí.

—Ignacio —aún me acuerdo de la condescendencia con la que me respondió—, no podemos olvidar que mató a su madre. Te voy a ser muy sincero: no estuve de acuerdo con la decisión del juez de traerla aquí. Hemos tenido otros *judiciales,* la mayoría prostitutas, ladronzuelas, casos muy comunes, pero nunca nada tan serio. Si empiezan a mandarnos a todas las asesinas, en lugar de mandarlas a las cárceles, no vamos a tener los recursos para atender a las verdaderas enfermas. ¿Me entiendes? —Carrasco debió de notar mi confusión porque, sin dejar de hablar, respondió a su propia pregunta—. ¿Qué tipo de mensaje se le está mandando a la sociedad? Puedes matar impunemente, luego te haces el loco, te mandan unos cuantos añitos al hospital y ya está, aquí no pasó nada. Imagínate en el cachondeo que se volvería este país. Ignacio, hay que ser realista. Hacemos lo que podemos, pero nuestro trabajo no es rehabilitar asesinas, sino curar enfermas.

—Las pacientes están nerviosas. No saben lo que va a pasar con Ana. No podemos arriesgarnos a castigar a Isabel ahora. Se sublevarían todas.

—Eso no tiene nada que ver. El padre de Ana tiene todo el derecho a llevársela.

—Eso es discutible. Pero por el bien del hospital, es mejor que ahora no hagamos nada muy radical. ¿No le parece que sería mejor esperar a que todos nos tranquilicemos un poco antes de hacer nada extremo?

Ya me había acostumbrado a esa actitud retrógrada y a esas sentencias rotundas que el doctor Carrasco creía que surgían de una posición progresista. Pero yo ya había aprendido a manejarlo. Él mismo se denominaba un reformista. Varias veces me dijo que en su juventud había coqueteado con el socialismo. Yo sospechaba que, como muchos otros españoles de la época, no era tanto por convicción ideológica, sino porque lo consideraba una señal de cosmopolitismo. Luego continuó explicándome las dificultades económicas que implicaban cuidar de una enferma como Isabel. Lo escuché con paciencia sabiendo que sería inútil discutir. Después, y ya para finalizar, me habló del carácter del pueblo español, y de las mujeres españolas en particular. Esa tan mala llamada sabiduría popular, tan profundamente reaccionaria y tan difundida en nuestro país, empleaba un discurso altisonante para que pareciese que nacía de una lógica liberal. De ese modo, pretendía pasar por un discurso de conocimientos probados, en lugar de ser lo que era: un compendio de todos los estereotipos y prejuicios del sistema. Al final, toda esa perorata se reduciría al único método que según él era efectivo dado «el verdadero carácter» del pueblo español: el castigo. El miedo, según él, era el único modo de controlar a los criminales y a los pacientes psiquiátricos. No parecía distinguir mucho entre los dos grupos. El temor, continuó explicándome, reducía la criminalidad y también los síntomas de las enfermas. Fue una reunión larga, tediosa, en la que tuve que emplear todos mis poderes de persuasión para evitar que volviera a poner a Isabel en un régimen de pastillas. Le aseguré que estábamos haciendo grandes avances. Teníamos que estar a la par del momento histórico que estaba pasando la psiquiatría y la psicología del país. España estaba en un momento de transición a todos los niveles, le aseguré. En muchas diputaciones se estaban construyendo nuevos hospitales con los últimos avances de la ciencia. Iban a ser la envidia de Europa. Nosotros no podíamos dar una imagen de atraso. Se quedó pensando. Volví a repetir, en un momento así no podíamos poner en riesgo la reputación del hospital. Eso pareció hacerlo dudar. Los periodistas habían empezado a informar sobre las condiciones de los psiquiátricos. El caso de Isabel había sido muy mediático. No queríamos escándalos. Eso, por fin, pareció convencerlo. Me aseguró que lo pensaría.

Al día siguiente nos encontramos en mi cuarto. Ya era más de las doce de la noche. Josefa entró con Rosalía. Nadie estaba vigilando los pasillos. Después llegaron Juana y Rodrigo con Ana. Noté enseguida que Rodrigo estaba molesto con Juana. Parece que mi expresión le valió para explicarse:

—¡Cómo no iba a ayudar a Ana! Ese no es un padre; es un canalla. No es un hombre: es un animal en dos patas —dijo, furioso.

—Yo no quiero que pierda el trabajo. Eso es todo... —respondió Juana, molesta.

—No me va a pasar nada.

La indignación de Rodrigo era absoluta. Rodrigo era un hombre al que le horrorizaba el sufrimiento de los demás. Y el de Ana lo indignaba. Creo que le costaba entender cómo un hombre como ese podía pertenecer a la misma especie que él. No, no era un hombre, repetía una y otra vez.

—Sabía que podríamos contar contigo —le dije a Rodrigo mientras lo abrazaba con todas las fuerzas que me permitió la mirada de Juana.

—¡Oye! ¡Oye! Que eso es mucho apretón —le oí decir.

Josefa la regañó entre bromas.

—¡Mujer, no seas tan celosa! ¡Si no tiene ojos más que para ti!

Su tono de voz nos hizo sonreír. A pesar de su sonrisa, Ana seguía manteniendo una expresión extraña, entre temerosa y perpleja. Pensé que era una adolescente en un drama en el que estaba fuera de escena. Su no lugar en este mundo no le permitía expresar sus sentimientos. Quizás porque no había gestos ni expresiones que representaran su dolor.

—No tengas miedo. Todo va a salir bien. Tendrás una nueva vida. Te irá muy bien. Estoy segura. No permitiremos que te pase nada malo —la tranquilicé.

—Sí, eso me digo siempre —dijo Ana con una mezcla de tristeza y de alivio.

Escapar era ahora lo único que importaba. Nuestra situación, el contexto en que nos encontramos, no siempre nos permite sentir una emoción agradable sin enfrentarnos a otras negativas. Pensé que tendría que despedirme de todas ellas la noche de su huida. Mientras hablábamos les dejé creer que me escaparía con ellas. Me aterrorizaba la posibilidad de que me volvieran a encerrar en el tercer piso o de que me mandaran a las celdas. Mi única esperanza era el doctor Suárez.

Aquella noche nos dedicamos a planear cada detalle de la huida. Marcharse a las dos de la mañana era muy sensato. Pero ¿cómo? Las puertas de salida del hospital no eran como las de los cuartos: eran unos portones enormes imposibles de forzar.

—Tendremos que escapar por el patio. Saltar la verja —dijo Rosalía.

—Imposible. Son demasiado altas. Nos mataríamos —respondió Ana.

—No, si tenemos una escalera; la que usan los trabajadores la guardan en el cobertizo. Esa tarde, Rodrigo tendrá que dejar la puerta del cobertizo abierta para que podamos cogerla esa noche —explicó Josefa.

—Sí, eso está bien para este lado de la reja. ¿Pero qué hacemos una vez arriba? ¿Saltamos? Nos romperíamos una pierna —dijo Ana.

—No. Yo tengo una en casa, la traeré y la apoyaré contra las rejas, del otro lado —dijo Rodrigo.

Luego él mismo las guiaría a todas hasta la aldea. Rodrigo conocía los mejores caminos a través del bosque para que nadie los viera. Tendrían que evitar las carreteras. Nadie podría verlos. Además de nosotros, solo la madre de Rodrigo conocería nuestros planes. Tendríamos que decírselo. Necesitábamos su ayuda. Su madre era una mujer muy discreta. Sabíamos que podíamos contar con su silencio. No podíamos esperar mucho más tiempo: el padre de Ana podría venir a por ella en cualquier momento. De todos modos, íbamos a tener que conseguir algunas provisiones. Rodrigo nos aseguró que no teníamos que preocuparnos por eso: su madre prepararía algo de comer. Lo más difícil sería conseguir la ropa necesaria para caminar por el campo. Tenía que ser algo cómodo y ligero. Era importante llevar unos buenos zapatos.

—¡Imposible! ¿Cómo vamos a conseguir todo eso? —irrumpió Juana.

—Buscaremos algo entre la ropa donada que llegó estos días. Aún queda bastante calzado. Quizás tengamos suerte —respondió Rosalía.

Mientras hablaban, pensé en las dificultades que les esperaban. Todos esos inconvenientes me preocupaban. Lo único que tenían a su favor era el descuido de los celadores. Nunca nadie se había escapado del hospital. Por eso la vigilancia no era muy estricta. La huida no sería difícil. Lo peor sería lograr llegar a la casa. No tenían mucho tiempo para prepararse. El padre de Ana podía venir y reclamarla en cualquier momento.

Los días que siguieron fueron muy atareados. Durante la mañana, una de nosotras se quedaba paseando por los pasillos, vigilando a las enfermeras, mientras las otras buscábamos entre las donaciones, la ropa que podría servirles. Algunas de las internas notaron algo extraño. Sabían que tramábamos algo. ¿Estábamos demasiado calladas? ¿Demasiado serias? Se acercaban mientras descansábamos o paseábamos por el jardín. ¿Qué hacíamos? ¿Por qué no las incluíamos en nuestros planes? ¿Por qué tanto secreto? ¿Qué nos traíamos entre manos? Se sentían excluidas y no les gustaba nada. Nos acosaban con sus preguntas y su irritación ante nuestras negativas.

ABC
Madrid, jueves, 19 de junio de 1975

En Italia y Portugal

FUERTE PRESIÓN COMUNISTA

Nuestros corresponsales informan

ROMA

Las elecciones municipales confirman el avance comunista

LISBOA

Manifestación comunista contra las Cortes Constituyentes

EDITORIAL

Dos tácticas diferentes

Foto del día

Un niño de cinco años de edad, con la hoz y el martillo en la gorra, saluda, puño en alto, durante una gran manifestación que tuvo lugar en Roma para celebrar el avance del partido comunista en las recientes elecciones. Esa imagen recuerda, desgraciadamente, la etapa de la dominación roja en nuestro país en el trágico verano de 1936.

—Buenos días, Isabel. Hoy quisiera continuar hablando de su madre ¿Le molestaría repasar cómo era su rutina diaria?

—Se levantaba, hacía el desayuno, limpiaba la casa, preparaba la comida y luego veía la tele. De vez en cuando iba al bar del barrio a jugar a las cartas con un grupo de amigas.

—Usted dice que se llevaba bien con ella. Sin embargo, alguna vez mencionó que se sentía solo una sustituta de su hermano.

—No sé si era tan claro como usted lo dice. Es difícil de explicar.

—¿Cree que sus padres se querían?

—Quizás. No lo sé. Se necesitaban. Pero ¿cómo querer a alguien que desprecias? Mi madre era hija de republicanos. Mi padre los odiaba a muerte. Y no creo que mi madre pudiera olvidar que se había casado con alguien que había luchado contra ellos. ¿Pudieron superar ese pasado? No lo sé. Se necesitaban.

—¿Y usted? No era rebelde como Julia. ¿Cómo era su comportamiento?

—No les daba problemas. Eso es lo que mi madre solía decirles de mí a sus amigas.

—Entonces ¿se sentía obligada a tener una buena relación con su madre, aun cuando no sintiera una gran cercanía con ella?

—Tal vez... Bueno, creo que sí, pero también... era una relación verdadera... No sentía que estuviera actuando o manteniendo una mentira. No era eso. Solo que entre nosotras no había ninguna intimidad. No creo que mi madre me conociera. Tampoco recuerdo que me abrazara ni una sola vez cuando dejé de ser una niña. Solo, al ser mayor, se atrevió a algún tipo de acercamiento. Comenzó a contarme algo de su infancia. Ahora, hablando con usted, comprendo que siempre he vivido la relación con mi madre como una contradicción. Quizás la frustración de mi hermana nacía de esa misma contradicción. Yo siempre la negué o no quise saber mucho de ella.

—¿Diría que su madre sigue inspirándole sentimientos encontrados?

—Nunca lo pensé así, pero... —*Silencio, parece que piensa un momento*—. Sí, ahora que lo dice, sí. Nunca tuvo un gesto de cariño. Nunca hablamos de nada importante. Yo sabía que había temas que no debíamos tocar: novios, mis problemas con las amigas, cosas así... Siempre pensé que a mi madre mis preocupaciones le parecerían solo tonterías.

—¿No aprobaba sus amistades?

—No era eso. No es tan fácil de describir. Eran reglas que no se decían, pero sabíamos que estaban ahí, impuestas por ella. Por lo menos, eran lo suficientemente claras como para que no le contáramos nuestras preocupaciones. Creo que, sin que ella fuera consciente, fue creando una barrera invisible que la separaba de nosotras.

—¿Y su hermano no se sentía igual?

—No. A mi madre, David le hablaba de todo: de sus novias, de su futuro, de sus problemas con los amigos, de sus estudios...

—¿Diría que ellos habían creado una alianza que excluía al resto de la familia?

—¡Eso! Sí, era eso... Entre mi hermano y mi madre había una complicidad muy fuerte, que nos excluía.

—¿Sufrían por ello?

—Creo que sí, que a todos nos dolía un poco, aunque nunca nadie dijo nada.

—¿Cómo describiría esa alianza?

—No creo que ellos mismos la hubiesen creado a propósito ni que fueran muy conscientes de esa alianza. A mi madre no le gustaba que mi hermano saliera con nosotras o que tuviéramos amistades en común. Quizás pensara que nosotras no teníamos la capacidad o la inteligencia para conversar con ella al mismo nivel que David. Cualquier cosa que le aconsejara mi hermano, ella lo tomaba muy en serio. Por eso no queríamos que David hablase mal de nosotras. Por lo general, mi madre creía todo lo que él le decía. En cambio, a mi hermana y a mí nunca nos pedía opinión sobre nada. —*Pausa*—. Igual, no quiero que piense que la maté porque era una mala madre. No lo era. Nos sacó adelante. Fue una madre responsable, aunque no cariñosa. No quiero disculparme o intentar echarle la culpa a ella. Yo la maté. Yo soy culpable. Mi madre trató de hacerlo lo mejor posible dentro de sus posibilidades.

—Estamos aquí para deslindar sus sentimientos y tratar de entenderlos. Necesitamos saber qué le hizo cometer semejante crimen y asegurarnos de que nunca más vuelva a ser una persona violenta. ¿Qué quiere decir con que su madre no quería que sus hijos saliesen juntos?

—Le molestaba que compartiéramos cosas, por ejemplo. No lo decía, pero era obvio. Y eso fue creando una distancia también entre nosotros.

—¿Le molestaba?

—Siempre insiste con el resentimiento. ¡No!

—¿Por qué se enfada?

—Perdón, no quise alzar la voz, pero hay algo que no entiende: en aquel momento, mientras sucedían estas cosas, no era tan fácil ver todas esas diferencias, todos esos límites, como lo estamos viendo ahora. A veces me sentía muy cerca de mi madre; otras, parecía que estábamos en mundos diferentes.

—¿Por qué cree que ninguna de ustedes pudo crear un puente entre las tres?

—No sabíamos cómo. Mi hermana Julia lo intentó del único modo que sabía: peleando. Yo no sabía ni siquiera que necesitaba crear ese lazo: solo sentía nostalgia, una carencia de algo para mí entonces indecible.

—¿Y su padre, qué decía de todo eso?

—Nada. Mi padre solo hablaba de fútbol. Como creía que todo el mundo lo odiaba, no tenía mucha relación con nadie. No sé, a veces salgo de aquí y me siento más confundida que antes.

—Es normal. La confusión es parte del proceso del cambio en el que se encuentra en este momento. Según vaya encontrando las respuestas a su comportamiento y a su personalidad esas dudas se irán disipando.

—Eso espero, porque no me gusta sentirme así.

—La entiendo, pero perder el control en una situación controlada, como lo es la de la terapia, puede ser positivo. Ese malestar que siente ahora es la prueba de que estamos avanzando.

NOTA:

La paciente siente que está perdiendo el control de sus emociones, lo que la incomoda. A diferencia de su comportamiento cuando llegó —poco menos que una máscara imperturbable—, ahora se enfada, alza la voz y las expresiones de su rostro comienzan a revelar sentimientos fuertes.

Entendí que la madre de Isabel, una mujer que tuvo que vivir con su opresor, para sobrevivir desarrolló inconscientemente las estrategias del débil: el silencio, las alianzas emocionales con el heredero de la posición del padre y la ruptura con su propio grupo social. Se había criado sin ningún tipo de modelo, más que las trabajadoras de Auxilio Social que la rechazaban por ser huérfana o por sospechar que sus padres habían sido rojos o, simplemente, porque no era hija de nadie. La mejor táctica de los vencedores es borrar la identidad de los vencidos. La vergüenza y el desprecio encubiertos en el silencio son tácticas para disipar las señas de identidad. Así se inculca a los grupos minoritarios, y específicamente a las mujeres que son las que crían a los hijos, el sentimiento de inferioridad. El silencio siempre es muy efectivo para aislar. Así cada uno cree que su situación es solo producto de su propia dinámica.

A veces, he pensado que la psicología es una ciencia que solo puede desarrollarse en sistemas democráticos. En España, en 1940, el reconocido psiquiatra Ramón Sarro, el mismo que introdujo las devastadoras inyecciones de cardiazol, aseguraba que los sacerdotes podían ayudar a los enfermos mentales más que los psiquiatras. Decían que las inyecciones de cardiazol producían una experiencia mística que, argumentaban, «sanaba el alma», donde parece ser que residía el mal —y, por lo tanto, la enfermedad mental—. Médicos tan influyentes como F. Marco Merenciano o López Ibor creían que la enfermedad mental podía ser un castigo por los pecados del enfermo y, por eso mismo, un sufrimiento merecido. Yo ahora me encontraba con las consecuencias de ese pensamiento. De este modo ciertos trastornos mentales podían ser de índole moral o social. Cualquiera que no entrara en los parámetros morales del régimen —homosexuales, comunistas, o mujeres que no seguían unos comportamientos *aceptables*—, podía ser categorizado de enfermo mental e internado en un manicomio. Los beneficios políticos fueron importantes: la ciudadanía fue desplazando el miedo ante un régimen dictatorial hacia el vecino, el amigo, e incluso hacia sus familiares. Así doctores como Vallejo-Nágera, Sarro o López Ibor hicieron de esta rama de la medicina, la psiquiatría, un instrumento ideológico del régimen. Establecieron, con la ayuda de otras instituciones como la Sección Femenina, la ideología y los estereotipos del régimen.

Esa tarde Carmen, con un grupo de compañeras, nos acorraló en el pasillo mientras nos dirigíamos al jardín. Estaban dolidas. Carmen siempre había querido sentirse parte de nuestro grupo. Nunca supimos incluirla. No confiábamos en ella.

—Sabemos que planeáis algo. ¿Creéis que Ana no nos importa también a nosotras? No os pertenece. Nosotras también la queremos. ¿Qué vais a hacer?

No sabíamos qué hacer. Si no le contábamos nuestros planes podría vengarse o podría contarle sus sospechas a sor Teresa, que alertaría a todo el personal. Decidimos que teníamos que decírselo por lo menos a ella. La situación se estaba volviendo demasiado tensa. Así que esa misma tarde se lo dijimos. Quiso ayudar. Ana era muy importante para ella, nos aseguró.

Roni, la gata, resultó ser otro problema. Siempre había sido una gata muy curiosa. Ahora nos perseguía por todo el jardín. Trataba de entrar en el hospital con nosotras. Parecía notar algo extraño. Algo tramábamos, parecía decirnos. Ana a menudo la tomaba y la ponía en sus rodillas y ella se dejaba acariciar. Otras veces nos perseguía por el jardín mientras buscábamos el mejor lugar para apoyar la escalera. Aunque ya serían las dos de la mañana y todo el mundo debería estar durmiendo, mejor que estuviera lejos de las ventanas. La verja en algunos lugares no era tan alta como en otros. Mientras la examinábamos, *Roni* se colaba entre nuestras piernas hasta que alguna la alzaba y la tomaba en sus brazos. Decidimos que detrás de unos cedros y arces, al fondo del huerto, podríamos escapar sin ser vistas.

Esa semana el ambiente del hospital cambió radicalmente. Las mujeres trabajábamos en silencio en nuestras tareas. En el comedor, a la hora del almuerzo, en lugar de charlar o canturrear, como solía ser la costumbre, reinaba el silencio y el nerviosismo. Sor Teresa notó el cambio. Ya el rumor se había extendido: Ana se escaparía. ¿Quién habló? Carmen, Juana... No sé... sor Teresa se paseaba por el comedor observándonos. Les preguntó a sus confidentes, dos pacientes que recibían más comida, más jabones y algunas otras cosillas, qué ocurría. No pudieron responderle. El pacto del silencio, por lo menos se había mantenido para ellas. Las mujeres, por primera vez en mucho tiempo, respetaron los horarios. Nadie llegaba tarde a la hora de comer. Nadie protestaba a la hora de apagar las luces. Reinaba el silencio. Las mujeres estaban más tranquilas, más controladas. La directiva estaba segura de que las nuevas normas eran más efectivas, por eso la tranquilidad de las pacientes. Claudia y sor Teresa, que nos conocían mejor, advirtieron el peligro. Algo no estaba bien. Las pacientes no parecían tranquilas ni curadas, sino expectantes.

Las internas sentían el dolor que anticipa la pérdida: las cuatro, Josefa, Rosalía, Juana y Ana eran muy queridas. Las íbamos a extrañar. Sabíamos que después de su marcha ya nada sería igual. Sor Teresa y las enfermeras, sobre todo Claudia, notaban nuestra tristeza en los pequeños silencios, en esa rabia soterrada que podría estallar en cualquier momento. Todo ese movimiento, todas esas risas y alegría de los últimos meses, se había detenido. Claudia le repetía a sor Teresa que no era normal. Por suerte, la administración no quiso escucharlas.

Sor Teresa ordenó a los celadores que estuvieran más atentos. Les recordó que por las noches debían caminar por los pasillos y asegurarse de que cada una de las pacientes estaba en su cuarto y revisar varias veces las habitaciones para ver si había algún objeto prohibido. Aunque los celadores le repetían que todo estaba en orden, sor Teresa seguía sospechando. Los empleados se decían que sor Teresa siempre temía lo peor. No hicieron caso alguno y siguieron con sus escapadas al bar, se iban con alguna de las mujeres al cobertizo o se sentaban en algún cuarto apartado a escuchar el partido. Tampoco ellos entendían la obsesión de la monja por intentar controlar a las locas cuando ellos se lo pasaban tan bien con algunas de ellas. Tampoco era que la mayoría de estas mujeres fueran peligrosas, se decían. Sin embargo, en cuanto sor Teresa se percataba de que los celadores se relajaban, se enfurecía y volvía a repetir sus órdenes, inútilmente. El doctor Carrasco, era totalmente ajeno a todo esto. Como la mayor parte del tiempo estaba encerrado en su despacho, no notaba esos pequeños cambios en la rutina del hospital. Se alegraba de que las mujeres estuviesen respondiendo tan bien a las nuevas directivas. Estamos avanzando, decía orgulloso. Vamos progresando, se felicitaba. El comportamiento pacífico y el afán de trabajo de las mujeres demostraban que se podían hacer grandes adelantos en la ciencia de las enfermedades mentales. Seríamos un ejemplo a seguir para otras instituciones, decía. Sin tener los recursos de las provincias más ricas, nos estábamos poniendo a la altura de la ciencia europea. Teníamos que escuchar estos pequeños discursos mientras trabajábamos en el jardín o conversábamos en la sala de estar antes de que empezaran las terapias de grupo. Si en un principio esas peroratas del director nos servían para mostrarnos que teníamos su apoyo, su confianza, y las oíamos con algo de orgullo, ahora esos discursos nos sonaban a hueco. El doctor Suárez optó por no querer saber. Durante esos días, preferí evitarlo. No quería que supiera lo que planeábamos. Tenía miedo de que me preguntara qué nos traíamos entre manos. No quería mentirle. No. No era solo eso. No. Me había decepcionado. Aunque sabía que estaba siendo injusta, no podía evitarlo. No podía pedirle que infringiera la ley. Había tratado de ayudar a Ana, me decía. ¿Qué esperaba de él?, ¿milagros?, me repetía yo misma, sin lograr convencerme. Él notó mi distanciamiento. Mi desencanto se hizo obvio en mi frialdad hacia él. Él me buscaba. Me lo encontraba a menudo en los pasillos o en el jardín. En un par de ocasiones se acercó a mi cuarto con algún pretexto. Notaba su deseo de hablarme, de estar conmigo. Eso me proporcionaba una extraña satisfacción: poder rechazarlo sutilmente. Quería que sintiese mi decepción. No, no era justo. Lo sabía. No me importó. Los sentimientos no siempre son justos. No por eso dejamos de sentirlos. Eso lo sabíamos mejor que nadie las mujeres que estábamos encerradas allí. Si él sufre, más sufre Ana, más sufrimos nosotras, me dije. Él notaba mi actitud y me buscaba en un intento inútil de establecer cierta complicidad. No se lo permití.

JOSÉ LUIS BERASATEGUI GOICOECHEA, NUEVO ALCALDE DE BILBAO

«En este momento, el mayor problema del Municipio es el económico»
(Entrevista en páginas de tipografía)

FUERTE TENSIÓN POLÍTICA EN PORTUGAL

LOS SOCIALISTAS SE RESISTEN A VOLVER AL GOBIERNO

Soares y su partido socialista han rechazado la oferta del presidente Costa Gomes de formar parte del quinto Gobierno provisional portugués. La fuerte tensión política que estos días vive el país vecino, por la violenta pugna entre socialistas y comunistas, se refleja en el rostro de Mario Soares, que aparece atendiendo una llamada telefónica durante una manifestación de su partido en Oporto.

—Buenos días, Isabel.

—Buenos días. No empiece, por favor. Hoy estoy demasiado preocupada por Ana como para hablar de mí. ¿Qué pasará con ella? Si usted consigue ayudarla, ¿estará el resto de sus días encerrada aquí para que su padre no pueda abusar de ella? ¿Es ese un destino agradable? Sea como sea, el futuro de Ana es desalentador.

—¿La quiere mucho?

—Sí, es como una hermana. No. La verdad, tengo una hermana y nunca tuve una relación tan estrecha con ella como la que tengo con Ana. Quizás, todo lo que estamos pasando aquí nos obliga a establecer relaciones más importantes que las que tuvimos con nuestros familiares.

—Eso es bueno. Aunque la situación no sea la ideal. Una parte de la rehabilitación se basa en poder crear y mantener relaciones saludables. Los vínculos abusivos del pasado tienen que romperse para establecer lazos de apoyo. Algunas veces eso implica cambiar las actitudes de los miembros de la familia; otras implica romper los lazos con ellos.

—Quizás, pero ¿qué quiere decir «rehabilitación» en el caso de Ana, si ella nunca hizo nada malo?

—Eso dependerá de la preparación y del cambio de actitud que logre antes de salir de aquí. Josefa me ha comentado que están pensando en estudiar una carrera. Eso sería excelente. ¿Sabe a qué le gustaría dedicarse?

—No, aún no lo sé. Quizás algo relacionado con lo que hago ahora con las clases de alfabetización. Quiero trabajar y poder ayudar a la gente. De ese modo podré pagar mi deuda con la sociedad de un modo más productivo que estar aquí encerrada.

—Excelente. Tendría que explorar las posibilidades de estudiar Trabajadora Social o algo así. ¿No le parece?

—Sí, algo así... De todos modos, aún no lo he pensado mucho.

—Muy bien. Piénselo. Creo que estamos haciendo grandes progresos, ¿no? A diferencia de esa Isabel que entró hace casi dos años en el hospital, ahora es mucho más consciente de sus sentimientos. Sigamos hablando de Julia. Me comentó que ella sentía que su madre las despreciaba. ¿Por qué creía eso?

—No sé si era desprecio. Julia siempre insistía en esa mirada de desdén.

—¿Y usted pensaba lo mismo?

—No.

—¿Entonces, a diferencia de Julia, usted no creía que su madre las depreciara?

—Mi madre se expresaba de un modo muy particular, hasta sus gestos y mohines eran diferentes.

—¿Diferentes de qué?

—A los de otras mujeres de su edad. Sus lealtades, sus estructuras morales, no tenían mucha relación con el cariño. Mi madre siempre estaba ahí. Nos levantaba para ir a la escuela. Cocinaba. Limpiaba. Nos obligaba a hacer la tarea. Nos mandaba a la cama a una hora prudente. Eso era lo que una madre debía hacer. Ese era su trabajo y lo hizo muy bien. —*Silencio. Pasa la cinta, silencio*—. Pero todo eso no necesariamente tiene mucha conexión con el amor o el cariño. No sé si era capaz de sentir mucho, pero su sentido de responsabilidad y del deber la hizo una buena madre.

—¿Y a usted?, ¿su sentido del deber también hizo de usted una buena hija?

—Hacía lo que tenía que hacer. Estudié, ayudé en la casa, no les di preocupaciones. Sí, fui una buena hija, aunque siempre sentía que era el papel que me tocaba y lo hacía bastante bien. Era como un papel que interpretaba para complacer a mi madre. Pero no era mentira. Conocía su historia y deseaba que fuese... —*Silencio. Pasa la cinta unos segundos.*

—¿Sintió alguna vez que interpretaba un papel que no le correspondía?

—¿No es eso vivir: interpretar un papel según los privilegios o las desventajas de nacimiento? Según en qué familia nazca uno tiene mayor o menor posibilidad de escoger el papel que va a representar. Eso es todo, ¿no?

—Digamos que así es. ¿Qué papel le tocó a usted?

—El de una muchacha pobre en una pequeña provincia...

—No no, no se puede esconder en esa caracterización. Usted fue la que inició este razonamiento, ¿cuál era su papel?

—No creo que tuviera un papel, ese era el problema. Nadie sabía qué sería de mí. En cierto modo preferían a Julia. Todos sabían cómo iba a ser su futuro: muy malo. Pero para mí ni siquiera podían imaginar nada.

—Permítame que volvamos al día del homicidio. ¿Pasó algo en especial ese día, o los días anteriores, que ahora crea que puede ser la razón que la llevó a cometer el crimen? —*Silencio.*

—No, nada. No pasó nada.

—Sabemos, por su comportamiento, que no sufre ninguna enfermedad mental grave. También, que no tuvo ningún ataque psicótico. Después de matarla, arregló a su madre. Se preocupó por su aspecto. No quería que nadie la viese mal. ¿Planeó el crimen?

—No puedo. No quiero seguir. No me siento bien.

—No puede continuar escondiéndose. Si no puede hablar de lo que hizo, quizás pueda escribirlo. ¿Qué le parece si escribe su historia? Creo que le haría bien. Podría empezar un pequeño diario de memorias. No digo que escriba solo sobre su crimen, sino sobre su vida en general. Escribir nos hace conscientes de nuestro comportamiento. Quizás eso la ayude a expresarse mejor, a poder indagar en sus motivos sin sentirse amenazada.

—¿De verdad cree que escribir me ayudaría?

—Mucho. Escribir ayuda a entender. El poder del lenguaje es crear nuestra realidad, si puede controlar el lenguaje puede controlar su vida. Escribir le ayudará a enfrentarse a su propia historia.

—Muy bien, voy a intentarlo. Pero ¿puedo pedirle algo?

—Claro, ¿qué?

—Creo que sería bueno que usted también escribiera su vida.

—Ah sí y ¿por qué cree eso?

—Porque si es verdad lo que dice, creo que, después de la muerte de Franco, todos vamos a necesitar revisar nuestra propia historia.

—Quizás tenga razón, Isabel. Tal vez lo haga.

—Quién sabe, quizás podamos escribir nuestra historia, juntos, algún día.

—Sí, eso sería excelente. Algún día lo haremos. Ahora, mejor, lo dejamos aquí.

NOTA:

Por las razones que fuese, su temprana orfandad, el provincialismo, las estructuras sociales y políticas o, simplemente, sus propias inseguridades, la madre de Isabel se sentía incapaz de cumplir el papel de madre con sus hijas. Aunque por la dinámica familiar que describió Isabel, con su hijo cumplía ese papel a la perfección, extirpándole de ese modo al padre el lugar tradicional den-

tro de la familia. Aunque lo sintiera, el padre no tenía las capacidades para expresarlo y quizás ni siquiera para entender qué era lo que le molestaba. Tal vez por eso su resentimiento con todos. La dinámica familiar lo excluía.

Emociones encontradas. Hablar de lo que se ha callado tantos años. El dolor emocional sale a la superficie. Poder o saber expresarlo.

Todo el mundo estaba pendiente de las noticias. La radio estaba encendida todo el día. Desafiando la opinión internacional, el 26 de septiembre de 1975, Franco ordenó ejecutar a cinco terroristas al día siguiente. Unos días después, el primero de octubre, nos reunimos en la sala del hospital para escuchar la radio. Desde la Plaza de Oriente, el Caudillo iba a dar el que sería su último discurso, basado en la conspiración masónica-izquierdista-judía de las clases políticas internacionales, una retórica que fácilmente podría ser tachada de paranoia, excepto que no lo decía el loco del barrio, sino el jefe de Estado. Sabía que algunas de las internas le llamaban la loca del Pardo solo para enfurecer a sor Teresa. Sin embargo, ahora yo comenzaba a dudar si no tendrían algo de razón. Apagaron la radio. Me preguntaba cuántos de esos Caudillos —Mussolini, Stalin, Franco y tantos otros— habrían sido psicópatas. Quizás la diferencia es que ellos habían acumulado un grado de poder que les permitió escapar de las clasificaciones médicas. O eso era lo que yo quería pensar para encontrar alguna explicación al horror de las dictaduras. Sin embargo, cualquiera que escuchara seriamente la lógica de los discursos de Franco pondría en duda su juicio. De todos modos, no era él, sino nosotros los que nos encontrábamos en un hospital psiquiátrico. Muchas de las internas de estos centros estaban allí, pensé, más debido a la falta de opciones vitales, que por la enfermedad mental en sí: alcohólicas, depresivas o prostitutas. Mientras nuestro líder nos quería convencer de una conspiración judeo-masónica de las fuerzas decadentes internacionales planeada desde el exterior contra España, miraba a mis pacientes, abandonadas a su suerte.

En la década de los setenta no estábamos tan lejos de esas viejas creencias que poco tenían que ver con la ciencia. Los hospitales psiquiátricos por ese entonces albergaban epilépticos, alcohólicos, *oligofrénicos* (como aún se les llamaba entonces), homosexuales y todo tipo de personas que en ese momento la sociedad española no podía o no sabía respetar como seres humanos con derechos a una vida digna y legítima. Bajo las dictaduras todos somos pacientes y todos somos celadores. La obsesión del psiquiatra Vallejo-Nágera con la peligrosidad de las mujeres, me recordaba al concepto de la impureza de las mujeres en los padres de la Iglesia y en tantas otras religiones. Quizás por eso la psiquiatría y la psicología española tuvieron tan estrecha relación con la Iglesia católica. Lo busco. Ah, sí, aquí está, subrayado, «cuando desaparecen los frenos que contienen socialmente a la mujer... se despierta en el sexo femenino el instinto de crueldad y rebasa todas las posibilidades imaginadas, precisamente por faltarle las inhibiciones inteligentes y lógicas, características de la crueldad femenina que no queda satisfecha con la ejecución del homicidio, sino que aumenta durante su comisión». Las mujeres, y todo lo que se acercara a su ámbito, eran un peligro en potencia. Así, la psiquiatría se podía emplear para controlar y castigar a una población sin tomar conciencia de ello: no eran cárceles, eran manicomios, y en ellos se encerraba a la gente no por razones políticas o por su modo de vida, sino debido a su enfermedad. Así, excepto una pequeña minoría, todos éramos posibles enfermos mentales, y ya no enemigos del régimen. Pero, quizás lo más triste es que en algunos casos eran los mismos padres o familiares los que internaban a sus seres queridos para que los librasen de alguna de esas enfermedades que ni se atrevían a pronunciar. Incluso he conocido casos en que el propio individuo, por ser homosexual, o alguna mujer, por tener deseos indebidos, se recluyeron voluntariamente en una de esas espantosas instituciones, intentando que los sanaran de un mal imaginario. Enfermedades inexistentes para las cuales se inventaron curas atroces. Solo las protestas en 1971 de los empleados en el Hospital de Oviedo y en la clínica de la calle Ibiza de Madrid darían inicio a los cambios necesarios. Luego el importantísimo libro de Ángel María de Lera *Mi viaje alrededor de la locura* donde describe las condiciones pestilentes, sucias y escalofriantes del manicomio de Salamanca, entre otros, obligarían a la sociedad a afrontar la crueldad de estas instituciones y a exigir los cambios imprescindibles para nuestros pacientes y para la sociedad que los rodeaba. A pesar de que se hicieron algunas mejoras en 1975 aún me preguntaba cuál sería la reacción de la ciudadanía española si supiera las condiciones en que se encontraban los llamados manicomios. La reacción de la población a los artículos de periódico de Ángel María de Lera me dieron la respuesta.

No sabíamos nada del caso de Ana. El doctor Suárez había estado fuera todo el mes. Me había llamado varias veces para asegurarse de que Ana estaba bien y que el proceso seguía su camino. Ahora todo iba más lento, me dijo, porque era agosto. El padre no podría sacarla del hospital antes de mediados de septiembre, mientras tanto estaban tratando de encontrar otras posibilidades. No sabía si creerle. Por eso nosotras seguíamos pensando en la huida, no le creíamos. Pasaríamos ese par de meses preocupadas. Creo que fue el primero o segundo día de septiembre. Estábamos las tres sentadas en el jardín en silencio. Observando cómo se formaba en el cielo un hermoso crepúsculo. Sentimos el fresco que anunciaba el fin del verano. Silencio. *Roni* dormía en el regazo de Ana.

—Me la llevaré conmigo cuando nos marchemos de aquí —dijo Ana.

Juana pareció que la iba a regañar, pero no dijo nada.

—¿Estáis seguras de que queréis marcharos? —le pregunté a Josefa y a Rosalía con preocupación—. Es muy arriesgado. Ana debe escapar. De eso no hay duda. Pero vosotras podríais esperar. Estoy segura de que os dejarán salir pronto. El doctor Suárez ya os ha dicho que estabais mucho mejor, que os creía capaces de una vida saludable fuera del hospital. Estáis recuperadas. Josefa, tú ya puedes controlar la depresión. Y tú, Rosalía, no has probado el alcohol en más de un año. Estoy segura de que pronto os dejarán salir y podréis hacer una vida normal. Rodrigo puede llevar a Ana a la aldea. Estará a salvo con su madre y Juana. La cuidarán. Os podrá esperar allí hasta que salgáis. Con todos los cambios que el doctor Suárez está llevando a cabo, quedaréis libres pronto.

—Lo sé, pero no se trata de que nos dejen salir o no. Más tarde o más temprano todas saldremos de aquí. Es cómo saldremos y cómo viviremos fuera. Ahora ya se trata de mucho más que de salir. Isabel, piensa ¿qué harías si te robaran el deseo? ¿Te sublevarías o te dejarías doblegar? No, no quiero que me dejen salir, quiero marcharme porque yo lo he decidido —respondió Rosalía.

No supe qué responder. Pero entendí muy bien lo que me decía. Eso era el manicomio: un espacio en el que se trataba de borrar el deseo y la voluntad. Allí, sentadas, nos quedamos mirando a un horizonte limitado por las verjas y los muros de antaño. Nos tomamos de la mano y comencé a sentir el dolor de su partida. Sabía que no podría irme con ellas. Y, aunque les decía lo contrario para no desanimarlas, creía que no volvería a verlas. No sabía cuánto tiempo estaría encerrada o si saldría algún día. Entonces pensaba que el tiempo era un gran sedante; que hacía olvidar fácilmente cariños y relaciones. Los días, meses y años podían borrar cualquier recuerdo o sentimiento. Solo la edad me enseñaría lo equivocada que estaba entonces; los años solo profundizan los sentimientos, los positivos y los negativos. Nosotros elegiremos cuáles. Si pesan más los anhelos y las pérdidas, también se quiere con mayor fuerza. Pero entonces pensaba que se olvidarían de mí en unos meses; después de que salieran de allí y regresaran a una vida normal, con sus ocupaciones y su rutina, tendrían mejores cosas que hacer que acordarse de mí y del hospital. Mejor así, pensé, que no sufran. No las volvería a ver, pero estarían bien. Muy dentro de mí, sin embargo, me dolía pensar que me olvidarían. No tendrían tiempo de recordar a la loca que habían dejado en el pasado. Odio las despedidas. Ellas, que aún no sabían mis intenciones de quedarme, planeaban cómo sería su vida fuera. Estaban nerviosas. Por un lado, me alegraba por ellas, por otro, temía por mí misma: el ambiente del hospital ya no sería el mismo. En los últimos días, ya se había empezado a notar en la actitud de las pacientes el vacío que dejarían al irse. Aunque en un principio estábamos muy animadas, a medida que se aproximaba el día de la huida, comenzamos a sentir otras emociones, más egoístas, tal vez, más encontradas: la envidia, la nostalgia y el dolor de la ausencia se mezclaban con la alegría y la esperanza de una nueva vida mejor para ellas. También nos preguntábamos ¿qué pasaría con nosotras cuando la directiva se enterara de que habían escapado? ¿Seguiríamos con ánimo para continuar los cambios? ¿o volveríamos a la rutina anterior, a estar inconscientes todo el día? ¿Podríamos continuar trabajando en el jardín y en el huerto?, ¿o la directiva nos lo prohibiría? Empezábamos a pensar en cómo la marcha de estas mujeres nos afectaría personalmente a cada una de nosotras. Eso me preocupó: alguien podría traicionarnos.

—Tenemos que cambiar de día. No puede ser septiembre 18. Tenemos que irnos antes. Alguien va a hablar —dije en voz alta, sin pensarlo.

Un fuerte presentimiento guiaba mis palabras. Nunca había sentido nada por el estilo. No lo entendía. Esa intuición era más fuerte que yo. Tenían que escapar lo antes posible. El nerviosismo de nuestras compañeras crecía según pasaba el tiempo. Podía ocurrir cualquier cosa; alguien podría irse de la lengua. Trataron de tranquilizarme. Todo iba según lo habíamos planeado.

—¡No! —dije—. No sé qué es, pero algo no está bien. Hay que adelantar la fecha. Tenemos que marcharnos antes. Escuchadme, por favor.

Notaron mi preocupación —o quizás también ellas habían percibido algo en el ambiente—. Se dejaron convencer. No era prudente esperar tanto, volví a repetir. Decidimos que lo adelantaríamos una semana. El domingo el celador sería Manolo. Por suerte, esa noche había fútbol. Estaría en el portón bebiendo hasta que terminara el partido y luego se quedaría dormido. Aprovecharíamos entonces para que Ana y Rosalía escaparan. Había que avisar a Rodrigo que se cambiaba la fecha para el día siguiente. Nadie lo podía saber, más que nosotras. Ya nos habíamos arriesgado demasiado, algunas pacientes conocían nuestros planes. Ahora teníamos que actuar rápido y con mucho cuidado. Decidimos que Juana trataría de comunicarse con Rodrigo para que trajera la escalera esa noche y esperara al otro lado de la verja.

A medida que se aproximaba el día de su partida, sentía con mayor fuerza la pérdida. Juana ya había decidido que se iría por la mañana temprano. Ya había anunciado que había decidido darse de alta. Se iría a casa de Rodrigo. La madre ya estaba al tanto. Después de acordar los últimos detalles de la huida, les dije que se fueran a dormir. Necesitarían estar descansadas y con fuerzas para el día siguiente. Solo Ana se quedó conmigo.

—Yo no me creo que no sepas por qué mataste a tu madre. Pero si lo hiciste tuvo que ser por una razón muy poderosa, algo que tal vez ninguna de nosotras pueda imaginar. Pero sé que no eres ninguna asesina. Estoy segura de eso.

—Yo no lo estoy tanto, Ana. Unas veces creo que sé por qué lo hice, otras no. Dudo de mis intenciones. Por eso me merezco estar aquí. Creí que la mataba porque la quería.

¿El matar puede ser un acto de amor? Eso, conscientemente o no, era, lo que me preguntaba durante esos meses de su sufrimiento. Dolor. Angustia. Silencio. Mi madre no quiso que nadie lo supiese. Ese cuerpo enfermo le producía, ¿pudor, vergüenza o rabia? No sé. Quizás por eso, ahora mis motivos son un misterio aún para mí.

—¿Qué le pasaba?

—Sufría. Lo sentí enseguida. Creo que antes que ella, yo ya sabía que estaba enferma. Sé que parece imposible. Pero para esa época mi madre ya no ocupaba su cuerpo. No escuchaba su dolor. Se había vuelto tan insensible a ese cuerpo... Yo la veía. Ya no tenía las fuerzas de siempre. Primero se cansaba mucho. Siempre he sospechado que no era capaz de interpretar su propio cuerpo, que de tanto negarlo ya no lo sentía. El dolor se tuvo que volver insoportable. El cansancio era cada vez mayor. No podía hacer las actividades rutinarias. Se negaba a aceptar que algo andaba mal. Primero se negó a aceptar su debilidad. Luego la achacó al calor o al frío o a la edad. Creo que estaba tan acostumbrada al dolor que hasta borró su aflicción física. O quizás ahora yo lo quiero interpretar así. Tal vez no quería ir al médico porque tenía miedo. No importa ya. No se quejó hasta casi el final, cuando ya el dolor era insoportable. Su cuerpo se volvió su enemigo, aunque a veces me pregunto si para mi madre su cuerpo no fue siempre precisamente eso, un enemigo al que tenía que dominar. Aun así, me costó mucho convencerla de que fuera a consulta. Siempre me respondía que no le pasaba nada, que estaba bien. De todos modos, la obligué a ir al médico. Una vez que tuvieron los resultados, los médicos se negaron a decírselo, me lo dijeron a mí. Me recomendaron que no se lo dijera. Solo la deprimiría. ¿Para qué? ¿De qué serviría que supiera que se estaba muriendo? Ya no salía de la casa. No tenía las fuerzas. Las amigas preguntaban por ella. ¿Cómo se encontraba?, ¿qué le ocurría?, ¿estaba bien? Yo les mentía. No era nada importante. Achaques de la vejez. Eso era todo. Mientras tanto, mi madre estaba en cama retorciéndose de dolor. Se hacía un ovillo.

—¿Y tus hermanos?, ¿y tu padre?

—No hace falta preocuparlos —me dijo, cuando hasta para ella ya era obvio que se moría—. Tu hermano está muy ocupado. Y tú ya sabes cómo es tu hermana. Ya se me pasará. No los preocupes. No pueden hacer nada.

Mi padre ya casi no vivía en casa. Se había ido a su pueblo, con su hermana, y solo volvió después de la muerte de mi madre. Mejor, pensé; cuantos menos involucrados, menos habrá que mentir. De todos modos, había que esconder la enfermedad. No pronunciar la palabra cáncer; había que esconder esa vergüenza. Mi madre nunca la pronunció. Mi mal. Mi enfermedad. Mi problema. Silencio. Tantos silencios. La enfermedad, como si fuera una debilidad del carácter, se debía ocultar. Pero mi madre sufría. Le quedaban quizás uno o dos meses de vida. Los médicos no lo podían precisar. Intenté que estuviera cómoda. Debía intentar comer algo, me decían los médicos. Tiene que mantener las fuerzas. No. No se puede aumentar la dosis de los medicamentos. La mataría. Tiene que ser fuerte. La necesita. Ya no podemos hacer nada por ella, me repetían, y mi madre sufría más.

Eso era todo lo que me aconsejaban los médicos. Sus suspiros de dolor. Sus pequeñas quejas, sus susurros, me decían que ya no podía aguantar. Un día llegué de hacer las compras y la encontré desmayada, inconsciente, en el suelo de la cocina. Tuve que hospitalizarla. Los médicos me dijeron que me la llevara a casa. No había nada que hacer.

Dos días después mi padre regresó del pueblo. Llegué de hacer unos recados. Me la encontré levantada, en la cocina, pretendía estar bien. Estaba cocinando para mi padre.

La mandé a la cama. Terminé de cocinar yo. Él comió y volvió a marcharse. Me asomé a la alcoba de mi madre. No aguantaba más. Intenté calmarle el dolor dándole masajes. Ya todo era inútil. Nada la calmaba. Por fin, y después de un par de horas, se quedó dormida. Fue entonces cuando lo decidí. Pero mi madre lo sabía mejor que yo. Sabía que lo haría. Tomé su mano. Me miró, como si fuera una extraña. Y tal vez lo fuese. Sus hijas siempre fuimos unas desconocidas para ella. Ahora, sin embargo, solo le quedaba yo. Primero pensé que podía emplear un cuchillo. Sería rápido. No sufriría. Pero me dije que no podría hacerlo. Nada aseguraba que lo hiciera bien. No. Demasiado real. Sangre. El cuerpo herido. No podía. Fui egoísta. Quizás ella hubiese sufrido menos. Pero me repetí que no podría hacerlo. Entonces pensé en la morfina. No sabía cuántos ni cómo administrarlos para que fueran suficiente para matarla. Estaba agotada. Sentí todo el cansancio de una vida deshecha. Me acerqué a su cama. Le dije que debía dormir. Pudo quedarse dormida rápidamente, ese día el dolor no había sido tan fuerte. Esperé un rato. Entré en el cuarto. Me acerqué. Me senté a su lado. Me aseguré de que dormía. Tomé la almohada. Abrió los ojos. Me miró. Esa mirada que mi hermana odiaba tanto; la vi. Solo duró un instante, un segundo quizás. Le puse la almohada sobre el rostro. Y apreté. Aparté la almohada. Abrió los ojos. Y volví a ver esa mirada de desprecio. Siempre me había negado a creer a Julia. Supe entonces que mi hermana no mentía. La que había mentido había sido yo. Volví a apretar con toda la fuerza que me ofrecía el placer de borrar esa mirada para siempre. Esperé hasta que sentí, o supe, que había muerto. Luego separé la almohada de su rostro. Entonces lo vi claramente. Ahora estaba segura. Esa mirada de desdén, de desprecio, se había apagado para siempre. Volví a poner la almohada sobre su cara, por un momento. Tal vez solo fueron unos segundos. No sé. El tiempo se detuvo. Me pareció una eternidad. Pero no. No debieron pasar más de un par de segundos. Quise volver a sentir el placer de apagar esa mirada. Después, me sobrecogió el llanto. Incontrolable. Sentada a su lado, la miré allí y supe, por primera vez en mi vida, pude estar segura de algo: era culpable. Había matado a mi madre. Sí, era culpable de uno de los peores crímenes que puede cometer alguien. Supe entonces que me merecía el castigo que me impusieran. Acerqué el rostro al de mi madre y le besé la mejilla. No recordaba cuánto hacía que le había dado un beso. Luego le cerré los ojos. No quería que la encontrasen de cualquier manera. Después de terminar de arreglarla, la volví a mirar. Sus ojos cerrados, esos párpados, sin maquillaje. No. A mi madre no le hubiera gustado. Tuve que buscar entre sus cosas. Le maquillé los ojos con un marrón muy suave. Recordé que en días especiales solía maquillárselos así, solo un poco, tampoco le gustaba que se le notara mucho. Luego volví a mirarla. Por un momento, me sentí bien: mi madre ahora aprobaría su aspecto. Antes de ir a la comisaría, arreglé la casa. Aunque la había limpiado el día anterior; volví a limpiarla. Mi madre nunca me hubiese perdonado que la encontrasen desarreglada. Era muy importante para ella. Cuántas veces le había oído decirnos a mi hermana y a mí, con preocupación: «¡Qué pensaran de nosotros!» Se refería a nuestro modo de vestir, de maquillarnos o si la casa no estaba en perfectas condiciones. Ese tipo de cosas la preocupaban mucho. Creo que pensaba que reflejaban su carácter, su capacidad de ser una buena madre, una buena esposa o una buena mujer. Mi madre no era coqueta, pero siempre se había cuidado. Siempre estaba presentable. La peiné. La vestí decentemente. No sabía qué hacer con los brazos. Al final, decidí ponérselos en cruz. Era lo que había visto en las películas. No sé. Quería que la encontrasen bien vestida y cuidada. Siempre había sido una señora. O eso me había parecido desde que era una niña. Siempre iba arreglada y algo maquillada. Aunque solo saliese para comprar el pan, se preocupaba de salir impecable. En mi adolescencia siempre había pensado que era coquetería. No la entendía. Aunque ya era mayor, seguía gustándole que la vieran bien, que notasen que había sido una mujer hermosa. Solo después, gracias a nuestras últimas conversaciones, entendí que no era por frivolidad, sino algo más importante para ella: respetabilidad. Mi madre había aprendido que una mujer como ella, huérfana, sin educación, que pertenecía a las clases populares, si no cuidaba su apariencia, nadie, hombre o mujer, la respetaría.

—Isabel, no te mereces estar aquí dentro. No te lo mereces. La mataste, pero no la asesinaste. Lo hiciste porque la querías.

—No lo sé. Esa mirada ahora me persigue. A veces pienso que la maté por su bien; otras, que la maté para borrar esa mirada que siempre había negado. ¿Es una mirada suficiente razón para matar? Fue solo un segundo. Quizás menos. ¿Fue el desdén de esa mirada lo que dirigió mis acciones ese día? No lo sé. Puse la almohada sobre su rostro y sentí alivio; solo duró un segundo, pero fue lo suficiente para sentir que me liberaba.

—Pero lloraste. Eso es la prueba de que no la mataste porque querías hacerlo. Isabel, no eres una asesina. ¿Por qué los médicos no dijeron algo?

—Porque ante sus ojos yo era culpable. Solo Dios tiene el derecho a quitar la vida.

—A mí eso no me importa. Me alegro de que te vengas con nosotras mañana. Empezarás una nueva vida.

—Ana, nunca podré escapar de lo que hice.

—Hiciste lo que tenías que hacer. Eso es todo. Te sientes culpable, por eso te inventas eso de la mirada. No tiene sentido ninguno. Nadie mata por el modo en que alguien lo mira. Sabía que no eras ninguna asesina. Está bien. Descansemos. Mañana nos iremos de aquí y haremos una vida lejos de todo esto y de todo ese pasado que tanto daño nos ha hecho.

—De verdad, Ana, ¿crees que podremos escapar de nuestro pasado?

—Por supuesto. Ya hemos pagado demasiado, ¿no te parece?

No respondí. Solo me eché en la cama. Cerré los ojos no para dormir, sino para pensar, e intentar imaginarme un futuro, por primera vez, mío.

ESPAÑA, PENDIENTE DE LA SALUD
DEL JEFE DE ESTADO

—Buenas tardes, Isabel. Quiero que sepa que el notario me dice que quizás pueda ayudarnos.

—Todas estamos muy preocupadas.

—Nuestras leyes aún están muy atrasadas en la materia, pero...

—Eso ya lo sé —*interrumpe Isabel*—. Por eso mismo, tenemos que hacer algo y no esperar que un abogado o que alguna ley la proteja. Hay seres, como Ana, que son inexistentes para la justicia; sin fuerza física para protegerse ni legislación que la ampare, solo le quedará la locura como método de sobrevivencia. ¿No le parece irónico que salga del manicomio para vivir en la locura?

—Isabel, no podemos romper la ley.

—Usted no, yo ya lo he hecho. ¿Recuerda? Maté a mi madre.

—Isabel, no haga nada que pueda perjudicarla. Eso es lo único que le pido. Tiene que creer en mí. Voy a encontrar un modo de mantener a Ana aquí hasta su mayoría de edad. Aún no sé cómo, pero tiene que haber alguno. Ana es fuerte. Ha sobrevivido mucho más de lo que podemos imaginar y se mantiene más entera de lo que piensa. Pero entiendo que estén preocupadas, yo también lo estoy. Ya le dije que estoy consultando con amigos abogados y policías. Algo encontraremos para evitar que vuelva a vivir con el padre.

—Todas la queremos mucho. Nos preocupa.

—Lo sé. Eso es bueno. Sin embargo, en este caso, por favor, Isabel, deje que yo me ocupe de Ana.

—No me queda más remedio que confiar en usted. Pero no puedo dejar de preocuparme y eso no implica nada bueno o malo con respecto a mi rehabilitación.

—Lo entiendo. Está bien. Les dejaré saber en cuanto sepa algo.

—Está bien. Pero Ana no puede seguir sufriendo. Es demasiado cruel todo lo que le ha pasado.

—Parece que Ana se ha vuelto una persona muy importante para usted. Le puedo preguntar ¿está enamorada de ella?

—No. No es eso. No soy así. Ya sé que hay muchas parejas así en el hospital. Por mucho que sor Teresa se escandalice y las castigue. Pero no es eso lo que siento por Ana. Siento por Ana lo que tal vez debí sentir por Julia y no pude. Quizás aún no estaba preparada. No sé. Nunca ayudé a Julia. Desgraciadamente, nunca logré identificarme con su dolor, quizás porque era demasiado cercano al mío. No quiero cometer el mismo error ahora.

—Lo sé, Isabel. Ahora sigamos con su terapia. Estas sesiones son para ayudarle a usted y no a Ana. Isabel, llevamos casi dos años de tratamiento. Hemos hecho grandes avances. Pero ya es hora de que sepamos la verdad. No puede seguir escondiéndose. —*Silencio. Pasa la cinta. Es un silencio muy largo, más largo que todos los anteriores*—. Quizás quiera quedarse aquí. Este lugar puede ser un horror, pero también es buen lugar para esconderse de la responsabilidad que ha contraído con la sociedad en el momento que cometió el crimen.

—¿Qué le puedo devolver a la sociedad luego de lo que he hecho?

—Ya lo hemos hablado. Puede dedicarse a ayudar a la gente que más lo necesita. Antes, sin embargo, por el bien de todos y por el suyo, debe aclarar su situación ante usted misma.

—He cometido el peor de los crímenes y no tengo perdón.

—Quizás no se trate tanto de perdonar como de que la sociedad no se sienta más segura sin usted ahí fuera.

—¿Se puede redimir uno de ciertos hechos?

—Es el único modo.

—No quiero la clemencia ni la compasión de nadie. Mi madre fue la víctima. No yo. Quizás no me merezca la compasión de nadie.

—Eso es lo que tenemos que explorar. Isabel ¿por qué la mató? —*Silencio.*

—No lo entendería. La verdad creo que yo misma no lo sé.

—Trataré de entender.

—No sé. No sé qué pasó. —*Silencio. Se oye un ruido de sillas.*

—Isabel, no se vaya. Debemos continuar.

—Era mi madre. La quise o quizás no. No lo sé... cómo voy a decirle a usted mis motivos si yo misma no sé cuáles fueron... —*Se oye cerrar la puerta.*

NOTA:

La paciente Isabel Ramírez Padrón sigue sin poder confrontar las razones de su crimen. En los últimos dos años hemos hecho muchos progresos; sin embargo, continúa escondiéndose.

Julia terminó resintiendo a su madre. David, incapaz de cumplir las expectativas de sus padres, se volvió esclavo de una mentira. E ¿Isabel? ¿Cómo encajaba ella en ese rompecabezas? ¿Quién era Isabel en esa familia? ¿Qué papel jugaba? No era la reconciliadora, como podría esperarse. Tampoco había apoyado al padre o al hermano. ¿Simplemente había desempeñado un papel servil? Quizás tenía que admitir que había matado a su madre, que deseó su muerte tras una vida llena de ansiedades y de constantes agresiones. Su carácter no parecía sumiso. La misma preocupación por sus compañeras no encajaba con ninguna posible conjetura. Aunque muchas de las internas estaban muy ansiosas por la situación en que se encontraba Ana, me temía que Isabel iba a tratar de ayudarla, hacer algo que quizás la pusiera en peligro. El secreto. El silencio. La tensión. Se sentían en el ambiente. Pero ya no la impotencia que se había respirado hasta hace unos pocas semanas. Algo iba a ocurrir. Sí, lo sabía. Algo se estaba tramando. Aprendí entonces que la frustración tiene su propio aliento. A veces se expresa en murmullos; otras, en explosiones de cólera. Así las veía en el jardín susurrar entre ellas. Otras veces veía cómo alguna tenía que intervenir para evitar una pelea entre las otras. Estaba seguro de que estaban preparando algo. Pero el silencio también puede ser una de las armas más eficaces para el débil. Las mujeres se negaban a hablar. Querían proteger a Ana. No sabía qué pensar. Quizás por eso me fui todo el mes. Estaba agotado. Me lo merecía. El trabajo del hospital era abrumador, me decía a mí mismo. Pero me mentía. Sabía que no podía evitar que el padre se llevara a la chica. Era menor. Solo estaba posponiendo lo inevitable.

Mi familia iba a pasar el mes en Francia. Mi madre insistió en que los acompañara. Muy pocas veces estaba ya toda la familia junta. Me dije que ese tiempo me daría algo de distancia con Isabel y con todo lo que ocurría en el psiquiátrico. Después, pensé, volvería con otra perspectiva. Me había involucrado demasiado en los problemas de las pacientes. También esperaba que la distancia pusiera un límite a mis sentimientos hacia Isabel. Fue un error. Debí estar allí.

Esa mañana nos despedimos de Juana. El doctor Carrasco le había permitido darse de alta. Ella ya había podido ponerse en contacto con Rodrigo. Él estaría esperándonos al otro lado de la verja a las dos de la mañana. Después salimos a pasear un rato, primero por la huerta y luego por el jardín. Nos sentamos frente al rosal. Ya todo el mundo sabía que ese era nuestro lugar de encuentro. Rosalía se sentó con nosotras. Sor Teresa todavía no había llegado al hospital. Así las cuatro en el jardín tratábamos de calmarnos hablando de cualquier tema irrelevante. Me alegré de que el doctor Suárez estuviera en Francia. Nadie podría responsabilizarlo de lo que iba a ocurrir. Cuando Manolo llegó para cubrir el turno de la noche, nos fuimos a nuestros cuartos a esperar. Las horas se hicieron largas. Me imaginé diferentes situaciones. Las autoridades las buscarían. El castigo sería severo. Las mandarán a la cárcel o a un manicomio mucho peor que este. Tenía miedo por ellas. Manolo se paseaba por los pasillos. Estaba aburrido. De vez en cuando lo oíamos hablar con alguna paciente. Luego se metió en una de las oficinas, estoy segura, para echarse a dormir. Todo se daba como lo habíamos planeado. Eso me tranquilizó un poco. Ya era la hora acordada. Nos acercamos al cuarto de Rosalía. Tocamos tres veces. Luego fuimos al de Ana. Hicimos lo mismo. Rodrigo estaría esperándonos al otro lado de la verja. Sería noche cerrada.

Salimos. Cruzamos el patio. Sacamos la escalera del cobertizo. La apoyamos contra la verja, primero subió Ana, luego Josefa y luego Rosalía. Le pasé a *Roni* que pudo pasar entre las verjas. Luego tomé la escalera y la separé de la verja.

—Isabel, ¿qué haces? —preguntó Ana.

—No me puedo ir con vosotras. La Guardia Civil nunca dejaría de buscarnos. Nunca permitirían que una matricida se escapara: quedarían en ridículo.

—Pero, Isabel, no podemos dejarte aquí. No es justo.

—No se trata de justicia. Se trata de proteger a Ana. Debéis marcharos ya mismo, conmigo sería imposible. Por favor, escucharme. Llevaré la escalera al cobertizo. Lo cerraré. Nadie sabrá cómo escapasteis. Así nos aseguramos de que nadie sospeche de Rodrigo.

—Te buscaremos, Isabel. Algún día saldrás y nos reencontraremos —dijo Josefa, resignada.

Sabía que tenía razón. Rosalía quiso protestar, decir algo, pero Josefa le cogió la mano y la miró. Rosalía entendió que no podía continuar discutiendo. Hay ciertas realidades que se imponen sobre lo que deseamos.

—Por favor, Isabel, cuídate —me dijo Rosalía.

Ana lloraba. Quiso decir algo, pero no pudo. Le mandé un beso mientras le prometía que nos veríamos pronto. Pero sabía que mentía.

Pensé que ya en el desayuno notarían su ausencia; pero la amplitud del comedor y la cantidad de internas allí concentradas, hablando, caminando de un lado a otro, no permitió que los celadores notaran la falta de tres pacientes. Tardaron más de lo que me había podido imaginar. La primera en darse cuenta fue Claudia. Pude observar su ansiedad, a la tarde, al poco de haber llegado para hacer su turno. Josefa no estaba para dar la clase de alfabetización. Una de las compañeras le dijo que le pareció verla en el jardín. Una vez afuera, la enfermera preguntó por Josefa. Nadie pudo responderle. No sabían. Estaría enferma. Estaría en su cuarto, dijo alguna. Mandó que todas regresáramos a nuestras habitaciones. Muchas no quisieron obedecer. Los celadores la miraron con recelo. Nadie quería obedecer, ni siquiera los guardias. Tuvo que volver a dar la orden varias veces. Las pacientes fueron poco a poco regresando a sus cuartos. Claudia mandó tomar lista de todas las pacientes. Parece que había llamado a sor Teresa. Pude ver la expresión de preocupación en sus rostros. Revisaron todos los cuartos uno por uno. Manolo, con otro de los celadores, buscó en el cobertizo, por los patios y, por último, arriba en el tercer piso. Después desaparecieron. Tardamos en volver a verlos. Debieron de ir al despacho del director. Mis compañeras empezaron a ponerse aún más nerviosas. Me preguntaban dónde estaban. ¿No se iban a ir la próxima semana? ¿Qué pasó, ya se fueron? Me preguntaban. Sor Teresa, Claudia y Manolo, con otros dos celadores, volvieron a revisar palmo a palmo el hospital, piso por piso, cada patio y cada rincón hasta que se dieron por vencidos. Manolo negó que se hubiesen podido escapar. ¡Él las hubiera visto! ¡Imposible! Insistió. Desgraciadamente para él, ya todos conocían sus hábitos.

Mandaron que nadie saliera de su habitación. Las mujeres protestaron. No querían pasar el día encerradas. No era su culpa si tres compañeras habían desaparecido. Muchas salieron de sus cuartos. Los celadores las obligaron a regresar. Seguían buscando a las tres fugitivas. Claudia y sor Teresa fueron cuarto por cuarto, una vez más. Interrogaron a cada una: dónde estaban Ana, Josefa y Rosalía. Fue un día muy largo y agotador. La ansiedad de no saber qué pasaría, cómo reaccionaría el director, se reflejaba en el rostro de muchas de nosotras. El cansancio y el temor, sabía, podían vencer a algunas. Sor Teresa conocía a las más vulnerables. Llamó a unas cuantas a su oficina. Me dije que solo era cuestión de tiempo antes de que supieran lo que había ocurrido y viniesen por mí. Esperé. Vi a Claudia y Manolo entrar en mi cuarto y supe que ya alguien había hablado. ¿Quién? No sé. Tampoco importa. Sabíamos que eso ocurriría. Estaba preparada. O eso creía. Me llevaron a la oficina del director. Entré. Vi el rostro del doctor Carrasco. Conocía esa expresión: esa furia que nace de sentirse humillado. Allí también estaban sor Teresa y Claudia. Me mandó sentarme frente a él. Sus ojos brillaban de rabia. Sor Teresa y Claudia se pusieron cada una a ambos lados de mi silla. Me acusaron de conspiración. Mis actos ponían en peligro a la población en general. El público confiaba en ellos para cuidar de las enfermas y mantenerlas encerradas, lejos de la ciudadanía, vulnerable al comportamiento irracional de muchas de estas mujeres. No respondí. No reaccioné a sus acusaciones. No sabía nada, repetía. El director pasó de un tono de voz autoritario pero tranquilo, a levantar la voz más y más al ver que no tenía en mí el impacto deseado. Me vino a la memoria el tono de voz del locutor de RTVE anunciando al Caudillo. Estuve allí unas dos horas. Insistían en que más pacientes debían de estar involucradas. ¿Quiénes eran? No sabía. Después, silencio. Callé. Silencio. No hablar. No decir. Ese silencio ahora era lo único que nos podía salvar. Pensé. Entendí entonces a mi madre. El silencio, aunque luego se vuelva en contra de una misma, también puede ser, en ocasiones, el único escudo ante una autoridad dictatorial. Eso, pensé, le debería decir a Ignacio cuando lo volviera a ver. Continuaron con sus preguntas y sus acusaciones. Silencio. Me repetían con voz acusadora que las había ayudado a escapar. ¿En dónde se escondían? Silencio. ¿Quién más las había ayudado? Silencio. ¿Cómo escaparon? Silencio. ¿Cuántas personas estaban involucradas? Silencio.

El castigo no se hizo esperar. Por mucho que el director había prometido cerrar las gavillas para siempre, ahora se retraía y volvía a abrirlas. Había que quebrarme. Hacerme hablar. Encontrar a esas mujeres. Carrasco se sentía humillado. Tenía que recobrar su autoridad. Sor Teresa vio en este incidente una oportunidad para tener mayor poder que el doctor Suárez.

—Mire adónde nos han llevado esos cambios. El doctor Suárez con todas esas ideas inglesas. No entiende el espíritu español. A estas mujeres no se les puede dar la mano que te sacan el brazo.

Ella, sin embargo, las conocía muy bien. Solo entonces caí en la cuenta de que sor Teresa siempre hablaba de las mujeres como si ella no fuera una. «Esas mujeres... Es que las mujeres....» ¿Cuál de los dos le había robado el género: el hábito o la dictadura?

Pasé la noche en la celda de aislamiento. No había una cama, así que dormí en el suelo. El frío se colaba por mi cuerpo. Me dolían los huesos. Pasaron varios ratones cerca de mí. Eran pequeñitos. Traté de calmar mi asco. No podía hacer nada para defenderme. Solo soportar. El cuerpo pondría sus límites. Luego la mente pondría las suyas. Pero eso lo aprendería más tarde. Solo después entendí lo que ya habían entendido las que habían sufrido antes ese mismo castigo: que la mente pone los límites antes que el cuerpo. La repugnancia que sentía ante las condiciones en las que me encontraba, la imposibilidad de defenderme, de cambiar mi situación, se me hicieron más reales que nunca. Allí encerrada, el frío, el hambre y la sed me entumecieron. No. No tendría las fuerzas para resistir.

Era de noche. Oí la puerta. Se abrió. Entró Manolo.

Desnuda, allí, aprendí que el espectáculo del cuerpo puede ser un modo de robar la humanidad. Yo era un animal más al que él podía abusar. Sin privacidad, con la dignidad atropellada, se destruyen las defensas que protegen la individualidad —esa construcción que forjamos a través de los años y que en un segundo se nos puede arrebatar, expuestos a la mirada del otro. La visión como arma. La mirada como robo del ser. Mirar para derrotar; para usurpar otras interioridades posibles. Sin identidad no hay derechos. Sin nombre, no hay ley de amparo. Borrar. Eliminar. Callar. Silenciar. Frío. Hielo. Las duchas heladas en el patio. Mi cuerpo: mojado, helado, ya insensible. Ya no sentía. ¿Existo si no siento el cuerpo? Frío. Regreso a la celda. Tienen que ayudarme a caminar. Mi cuerpo me pesa. En la celda, atada, me hago mis necesidades encima. Me doy asco. Cuerpo. Humillación. Risas. ¿De quién? Manolo. Claudia. Asco. Al patio. Más duchas. Más. Un chorro de agua helada de la manguera me quema la piel. Dolor. Humillación. Las locas desde las ventanas de sus cuartos gritan. Insultos. Palabrotas. Blasfemias. La celda. Órdenes. Las mandan a sus cuartos. Todas a sus cuartos. Dolor. Humillación. Vuelvo a la celda. Las cucarachas y los ratones corrían por las paredes y el suelo. O es solo una pesadilla. Tiemblo. Pienso: eso mismo es lo que quieren, que enloquezca. Solo una loca puede matar a su madre. Cierto. Estoy loca. Soy una loca. Me rio o lloro. No sé.

¿Es de noche o de día? Se abre la puerta. Manolo. Me grita. Me insulta. Sor Teresa lo culpa a él por dejar escapar a las pacientes. Me da patadas. Me vuelve a insultar.

—Ahora ya no te crees tan lista, ¿verdad? —Se acercó más. Puso sus manos sobre mis pechos—. Vamos a ver quién es el listo ahora —amenaza.

Bajó sus manos hasta mis nalgas mientras trataba de besarme. Se desabrochó y se bajó los pantalones. Mientras se echaba sobre mí y trataba de abrirme las piernas con las suyas siento su miembro excitado.

—¡MANOLO! ¡FUERA! ¡FUERA! ¡AHORA MISMO!
—Oigo los gritos de sor Teresa entrando en la celda, horrorizada.

Por primera vez me alegré de su manía de control. Debió de notar la ausencia del celador, o lo vio rondar la celda desde las ventanas que dan a los patios. Enseguida sospechó lo que podía estar ocurriendo. Sor Teresa vuelve a gritar. ¿Es que Manolo no la oye? ¿Ya no tiene autoridad tampoco sobre los celadores? Él continúa forzándome. La monja se acerca a él. Lo coge de los hombros. Manolo por fin cede. De un salto se pone de pie. Su desnudez se refleja en la expresión de sor Teresa. Manolo la empuja para apartarla. Sor Teresa vuelve a gritar.

—¡FUERA DE AQUÍ!

Inmóvil. Los moretones no podrían explicarse. ¿Quién dijo eso? ¿Sor Teresa, quizás Claudia? ¿Era la voz de una mujer o de un hombre? ¿El director? O tal vez, no. No podía ser. ¿Era el doctor Suárez? No. Me acordé. Sor Teresa había dicho que estaba en Francia. Fiebre. Casi inconsciente. Vuelvo a oír esa voz. Sí, sí ahora era Claudia. Su estado podría crear alarma. El doctor Carrasco mandó que trajeran una cama, sábanas, y que viniera Claudia a cuidar esas heridas.

No pensar. No imaginar. No soñar. Oscuridad mental. Sí. Clausurar la posibilidad de pensar. Entumecer de ese modo la posibilidad de todos los procesos mentales. Una rata pasó por la pared de enfrente ¿Una pesadilla? En esa época los dos estados, realidad y pesadilla, estaban tan cerca uno del otro que hoy se mezclan en mis recuerdos sin poder diferenciarlos.

Ahí, en la celda de aislamiento, a veces, la rabia derivada de la impotencia invadía todas las emociones. Entonces entendí a muchas de mis compañeras. Comprendí por qué se lastimaban, se cortaban, se pegaban. Ahora entendía que la violencia contra el propio cuerpo es un intento de sentir otra emoción que no fuese esa humillación enorme. No era que tratasen de escapar de la realidad a través del dolor, sino que intentaban volver y apoderarse de ella. Era un modo de adueñarse de una realidad que no les pertenecía. Un deseo impuesto por otros. Un cuerpo impuesto por otros. Un pensamiento impuesto por otros. El poder de la autodestrucción. Lastimarse para crear una realidad propia. ¿Locura? ¿Desesperación? Volver a retomar el autocontrol perdiéndolo. ¿Las locas estábamos en control de nuestra propia locura? Pensaba mientras el frío y la humedad iban metiendo la enfermedad en mi cuerpo. Claudia me tomaba la temperatura. A veces, la tensión. Me dio algo. Unas pastillas para dormir. No pudo evitarlo. Vino la fiebre. Temblaba. Me costaba respirar. Me faltaba el aire. Respirar. Llama al médico. Veo la preocupación en la cara de Claudia.

El médico de cabecera. Me mira. Me revisa. En su rostro noto la preocupación. Con temor a que hubiese una desgracia dice que hay que mandarme al hospital. «La respiración es dificultosa. Neumonía», anuncia. Peligro. No quería hacerse responsable. Siento algo. La sábana. Ahora está allí el director. Oigo al médico advertirle que si la paciente moría en unas condiciones tan atroces podría ser un escándalo. Había que llevarla al hospital. Los oía como si no estuvieran hablando de mí, como si estuviesen refiriéndose a una desconocida. La humedad, el frío, el hambre, el dolor, el miedo, la incertidumbre habían conseguido su efecto. ¿Me moría? El médico volvió a entrar a auscultarme. Si se muere, el escándalo será incontrolable. Hay que llevarla al hospital de inmediato. ¿Me moría? Quizás lo dije en voz alta porque oí al médico decir:

—Te sacaré muy pronto de aquí. Te recuperarás.

Me llevaron al hospital. La fiebre aumentaba. Sí, ahora lo oí. Era Ignacio que me cogía en sus brazos. No. No había oído al médico de cabecera, sino a Ignacio que me volvía a repetir:

—Vas a estar bien. No tengas miedo. Vamos al hospital. Te recuperarás.

No, no era Ignacio. ¿Quién? Me dolía todo el cuerpo. No podía respirar. La cabeza me estallaba. Luego, no recuerdo más. Creo que perdí la conciencia. La fiebre era muy alta. Sé que me desperté en un hospital. Poco a poco me iría recuperando. Sé que Ignacio me fue a visitar varias veces. Y, sin embargo, me acuerdo vagamente de verlo allí. Hablamos. ¿Cuántas veces me pidió perdón? O no. Quizás lo soñé. Había sospechado que íbamos a hacer algo por el estilo. Fue cobarde, dijo. No quiso intervenir. Su cargo. Su reputación hubiese corrido peligro. No tuvo el valor de ayudarnos. ¿O no fue así y solo lo soñé? Regresó en cuanto supo que me habían encerrado en una de las gavillas. Nunca se imaginó que serían capaces de volver a ese atraso, a esa crueldad... Me aseguró. Traté de decirle que había sido mi responsabilidad. No lo culpaba. Ninguna de nosotras quería que por nuestra culpa perdiese el derecho a ejercer su profesión. Pero no pude. No podía hablar.

ABC
Madrid, viernes, 21 de noviembre de 1975

VIVO EN LA HISTORIA

Veo el titular. Tengo apuntado que ese día debíamos de tener otra sesión.

Cuando regresé de las vacaciones, el doctor Carrasco me dio la noticia en su despacho. Enmudecí. Sentí un golpe en mi pecho. Luego sentí la cólera dentro de mí. Sor Teresa trató de mantener una expresión de autoridad que solo consiguió ponerme más furioso. No me acuerdo. Quizás la insulté. Estaba fuera de mí. El mismo director tuvo que calmarme.

—Las celdas se han clausurado. No se volverán a usar.

Pero ya era tarde, pensé. Isabel ¿adónde la habían llevado? Sentí todo el peso de mi debilidad. Mi incapacidad para cambiar el contexto de mis pacientes. La impotencia. La rabia. Sentí que me ahogaba en mi propia frustración.

—¿Y ahora? ¿En qué hospital se encuentra?

—Sor Teresa y yo creemos que es mejor que no lo sepas. No creemos que sea bueno para ninguno de los dos. Sabes que la gente habla. Hay rumores. Por supuesto que no creemos nada de esas murmuraciones maliciosas, pero no queremos que se propaguen. No sería bueno ni para ti ni para la reputación de este hospital.

Claro, lo que no quieren es que arme un escándalo; que vaya a los periódicos o a la justicia, pensé. Quería volver a verla. Insistí. Necesitaba saber adónde la habían transferido. El doctor Carrasco se negó a decírmelo. Me notaba demasiado involucrado en el caso de la paciente Isabel Ramírez Padrón, argumentó. No debía verla. Me dijo que sor Teresa le había comunicado algunos comportamientos sospechosos. Los privilegios de los que había gozado Isabel eran preocupantes, y habían dado pie a todo tipo de rumores que podían perjudicar el nombre de la institución, repitió molesto. No, por el bien de todos, no debía volver a verla.

—Todas esas patrañas que le ha dicho sor Teresa son sacadas de su fantasía. Fantasmas por todas partes. Es una mujer obsesionada con los deseos de los demás —dije, irritado.

El director se puso de pie.

—Es intolerable que hables así de una religiosa que ha servido a esta institución de un modo ejemplar.

Ya no me importaba su actitud. Necesitaba saber cómo se encontraba Isabel. Verla. Mi frustración me produjo un ataque de cólera que me costó contener. Seguí discutiendo inútilmente. Sabía que no iba a conseguir nada hasta que me despedí. Necesitaba marcharme de aquella oficina antes de perder los estribos. Desolado. Sentía la angustia de la pérdida. Me dirigí a la habitación de Isabel. Estaba vacía. Ya habían sacado la cama y las bibliotecas. En unas horas habían borrado dos años de una vida. Traté de preguntar a otros médicos y a las enfermeras. Nadie sabía nada. Ahora se escondían detrás de la ética y de la legalidad. Fue en ese momento que supe que ya no podía seguir teniendo nada que ver con ese hospital. Aceptar. Callar. La sumisión cultural como modo de vida. ¡Qué fácil es percibir el acatamiento político y qué difícil percibir la sumisión cultural! Pero eso solo lo sabría luego.

Me trasladé a Madrid con la esperanza de poder impulsar allí verdaderas reformas. Solo regresaba a la ciudad a visitar a mi familia. Poco después decidí volver a Londres. Los cambios que tanto había tratado de impulsar, se estaban produciendo con demasiada lentitud: los manicomios ahora se llamaban clínicas mentales u hospitales psiquiátricos; se habían construido magníficos espacios para los enfermos, y, sin embargo, el tratamiento aún estaba muy atrasado.

En 1981 volví para celebrar las Navidades con mi madre y mi hermana —mi padre ya había muerto. Mientras compraba unos regalos para ellas, me encontré por casualidad con el doctor Carrasco. Fue él el que me vio primero. Se acercó con una sonrisa de complicidad. Me saludó amablemente. Comenzamos a hablar. Tras las preguntas de rigor sobre la familia, los amigos y los colegas en común, me informó, con gran horror, que Isabel estaba libre. Escandalizado, y quería que lo notase, me comentó que la habían dejado libre hacía unos meses. El país, según él, iba de mal en peor. Los criminales podían andar sueltos impunemente. Escuchaba sus quejas con la intención de poder sacarle alguna información: quería saber dónde podría encontrarse Isabel. Traté de que me diera algún dato que me ayudara a encontrarla, pero era evidente que Carrasco no sabía nada sobre su paradero. De todos modos, al día siguiente me acerqué a su barrio. Nadie sabía nada. Su padre había muerto hacía dos años. A diferencia de lo que creía el doctor Carrasco, la gente no tiene una memoria tan larga ni un resentimiento tan profundo. Pocos se acordaban de Isabel. Nadie sabía nada su vida. Parecía que se la había tragado la tierra. Temí no volverla a ver.

* * *

Es ya de noche. Oigo un ruido, son pasos en el pasillo de la entrada del edificio. Se acercan. Suena el timbre. Me extraña. No espero a nadie. Me levanto de mi escritorio. Abro la puerta. Siento la mirada de esos ojos pardos penetrándome. Me invade una enorme felicidad. Unos labios muy rojos se abren en una amplia sonrisa mientras me preguntan...

—¿Qué te parece si entre los dos escribimos lo que fue nuestra historia?

Después me dijeron que estuve una semana internada. El día que me dieron de alta, dos policías me esperaban afuera de mi cuarto. Me esposaron, luego me metieron en el auto de policía. De allí me trasladaron a un hospital psiquiátrico que acababan de construir con todos los últimos avances de la ciencia en las afueras de Valencia. La seguridad también era mejor. Aunque era un lugar con más comodidades, me sentía aislada. Extrañaba las relaciones que había establecido durante los dos últimos años. Me permitieron hacer algunas llamadas a amigos y familiares.

Mi hermano David vino varias veces a visitarme. Solo tras salir del hospital pudimos hablar de lo ocurrido. Se disculpó por no haber estado allí en esos momentos, para ayudarme. Quizás, de haber sido más consciente de lo que ocurría en la casa, todo hubiese terminado de un modo diferente. Yo no quería su culpabilidad. Tampoco su arrepentimiento. Ahora le pedía algo tal vez más difícil: rehacer nuestra relación desde otro lugar. David logró contactarse con Rodrigo. Al poco tiempo, Rosalía y Josefa me escribieron contándome cómo estaban. Poco después, vinieron a visitarme. Me alegré tanto al verlas. No sabía cuánto las necesitaba hasta que volví a tenerlas frente a mí. Tras los abrazos, no podíamos parar de hablar y de llorar. El país cambiaba vertiginosamente. Supe por ellas que el doctor Suárez se había ido a vivir a Londres. También me contaron que Ana trabajaba en una panadería. Me mandaba besos y una pequeña carta. Me alegré al ver su letra firme y segura. Me contaba que estaba muy contenta y con muchas ganas de verme pronto, que tenía un cuarto en su piso ya listo para recibirme. Todas me esperaban. Rosalía y Josefa me pusieron al día de las últimas noticias. El manicomio había sido cerrado. Las pacientes que continuaban necesitando cuidados habían sido trasladadas a otras clínicas; la mayoría, sin embargo, habían salido y vivían con familiares. Juana y Rodrigo esperaban su primer hijo. Estaban muy ilusionados. Vivían con la madre de Rodrigo, que estaba contentísima de ser abuela pronto. España, me aseguraron, había cambiado. Ahora era posible que volvieran a revisar mi caso. Yo no estaba tan segura como ellas. Me animaron. Josefa insistió en que había gente que me quería y me esperaba ahí afuera. No podía decepcionarlos. Eso, creo, me dio fuerzas. Tras varias apelaciones, y después de asegurarse de mi arrepentimiento, un juez me declaró apta para convivir en sociedad. Me concedieron la libertad un par de años más tarde. Era cierto. Me esperaban. Se alegraban de verme. Me recogieron, me cobijaron y me apoyaron. Así pude, poco a poco, rehacer mi vida. Estudié. Hice una carrera. Ahora siento que mi vida tiene un propósito.

* * *

El 29 de septiembre de 2010 me acerqué a la dirección que tenía apuntada en un papel. No sabía cómo me había encontrado, pero me alegraba de que lo hubiera hecho. Vi su nombre en la puerta. Toqué el timbre. Estaba nerviosa. Habían pasado más de treinta años. Había cambiado. ¿Me reconocería? Oí unos pasos que se acercaban. ¿Me parezco aún a la muchacha que él conoció en 1973?, me preguntaba en el momento que se abrió la puerta y sin pensarlo digo:

—¿Qué te parece si entre los dos escribimos lo que fue nuestra historia?